VERSUCHUNG À LA PROVENCE

Der Hamburger Journalist und Buchautor Andreas Heineke war Radiomoderator, Musikmanager und Dot-Com-Firmengründer, ist Autor hauptsächlich für den NDR, Filmemacher und Regisseur. Der Erfolg seines ersten Krimis »Tod à la Provence« überraschte ihn so sehr, dass er gleich einen zweiten Provence-Krimi schrieb. Seit Jahren verbringt er so viel Zeit wie möglich in der Provence, Tendenz steigend.

ANDREAS HEINEKE

VERSUCHUNG À LA PROVENCE

Kriminalroman

emons:

Lust auf mehr? Laden Sie sich die »LChoice«-App runter, scannen Sie den QR-Code und bestellen Sie weitere Bücher direkt in Ihrer Buchhandlung.

Bibliografische Information der Deutschen Nationalbibliothek
Die Deutsche Nationalbibliothek verzeichnet diese Publikation in der Deutschen Nationalbibliografie; detaillierte bibliografische Daten sind im Internet über http://dnb.d-nb.de abrufbar.

© Emons Verlag GmbH
Alle Rechte vorbehalten
Umschlagmotiv: iStockphoto.com/xavierarnau
Umschlaggestaltung: Nina Schäfer
Gestaltung Innenteil: César Satz & Grafik GmbH, Köln
Lektorat: Susann Säuberlich, Neubiberg
Druck und Bindung: Pario Print Sp. z o.o, Kraków
Printed in Poland 2023
ISBN 978-3-7408-0514-2
Originalausgabe

Unser Newsletter informiert Sie
regelmäßig über Neues von emons:
Kostenlos bestellen unter
www.emons-verlag.de

Dieser Roman wurde vermittelt durch die
Verlagsagentur Lianne Kolf, München.

Für meine Familie und
meinen Freund Christian Löwendorf

Prolog

Seine langen knochigen Finger zitterten, als er das Buch mit dem schwarz-weißen Einband auf den kleinen runden Tisch vor sich legte. Nur matt beschien eine Leselampe die Fläche inmitten der Regalreihen. Es war ihm nicht möglich, die Person mit dem schwarzen Schal und den Handschuhen hinter den Buchwänden zu erkennen. Er konnte die flackernden Augen nicht sehen, nicht die Entschlossenheit im Blick seines Beobachters.

An diesen Ort vorzudringen hatte immer als unmöglich gegolten. Es war der Raum ohne Eingang.

Die extradicken Wände verliehen ihm Sicherheit, zu viel Sicherheit, sodass er mit fortschreitendem Alter, im immer gleichen Rhythmus der Jahre, unvorsichtig geworden war. Sonst hätte er sich in Deckung bringen können.

Doch die goldenen, geschwungenen Buchstaben, die per Hand gezogenen Schnörkel, all das zog ihn in den Bann, ließ ihn in eine Welt eintreten, in der es nichts Böses gab.

Zu lange hatte er auf diesen Augenblick gewartet. Für dieses Buch, dieses Standardwerk der französischen Küche, wäre er bis ans Ende der Welt gegangen. Kein heutiger Starkoch, der nicht davon gehört hatte. Aber auch kein Starkoch, der es jemals in seinen Händen gehalten hatte.

»Die Küchenkunst des Vaucluse«. Viele Hände hatten ihre erbarmungslosen Spuren auf dem Buchcover hinterlassen. Fettflecke zeugten von gierigen Berührungen. Die Seiten waren gelb, teilweise eingerissen, bei jedem Umblättern bestand die Gefahr, sie herauszureißen. Nur Reste des verkrusteten Leims hielten sie noch mühsam zusammen.

Fotos oder zumindest Zeichnungen gab es nicht. Die Zeilen waren nüchtern untereinandergeschrieben, eng, gedrungen, dem modernen menschlichen Auge und der Aufmerksamkeit des 21. Jahrhunderts nicht mehr zumutbar.

Die Rezepte beschränkten sich auf die Aufführung der Zutaten ohne jede Mengenangabe. Bei einigen Seiten waren mit Bleistift Anmerkungen oder weitere Tipps hinzugeschrieben worden.

Andächtig wie ein Pastor, der kurz vor seiner Predigt noch einmal die Bibel berührt, schwebten seine Fingerspitzen über das Buch. Behutsam betasteten sie die eingestanzten Vertiefungen in der Pappe, befühlten die vielen Jahre, die über das Werk gerichtet hatten. Von der ganzen Gourmet-Welt gesucht und vor Jahren endgültig für verschollen erklärt.

»Jetzt fügt sich alles zusammen«, flüsterte er mit bebenden Lippen.

Die Suche hatte ihn Jahrzehnte gekostet, die nicht spurlos an ihm vorübergegangen waren. Im letzten Jahr war er dürr geworden. Er hatte einen fast muskellosen Körper. Sehnen wie Drahtgeflechte, aus denen man Zäune hätte herstellen können, waren an seinen Armen hervorgetreten. Seine Brille wie aus einer anderen Epoche, seine Pupillen groß wie die einer Eule, die er stundenlang auf ein und dieselbe Buchseite richten konnte, ohne dass sie sich erschöpften.

Seit er davon gehört hatte, seit er wusste, dass die Küchenkunst in Wahrheit viel älter war, als die meisten Köche, Gourmets und Tierzüchter es jemals für möglich gehalten hätten, fühlte er sich bestätigt. Er hatte es immer gewusst, geahnt, dass es Aufzeichnungen der frühen Köche geben musste, und sie gesucht, unermüdlich, Tag und Nacht. Auf seinen Instinkt war immer Verlass.

Später, nach der Huldigung dieses Werkes vor ihm, würde er seine Listen durchsuchen – die Notizbücher mit den Karomustern waren das Protokoll seines Lebenswerks. Sie umfassten fünfhundertsechsundsiebzig Seiten, alle eng mit Bleistift beschrieben. Spuren von Radierungen, Streichungen und kleine Sternchen, Querverweise mit Fußnoten, Häkchen, Kreuze und Striche wiesen darauf hin, ob eines der Bücher sich bereits in seinem Besitz befand oder noch »abwesend« war, wie sein Chef sich auszudrücken pflegte.

Außer ihnen beiden kannte niemand diese Aufzeichnungen, in denen alle vergriffenen Kochbücher der Welt erfasst waren. Allein das Zusammentragen der Werke kostete ein halbes Menschenleben. Oft wusste er genau, wo sich das gesuchte Buch befand, zumindest hatte er eine Vermutung, er musste nur einen Weg finden, heranzukommen. Diesen entdeckte er immer, es war eine seiner herausragenden Eigenschaften. Niemals lockerlassen, niemals aufgeben und seiner Nase und seinem Bauch vertrauen. Hatte er einmal Witterung aufgenommen, folgte er seinem Instinkt so lange, bis er sein Ziel erreicht hatte.

Schaute man nur flüchtig hinein, waren seine Bemühungen von einer gewissen Irrationalität geprägt. Sein Chef schüttelte oft den Kopf ob der Umwege, die er in Kauf genommen hatte, doch die Jahre hatten diesen gelehrt, »dem Mann im Raum ohne Eingang«, wie sein Vorgesetzter ihn vor anderen Mitgliedern nannte, zu vertrauen, ihm sogar blind zu vertrauen. Warum sollte er es auch nicht tun? Sein Angestellter war genauso besessen wie er selbst. Das hatte der Leiter bereits vor dreißig Jahren erkannt, als er noch ein kleines, unbedeutendes Rädchen in der Gourmet-Gilde gewesen war. Aber aus diesem kleinen Rädchen, das dem sogenannten Rechercheteam angehörte, dessen einzige Aufgabe zunächst darin bestanden hatte, moderne Rezepte mit traditionellen zu vergleichen und diese später in Listen zu verwalten, war er zum Verwalter eines Schatzes geworden. Er hatte sich hochgearbeitet.

Nur die wenigen Eingeweihten, die Männer mit Orden und Abzeichen an den Sakkos und Trachtenjacken, waren sich immer sicher gewesen, wussten sie doch ihr Geheimnis in guten Händen an einem Platz, der niemals zu finden sein würde. Ein fremder Mann an diesem Ort? Undenkbar.

Er konnte nicht sehen, dass sich sein Beobachter bis auf wenige Meter genähert hatte. Dass er seine Hand fest um die Spritze gelegt, die Plastikhülle bereits von der feinen Nadel gezogen hatte.

Später sollte er sich über den Zufall wundern, dass er in dieser alles entscheidenden Sekunde in die Innenseite des Löffels geschaut hatte, der neben dem Buch auf dem Tisch gelegen und mit dem er noch vor einer Stunde seine Suppe gelöffelt hatte.

Er sah etwas Schwarzes neben seinem Spiegelbild, da war ein Mann mit einer Kapuze hinter ihm.

Es ging ihm nicht um sich selbst, es war das Buch, das ihn so reagieren ließ. Er drehte sich um, seine Augen aufgerissen, die riesigen Pupillen auf den Eindringling gerichtet. Wie bei einer Eule, die eine Maus packte, sprang er in die Höhe, ergriff den Mann hinter sich an dessen Kapuzenjacke, verfehlte ihn kurz mit seinen langen knochigen Fingern, die solche Bewegungen nicht gewohnt waren, riss ihn aber trotzdem zu Boden.

Der Mann schlug beim Fallen mit seinem Kopf auf die Tischkante, sodass sein Nacken für eine Millisekunde in die Senkrechte gerissen wurde, während der Körper bereits waagerecht zu Boden fiel. Neben ihm die Spritze.

War es das Eselsohr, das ihn zu dieser grausamen Entscheidung veranlasste, die Spritze aufzuheben, sie ein paar Sekunden in der Hand zu wiegen und schließlich an den Arm des am Boden liegenden Mannes zu führen? Im Chaos der Gefühle konnte er das nicht mehr analysieren. Er war nur überrascht, dabei nichts zu empfinden, beim Einführen der Nadel gar nichts zu fühlen.

Er sah, wie der Mann am Boden unbeweglich wurde, wie sein Bein zur Seite abknickte, die Spannung aus dem Körper wich, und hörte, wie schließlich der laute, nach dem Sturz röchelnde Atem verstummte.

Mit der Stille kehrte auch das Leben für einen Moment zurück. Er setzte sich wieder an den Schreibtisch, das Buch hatte er vor sich gelegt. Er horchte in sich hinein. Da war kein Zittern, da waren keine weichen Knie, nicht die Spur von Empathie. Er war gerade dem Tod entkommen, knapp und dank einer glücklichen Fügung, doch er konnte diesem Gedanken, diesem Gefühl nicht nachspüren.

Jetzt war er selbst zum Mörder geworden, innerhalb von Sekunden. Es machte ihm nichts aus. Nur das Buch war entscheidend, über das er wieder und wieder streichelte wie zum

Trost, als würde er ihm erklären, dass dieses eine kleine Esels-ohr keinen bleibenden Schaden verursachen würde, dass jetzt alles gut, die Gefahr gebannt war, für immer.

Zärtlich wie eine Mutter, deren Kind sich gestoßen hatte, sah er sich die Seiten mit den Rezepten an, bevor er das Buch behutsam schloss und gleich danach wieder aufschlug. Er wollte noch das Vorwort lesen.

1

Pascal Chevrier ließ seinen Blick durch die Lücke zweier windschiefer Häuser in das Tal des Luberon schweifen. Friedlich lag es da, einige Straßen zogen sich kurvig durch die Weinberge, wie zufällig in die Landschaft geworfen.

Die Autos verschwanden in den Hügeln und tauchten hinter dem nächsten Weinberg wieder auf. Ihr Geräusch war auf diese Entfernung nicht zu hören. Kein Motor, kein Hupen, es war still.

Selbst die Vögel haben Mittagspause, dachte Pascal zufrieden und lehnte sich so weit wie möglich an die unbequeme eiserne Lehne seines Stuhls zurück. Weinreben rankten über der Terrasse und dienten als Sonnenschutz. Vor ihm auf dem Tisch ein Espresso, der ihm von Madame Savagne gebracht worden war.

Er mochte diesen Platz, dieses kleine Örtchen Saignon, gut vier Kilometer von der turbulenten Kleinstadt Apt entfernt. Nur den Berg hinauf, dort, wo der Lavendel die Landschaft in ein tiefes Lila verwandelte und jedem Menschen ein Staunen über die Schönheit der Welt abrang. Hier oben war es ruhig. Um diesen Ort schien der Provence-Tourismus einen Bogen gemacht zu haben. Keine schicken Boutiquen, nur ein kleines Hotel, ein paar Galerien, einige wenige Bars und zwei Restaurants.

Das Hotel im Ort, die »Auberge du Presbytère«, betrieben von einem deutschen Ehepaar, hatte schon seit Jahren für immer die Pforten geschlossen. Der Brunnen, aus dem die Gäste damals zur Blütezeit des Hauses ihre Carafe d'eau bekommen hatten, war inzwischen grün, mit Algen durchtränkt. Moosbewachsen waren die Engel, die aus Krügen unermüdlich das Wasser in das prunkvolle Becken gossen. Ein rostiges Schild wies die wenigen Besucher des Dorfes darauf hin, dass das Brunnenwasser nicht mehr kontrolliert werde und nicht zum Trinken geeignet sei. »Pas d'eau potable«.

Die wenigen Touristen, die noch kamen, waren meist Radfahrer, die sich von Apt aus den Berg hochgequält hatten und in dem Glücksgefühl, etwas erreicht zu haben, eine Rast einlegten. Mit Mineralwasserflaschen saßen sie am Straßenrand oder auf abgewetzten Bänken im Ort und schwiegen bei zweiunddreißig Grad Hitze vor sich hin. Ein Schauspiel, das sich Tag für Tag wiederholte.

Die enge Gasse, die durch das Dorf führte, wurde von den Autos kaum genutzt – und doch war sie die Hauptattraktion in Saignon. Ein alter Mann saß auf seinem Campingstuhl vor dem Haus, da saß er immer, das war sein Platz. Vor sich hatte er eine alte Blechdose gestellt, in die die Touristen ein paar Euros werfen sollten, wenn sie ein Foto von ihm und seinem auf einem zweiten Campingstuhl dicht neben ihm schlafenden Hund machen wollten. Unzählige Besucher hatten es schon getan. Auf Tausenden Handys und Digitalkameras gab es ein Foto mit einem Mann und einem Hund auf einem Campingstuhl vor einem alten Haus. War es dieses Bild, das die Leute von Saignon behielten? War das das Bild der Provence, wenn alle Lavendelfelder, die Boulangerien und Dorfgassen fotografiert waren?

Komische Welt, dachte Pascal und nahm einen Schluck seines Espressos.

Der Mittagstisch war bei Madame Savagne schon lange abgeschafft worden, es gab zu wenig Gäste. Seitdem der Weg auf den höchsten Berg des Ortes als »Privé« erklärt worden war, war Saignon die letzte Attraktion genommen worden. Jemand hatte den ganzen Berg gekauft und damit den Besuchern aus aller Welt den spektakulären Blick auf den Luberon geraubt.

Vielleicht führte jede Abwesenheit von Tourismusattraktionen genau dazu, dass Pascal immer wieder hierher zurückkam. Er mochte die kleine Straße, die aus Apt auf den Berg hinaufführte und an der Kirche mit dem Friedhof endete. Den meist leer stehenden Bouleplatz unter den Platanen, die Schule, in die nie jemand zu gehen schien – egal, zu welcher Jahreszeit –, und das alte Waschhaus, an dem die Dorfbewohnerinnen sich noch vor achtzig Jahren getroffen und die Wäsche ihrer Männer gewaschen hatten, die die Tage in den Weinbergen, auf den Apfelplantagen oder den Melonenfeldern verbracht hatten und mit Erde übersät und gebeugtem Rücken nach Hause gekommen waren. Ihre Gesichter von der gnadenlosen Sonne zerfurcht und staubig, saßen sie in den wenigen Cafés von Saignon und tranken schweigend ihren Pastis, während die Frauen sich am Wasserbassin trafen und beim regelmäßigen Eintauchen der Wäsche die neuesten Nachrichten austauschten.

Saignon, fand Pascal, atmete mehr Geschichte aus als die provenzalischen Showrooms wie Lourmarin, Bonnieux oder Gordes.

Es war sein erster Sommer in der Provence, der nun kommen sollte, die erste Hauptsaison in seiner neuen Heimat. Er hatte sich noch nicht vollständig an das südfranzösische Leben gewöhnt. Den hektischen Lebensrhythmus aus seinem Pariser Gendarmenleben konnte er nach so kurzer Zeit noch nicht ablegen. Es gab keinen Tag, an dem er es bereut hatte, einen Strich gezogen zu haben.

Nach dem Auszug seiner Tochter Lillie nach Lyon, der Trennung von seiner Frau Catherine und der Einsamkeit in der Pariser Wohnung, die für ihn allein viel zu groß gewesen war, atmete er auch nach sechs Monaten als Dorfgendarm nur langsam wieder ruhiger und regelmäßiger.

Er schaute noch einmal hinunter ins Tal, dann nahm er die »Le Luberon« vom Tisch und schlug sie auf. Ein Kajakfahrer war in der Schlucht von Verdon ertrunken, die Fußballmannschaft von AC Arles-Avignon hatte unglücklich verloren, und die Wettervorhersage versprach siebenundzwanzig Grad. Kein Wölkchen und die dritte Woche in Folge ohne Regen. Die Waldbrandgefahr hatte inzwischen die höchste Stufe erreicht.

Schließlich schlug Pascal seine Lieblingsrubrik auf. Eine Serie über das Kochen. Rezepte und Zutaten aus der Region, Küchentipps von Köchen aus dem Luberon, manchmal auch Interviews mit Küchenchefs.

Er hatte noch immer den Traum, eines Tages ein eigenes

Restaurant zu eröffnen, sein großes Hobby, das Kochen, zu seinem Beruf zu machen, aber er hatte es nicht eilig damit. Er wollte sich hier in der Region weiterbilden, Kontakt zu Erzeugern aufnehmen, mehr über die lokale Küche der Provence erfahren und deren von ihm so geschätzte Einfachheit studieren. Das riet ihm auch seine Tochter Lillie, seine liebste Kritikerin, die mit Claude, einem Sternekoch aus Lyon, verlobt war und gerade den dritten Termin für eine Hochzeit verschoben hatte. Es gab in Claudes neu eröffnetem Restaurant »L'estragot« zu viel zu tun. Die Romantik musste der Arbeit weichen. Die Gastrogesellschaft aus der Stadt mit den meisten Sternerestaurants der Welt überrannte das kleine Bistro. Schon wenige Wochen nach der Eröffnung war es als Favorit für den nächsten Michelin-Stern gehandelt worden. »L'estragot« hatte es bereits auf das Titelbild namhafter Gourmet-Magazine geschafft.

Lillie, das war sein Eindruck, arbeitete Tag und Nacht an der Seite ihres zukünftigen Mannes. Sie war seine einzige Tochter, und noch immer gab es keinen Tag, an dem er sich nicht irgendwelche Sorgen um sie machte.

»Verschollene Rezepte«, stand in großen Lettern über der Rubrik, die die wichtigste Tageszeitung der Provence seit Wochen als Sensation feierte. Aus einer ungenannten Quelle waren Rezepte aufgetaucht, die auf die Ursprünge der Haute Cuisine zurückzuführen waren und die dem modernen Kochen eine neue Tradition, wie der Gourmet-Journalist es in dem Artikel immer wieder betonte, zurückgaben.

In der Tat waren die Rezepte interessant, schon allein deshalb, weil Gemüse verwendet wurde, das von den Speisekarten und aus den Supermärkten verschwunden war. Selbst Vogelarten wie die Wandertaube tauchten in der modernen Küche nicht mehr auf, die Zucht von einigen Schafrassen war über die Jahrhunderte eingestellt worden oder wurde nur noch von vereinzelten Schäfern betrieben. Die Herausforderung, die Gerichte nach diesen Rezepten zu kochen, bestand darin, zunächst einmal die Zutaten zu bekommen.

Pascal war sich sicher, dass kaum ein Leser bereit war, die Zeit zu investieren, die nötigen Lebensmittel zu besorgen. Er war eine Ausnahme, und das wusste er. Er hatte die Zeitungsartikel gesammelt und nahm sich Woche für Woche ein neues Rezept vor, das er nachkochte. Der Ansturm auf die Wochenmärkte in der Hauptsaison erschwerte ihm die Suche nach den vergessenen Gemüsesorten. Erdbeerspinat wurde längst nur noch als Dekoration auf dem Tisch oder im Garten verwendet, Rübstiel war über die Jahre sogar gänzlich aus den Gemüsegärten verschwunden.

In den Touristenströmen gab es in den Sommermonaten auf den Märkten kein Vor und Zurück mehr. Eingeklemmt zwischen Korbtaschen, Käsesorten und Seifenauslagen stand Pascal schon in den ersten Frühjahrswochen oft eine knappe Stunde in sengender Hitze auf den Dorfplätzen und gab die Suche am Ende schweißüberströmt auf. Er nahm sich vor, es im Herbst, wenn die Sommerferien vorbei waren, erneut zu probieren.

Er musste lernen, zu verstehen, dass er Zeit hatte, dass er nicht alles sofort und jetzt zu tun brauchte. Nicht wie in Paris, wo dauernde Verpflichtungen über sein Leben bestimmt hatten.

Nachdem seine Tochter ausgezogen war und sich seine Frau Arm in Arm mit einem Pariser Immobilienmakler aus seinem Leben verabschiedet hatte, war Pascal zunächst in ein Loch gefallen. In ein sehr tiefes Loch, in dem er erst wieder Licht sah, als er die Entscheidung gefällt hatte, ein neues Leben in der Provence zu beginnen.

Er hatte noch keine Freunde in seiner neuen Heimat gefunden, nur einige gute Bekannte, darunter natürlich vor allem Audrey, die Assistentin der Police nationale aus Apt. Ein paarmal war er mit ihr essen gegangen – und hatte das Gefühl der Funken, die über die Weingläser flackerten, genossen, aber etwas Ernstes hatte sich zwischen ihnen noch nicht entwickelt.

So blieb ihm viel Zeit, wenn er die Mairie in Lucasson abends abschloss, über den Dorfplatz zu seinem Renault Mégane schlenderte und die kurze Fahrt zu seinem alten Mas vor den Toren von Lucasson antrat. Jedes Mal wenn er die Tür seines kleinen Hauses aufschloss, durchströmte ihn eine Art von Glück, das er bisher im Leben nicht gekannt hatte. Es war nicht das Gefühl von Urlaub allein, das ihm diese Wohligkeit gab, sondern vielmehr ein Gefühl des Angekommenseins. Jeden Tag öffnete er die kleine Terrassentür, sog die warme Abendluft in seine Lungen und lauschte in die Hügel der Provence.

Der Bürgermeister von Lucasson, Jean-Paul Betrix, hatte ihm zum Einzug ein paar Hühner geschenkt, sodass er jeden Abend zunächst die Eier einsammeln musste, bevor er sich ans Kochen machte.

Was für ein Leben, dachte er oft, wenn er vor seinem Trüffelomelett oder seinem Lammbraten saß.

Aber von Argenteuil-Spargel, von dem in den Zeitungsartikeln die Rede war, hatte er noch nie etwas gehört. Eine vergessene Spargelart, die laut dem französischen Bauernverband eigentlich gar nicht angebaut werden durfte. Siebzehntausend Euro Strafe musste man als Gemüsebauer allein dafür zahlen, den Samen zu besitzen. Den Bauern, die für die vergessenen Gemüsesorten kämpften, war das egal, es ging ihnen um den Genuss. »Gemüseschmuggler«, stand als Zwischenüberschrift in dem Artikel. An die seltene Spargelsorte heranzukommen kostete selbst einen passionierten Koch wie ihn mindestens den Besuch von drei Wochenmärkten.

Ihm als aufmerksamem Leser der Rubrik war aufgefallen, dass die Gerichte immer einen Zusammenhang zur Gesundheit hatten. Dem Argenteuil-Spargel wurde die Gabe einer kompletten Körperentgiftung nachgesagt. Früher seien die Rezepte meist von Apothekern verfasst worden, stand dort. Ein kleiner Nebensatz wies Pascal darauf hin, dass es sich heute um den letzten Artikel dieser Art handele und er sich in der nächsten Woche schon auf die Soßenrezepte freuen dürfe.

Er legte zwei Euro auf den Tisch, schob die Zeitung in seine Aktentasche und grüßte zwei kleine Jungs, die ihn ehrfürchtig anschauten. Die Faszination einer Polizeiuniform war Kindern in dem Alter anzusehen.

Als er am Waschhaus vorbeiging, klingelte sein Handy. »Chevrier.«

Obwohl er die Nummer aus Apt erkannte, wusste er nie genau, wer dran war. Sein Kollege Frédéric Dubprée persönlich oder seine höchst attraktive Assistentin Audrey. Er spürte die Wärme, die in seine Wangen fuhr, den angenehmen Schauer, der über seinen Rücken lief, als er ihre Stimme hörte.

»Hier ist Audrey.« Sie klang jung, jünger, als sie in Wahrheit war. Auch ihr Wortschatz (das war Pascal schon oft aufgefallen) hatte etwas Jugendliches, etwas Forsches und manchmal Provokantes. »Viel zu tun?«, fragte sie, und diesmal lag Spott in ihrer Stimme.

Sie konnte nicht ahnen, dass die wenige Arbeit, abgesehen von einem Mordfall, den er gleich in den ersten Wochen in seiner neuen Heimat aufzuklären hatte, genau das war, wonach Pascal gesucht hatte. Er scheute sich nicht vor Arbeit, aber je länger er in dem Beruf des Gendarmen arbeitete, desto mehr trennte er wichtige von unwichtigen Tätigkeiten. Es gab die Unverbesserlichen, die Kleinkriminellen, die immer wieder Fahrräder klauen, Autos knacken oder der Drogenkriminalität verfallen würden und die er immer wieder festnehmen musste, um sie danach wieder laufen zu lassen, weil sie entweder zu jung waren oder unter Alkoholeinfluss standen. Aber es gab auch die komplizierten Fälle, die Morde aus Liebe, Rache oder Gier. Sie waren weitaus komplexer, erforderten Konzentration, Psychologie und genaues Hinschauen – und das waren die wahren Stärken von Pascal Chevrier.

Audreys nächster Satz klang vielversprechend. »Lust auf ein Abendessen?«

»Ein Rendezvous«, sagte Pascal und lächelte in sein Handy.

»Ach, was soll ich nur mit dir machen?« Auch in Audreys Tonfall lag ein Lächeln. »Frédéric Dubprée hat mich gebeten, mit dir zu sprechen.«

»Unromantischer geht es wohl nicht.«

»Kommt darauf an, wie lange wir für das Thema brauchen«, konterte Audrey.

»Wann passt es?«

»Neunzehn Uhr in Lourmarin in der ›L'insolette‹?«

»Ich dachte, wir wollen essen gehen.« Pascal bemühte sich, entrüstet zu klingen. »Ich führe dich heute aus. Mit allem, was dazugehört.« Er wertete Audreys Schweigen als Einverständnis.

Als er wenig später die Serpentinenstraße nach Apt hinunterfuhr, um dann Richtung Lucasson abzubiegen, schien bereits die Nachmittagssonne auf seine Windschutzscheibe. Er kurbelte die Scheiben herunter, legte seinen inzwischen braun gebrannten Arm auf die Fensterkante und schaltete das Radio ein.

»Non, je ne regrette rien«, sang Édith Piaf.

2

Audrey trug ein ärmelloses schwarzes Kleid, das über den Knien endete, dazu flache, ebenfalls schwarze Schuhe. Um den Hals eine schlichte silberne Kette. Ihr dunkles halblanges Haar hatte sie zu einem kurzen Pferdeschwanz gebunden. Ihre Halsmuskeln waren deutlich zu sehen. Sie hatte bereits eine Menge Sonne getankt, ihre braune Haut war makellos.

Der Geruch von Sommer umwehte Pascal, als er ihr die üblichen drei Küsschen auf die Wange gab, die ein wenig länger dauerten, als es sich gehörte. Sie hatte dezenten, fast farblosen Lippenstift aufgetragen. Alles an ihrer Erscheinung war von einer zurückhaltenden Klasse. Die wenigen Sommersprossen auf der Nase verliehen ihr etwas Mädchenhaftes.

Ein Kellner fing sie vor dem Restaurant ab und geleitete sie zu einem der Tische auf dem Gehsteig vor dem Restaurant.

»Zwei Champagner«, antwortete Audrey auf die Frage nach einem Aperitif.

Pascal lächelte und schob die kleine Vase mit einer Rose ein Stück zur Seite, um Audrey betrachten zu können. Eine kurze Pause entstand, in der jeder seinen Gedanken nachhing. Pascal hatte plötzlich das Gefühl, etwas sagen zu müssen. »Worum geht es?«

Doch Audrey legte einen Finger auf die Lippen. »Hörst du die Stille?«

Pascal schwieg.

»Obwohl ich von hier komme, hier aufgewachsen bin und meine Kindheit hier verbracht habe, genieße ich sie immer wieder. Bald kommen die Touristen und werden diesen Ort in ein nicht enden wollendes Stimmengewirr tauchen.«

Der Champagner wurde auf den Tisch gestellt, die Bläschen trieben im Abendlicht nach oben und zerplatzten. Pascal erhob sein Glas, ein leises Klirren, ein wohliger Schauer, als der kalte Champagner über seine Zunge lief.

»Das Getränk ist irgendwie sexy, oder?«, bemerkte Audrey verschmitzt lächelnd, als sie beide zur Speisekarte griffen, die neben einem kleinen Pizza- und Pasta-Angebot vor allem traditionell zubereitete Gerichte aus der Gegend bereithielt. Lammkarree in Kräuterkruste oder Artischocken à la barigoule.

Um besser lesen zu können, setzte Audrey eine der dunklen Hornbrillen auf, die seit einiger Zeit wieder en vogue waren, und ließ ihren Finger langsam über die Seiten der Speisekarte laufen. Dabei bewegte sie ihren Mund, als würde sie jemandem die Gerichte vorlesen.

Pascal musste sie immerfort anschauen. Als sich ihre Blicke trafen, fühlte er sich ertappt.

»Ich nehme die gegrillte Dorade mit Spinat und Rosmarinkartoffeln«, sagte Audrey, »und als Vorspeise Salade niçoise.« Sie hatte sich für das Plat du jour, das Tagesgericht, entschieden.

Als der Kellner schließlich aus dem Restaurant über die kleine Kopfsteinpflasterstraße zurück an ihren Tisch kam, hatte Pascal noch nicht einmal die Speisekarte aufgeklappt. So bestellte er einfach das Gleiche. Er hatte schon immer ein Faible für Frauen gehabt, die gutes Essen und guten Wein schätzten. Audrey brachte beide Eigenschaften mit – und wahrscheinlich noch viele andere mehr, die ihn dahinschmelzen lassen würden. Vielleicht würden sie sich eines Tages vollkommen privat treffen. Vielleicht würde er ihr eines Tages sein Haus zeigen, das er noch renovieren musste, um Besuch zu empfangen. Außer dem Bürgermeister Jean-Paul Betrix, der gleichzeitig auch sein Vorgesetzter war, so wie es in Dorfgemeinschaften üblich war, hatte kaum jemand die Schwelle seines Hauses übertreten – und Betrix auch nur, um ihm die Hühner zu bringen. Wahrscheinlich waren sie ein Vorwand gewesen, um seine krankhafte Neugier zu stillen. Was kostete schon ein Huhn?

»Also«, begann Audrey und faltete ihre Hände über dem Tisch zusammen, sodass sich die Haut über ihren zarten Gelenken spannte. »Frédéric Dubprée hat mich gebeten, es nicht zu hoch zu hängen, und er bat ebenfalls um Vertraulichkeit. Ich schätze, das wird dich nicht wundern, wenn ich dir diese Geschichte erzählt habe.«

Pascal nickte erwartungsvoll.

»Frédéric Dubprée hat gesagt, dass vielleicht gar nichts daran sei. Dass es sich um einen makabren Scherz eines Geistesgestörten handeln könnte. Aber wenn nicht, dann haben wir es mit einem Fall zu tun, der uns lange beschäftigen könnte.«

Audrey kräuselte ihre Stirn, ließ die Falten aber sofort wieder verschwinden, als die Vorspeise kam. »Bon appétit«, wünschte sie, bevor sie mit der Gabel kunstvoll ein Salatblatt zusammenlegte und es in ihrem Mund verschwinden ließ.

Auch Pascal probierte seinen Salat und versuchte wie üblich, die Zusammensetzung des Dressings zu analysieren. Die Bemerkung, dass der Koch zu viel Essig benutzt hatte, verkniff er sich.

»Gestern«, sagte Audrey zwischen zwei Salatblättern, »ist ein Souschef aus Bonnieux zu uns in die Gendarmerie gekommen und hat uns etwas erzählt, das Frédéric Dubprée seitdem nicht mehr loslässt.«

Pascal lehnte sich gespannt über den Tisch. »Du weißt wirklich, wie man Geschichten aufbaut«, bemerkte er kauend.

»Merci. Der Souschef war ziemlich durcheinander, so als hätte er ein Gespenst gesehen. Du weißt, wie jemand aussieht, der gerade ein Gespenst gesehen hat?«

»Natürlich, wer nicht?«

Sie kicherten wie Teenager.

»Jedenfalls«, fuhr Audrey fort, »hat seine Stimme gezittert, und seine Augen waren geweitet. Er hat uns erzählt, dass er in der ›Brasserie Le Fleur de Bonnieux‹ arbeite, einem beliebten Treffpunkt der Geschäftsleute nach Feierabend, nur knapp hundert Meter den Berg vom Markt hinunter. Das Restaurant ist für seine feine Küche bekannt.«

Der Kellner hielt Pascal die geöffnete Weinkarte hin.

»Nicht nötig, wir nehmen den Rosé des Hauses.« Pascal

kannte den Winzer bereits, er hatte sein Weingut, das »Château Constantin«, direkt vor den Toren von Lucasson. Ein Weingut, das auf groß angelegte Touristenverkostungen verzichtete, denn die geringen Mengen, die produziert wurden, reichten gerade, um die Stammkunden und die Restaurants zu beliefern, die seit Jahren auf den Wein schworen.

»Eine gute Wahl, Monsieur«, sagte der Kellner anerkennend, ging über das Kopfsteinpflaster zurück in das Restaurant und kam kurz darauf mit dem Rosé wieder.

Eine Pause entstand, zwei deutsche Touristen hatten sich an den Nachbartisch gesetzt und versuchten mit Hilfe eines Wörterbuchs, die Speisekarte zu verstehen. Zwischen ihnen lag ein Prospekt des Schlosses von Lourmarin, auf dem am Abend ein lang angekündigtes Franz-Liszt-Konzert stattfinden sollte. Plakate wiesen seit Wochen auf dieses Event hin. Die Touristen waren bereits in Abendgarderobe und schwitzten in der untergehenden Sonne, als sie mit Hilfe skurriler Gesten das Kaninchen bestellten. Der Mann im Smoking ließ es sich nicht nehmen, seine vorgeschobenen Vorderzähne zu präsentieren und hoppelnde Bewegungen mit dem Oberkörper nachzuahmen, bis der Kellner sich freundlich, aber leicht verschämt vom Tisch entfernte. »Oui, le lièvre.«

»Pascal?«

Pascal fuhr herum, er war abgetaucht in die Szenerie am Nebentisch. »Oui, pardon, erzähl weiter.«

»Ich will es gar nicht zu spannend machen«, fuhr Audrey fort, »jedenfalls hat der Souschef wie üblich morgens die Ware der örtlichen Boucherie angenommen. Das Fleisch kommt ausschließlich aus der Region. Die Stammkunden schätzen das. Der Souschef und der Lieferant kennen sich seit Jahren, und wie üblich hat er die Lieferung nicht überprüft. Die Männer vertrauen einander. Sie haben noch ein paar Minuten den neuesten Dorfklatsch ausgetauscht und sich schließlich verabschiedet. Dann hat der Souschef die Ware wie immer zum Kühlraum geschoben und ausgepackt.«

Der Kellner erschien und schob ihnen die gegrillten Doraden auf den Tisch. Pascal bedankte sich, der Kellner verschwand wieder.

»Bon appétit«, wünschte diesmal Pascal.

»Die Geschichte ist gleich zu Ende.« Audrey machte keine Anstalten, ihr Besteck in die Hand zu nehmen. »Das, was ich dir jetzt erzähle, darf niemand erfahren. Beim Auspacken hat der Souschef ein ungewohnt kleines Stückchen Fleisch vorgefunden, das er zunächst nicht zuordnen konnte. Es war unbeweglich und kalt, hat er gesagt, weil es gefroren war, kälter als der Rest der Lieferung. Er wusste nicht, um was es sich handelte. Und dann plötzlich hat er es erkannt, denn das harte Ende des Stücks war eindeutig ein Fingernagel … Es war ein menschlicher Daumen.«

Audrey schüttelte sich. Ihre Augen waren geweitet, die Belustigung über die Skurrilität, die sonst ihrem Naturell entsprach, war Fassungslosigkeit gewichen.

»Ein Finger!«, sagte sie, als wollte sie sichergehen, dass Pascal auch verstand.

Noch immer hatte sie das Besteck nicht angerührt, und auch Pascal hatte Messer und Gabel wieder neben seinen Teller gelegt.

»Der Souschef habe, wie er sagte, unter Schock gestanden, als er das Stück Fleisch identifiziert hat. Er sei ins Bad gelaufen, habe sich sogar übergeben müssen, dann sei er vor die Tür gegangen, habe sich mit zitternden Fingern eine Zigarette angezündet und überlegt, was er tun solle. Er hat uns erzählt, dass er eine halbe Stunde lang das Restaurant und das Kühlhaus nicht mehr habe betreten können, ihm graute vor dem Anblick. Wer kann es ihm verdenken?«

Pascal erwischte sich dabei, wie er auf seinen Teller schaute, um zu prüfen, ob auch nur Dinge darauf zu finden waren, die er bestellt hatte. »Niemand«, murmelte er schließlich.

»Dann wollte er sich ein zweites Mal von seinem unheimlichen Fund überzeugen«, fuhr Audrey fort, »und ist wieder zurück zu der Fleischkiste gegangen. Und jetzt, Pascal, wird die Geschichte komisch und surreal. Der Finger war weg.

Der Souschef hat die Kiste mehrmals durchwühlt, jedes einsortierte Fleischstück ein zweites Mal aus dem Kühlraum genommen und es überprüft. Der Finger war nicht zu finden. Jemand musste ihn bereits herausgenommen haben. Wer auch immer. Vor lauter Aufregung ist er nicht wie üblich durch den Hintereingang in den Hof des Restaurants gegangen, sondern durch den Vordereingang. Das Restaurant war noch geschlossen, nur das Personal ist nach und nach eingetroffen. Aber an niemandem war eine Veränderung zu bemerken. Keiner hat sich komisch oder unsicher verhalten. Es sei alles wie immer gewesen, hat der Souschef beteuert. Niemand außer ihm schien etwas bemerkt zu haben, niemand hat den Finger gesehen, geschweige denn ihn aus dem Weg geräumt.«

Endlich machte Audrey eine Pause und nahm das erste Stück Fisch auf ihre Gabel. »Alles wie immer«, wiederholte sie.

Pascal war nicht der Typ, der Dinge herunterspielte. Er hatte die Erfahrung gemacht, dass, auch wenn die Geschichte noch so verrückt klang, ein Funken Wahrheit darin verborgen sein könnte. Eine Eigenschaft, die er mit den Pariser Polizisten nie gemein hatte. Sie versuchten, einen Fall nach dem anderen abzuhaken, obwohl das kleinste letzte Indiz noch nicht geklärt war – und so sagte er nur: »Dieser Sache müssen wir auf den Grund gehen.«

Jetzt lächelte Audrey wieder und winkte ab. »Vielleicht wirklich nur die Spinnerei eines Verrückten, der sich wichtigmachen wollte. Vielleicht ein Schlachter, der sich den Finger abgetrennt und es nicht öffentlich gemacht hat.«

Überzeugt klang sie nicht, fand Pascal.

Schweigend aßen sie ihre Dorade. Mit geübten Fingern filetierte Audrey den Fisch, nahm das Gerippe zwischen Gabel und Messer und legte es auf den Grätenteller in der Mitte des Tisches. Mit einem kleinen Schnitt an der Oberseite des Fisches entfernte sie die letzten Seitengräten, dann nahm sie die Zitronenscheibe und gab einige Spritzer über das weiße Doradenfleisch. Während sie Pascal über den Tisch hinweg anlächelte, wischte sie ihre Finger an der Serviette ab und schaute noch einmal zufrieden auf ihren Teller.

Pascal schenkte den Rest aus der Flasche des »Château Constantin« erst Audrey und dann sich selbst ein. Er prostete ihr zu. Ein angenehmes, nicht angestrengtes Schweigen lag über dem kleinen Tisch.

Pascal empfand die Stille zwischen zwei Menschen als ein zutiefst befriedigendes Gefühl. Ein geradezu mächtiges Kommunikationsmittel, bei dem die Kunst darin bestand, dass niemand sich verpflichtet fühlte, das Schweigen zu brechen, sondern sich dem wortlosen Austausch hingab.

Schließlich war es Audrey, die das Wort ergriff. »Dass Frédéric Dubprée von der Police nationale dich ein zweites Mal um Hilfe bittet, dürftest du als Ehrerbietung auffassen.«

Pascal nickte nur, während er mit der Zunge nachspürte, ob es ihm genauso kunstvoll gelungen war, die Gräten komplett aus der Dorade zu entfernen. Er war zufrieden, nicht aber mit Audreys Bemerkung. Für ihn war es keine besondere Ehre, schließlich war er es aus Paris gewohnt, für die Police nationale tätig zu sein und nicht für die Gendarmerie, was noch immer neu für ihn war.

Es war ein freiwilliger Schritt gewesen, die Arbeit als Polizist in einer Großstadt gegen das beschauliche Leben eines Dorfgendarmen im Luberon einzutauschen. Dennoch empfand er es als angenehm, mit dem scharfsinnigen, ruhigen Commissaire der Police nationale, die dem Innenministerium unterstellt war, zu arbeiten und nicht nur für den cholerischen, machtbewussten Bürgermeister Jean-Paul Betrix, der wie in den meisten Orten in der Provence auch der Gendarmerie übergeordnet und somit sein direkter Vorgesetzter war. Man konnte die Gendarmen in ganz Frankreich an einem Finger abzählen, die für die Police nationale arbeiteten. Seit Jahren versuchte man in Frankreich eine engere Zusammenarbeit, aber in den meisten Regionen vergebens. In der Regel hatte man nur Hohn und Spott füreinander übrig.

Noch immer schien Audrey auf eine Antwort zu warten,

doch Pascal wollte das Gespräch in eine andere Richtung lenken. Der Wein in den frühen Abendstunden entspannte ihn nicht nur, er machte ihn auch euphorisch und für seine Verhältnisse forsch. »Ich würde gern für dich kochen, Audrey.«

Geheimnisvoll lächelnd legte Audrey das Besteck auf ihren leeren Teller. »Ist das eine Einladung in dein Mas?«

Pascal nickte und spürte, wie ihn eine angenehme Aufregung durchströmte. »Ich muss es nur noch ein wenig herrichten, es ist noch näher an einer Baustelle als an einem Heim, in dem ich mich wohlfühle. Aber die Küche ist bereits in einem einsatzfähigen Zustand.« Er sah Audrey erwartungsvoll über sein Glas hinweg an.

Sie sagte nichts, nickte nur, während ihre dunklen Augen in seinen ruhten. Schließlich setzte sie ihr Glas mit dem Rosé an ihre Lippen.

3

Auch nach einem halben Jahr als Gendarm im Luberon hatte
für Pascal die Landschaft nichts von ihrer Faszination verloren. Im Gegenteil. Immer wieder entdeckte er neue Details,
immer wieder entfuhr ihm ein »Ist das schön!«, wenn er seinen Renault Mégane durch die Weinberge steuerte, vorbei
an den Gewächshäusern, in denen die Tomaten bereits rot
geworden waren, den Melonenfeldern, den Obst- und Ge-
müsehändlern, die ihre Ware in beeindruckenden Stapeln auf
den Markttischen präsentierten, und den Dörfern, die sich in
die Bergmassive hineingefressen hatten. Und immer wieder
die leuchtenden Lavendelfelder, die sich in der letzten Woche
wie aus dem Nichts durch die Landschaft entrollt hatten und
signalisierten, wie bereit sie für das Leben waren.

Der Weg von Lucasson führte vorbei an Lourmarin, mitten
hinein in das Bergmassiv mit den sich immer höher aufbau-
enden weißen Felsen, fünfzehn Kilometer über den einzigen
Durchgang, den man durch den Petit Luberon nehmen konnte.
Eine Serpentinenstraße, die sich durch die Schlucht nach oben
und unten schlängelte. Ein ausgetrocknetes Flussbett begleitete
die Strecke eine Weile, andere Gebirgsbäche bahnten sich ihren
Weg durch die Landschaft, auf den ersten Blick fast unsichtbar.

Die wenigen Kilometer zu fahren bedeutete höchste Konzentration. Nur eine kleine Steinmauer trennte die Straße von
den abfallenden Bergen. Manchmal waren es lediglich Pfeiler,
die das Ende der Straße kennzeichneten, gefolgt von Warn-
schildern, die auf besonders scharfe Kurven hinwiesen.

Immer wieder nutzten Motorradfahrer die wenigen Ge-
raden des Passes, um Pascal mit laut röhrenden Motoren zu
überholen. Ebenso einheimische Autofahrer, die einen Gang
herunterschalteten, um schnell an dem schleichenden Polizisten vorbeizukommen, und ihre Motoren ebenfalls aufheulen
ließen, während sie den Mégane mit einem halb vorwurfs-

vollen, halb mitleidigen Blick straften, bevor sie sich vor ihm wieder einfädelten.

Pascal war ständig darauf gefasst, hinter der nächsten Ecke auf eine Gruppe von Radfahrern zu treffen, die in ihren Profitrikots zwar gut zu erkennen waren, sich aber wenig um die Autos scherten, die in letzter Sekunde das Lenkrad herumreißen mussten, um der Trainingseinheit kein plötzliches Ende zu bereiten.

Nach knapp dreißig Minuten erreichte Pascal das hoch gelegene Bonnieux, das am Nordeingang zum Erosionstal thronte. Seinen Wagen parkte er direkt vor der kleinen »Brasserie Le Fleur de Bonnieux«, die noch weit über der Hauptstraße am Berghang lag und in den Sommermonaten von wohlhabenden Touristen und Einheimischen aufgesucht wurde, die bereit waren, auch für einen Mittagstisch über zwanzig Euro zu berappen. Die Küche hatte einen guten Ruf, die Sicht über den Petit Luberon war legendär. Ein Glas oder eine Karaffe Rosé in den Mittagsstunden und der Nachmittag schrie nach Müßiggang oder einem Schläfchen im Schatten der Platanen.

Als Pascal die Brasserie betrat, konnte er nur mit Mühe einer Kellnerin ausweichen, die ihr Tablett mit mehreren Gläsern Champagner an ihm vorbei- und durch die Tür zur Terrasse hinausbalancierte.

»Pardon«, blieb ihm nur noch zu sagen, während er ihr nachschaute.

Der Blick über den Petit Luberon ergriff ihn mit einer Macht, die ihn plötzlich Demut vor der Natur spüren ließ. Schließlich riss er sich von dem Anblick der blühenden Lavendelfelder und der Weinreben los und ging zur Bar im Restaurant.

»Pascal Chevrier, Chef de police Lucasson«, stellte er sich der jungen Frau vor, die inzwischen wieder an ihm vorbei hinter den Tresen gegangen war und versuchte, ein Bier zu zapfen. Ihre Bewegungen waren hektisch. Pascal beobachtete sie einen Moment, wie sie mit einem Handtuch den ständig überlaufenden Schaum wegwischte.

»Merde«, sagte sie, ehe sie sich Pascal zuwandte. »Haben Sie das schon einmal probiert?«

Unbeschwerte Bilder seiner späten Schuljahre tauchten vor seinem inneren Auge auf, als er sich sein Taschengeld in einer Studentenkneipe verdient hatte. »Oui, lassen Sie mich mal.« Ohne zu fragen, ging er hinter den Tresen, hielt ein Glas schräg unter den Zapfhahn und ließ das Bier behutsam hineinlaufen. Die Krone reichte genau bis zum Glasrand. »Voilà«, sagte er zufrieden.

Die Frau lächelte anerkennend.

»Ich würde gern Ihren Chef sprechen«, sagte Pascal.

Die Kellnerin musterte ihn prüfend und begutachtete seine Uniform. »Deux minutes«, sagte sie schließlich und verschwand nach einem kurzen, kritischen Blick auf das Glas durch eine kleine Tür hinter der Bar.

Für eine Weile war Pascal allein im Gastraum, das Bier sackte müde in sich zusammen, sodass er nicht anders konnte, als es mit einem weiteren Zapfvorgang wieder in Form zu bringen. Dann setzte er sich auf die Seite der Bar, an der die Gäste normalerweise Platz nahmen.

Nach fünf weiteren Minuten kam die Kellnerin wieder aus der Küche, dicht gefolgt von einem schwergewichtigen Mann in einer weißen Kochuniform und mit einer hohen Mütze. Die Schwingtür ächzte, als er sich auf die Türkante stützte. Seine Kleidung war so makellos, als hätte sie noch nie Kontakt zu einer Soße oder einem Fleischspieß aufgenommen. Frisch gebügelt und nach Waschmittel duftend wirkte sie wie ein feiner Anzug, zugegeben, mit etwas zu vielen Knopfreihen.

»Elias Martin«, stellte sich der Mann kaum verständlich vor. Missbilligung stand ihm ins Gesicht geschrieben. Mit einer zögernden Bewegung reichte er Pascal seine fleischige Hand, ohne ihm ein Getränk anzubieten. Offensichtlich spürte er, dass der Gendarm nicht wegen der Küchensauberkeit gekommen war, an den Auflagen des Gesundheitsamtes nicht interessiert schien und auch keine Kaffeepause einlegen wollte.

Mit einem lauten Schnauben fiel er auf einen Barhocker

hinter dem Tresen, sodass er seinem Besuch gegenübersaß. »Ich habe keine Zeit, was wollen Sie von mir? Sie sehen, was hier los ist.«

Pascal ließ seinen Blick durch das leere Restaurant schweifen, sah aus dem großen Bodenfenster über die kleine Kopfsteinpflasterstraße auf die andere Seite zur Terrasse, wo sich vier Gäste an einem der Tische mit Champagner zuprosteten. Nur ein zweiter Tisch war noch besetzt. Er nickte. »Ja, ich sehe, was hier los ist.«

Als er Elias Martin wieder anschaute, bemerkte er einen Schweißfilm auf dessen Stirn. Er hatte die Statur eines Mannes, der oft schwitzte, weißfleischig, mit Falten, in denen sich das Salzwasser sammelte.

»Wir haben eine Nachricht von Ihrem Souschef erhalten. Er hat gestern die Ware angenommen, das wissen Sie sicher. Er hat einen abgetrennten Finger in der Lieferung gefunden.«

Elias Martin blickte zur Seite und lächelte unbeholfen seine Kellnerin an, die Champagner einschenkte und die Gläser auf ein Tablett stellte, um zu dem einzigen weiteren Tisch zu gehen, der besetzt war. Erst als sie das Restaurant verlassen hatte, setzte er mit unbeholfener Stimme an. »Dann haben Sie mehr als ich erfahren. Er hat heute Morgen gekündigt. Per SMS. Nach neun Jahren. Einfach nur eine Nachricht. Wollen Sie sie sehen?« Er griff unter seine Schürze in seine Hosentasche, zog sein Handy hervor, hielt das Display wenige Zentimeter vor seine Augen und scrollte mit seinem dicken Daumen durch eine Reihe von Nachrichten. »Hier ist sie«, stellte er schließlich fest und reichte Pascal sein Telefon. »Ein Finger also.« In seiner Stimme lag keinerlei Verunsicherung.

»›Das, was passiert ist, kann ich nicht vergessen‹«, las Pascal. »›Wie soll ich jemals wieder in einer Küche arbeiten? Behalte meinen Lohn, ich komme nicht wieder. Rufe mich nicht an, es ist zwecklos.‹« Er prüfte auch weitere Mitteilungen, die der Souschef dem Koch in den letzten Wochen geschickt hatte. Es handelte sich vor allem um Details zu Bestellungen und eine Reihe von Uhrzeiten, die sein Eintreffen ankündigten.

Pascal nahm sein Notizbuch aus der Innentasche seines Jacketts und schrieb den Namen des Absenders auf: Henry Terrault. Außerdem notierte er sich die Nachricht vom Display, in der Hoffnung, später irgendwelche Hinweise aus den Zeilen herauslesen zu können, vielleicht das zu verstehen, was dazwischen stand. Zunächst war es nur eine schnell heruntergetippte Kündigung, die auf eine Kurzschlusshandlung schließen ließ.

»Was genau ist passiert?«, fragte er, als er das Telefon über den Tresen schob.

Elias Martin schnaufte verächtlich. »Ihr elenden Flics, ihr Nervensägen, als ob Sie es nicht wüssten. Glauben Sie, ich habe auf dieses Katz-und-Maus-Spiel Lust? Ich weiß von nichts. Alles, was ich erfahren habe, weiß ich aus dieser Nachricht hier.« Er klopfte auf seine Hosentasche, in die er das Handy zurückgesteckt hatte. »Dass ein Finger gefunden wurde, von dem ich nichts weiß, ist auch für mich als Koch eine Katastrophe. Nicht auszudenken, wenn das publik wird.« Er hatte seine Stimme bedrohlich angehoben. Aus dem Schweißfilm waren Schweißtropfen geworden. Auf seinen Wangen bildeten sich kleine rote Stressflecken in unterschiedlichen Größen und Formen.

Wieder öffnete sich die Tür zur Terrasse. Erst jetzt bemerkte Pascal einen Hund mit einem ebenso beeindruckenden Körperumfang wie der seines Herrchens. »Ihr Hund?«

Elias Martins Augen flackerten, für den Bruchteil einer Sekunde hellte sich sein ganzes Gesicht auf. Dann nickte er kräftig, während sich seine Falten am Hals bedrohlich nach vorn wölbten.

»Also, Monsieur Martin, was genau ist gestern in Ihrem Restaurant passiert?«

Elias Martin wies auf seine Kellnerin und bedeutete Pascal, zu warten, bis sie das Restaurant wieder verlassen hatte. Sie tat ihm den Gefallen und öffnete erneut die Glastür. Der Hund ließ sich mit einem ähnlichen Laut, wie ihn sein Herrchen vor wenigen Minuten ausgestoßen hatte, unter einen der Tische fallen. Ein kurzes Grunzen, ein Kratzen der Pfoten auf den Fliesen im Restaurant, dann war es wieder still.

»Ihr elenden Flics«, wiederholte Elias Martin.

Flics. Pascal hatte das Wort eine lange Zeit nicht mehr gehört, diese abfällige Bezeichnung für einen Polizisten in Großstädten. Er beschloss, die Beleidigung zu ignorieren, in dem Wissen, dass es jetzt schon eine Kleinigkeit gab, die er gegen den zutiefst unsympathischen Mann in der Hand hatte. Auch wenn eine banale Amtsbeleidigung nicht gerade das war, was er sich von dem Gespräch erhofft hatte. Eine weitere Frage, eine geschickte Formulierung, ein weiterer Trick der Kommunikation war nicht nötig.

»In Ihrem Restaurant wurde ein abgetrennter Finger gefunden, der ebenso schnell wieder verschwand. Wo, glauben Sie, könnte der jetzt sein, Monsieur Martin?«

»Das wüsste ich auch gern«, sagte der Koch in einer Beiläufigkeit, die Pascal erschrecken ließ. Als hätte er ihn gefragt, ob er einen Regenschirm gefunden habe, den er am letzten Tag hier vergessen hatte. Seine Reaktion zeugte von stoischer Gelassenheit.

»Wie Sie sich sicher denken können, handelt es sich bei dem Finger um ein wichtiges Beweisstück.« In Pascals Stimme lag inzwischen Ungeduld.

»Ich weiß es nicht«, beharrte Elias Martin. »Aber glauben Sie, ich hätte Sie nicht verständigt, wenn ich Genaueres mitbekommen hätte? Und woher wissen Sie denn, ob das überhaupt stimmt? Haben Sie mit meinem Souschef gesprochen?«

»Oui, Monsieur, das haben wir.«

Elias Martin schnaufte erneut, seine Augen blinzelten. Die Flecken in seinem Gesicht hatten sich zusammengetan, bildeten jetzt ein sattes Rot. »Hören Sie, ich kann Ihnen nicht mehr sagen als das. Ich habe weder den Finger gesehen, noch war ich bei der Lieferung dabei. Und Sie haben ja gelesen, dass ich meinen Mitarbeiter nicht einmal mehr anrufen darf. Vergessen wir das also alles.«

Pascal wartete noch einen Moment, musterte den Koch,

beobachtete ihn, ob Unsicherheit in ihm aufstieg, doch da war nichts. Nur das rote Gesicht.

»Wer sagt denn, dass es so war?«, setzte Elias Martin schließlich fast versöhnlich nach, so als wolle er die Dramatik aus der Situation nehmen. Seine Frage ging direkt in die nächste über. »Möchten Sie etwas trinken, Monsieur Chef de police?«

Pascal gefiel die Art und Weise nicht, wie Elias Martin die Worte »Chef de police« überbetonte, wie er sie zum Spott in die Länge zog, wieder diese Ruhe vorgaukelnd. Dass er den Begriff »Flic« gegen die eigentliche Amtsbezeichnung ausgetauscht hatte, stimmte ihn nicht milder.

Mühsam richtete Elias Martin seinen massigen Körper auf und holte aus dem Kühlschrank eine bereits geöffnete Champagnerflasche, verschlossen mit einem Plastikkorken, den man in der Gastronomie verwendete.

Pascal hob dankend die Hand. »Bin im Dienst.«

»Augen auf bei der Berufswahl«, grunzte Elias Martin, goss nur sich Champagner ein, trank einen Schluck und stellte das Glas auf den Tresen.

»Also bitte, Monsieur Martin. Sie werden mir jetzt genau sagen, was passiert ist. Ich habe Zeit, und ich glaube nicht, dass Sie mich hier als Stammgast haben möchten. Immer dieser Flic in der Uniform, der hier ein und aus geht. Ob die Gäste das mögen?«

Elias Martin hob das Glas und führte es zu den Lippen, dann sah er Pascal an wie ein kleiner Junge, als hätte man ihn gerade bei einem Streich erwischt. »Es hilft nichts, Sie werden es ohnehin erfahren.« Jetzt schien er sich Mut anzutrinken.

»Es war vorgestern alles wie immer. Um elf Uhr kam François, der Lieferant der Boucherie aus Aix-en-Provence, bestens aufgelegt. Ich war gerade hier im Gastraum. Hinten fuhr der Wagen heran, wie jeden Tag. Mein Souschef«, er räusperte sich, »oder sagen wir lieber, mein Ex-Souschef Henry Terrault nahm das Fleisch entgegen. Dann quatschten sie noch ein bisschen, wie sie es immer machen. Die beiden sind ja in einem Alter, beide Anfang dreißig. Da hat man ähnliche Themen, Frauen und so.«

Mit wässrigen Augen starrte Elias Martin aus der großen Glastür auf seine Kellnerin, die neben dem Eingang stand und ihre Finger liebevoll über das Display ihres Smartphones wischte. Ein Lächeln umspielte ihre Lippen.

Pascal wollte sich nicht in die Gedankengänge des Mannes versetzen. »Was ist dann passiert, Monsieur Martin?«

Mit einer ruhigen Bewegung setzte der Koch das Champagnerglas wieder an die Lippen. »Als der Lieferant schon eine ganze Weile verschwunden war, hörte ich die Tür am Hinterausgang der Küche ins Schloss fallen. Als hätte sie jemand zugeknallt, es klang wütend. Das Fleisch hatte Henry bereits aus der gekühlten Styroporkiste genommen. Es lag teilweise auf der Anrichte, teilweise aber auch auf dem Boden der Küche. Das ist untypisch für ihn. Henry Terrault ist ein ordentlicher Mann, einer, bei dem man vom Boden essen kann.« Er zögerte. »Ich werde ihn, glaube ich, vermissen.« Mit einer letzten schnellen Bewegung leerte er das Glas. Dann drehte er sich wieder zurück zum Kühlschrank und schenkte sich nach. Er winkte mit der Flasche. »Sicher nichts?«

Pascal schüttelte den Kopf. Auch wenn ihm jetzt selbst nach einem Champagner zumute war, wollte er seine Prinzipien nicht über Bord werfen, sich dem provenzalischen Koch gegenüber nicht verführen lassen.

»Ich stand also in der Küche zwischen all dem halb ausgepackten Fleisch«, fuhr Elias Martin fort. »Gerade wollte ich nach Henry rufen, was ihm einfiel, auf diese Weise unsere Ware zu behandeln, da sah ich es selbst. Neben einer Gänsekeule, die auf dem Boden lag, als hätte man sie weggeworfen, war ein kleines Stück Fleisch. Es sah aus, als hätte man es aus einem Huhn herausgeschnitten. Ich bückte mich und betrachtete es. Der Daumen war mit einem sauberen Schnitt am Gelenk abgetrennt. Offensichtlich ist eine Geflügelschere benutzt worden. Ich mochte das Ding nicht aufheben, ich ekelte mich plötzlich. Ich wollte gerade einen Bratenwender holen, um den Finger vorsichtig zu untersuchen, doch als ich zur Schublade ging, um ihn zu holen, war es bereits zu spät.«

»Was war zu spät?« Pascal war die Anspannung in der Stimme anzuhören.

Elias Martin sagte nichts, er nickte nur in den Raum hinein.

Pascal beobachtete ihn gespannt.

Wieder nickte der Koch, diesmal deutete er in Richtung Tisch.

Dann sah auch Pascal ihn – den Hund. Den dicken Hund.

4

In nur wenigen Wochen war Lucasson zum Leben erwacht. Viele der optimistischen Café- und Restaurantbesitzer hatten im Winter ihre Stühle und Tische auf den Gehsteigen und dem Marktplatz, der Place de la Fontaine, stehen lassen, sodass sie schon ab März besetzt wurden.

Noch nie zuvor hatte Pascal Menschen gesehen, die dem Winter, den Wolken und den wenigen Regentagen mit einer solch tiefen Abneigung begegneten wie die Südfranzosen. Auch in den kältesten Monaten Januar und Februar hatten sich die Einheimischen in dicken Jacken und Schals in die Sonne gesetzt und mit Hilfe von Heizstrahlern eine Form des Frühjahrs simuliert.

»Der Provenzale isst im Freien«, hatte ihm vor Kurzem Jacques, der Besitzer des »Café Tabac«, erklärt, an dessen Tischen auch Pascal schon oft gesessen hatte. Der mürrische Zigarettenladenbetreiber und Zeitungshändler bot vor allem den Einheimischen ein Petit-déjeuner an, das rein preislich nicht einmal die Kosten einer Zeitung überschritt.

Wie der Mann, in dessen Mundwinkel stets ein Zigarettenstummel hing und der immer dasselbe Hemd trug, diesen Preis für Croissants und Kaffee halten konnte, war Pascal ein Rätsel. Daher gab er ihm auch heute ein großzügiges Trinkgeld.

Man hatte sich aneinander gewöhnt. In der »Kennenlernphase« hatte es gewisse Schwierigkeiten zwischen ihnen gegeben, die jedoch nach dem gewaltsamen Tod eines Amerikaners im Örtchen beigelegt werden konnten. Damals hatte ein Multimillionär aus Pennsylvania es gewagt, eine Golfanlage zu planen, für die der berühmte Trüffelwald am Ortsrand dem Erdboden hätte gleichgemacht werden sollen. Den Einwohnern von Lucasson hätte die Anlage zwar einen gewissen Wohlstand gebracht – die Grundstückspreise im Umland wären explodiert –, aber die traditionelle Lebensweise der Menschen im

Petit Luberon wäre in Gefahr geraten. Ein Traditionalist wie Jacques hätte sich niemals an die Protzerei der russischen und amerikanischen Touristen in seinem Heimatdorf gewöhnen können, sodass er erleichtert gewesen war, als der alte Maurice Perieux noch den amerikanischen Immobilienhai beseitigt hatte, bevor er selbst für immer die Augen geschlossen hatte.

Ob Jacques den doppelten Preis, den Pascal für das Frühstück gezahlt hatte, überhaupt registrierte, war seiner Miene nicht anzusehen.

Mit leichtem Schritt und der Uniformjacke über dem Arm schlenderte Pascal zur Mairie, dem Rathaus, in dem sich auch sein Amtszimmer befand. Typisch und pragmatisch zugleich, hatte sich diese Regelung, die Gendarmerie in das Rathaus zu legen, über die Jahrzehnte nie geändert, auch wenn es in angrenzenden Gebieten inzwischen ein eigenes, meist unauffälliges Gebäude gab, in dem die Gendarmerie untergebracht war. Hier in Lucasson hielt man es mit der Tradition.

Schon auf dem Marktplatz verriet das geöffnete Fenster des Bürgermeisterzimmers die Anwesenheit seines Chefs. Im Rathaus hallte seine laute, aggressive Stimme über den Gang. Audrey klang leise dagegen, wie eine Symphonie.

Manchmal erwischte sich Pascal dabei, wie er sich nach der anstehenden Wahl einen neuen Vorgesetzten wünschte. Er jedenfalls würde nicht für eine dritte Amtszeit von Jean-Paul Betrix stimmen – was er diesem niemals sagen würde –, auch wenn er den Herausforderer kaum kannte; nur durch ein Radiointerview, demzufolge sich der Kandidat für ein Ende der Mauscheleien im Ort und der offenen Korruption einsetzen wollte, was er vor allem auf den halb legalen Trüffelhandel im Ort bezog.

Als Pascal vor einigen Wochen mit Jean-Paul Betrix darüber gesprochen hatte, hatte dieser nur gelacht und angemerkt, der Herausforderer habe wohl noch nie ein Trüffelomelett zu einem vernünftigen Preis gegessen.

Pascal erschrak über sein eigenes Gefühl der Bewunderung für das unerschütterliche Selbstvertrauen, mit dem Jean-

Paul Betrix seinen Ort regierte. Nichts in der Welt hätte den Bürgermeister dazu veranlasst, auch nur eine einzige seiner Entscheidungen im Nachhinein in Frage zu stellen. Eine Führungsperson war dieser Mann in jedem Fall, das musste Pascal zugeben.

Bevor er das Büro des Maire betrat, strich er noch einmal über sein Hemd und überprüfte beiläufig den Sitz seiner Uniform, um bei Audrey einen guten ersten Eindruck an diesem Morgen zu hinterlassen.

Angespanntheit, eine gewisse Aufregung, lag im Raum, als Pascal freundlich ein »Bonjour« in die Runde warf.

»Bonjour, bonjour«, äffte Jean-Paul Betrix ihn nach, »als wäre dieser Tag wie jeder andere.«

Was Pascal noch zu Anfang seiner Amtszeit vor wenigen Monaten verunsichert hatte, ließ ihn jetzt, da er die aufbrausende, unkontrollierte Art des Bürgermeisters kannte, nur noch leise in sich hineinlächeln. Nichts, aber auch gar nichts in der Welt rechtfertigte eine Missachtung der Regeln der Freundlichkeit, fand er.

Audrey schenkte ihm ein kaum sichtbares, dafür aber unschlagbar warmes Lächeln, als er sich setzte, nachdem er dem dritten Mann im Raum, Frédéric Dubprée, Commissaire der Police nationale aus Apt, die Hand geschüttelt hatte.

»Was gibt's?« Pascal ignorierte das deutlich hörbare pfeifende Ausatmen des Bürgermeisters, der sofort das Wort ergriff.

»Finger, Chevrier, Finger! Jetzt gibt es schon vier Restaurants, die Daumen, Mittelfinger, Ringfinger und Zeigefinger auf die Karte nehmen können. Endlich begreife ich das Wort ›Fingerfood‹.«

»Bitte von Anfang an«, unterbrach Frédéric Dubprée den emotionalen Ausbruch des Bürgermeisters. »Audrey, würden Sie den Chef de police bitte in Kenntnis über die Ereignisse des Morgens setzen?«

Wie Pascal Dubprée kannte, saß dessen Uniform wieder tadellos. Zudem sah er aus, als verbrachte er, während andere

Menschen frühstückten, seine Zeit lieber beim Friseur. Mit wachen dunklen Augen musterte Dubprée Audrey, die mit der Zusammenfassung begann.

»Heute um sechs Uhr dreiundzwanzig haben wir in Apt einen Anruf eines Lieferanten aus Sisteron erhalten, der uns darüber informiert hat, dass sich zwischen den frisch geschlachteten Lammhaxen ein Zeigefinger befand. Sauber abgetrennt, deutlich erkennbar an einem Fingernagel. Es war lediglich dem Zufall zu verdanken, dass der Lieferant den Finger überhaupt bemerkt hat. Nur weil der Deckel einer Styroporkiste fehlte und der Finger unverpackt auf dem Lammfleisch lag, hat er ihn sehen können. Geistesgegenwärtig hat er ihn in eine Plastiktüte gepackt und zu uns gebracht. Wir haben den Finger sofort zur Identifizierung an unseren Gerichtsmediziner weitergeleitet. Sie kennen Maxime Leblanc, er ist schnell und gewissenhaft. Seinem Bericht zufolge wurde der Finger von einer Leiche abgetrennt. Kein Zweifel. Bei funktionierendem Blutkreislauf wären beim Abtrennen des Fingers die Wundränder unterblutet. Bei einem Toten nicht, wie in diesem Fall.«

Pascal beobachtete, wie sich Frédéric Dubprée behutsam über das Haar strich, während Audrey sprach. Er schien mit dem Sitz zufrieden zu sein und legte seine Hände wieder in den Schoß.

»Es gibt also keinen Zweifel mehr: Wir haben eine Leiche mit bislang vier fehlenden Fingern, und keiner weiß, wo sie sich befindet – das hat Leblanc auch noch spitzfindig, wie er nun mal ist, hinzugefügt, als ich mich mit ihm ausgetauscht habe. Kaum hatte ich aufgelegt, klingelte das Telefon erneut. Ein Küchenjunge aus Ménerbes war dran. Er hatte nur eine kleine Bestellung bei einer Boucherie aus Cavaillon entgegenzunehmen. Das Rindfleisch war für ein Steak tartare vorgesehen, das an jenem Tag als Plat du jour angeboten werden sollte, doch daraus wurde nichts. Denn auf dem frischen Fleisch lag ein Mittelfinger, wie ein Geburtstagsgeschenk, sogar mit einer roten Schleife versehen. Zynisch finde ich das. Der Küchenjunge rief uns sofort an, nachdem er seinen Chef verständigt und ihm Bericht erstattet hatte. Und jetzt, Pascal, wird es interessant.«

Audrey beugte sich noch ein bisschen weiter Pascal entgegen. Es war ein unpassender Augenblick, aber er konnte seinen Blick kaum von ihr losreißen. Ihre sportliche Figur zeichnete sich deutlich ab, ihre Brüste, die Sehnen am Hals, die trainierte Taille. Ihr Haar hatte sie an diesem Morgen streng zurückgekämmt, ein Haarband hielt es zusammen.

»Der Chefkoch aus Ménerbes wollte nicht, dass der Küchenjunge uns anruft, um es zu melden. Er wollte sofort in die Küche kommen und sich selbst ein Bild machen, aber selbstbewusst, wie der Küchenjunge war, ließ er sich nichts vorschreiben. Ihm war sofort klar, dass er ein Fundstück eines Verbrechens vor sich hatte und dass er seinen Chef nicht brauchte, um das festzustellen. Dank des Jungen konnten wir auch diesen Finger sicherstellen. Wir haben ihn in das Labor schicken lassen. Ich habe sofort Kontakt zu dem Koch aus Ménerbes aufgenommen, der peinlich berührt reagierte. Er sagte, er wolle keinen Skandal in seinem Restaurant, er habe unter Schock gestanden. Natürlich habe sein Küchenjunge vollkommen richtig gehandelt. Er bat um Entschuldigung. Ich denke, wir sollten ihm noch einen Besuch abstatten.« Audrey lehnte sich in ihrem Stuhl zurück, schien sich nach den langen Ausführungen sammeln zu wollen.

Stille legte sich über die Amtsstube des Bürgermeisters, die selbst von diesem nicht gestört wurde. Dann schüttelte er langsam den Kopf. »Aber, Chevrier, das Schlimmste kommt noch«, sagte er mit heiserer Stimme.

»Das mag für Sie so aussehen, Monsieur Betrix«, erwiderte Frédéric Dubprée. »Für uns von der Police nationale ist jeder Fall für sich eine Geschichte, der wir mit der gleichen Präzision nachgehen müssen. Das bedeutet, es wäre hilfreich, die Leiche ausfindig zu machen, deren Finger an die Restaurants geschickt wurden.«

»Erzählen Sie, was in Lucasson passiert ist, Audrey, los.«

Es war, als hätte Jean-Paul Betrix gar nicht wahrgenommen, was der Commissaire aus Apt gesagt hatte. »Erzählen Sie, was in meinem Wahlbezirk stattgefunden hat.«

Audrey warf Jean-Paul Betrix einen Blick zwischen Fassungslosigkeit und Mitleid zu, bevor sie ihren Oberkörper streckte und fortfuhr. »In einem Punkt gebe ich dem Bürgermeister recht. Was sich hier in Lucasson zugetragen hat, hätte niemals passieren dürfen. Es ist ein Skandal, über den sicher die Zeitung morgen berichten wird, denn der Ringfinger ist ausgerechnet auf dem Teller eines Reporters von ›Le Luberon‹ gelandet. Ein unachtsamer Kellner hat ihn offensichtlich für ein Stück Bockwurst gehalten.«

»Eine mickrige Bockwurst!«, schrie Betrix. »Eine erbärmlich mickrige Bockwurst!«

»Bitte beruhigen Sie sich, Monsieur Betrix«, sagte Frédéric Dubprée und wandte sich dann wieder an Audrey. »Der Reporter heißt Constantin Taron.«

»Constantin Taron«, sagte Pascal ungläubig.

Jean-Paul Betrix sah ihn hoffnungsvoll an, als sei nun Pascal die Rettung, einen Skandal zu verhindern. »Woher kennen Sie den Mann, Chevrier?«, fragte er bedrohlich lauernd.

»Ich kenne ihn nicht, ich kenne nur seine Artikel. Er hat gerade eine Serie über vergessene Nahrungsmittel geschrieben, die ich aufmerksam verfolgt habe.«

»Ach ja?«, blaffte Jean-Paul Betrix. »War da auch von Fingern die Rede, einst eine Spezialität der Kannibalen?«

»Bitte, Monsieur Betrix, bitte lassen Sie diesen Zynismus, der bringt uns nicht weiter.« Während Frédéric Dubprée den Bürgermeister sanft, aber bestimmt zurechtwies, lehnte sich Pascal zurück.

»Man müsste versuchen, den Artikel vorerst zu verhindern«, fuhr Dubprée fort. »Nicht aus Pietätsgründen, sondern weil es sich um das Beweisstück eines Verbrechens handelt. Wir sollten Taron den Skandal als Exklusivgeschichte anbieten, er darf sie zuerst veröffentlichen, vorausgesetzt, er kooperiert mit uns. Und wenn wir ihm die Pressemitteilung einfach eine Stunde früher schicken, darauf könnte man sich einlassen. Aber zurück zum Punkt – was wir wissen, ist Folgendes: Irgendjemand, höchstwahrscheinlich der Mörder, versendet Finger an Restaurants. Wie in einem dieser Mafia-Filme.«

»Ich werde mal Kontakt zu diesem Constantin Taron aufnehmen, vielleicht lässt er sich darauf ein, die Geschichte nicht jetzt zu bringen«, schlug Pascal vor.

»Bitte, Monsieur.« Frédéric Dubprée atmete dankbar auf. »Ich möchte Sie hiermit offiziell bitten, unsere Arbeit zu unterstützen. Auch wenn man Sie als Chef de police der Police municipale nicht für Mordfälle einsetzt, so freue ich mich, wenn Sie dabei sind. Gern würde ich unsere erfolgreiche Zusammenarbeit fortsetzen. Ohne Sie hätten wir den Mörder des amerikanischen Immobilienmaklers niemals gefasst. Ich gehe davon aus, dass Sie zur Verfügung stehen.«

Dubprée hatte seinen Sätzen einen fast getragenen Tonfall verliehen, denn ein Auftrag der Police nationale an einen einfachen Gendarm dürfte einzigartig in der Geschichte sein. Sicher wurde Pascal auch nur ausgewählt, weil er selbst in Paris für die Police nationale gearbeitet hatte und den Umgang mit den eitlen Kollegen gewohnt war. Außerdem, und das freute ihn besonders, würde er fortan bei diesem Mordfall Frédéric Dubprée unterstellt sein. Dubprée war ein wesentlich angenehmerer Chef als der cholerische Bürgermeister.

Frédéric Dubprée sah Jean-Paul Betrix fragend an, immerhin brauchte er dessen Zustimmung.

Nach wenigen Sekunden nickte dieser. »Ich will hier Ruhe, die ersten Touristen kommen und bewundern unseren Lavendel, sie ziehen scharenweise durch unser Dorf, wollen gut essen gehen und ihr Geld hier lassen. Daran möchte ich sie nicht hindern.«

»Darf ich das als Zustimmung werten?« Frédéric Dubprée strich sich wieder über das Haar, behutsam, wie es seine Art war.

»Oui«, sagte Betrix nur.

Nachdem er dem Chef de police nationale zugelächelt hatte,

ergriff Pascal das Wort. »Der kleine Finger. Wo ist der kleine Finger, wenn wir davon ausgehen, dass der Mörder zunächst nur die Finger einer Hand verschickt hat? Wo also –«

»Wo ist die Leiche? Das sollten Sie sich fragen, Chevrier«, schnitt Betrix ihm das Wort ab.

Es war das erste Mal an diesem Morgen, dass man ihm nicht wiedersprechen konnte, fand Pascal.

5

Eine angenehme Anspannung trieb Pascal über den kleinen, aber sehr gut besuchten Markt in Lucasson. Wie jeden Donnerstagvormittag hatte sich die Place de la Fontaine zum Schauplatz von lokalen Köstlichkeiten wie Weinen, Käsesorten, Olivenölen, Salzen, einer Vielzahl unterschiedlicher Tomatensorten, Fleisch und Lavendelhonig gewandelt. Vor allem aber galt sie neben dem Trüffelmarkt in Carpentras als geheimnisvoller Umschlagplatz der »schwarzen Diamanten«, wie man die Trüffel hier nannte.

Pascal hatte sich eigentlich freigenommen, den Tag aufgrund der Ereignisse der Vortage aber wieder gestrichen. Die Stunde Mittagspause wollte er für einen Einkauf nutzen – für den Abend hatte er Audrey zum Essen eingeladen.

Er fühlte die Festigkeit von Avocados, drehte am Strang und prüfte so den Reifegrad, klopfte mit dem Handrücken auf Melonen und beäugte kritisch die Fischauslagen. Er drückte mit dem Finger in die Haut einer Rotbarbe, dabei hinterließ er keinen Abdruck, die Augen des Fisches waren klar, nicht der geringste Fischgeruch ging von dem Tier aus, ein Zeichen von guter Qualität. In einem Anflug höchster Euphorie stellte er fest, dass der Fischhändler seines Vertrauens sogar den Roten Drachenkopf in der Auslage hatte, außerdem Knurrhähne, Seeteufel und Muscheln aus der Camargue.

Pascal beschloss, trotz der Anspannung früh das Büro zu verlassen, um das Essen vorzubereiten. Er wollte Audrey beweisen, dass er ein Mann war, der mit Begeisterung in der Küche stand.

Als der Fischhändler den Drachenkopf wog und die anderen Fische dazulegte, schnalzte er begeistert mit der Zunge und versuchte, den Preis mit einer Handvoll frischer Garnelen noch weiter in die Höhe zu treiben.

Pascal aber schüttelte den Kopf. »Monsieur, es soll eine original Bouillabaisse werden, keine dieser modischen Abwandlungen. In die echte Fischsuppe gehören weder Garnelen noch Langusten, dafür nehme ich aber eine Handvoll Muscheln.« Der Mann hinter der Fischtheke lächelte wissend. »Un professionnel.« Rasch wickelte er den frischen Fisch in eine aktuelle Ausgabe der Tageszeitung »Le Luberon« ein.

Beim Anblick der Titelseite hob Pascal die Hand. »Arrêt.« Über dem Leitartikel war die vielfach vergrößerte Aufnahme eines abgetrennten Fingers zu sehen. Darunter die Worte: »Bon appétit«.

Er ließ sich die Seite über die Theke reichen, bevor die feuchte Rotbarbe sie unlesbar gemacht hätte. Die Bemerkung des Fischhändlers, dass er kein Zeitungshändler sei und gerade dieses Blatt seiner einzig nützlichen Aufgabe zuführen wolle, ignorierte er. Dankend nahm er den in eine Tüte verpackten Fisch und die Muscheln entgegen und setzte sich an den Brunnen auf der Place de la Fontaine, auf dessen Mauern bereits Familien Platz genommen hatten und Hähnchenkeulen, Obst und Baguette verspeisten, ihr Gesicht der Sonne zugewandt.

Neben der Aneinanderreihung von Fakten hatte der Artikel einen zynischen, bisweilen bösen Unterton. Der Gourmet-Journalist Constantin Taron ließ es sich nicht nehmen, darauf hinzuweisen, dass er in seinem Leben zwar bereits alles probiert habe, diese kannibalistische Spezialität jedoch in jedem Restaurant auf der Welt zurückgehen lassen würde. Es sei ein Skandal. Das Restaurant »Le Fournil« solle für immer geschlossen werden und der Koch Berufsverbot auf Lebenszeit erhalten. Was würde er noch alles unter sein Steak hachée mischen? Hatte man vielleicht schon Hundepfoten und Fußzehen zu sich genommen?

Ein weiteres Bild in dem Artikel zeigte einen Mitarbeiter des Gesundheitsamtes, der ein Schild – »Fermé forcé« – an der Tür anbrachte, daneben das Bild des verzweifelten Kochs. In einem Zitat beteuerte er, nichts gewusst, seine Arbeit stets gewissenhaft verrichtet und seit seiner Lehrzeit nur die besten frischen Zutaten verarbeitet zu haben. Natürlich gönnte sich

Constantin Taron die Nebenbemerkung, dass man ja nicht wisse, wie frisch der Finger gewesen sei.

Erst am Schluss beschäftigte sich der Artikel wieder mit sachlicheren Fragen wie denen, wem der Finger wohl gehöre und ob es sich um einen Mordfall handeln könne. Mit der Bemerkung, der Pate sei nun nach Lucasson gekommen, schlossen schließlich die Zeilen.

Im Rathaus und bei der Police nationale in Apt musste der Artikel für einen Aufschrei gesorgt haben, dessen war sich Pascal sicher. Am Morgen war er allein in der Gendarmerie gewesen, hatte bis zum Mittag mit niemandem gesprochen. Im Internet hatte er die betroffenen Restaurants angeschaut und versucht, eine Verbindung zwischen ihnen herzustellen, hatte nach Gemeinsamkeiten gesucht. Niemand hatte ihm Bescheid gesagt, niemand hatte offensichtlich den Artikel gelesen. Jean-Paul Betrix war mit Freunden und potenziellen Wählern zur Jagd verabredet gewesen. Am Abend zuvor hatte er noch geflucht, dass er wegen der neuen Schonzeiten im Arrondissement eigentlich nur noch Wildschweine schießen dürfe. Richtig geknickt war er gewesen, während er sein Jagdgewehr putzte.

Pascal hatte am Vormittag schon lange am Schreibtisch gesessen und mehrfach bei der Zeitung »Le Luberon« angerufen, um Constantin Taron zu erreichen, doch jedes Mal ohne Erfolg. Jetzt bereute er, nicht einfach hingefahren zu sein. Auch wenn er sicher keinen großen Erfolg gehabt hätte – er hegte Zweifel an der Kooperationsbereitschaft eines Mannes wie Taron, der das Schreiben der Zeilen genossen haben musste. Der Spaß an dem Skandal war ihm anzumerken, er triefte aus den Worten.

Pascal wusste, es war an der Zeit, sich mit Frédéric Dubprée auszutauschen. Entschieden griff er in die Hosentasche seiner Polizeiuniform, um gleich darauf festzustellen, dass er das Handy in der Gendarmerie vergessen hatte. Niemals würde er sich an dieses, zugegeben, sinnvolle Kommunikationsmittel gewöhnen. Für andere mochte ein Leben ohne den kleinen elektronischen Kasten undenkbar sein, aber nicht für Pascal. Er musste sich immer wieder zwingen, daran zu denken, es einzupacken. Die ständige Kontrolle des Displays war ihm bislang nicht in Fleisch und Blut übergegangen. Lieber beobachtete er die Gegend um ihn herum, studierte das Verhalten der Menschen. Jetzt allerdings bereute er seine Haltung. Der aktuelle Fall erforderte ständige Erreichbarkeit.

Dennoch beschloss Pascal, erst seine restlichen Einkäufe zu erledigen. Es war nicht mehr viel. Für die Bouillabaisse brauchte er noch Fenchel, Suppengrün, Knoblauch, Tomaten, Kartoffeln und Zwiebeln. Das würde er bei David, dem Gemüsehändler seines Vertrauens, bekommen.

Als er alle Zutaten in seinen Korb gelegt hatte, ging er zu dem Parkplatz hinter der Mairie, auf dem sein Auto stand. Hinter dem Scheibenwischer klemmte ein Zettel mit der Aufforderung, sich sofort bei Jean-Paul Betrix zu melden. Rasch stellte Pascal den Einkaufskorb in den Kofferraum, nahm den Fisch heraus, um ihn in den Kühlschrank in seinem Amtszimmer zu legen, ging um die Mairie herum, betrat den Haupteingang und drückte schließlich auf die Klinke des Amtszimmers des Bürgermeisters.

Ein kurzes Gefühl der Erleichterung machte sich in Pascal breit, als er registrierte, dass die Tür verschlossen und auch von dem polternden Ton des Bürgermeisters nichts zu hören war. Gerade wollte er das Gebäude wieder verlassen, als Jean-Paul Betrix ihm aus seiner eigenen Amtsstube auf der anderen Seite des Flurs entgegenhetzte. Er trug noch seine Jagdhose, die Stiefel mit Erde und Staub überzogen, Krusten an der Sohle.

Pascal war gar nicht bewusst gewesen, dass Betrix einen Schlüssel für sein Büro hatte.

»Chevrier, da sind Sie ja endlich.« Immer wenn es hektisch wurde, und das war bei dem cholerischen Bürgermeister täglich der Fall, nannte er ihn nur Chevrier, ohne Pascal, ohne Monsieur.

Erst jetzt sah Pascal, dass aus Jean-Paul Betrix' Sakkotasche ein Teil einer Zeitung hervorlugte, die er mit einer wilden Geste herauszog, um damit vor Pascal herumzufuchteln.

»Il est un scandale!«, rief er immer wieder. »Was gedenken Sie jetzt zu tun? Ich habe bereits mit Frédéric Dubprée gesprochen. Falls Sie heute zwischen Mittagspastis und Rotwein am Abend mal fünf Minuten Zeit hätten, könnten Sie ihn anrufen. Nur wenn es Ihre Zeit erlaubt, versteht sich.« Der Tonfall des Bürgermeisters steigerte sich am Satzende in ein Crescendo.

»Ich habe den Artikel bereits gelesen, daher bin ich so schnell wie möglich zurück ins Büro gekommen.« Pascal verschwieg lieber, dass es ein Zufall gewesen war, von dem Bericht erfahren zu haben.

Betrix fixierte unverwandt die Tüte mit dem frischen Fisch. Pascal war froh, nicht auch noch den Einkaufskorb in der Hand zu halten.

»Sie wissen von der Bürgermeisterwahl in wenigen Wochen? Ich werde mir durch Ihre schlampige Arbeit meine Wiederwahl nicht vermiesen lassen. Wenn mich nur ein einziger Mensch in dieser Stadt fragt, ob er jetzt abends in der Dorfstraße in Lucasson auf seine Finger aufpassen muss, dann können Sie sich darauf verlassen, dass Sie derjenige sein werden, der unter dieser Frage am meisten zu leiden hat.«

Pascal bezweifelte keine Sekunde, dass der Bürgermeister seine Drohung in die Tat umsetzen würde. Es fiel ihm schwer, sich mit diesem unkontrollierten Um-sich-Schlagen zu arrangieren. Wie würde Betrix, der die Geschicke seines Dorfes lenken sollte, reagieren, wenn die Menschen im Luberon durch Terror oder organisiertes Verbrechen in eine ernsthafte Krise gerieten? Die Bewohner von Lucasson mussten hoffen, dass dann ein überlegener, ausgeglichener Bürgermeister in der Mairie saß. Jemand, der Souveränität ausstrahlte, jemand, der diplomatisch handelte und hinter seinem Personal, zu dem auch Pascal zählte, stand.

Er versuchte, gelassen zu bleiben, um Jean-Paul Betrix das Gefühl zu geben, er habe alles im Griff. Auch wenn das unmöglich war, so wollte er ihn durch seine ruhigen Worte zumindest spüren lassen, dass seine Reaktion unverhältnismäßig war.

Er schaute Betrix noch einmal an, der mit rot angelaufenem Gesicht in seiner Jägerkluft vor ihm stand und die Zeitung wieder zurück in seine großen Taschen stopfte. Seine dicken Finger blieben kurz am Reißverschluss hängen. Er fluchte und schnappte dabei wie ein Fisch nach Luft – wie die Rotbarbe in Pascals Tüte.

»Ich erwarte Ihren Bericht genauso dringend wie die Police nationale in Apt«, sagte Betrix. Dann zog er mit einem Ruck seine Hose ein Stück höher, da der Gürtel offensichtlich unter den Bauch gerutscht war und nun jeden Halt verloren hatte.

Erst als der Bürgermeister durch den langen Gang gepoltert war, ging Pascal in sein Büro, schloss die Tür, blieb für ein paar Sekunden daran angelehnt stehen und atmete tief durch, bevor er den Fisch in den Kühlschrank legte, sich an den Schreibtisch setzte und Frédéric Dubprées Nummer wählte. Natürlich in dem Wissen, dass zunächst Audrey ans Telefon gehen würde. Das war immer so, noch nie hatte der Commissaire selbst das Telefon abgenommen.

Audrey begrüßte ihn mit den Worten »Ich dachte, du hast schon mit dem Kochen begonnen, aber deine Nummer verrät mir, du bist im Einsatz«.

Pascal stöhnte kurz auf. »Tja, nennen wir ihn den Finger-Mord.«

Audrey lachte kaum hörbar. »Was gibt es denn heute?«

»Bouillabaisse.«

»Du bist ein Verführer, Pascal, du setzt unerlaubte Mittel ein.«

Ihre warme Stimme sorgte für ein Lächeln auf Pascals Lippen. Doch er fing sich schnell wieder und kam auf den eigentlichen Grund seines Anrufs zurück. »Ist er da?«

»Un moment«, klang es aus dem Hörer.

Auch wenn Pascal noch stundenlang Audreys Stimme hätte lauschen können, gern in sie eingetaucht wäre, musste er sich jetzt auf den Fall konzentrieren.

»Dubprée.« Die Stimme des Commissaire klang neutral, sie vermittelte keine Gemütslage. »Wo haben Sie gesteckt?«

»Monsieur le Commissaire, ich habe nur kurz meine Mittagspause zum Einkauf genutzt.«

»Haben Sie die Zeitung gelesen?«

»Ja, Monsieur, ich hätte gestern noch in die Redaktion von ›Le Luberon‹ fahren und es nicht bei den Anrufen belassen sollen.«

»Ach, diese Presse, das kennen wir doch«, entgegnete Frédéric Dubprée. »Als ob wir jemals mit denen zusammenarbeiten konnten. Die machen, was sie wollen.«

»Das nennt man Pressefreiheit«, sagte Pascal.

»Das hätte nichts gebracht.« Dubprée gab sich verbindlich, ohne auf Pascals Satz einzugehen. »Wichtig sind unsere nächsten Schritte. Wir müssen mit den Köchen und Besitzern der betroffenen Restaurants sprechen. Damit sollten wir sofort anfangen, am besten gleich morgen.« Er machte eine kurze Pause. »Ich kann auf Sie bauen, Monsieur Chevrier?«

»Natürlich«, entgegnete Pascal. »Wir müssen herausfinden, ob es eine Gemeinsamkeit zwischen den Restaurants gibt und warum der Täter ihnen schaden wollte. Damit habe ich bereits begonnen. Was ich sagen kann: Alle Restaurants sind hochpreisig, sie feiern ihre Köche wie Stars.«

»Sie wissen, dass der Spuk möglicherweise noch nicht zu Ende ist?«, fragte der Commissaire nach einem Moment der Stille.

»Natürlich, der Mensch hat leider fünf Finger.« Pascal hörte, wie Dubprée leise lachte. »Mit Pech nimmt er auch noch die fünf Finger der anderen Hand.«

»Möglich, Monsieur Chevrier, möglich. Aber es scheint mir auch ein Zeichen zu sein. Vielleicht gar nicht nur für die Köche, sondern auch für die Öffentlichkeit. Es war ja klar, dass die Geschichte in der Zeitung landet. Das könnte auch Kalkül gewesen sein. Der Täter hat es möglicherweise genau so gewollt.«

Pascal mochte Gedankenspiele wie diese und fand in Frédéric Dubprée einen würdigen Sparringspartner.

»Das würde bedeuten«, sagte er, »dass wir noch ein deutlicheres Zeichen bekommen könnten. Etwas Offensichtlicheres.«

»Die Frage ist, was will der Täter uns damit sagen?«

»Darüber mache ich mir gerade Gedanken, Monsieur Dubprée. Daher suche ich nach Gemeinsamkeiten. Die Preise auf den Speisekarten dürften nicht das Einzige sein, das die Restaurants verbindet. Wir werden sie alle besuchen müssen. Dann wissen wir mehr.«

»Voilà, Monsieur, ich wünsche Ihnen heute einen schönen Abend und bon appétit.« Frédéric Dubprée wartete noch auf eine Reaktion von Pascal. Als es keine gab, legte er auf.

Es war still im Gebäude. Jean-Paul Betrix war gegangen. Er hatte heute noch eine Wahlkampfveranstaltung im Schloss von Lourmarin. Pascal traute ihm zu, dass er vorher noch duschen würde.

Noch einmal scrollte Pascal sich durch die Seiten der vier Restaurants. Er las die fast durchweg positiven Bewertungen der Gäste, beschäftigte sich mit den angehängten Fotogalerien, studierte die Lebensläufe der Köche, die insgesamt sehr spärlich waren, und widmete sich dann so lange den Speisekarten, bis er Hunger bekam. Er druckte sich die entscheidenden Seiten aus, auch die Kritiken im »Gault-Millau«, um sie mit nach Hause zu nehmen. Vielleicht hatte er etwas übersehen. In seinem Haus gab es noch kein Internet.

Pascal nahm den Fisch aus dem kleinen Kühlschrank, verließ das Büro, schloss die Rathaustür ab, atmete die warme Sommerluft ein und stieg in sein Auto. Der Innenraum des Méganes war erfüllt vom Duft der Kräuter und des frischen Gemüses vom Markt.

Die kurze Fahrt von Lucasson in sein Mas vor den Toren des Dorfes nutzte er, um seinen Gedanken nachzuhängen und die Vorkommnisse der letzten vierundzwanzig Stunden zu sortieren. Außerdem machte es ihm Angst, dass, sollte der Täter sein makabres Werk vollenden, noch ein letzter Finger fehlte – wenn es dumm lief, sogar sechs Finger, die möglicherweise in den nächsten Stunden in weiteren Restaurants auftauchen würden. Und er konnte es nicht verhindern.

Als Pascal die lange Kurve aus dem Dorf nahm und nach knapp fünfzig Metern durch ein Waldstück in die enge, von Kiefern gesäumte Einfahrt zu seinem kleinen Bauernhaus einbog, stellte sich trotz all der Arbeit und der vielen Aufgaben, die auf ihn warteten, eine Art Glücksgefühl ein. Mit dem Erwerb des kleinen Hauses war er ein Stück weiter zu einem Provenzalen geworden, hatte diesen wundervollen Landstrich ein kleines bisschen mehr zu seiner Heimat gemacht, gehörte jetzt dazu.

Der Himmel zeigte sein hellstes Blau, die Sonnenstrahlen fielen fast waagerecht auf die alten Dachziegel seines Hauses. Der Duft von Thymian und Lavendel wurde nur von dem Geruch der frischen Farbe gestört, der von den Fenstern kam, die Pascal an den letzten beiden Abenden und am Wochenende gestrichen hatte. Das Haus schaute nun freundlich in die Welt, es glänzte mit dem Lavendelfeld hinter sich um die Wette und machte eine gute Figur, fand Pascal.

Er schloss die Tür auf, stellte seinen Korb mit dem frischen Fisch und dem Gemüse auf die Anrichte in der Küche, prüfte, ob die Farbe an den Küchenfenstern schon getrocknet war, und ging als Erstes zu seinen drei Hühnern, die mit ihren Schnäbeln im Frühsommerboden nach Nahrung suchten. Er fand zwei frisch gelegte Eier, nahm sie vorsichtig in die Hand und nickte den Hühnern zu. »Für die Mayonnaise ist also schon gesorgt, danke.«

Zurück in der Küche, machte er sich zuerst daran, den Knurrhahn, die Rotbarbe und den Petersfisch zu entgräten. Dabei ließ er sich viel Zeit, er wollte keine Gräte übersehen. Nachdem er die lange Mittelgräte herausgeschnitten hatte, überprüfte er das Seitenfleisch der Fische. Kopf und Gräten legte er zur Seite, um sie später für den Fond auszukochen.

Er verzichtete darauf, den Fisch in kleine Stücke zu schneiden, so wie er es schon in Pariser Restaurants erlebt hatte. Die Filets sollten als Ganzes erhalten bleiben und in der Suppe voneinander unterscheidbar sein.

Die Muscheln bürstete er unter kaltem Wasser ab und entfernte da, wo es nötig war, die Bärte. Die wenigen beschädigten sortierte er aus und warf sie in den Mülleimer. Die anderen Fischreste legte er in einen großen Topf und goss kaltes Wasser über die Köpfe und Mittelgräten, bis sie vollkommen bedeckt waren. Vorsichtig erhitzte er den Topf und stellte die Flamme seines Gasherdes herunter, noch bevor das Wasser zu kochen begann. In der nächsten halben Stunde schöpfte er immer wieder den sich bildenden Schaum ab. Dann stellte er die Flamme kleiner und ließ die Fischbrühe durch ein feines Sieb in einen zweiten Topf fließen und stehen.

Ehe er sich an die Zubereitung der Suppe machte, kontrollierte er, ob der Champagner bereits kaltstand, zog sein durch die Hitze des Tages in Mitleidenschaft genommenes Hemd und seine Hose aus und stieg unter die Dusche. Wie jeden Tag brauste er sich, nachdem er sich gewaschen hatte, noch einmal kalt ab und fühlte sich schließlich so erholt und frisch, dass er die Bäume, die ihm vor seinem Küchenfenster das Licht nahmen, per Hand hätte ausreißen können.

Die Küche hatte bereits den Duft der Fischsuppe angenommen, der sich mit dem der frischen Kräuter vermischte, die Pascal ebenfalls auf die Anrichte gelegt hatte.

Als Nächstes schälte er Möhren und Zwiebeln und schnitt sie zusammen mit dem Fenchel in gleichmäßig große Scheiben. In einer Pfanne erhitzte er das Olivenöl, das er sich in der Nachbarschaft von einem Biohof besorgt hatte. Es war das Beste, was die Ölmühle zu bieten hatte.

Als der Duft von frischem Knoblauch und Zwiebeln die Küche erfüllte, Pascal das Gemüse und den Inhalt einer Tube Tomatenmark in die Pfanne gedrückt, ein wenig Orangenschale hinzugefügt und den Thymian, Lorbeer und Safran in die Pfanne geworfen hatte, spürte er bereits einen Riesenappetit. Für ein Mittagessen hatte er dank seines Vorgesetzten keine Zeit gehabt. Der Geruch, der aus der Pfanne aufstieg, erinnerte ihn schmerzhaft daran.

Pascal löschte das angedünstete Gemüse mit Noilly Prat ab,

was er bei vielen Fischgerichten tat, nachdem ihn sein Weinhändler aus Paris überredet hatte, ihm eine Flasche abzukaufen.

Seine Pariser Wohnung kam ihm in den Sinn, in der er nach seiner Scheidung allein gelebt, aber immerhin die Kochkunst als Hobby für sich entdeckt hatte. Erst hatte er damit begonnen, sich ein paar Standardwerke anzuschaffen. Er vertiefte sich zunächst in die Grundregeln des Kochens, dann verfeinerte er sie mit eigenen Kreationen, experimentierte und begann sich brennend dafür zu interessieren, wie die großen Köche des Landes ihr Handwerk gelernt hatten. Inzwischen verbrachte er seine Zeit nicht mehr nur noch in den großen Buchläden von Paris, sondern auch in den Antiquariaten, in den kleinen Kiosken entlang des Ufers der Seine. Immer tiefer stieg er in die Literatur ein und legte sich nach und nach mehr antiquarische Kochbücher zu.

Ein besonders seltenes Werk von Marie-Antoine Carême hatte er aus Paris mitgebracht. Es konnte nur wenige Exemplare davon geben, die in diesem guten Zustand noch erhältlich waren. Das Buch hatte ihn ein Vermögen gekostet und stand nun in seinem Bücherregal.

Weitere Kochbücher hatte er noch in einer Kiste bei seinem Freund und Partner bei der Police nationale in Paris untergestellt. Gelesen hatte er sie alle, einige sogar mehrfach. Er mochte die Geschichten über die Erfindung der Gerichte. Schon immer hatten ihn die Anfänge interessiert. Wann war jemand auf die Idee gekommen, eine Kartoffel zu kochen? Warum war ein Gemüse plötzlich wieder en vogue, ein anderes aber wurde so verschmäht, dass es schließlich komplett aus den Supermärkten verschwand?

Ja, eines Tages würde er ein eigenes kleines Restaurant eröffnen.

Pascal sah aus dem Fenster, während er seinen Erinnerungen nachhing. Von der Anhöhe, auf der sein kleines Mas stand, blickte er über die Weinberge hinweg, über die Wipfel des gar nicht weit entfernten zweiten Waldstücks hinter seinem

Haus. Er konnte sogar ein Stück eines der Lavendelfelder erkennen, wenn er sich auf die Zehenspitzen stellte. Das Gefühl, im letzten Jahr alles richtig gemacht zu haben, durchdrang ihn mit einer lange nicht mehr erlebten Macht.

Seine Vorbereitungen für das Abendessen schloss er mit dem Hinzugießen von Weißwein und der selbst gemachten Fischbrühe, von der er einen Rest, den er für die Rouille aufbewahrte, zur Seite stellte. Schließlich brachte er alles zum Kochen und machte sich an die Zubereitung der Rouille, die auf das Baguette gestrichen wurde, bevor man dieses zusammen mit dem Käse in die Suppe tauchte.

Dafür schälte er einige Kartoffeln, kochte sie, drückte sie durch die Kartoffelpresse, die er schon in seiner Pariser Wohnung immer genutzt hatte, schmeckte das Püree mit Salz aus der Camargue ab, das er so liebte, weil auf jeder liebevoll gestalteten Pappschachtel die Unterschrift des Erzeugers stand, und stellte alles beiseite. Für die Rouille füllte er Pfeffer, Safran, eine getrocknete Chilischote, Olivenöl, Knoblauch und die frischen Eier seiner Hühner in den Mixer, um alles zu einer Mayonnaise zu verrühren und diese anschließend zum Kartoffelpüree zu geben und glatt zu rühren.

Voilà, die wohl berühmteste Mayonnaise der Welt, die Rouille, war fertig, alles war für den Besuch vorbereitet.

Bereits zwei Stunden später konnte Pascal sich nicht mehr daran erinnern, wann die Enttäuschung eingesetzt hatte. Ob sich auch Wut daruntergemischt hatte. Wann er entschieden hatte, den Fisch, statt ihn kurz in der Pfanne anzubraten und dann in die Bouillabaisse zu geben, in die Null-Grad-Schublade seines neuen Kühlschranks zu packen. Wann er zunächst den Weißwein und dann den Rotwein geöffnet hatte. Wann das Genusstrinken in ein Traurigkeitstrinken übergegangen war.

Die Sonne war längst hinter den Bergen untergegangen. Es war kalt geworden, die Landschaft um das Haus herum hatte mit der heraneilenden Nacht ihren Zauber verloren, einen Riss in Pascals Gemüt gebrochen.

Mit müder Hand schüttete er sich den letzten Rest aus der offenen Rotweinflasche in sein Glas und leerte es, dann löschte er das Licht und ließ sich mit seiner Kleidung aufs Bett fallen. Nicht der Alkohol, sondern die Enttäuschung ließ ihn so handeln und jede weitere Tat sinnlos erscheinen.

Er hatte die Tür nicht verschlossen, und so hörte er nicht, wie sie sich, lange nachdem er in unbequemer Haltung mit roten, spröden Lippen auf dem Bett eingeschlafen war, mit einem leisen Knarren öffnete. Er nahm nicht wahr, wie jemand mit stillen Schritten, fast lautlos, sein Haus betrat, ihn im gedämpften Mondlicht betrachtete, die Lampe in der Küche einschaltete und einen Brief verfasste, den Pascal sofort hätte lesen sollen.

6

Als Pascal versuchte, seine Zunge vom Gaumen zu lösen, hatte er das Gefühl, Hautfetzen würden im Mundbereich an jeder Stelle hängen bleiben. Pelz hatte sich über Nacht in seinem Mund ausgebreitet. Das orale Drama führte sich auf den trockenen Lippen fort. Als er mit der Hand darüberfahren wollte, spürte er die Blutarmut in seinem Arm, die jede Bewegung unmöglich machte. Er konnte den Kopf nicht heben, weil er einfach viel zu schwer war. Weil die Luft ihn fest auf das Kissen zu drücken schien, weil schon die Bewegung zum Radiowecker einen rasenden Schmerz in ihm auslöste.

Mit größter Anspannung gelang ihm eine zumindest so zaghafte Drehung, dass er, geblendet von dem grünen Licht, die Uhrzeit erkannte. Zunächst traute er seinen Augen nicht. Waren sie ebenfalls in Mitleidenschaft gezogen worden?

Die Uhr zeigte neun Uhr dreißig an. Zeit für ein zweites Petit-déjeuner in seinem Büro in der Mairie. Die wichtigsten Telefonate des Morgens hatte er sonst um diese Uhrzeit bereits geführt, den ersten Austausch mit dem Bürgermeister Jean-Paul Betrix mehr oder weniger erfolgreich hinter sich gebracht. In einer halben Stunde würde er normalerweise seine erste Runde durchs Dorf gehen. Nicht aber heute. In einer halben Stunde wäre er nicht einmal in der Lage, in sein Auto zu steigen.

Er nahm ein bedrohliches Knacken im Wirbelsäulenbereich wahr. Eine Schlaffheit in den Knien zwang ihn, sich unbeholfen wieder zurück aufs Bett fallen zu lassen. Dann hörte er sein Handy in der Küche klingeln. Ein weiter Weg, den er halb kriechend unter lautem Stöhnen und mit einem hektischen Abstützen an der Tür meisterte.

»Chevrier.« Er hatte nicht auf die Nummer auf dem Display geachtet, so froh war er gewesen, überhaupt noch rechtzeitig den grünen Punkt gefunden zu haben.

»Ach, der feine Herr Chevrier geht auch ans Telefon.« Jean-Paul Betrix flüsterte fast.

»Monsieur Betrix, ich bin auf dem Weg.«

»Es freut mich zu hören, dass Sie das einrichten können, Monsieur Chevrier.«

Pascal empfand die ruhige Stimme seines Vorgesetzten als wesentlich bedrohlicher als die polternden Entladungen, die er sonst gewohnt war.

»Alles in Ordnung mit Ihnen, Monsieur Betrix?« Pascal bereute den Satz, noch während er ihn aussprach. Er war nicht Herr seiner Sinne, hatte die Kontrolle über die Situation verloren. Nur selten passierte ihm das.

Der Bürgermeister lachte, erst leise grunzend, dann schallend. Er bekam sich gar nicht mehr ein.

Ob er über Nacht wahnsinnig geworden ist?, fragte sich Pascal und wollte noch etwas hinzufügen, als der erlösende Schrei kam. Endlich war Jean-Paul Betrix wieder der Alte.

»Hören Sie, ich habe bereits Beschwerde gegen Sie eingeleitet! Hier wartet eine Abmahnung auf Sie! Wegen Verletzung der Dienstpflicht. Ein schweres Vergehen, das in Ihrem Fall das Ende Ihrer mickrigen, erbärmlichen Polizeiaufbahn bedeuten könnte. Die Menschen in Lucasson, ach, was sage ich, im ganzen Luberon werden aufatmen. Als Gendarm sind Sie eine Witzfigur, Chevrier.« Dann klackte es in der Leitung.

Langsam ließ Pascal das Telefon sinken. Ein letzter Blick auf das Display verriet ihm, dass er sechs Anrufe in Abwesenheit erhalten hatte. Er hatte es nicht einmal klingeln hören. Er fand, die Worte »Anrufe in Abwesenheit« trafen nur bedingt zu.

Mühsam und mit langsamen Schritten näherte er sich der Spüle mit dem Wasserhahn, den er noch nie zuvor so liebevoll betrachtet hatte. Doch dann sah er den weißen Zettel neben dem Becken. Ohne Zweifel war jemand in der Nacht in seinem Haus gewesen. Die Tür hatte er nicht verschlossen, daran konnte er sich erinnern. Jemand war bei ihm gewesen, hätte die wenigen Habseligkeiten, die zu neunzig Prozent lediglich einen Erinnerungswert hatten, in Ruhe abtransportieren können, während er seinen Rausch ausschlief.

Für eine Sekunde war Pascal erleichtert, die Handschrift einer Frau zu erkennen. Kein Mann würde den Buchstaben so galante Häkchen und Bögen verleihen, sie auf diese Weise zeichnen.

Er musste den Zettel dicht vor seine Augen halten, noch immer hatte er das Gefühl, als einziger Mensch der Welt die Erddrehung wahrnehmen zu können.

Es tut mir leid, Pascal. Für dich und für mich, wenn ich den köstlichen Duft in deiner Küche wahrnehme. Ich konnte nicht weg, und auf meine SMS hast du nicht reagiert. Was ist los mit dir? Hast du ein Problem mit modernen Kommunikationsmitteln? Das wäre ein Nachteil in deinem Job. Aber lass mich kurz aufschreiben, wie der Abend verlaufen ist und warum ich nicht kommen konnte. Ich wollte gerade das Büro verlassen und mich auf den Weg zu dir machen, als der Anruf kam. Eine vollkommen aufgelöste Küchenhilfe aus L'Isle-sur-la-Sorgue war am Telefon. Sie hat einen kleinen Finger im Wurstsalat gefunden. Als sie ihren Chef, den Koch, informiert hat, ist der vollkommen ausgeflippt. Er soll sogar geweint haben. Dann hat er den Finger eingepackt und das Restaurant verlassen. Chaos brach aus. Ich sollte zusammen mit Frédéric Dubprée sofort in das Restaurant in L'Isle-sur-la-Sorgue kommen. Als wir eintrafen, waren bereits alle Gäste gegangen. Der Koch hatte das Restaurant geschlossen. Wir haben ihn und die Küchenhilfe sofort verhört, aber nichts herausbekommen. Die Leidtragenden hatten keine Ahnung, wie ihnen geschah, und wir hielten die Aussagen für glaubwürdig. Aber das erzähle ich dir gern am Telefon. In der Nacht hast du nicht mal darauf reagiert, als ich an dir gezogen habe. Wusstest du, dass du im Schlaf brummst? Andere schnarchen, du brummst. C'est la vie.

Ich wollte nur, dass du weißt, dass ich dich nicht versetzt habe und dass ich mich auf den Abend gefreut hatte. Es ist jetzt aber wichtig, dass du all diese Informationen hast, bevor du aufbrichst und mit Restaurantbesitzern, Köchen und Jean-Paul Betrix oder Frédéric Dubprée sprichst. Melde dich, wenn du das gelesen hast.

PS: Und schließe nachts in Zukunft deine Tür ab. Schlimm, dass man so etwas einem Polizisten sagen muss …

Sie hatte ihn also nicht versetzt, sondern war so schnell wie möglich zu ihm gekommen, nachdem sie ihn nicht erreicht hatte. Selbst die Mühe, zu ihm nach Hause zu kommen, hatte sie auf sich genommen.

Der Brief, Jean-Paul Betrix' Anruf, das kalte Wasser aus dem Hahn in der Küche – plötzlich fühlte sich Pascal wieder wach. Es gab viel zu tun. Schnell ein Kaffee, eine Dusche, dann in die Uniform und los.

Er spürte Dankbarkeit gegenüber Audrey. Komisch, wie schnell sich ein extremes Gefühl in ein anderes, noch extremeres wandeln konnte. Ein Gefühl der Zuneigung.

Noch aus dem Auto rief er sie an.

»Entschuldige bitte, Pascal.«

»Schon gut, habe alles gelesen, wie ist der Stand? Bevor ich in die Mairie fahre, brauche ich die neuesten Informationen.«

»Hier passiert minütlich etwas. Alle Restaurants, die einen Finger geliefert bekommen haben, sind plötzlich geschlossen. Niemand ist mehr zu erreichen. Auch die Zeugen und die Finder der Finger nicht. Den kleinen Finger von gestern Abend konnten wir nicht sicherstellen, der Koch hat ihn mitgenommen. Frédéric Dubprée ist bereits wieder losgefahren, er wollte sich selbst kümmern. Im Moment liegt der Fall noch ausschließlich bei der Police nationale. Wahrscheinlich ist es ein Geisteskranker. Frédéric Dubprée ist in L'Isle-sur-la-Sorgue. Ich soll dich darum bitten, in Lucasson ins ›Le Fournil‹ zu gehen und nach Ménerbes zu fahren, um uns zu unterstützen.

Sprich mit den Leuten, schau in die Restaurants, soweit es möglich ist. Ich maile dir gleich die Namen aller Angestellten, die ich ausfindig machen konnte. Die müssen alle angerufen werden. Es muss irgendetwas geben, das sie verbindet.«

Audreys Stimme hatte sich gewandelt. Sie war aufgebracht. Der Fall und die Hektik um sie herum hatten hörbare Spuren hinterlassen.

»Da draußen ist jemand, der uns zu einem Spiel herausfordert!« Audrey machte eine kurze Pause, dann lachte sie. »Ich hätte nie gedacht, dass ich mal so einen dämlichen Hollywoodsatz sage.«

Auch Pascal lachte und genoss, wie sich die Anspannung zwischen ihnen verflüchtigte und schließlich ganz zerfiel. Es gab nichts mehr über die vergangene Nacht zu sagen. Es würde eine nächste Chance geben, dessen war sich Pascal sicher.

7

»Le Fournil«, das kleine Restaurant im Ort, lag am Rande des Dorfes mit einem atemberaubenden Blick auf die Berge, die sich zwischen Lucasson und Lourmarin auftürmten. Es hatte einen ausgezeichneten Ruf, weit über die Grenzen von Lucasson hinaus. Wer die regionale Küche des Luberon schätzte, fand sich in den Sommermonaten hier auf der Veranda ein und setzte sich an die kleinen Tische mit den roten Tischdecken.

Sicher war »Le Fournil« kein Restaurant für jeden Tag. Die Küche war hochpreisig – daher war Pascal auch bislang nicht dort gewesen –, der Koch ein Snob und nicht besonders beliebt im Ort. Warum wunderte es Pascal nicht, dass er in Jean-Paul Betrix nicht nur einen Stammgast, sondern auch einen Freund gefunden hatte?

Als er mit seinem Mégane vorfuhr und damit den höchsten Punkt des Dorfes erreicht hatte, fehlte ihm zum ersten Mal der Sinn für den Ausblick über die Landschaft, die ihn an jedem anderen Tag zu einem Applaus gezwungen hätte. Er sah nur die verschlossene Tür des Restaurants. Das Licht war aus. Nicht einmal ein Schild mit dem Hinweis »Fermé« war an der Glastür angebracht.

Pascal hielt eine Hand über die Stirn, um in den Gastraum zu sehen, doch außer ein paar eingedeckten Tischen und der kleinen Bar an der rechten Seite war nichts zu erkennen. Er versuchte, sich jedes Detail einzuprägen.

Auch auf der Veranda direkt vor der Tür befanden sich keine Gäste, hier waren die Tische nicht gedeckt – zu dieser Uhrzeit an einem sonnigen Tag wie heute undenkbar.

Pascal ging durch die Tisch- und Stuhlreihen, versuchte, etwas zu finden, etwas Unscheinbares, etwas für das flüchtige Auge sogar Unsichtbares.

Was für eine Verbindung gab es zwischen diesem Restaurant

und dem »Le Fleur de Bonnieux«? Gab es überhaupt einen Zusammenhang?

Wie ein schnüffelnder Hund, jedes Sinnesorgan geschärft, strich er durch die Tischreihen und kam schließlich zurück zu der gläsernen Eingangstür. Er studierte die Aufkleber an der Tür: Gault-Millau, Michelin, Auszeichnungen von Gourmet-Magazinen, sonst nichts Auffälliges – auf den ersten Blick.

Pascal konzentrierte sich erneut auf die Inneneinrichtung, maß im Geiste die Größe des Restaurants aus, zählte Tische und Stühle, prägte sich die Farbe der Tapete und die Gegenstände auf den Bildern an den Wänden ein, registrierte sogar, auf welchen Tischen die Kerzen abgebrannt, auf welche offensichtlich noch vor Feierabend neue gestellt worden waren. Er war in seinem Element. Selbst das kleinste Detail speicherte er ab, um es zur richtigen Zeit abrufen zu können. Um diese Eigenschaft hatte ihn sein ehemaliger Kollege und Freund Alexandre in Paris immer beneidet. Pascal war ein Denker, kein Kämpfer.

Plötzlich tippte ihm jemand auf die Schulter. Pascal fuhr herum. Es war der Briefträger, den er bislang nur vom Sehen kannte. Sein Mas lag außerhalb des Ortes, dort war ein anderer Postbote zuständig. Ein redseliger, freundlicher Mann mit einem Vollbart, mit dem es immer eine kleine Geschichte auszutauschen gab. Eine entlaufene Katze, die alte Dame, die jetzt morgens vom Pflegedienst gewaschen wurde, dieser Mann wusste alles.

»Ah, Monsieur de police«, sagte der Briefträger im hellblauen Oberhemd und dunkelblauer Weste. Neugierig betrachtete er Pascals Uniform. Dann griff er in seine Tasche und wühlte darin herum. Schließlich holte er einen Brief in einem grauen Umschlag hervor und machte Anstalten, ihn in den Briefschlitz zu werfen.

Mit einer harschen Handbewegung stoppte Pascal ihn. »Halt!«, rief er. »Was ist das für ein Brief?«

»Ich weiß es nicht. Ich bin Postbote. Ich schreibe keine Briefe, ich trage sie aus. Und außerdem schaue ich nicht hinein, nicht mal auf den Absender.« Er reichte Pascal den Umschlag. »Gucken Sie selbst, Sie sehen aus wie ein Mann, der so was darf. Ich muss weiter. Werfen Sie den Umschlag bitte in diesen Schlitz, wenn Sie den Brief freigeben.« Er deutete lächelnd auf den Briefkasten neben der Tür.

Pascal nickte still und wog den Brief in seiner Hand. Er drehte ihn um, konnte aber keinen Absender erkennen.

Das Schreiben war nicht an das Restaurant gerichtet, sondern an den Besitzer persönlich. »Paul Natale«, stand dort und die Adresse.

Pascal entschied, den Brief nicht in den Schlitz zu werfen. Er musste erfahren, was darinstand.

Mit dem Brief in der Hand ging er ein paar Schritte zurück in Richtung Veranda, wo das Licht besser war. Als die Sonnenstrahlen auf den Umschlag fielen, kam ein fast transparentes Emblem zum Vorschein. Pascal strich mit dem Finger darüber. Er spürte eine minimale Vertiefung im Papier, eine Art Prägung. Für das Auge fast unsichtbar, für den Finger kaum fühlbar.

Er hielt den Brief dicht vor sein Auge. Auf einem kleinen Wappen erkannte er eine Gans, darunter ein Feuer. Im Hintergrund, kaum noch sichtbar, eine goldene Gabel. Das Gelb schimmerte minimal in der Sonne.

Pascal schob seinen Finger vorsichtig unter die Lasche an der Oberseite des Briefumschlags und versuchte, ihn behutsam zu öffnen, darauf bedacht, das Wappen auf dem Kuvert nicht zu zerstören. Mit ruhiger Hand löste er den Kleber, dann zog er ein festes, geriffeltes Papier aus dem Umschlag.

In gotischer Schrift waren eine Adresse und eine Uhrzeit in das Papier gestanzt worden – eine Einladung. Außer dem Logo, dem Wappen mit der Gans über dem Feuer und der goldenen Gabel, gab es keine weiteren Verzierungen. Nur eine vollkommen unleserliche Unterschrift. Diese war nicht wie der Rest des Textes eingestanzt, sondern mit einem Füller geschrieben worden.

Pascal machte mit dem Handy ein Foto von der Einladung,

dann packte er sie vorsichtig zurück in den Umschlag und achtete darauf, sie so wenig wie möglich zu berühren. Vielleicht waren Fingerabdrücke darauf, die ihnen helfen würden. Womöglich war es aber auch nur eine dieser Einladungen, wie sie zu Hunderten an Köche und Restaurantbesitzer verschickt wurden. Eine einfache Werbung von einem Unternehmen, das sich wichtigmachen wollte.

Pascal schickte ein Handyfoto des Briefes und des kaum erkennbaren Logos an Audrey mit der Bitte, herauszufinden, was das Wappen bedeutete. Zur Sicherheit beschrieb er es noch einmal mit Worten, denn auch bei genauem Hinschauen war es kaum auszumachen. Dann steckte er den Umschlag in seine Uniformtasche und ging zurück zu seinem Mégane, um nach Ménerbes zu fahren.

Die D 934 war an diesem Morgen stark befahren. Touristen blieben einfach stehen und machten Fotos von den hellen, sich auftürmenden kalkhaltigen Felsen. Mit immer noch schwerem Kopf steuerte Pascal seinen Wagen so schnell es eben ging in Richtung Bonnieux. Ménerbes lag gut zehn Kilometer von der Gemeinde entfernt ebenfalls im Département Vaucluse.

Die meisten Bewohner nahmen die Straße unterhalb des Bergmassivs, doch Pascal entschied sich für die kleine Teerstraße oberhalb der Landstraße, die nach einiger Zeit zu einer Schotterpiste wurde, an der einige wohlhabende Franzosen lebten oder ihre prunkvollen Häuser vermieteten. Von dem Geld, das ihnen die Villen einbrachten, führten sie in ihren Heimatstädten Paris oder Lyon ein entspanntes Leben.

Zu dieser Jahreszeit wurden die letzten Verschönerungsarbeiten vorgenommen, das Wasser in die Swimmingpools gelassen, die Rosenhecken beschnitten oder letzte Malerarbeiten durchgeführt. Mit der Lavendelblüte begann der Tourismus in den Vorzeigeorten wie Ménerbes, Bonnieux, Lacoste und Lourmarin. In den nächsten Monaten fuhren die Winzer, Boutiquenbesitzer und Andenkenläden ihren Jahresumsatz ein.

Den Blick über den Luberon, der sich Pascal von der Schotterpiste aus bot, konnte er heute nur kurz genießen. Er musste an die Abmahnung denken, die Jean-Paul Betrix ihm schicken würde. Er stand auf der Kippe. Sein Haus war gerade neu gekauft, die Raten sprengten eigentlich sein Budget, und ein weiterer Posten in der Gegend war nicht abzusehen. Er kannte Jean-Paul Betrix erst wenige Monate, wusste aber instinktiv, dass ein schnelles Ergebnis bei den Ermittlungsarbeiten ihn milde stimmen könnte, ihn vielleicht so etwas wie Dankbarkeit spüren lassen würde, wenn eine solche Gefühlsregung überhaupt in seiner DNA verankert lag.

Die Schotterpiste brachte Pascal zurück auf die etwas breitere und einzige Straße, die nach Ménerbes führte. Schon am Ortseingang stauten sich die Autos der Touristen. Der Parkplatz war viel zu klein, ein zweiter, größerer lag ein Stück den Berg hinunter in einem Waldstück. Der Profi wusste aber, dass der kurze Anstieg auch jetzt in den Frühjahrsmonaten schweißtreibend sein konnte. Die meisten versuchten es mit einer weiteren Runde durch den Ort.

So auch Pascal, denn wieder lag das Restaurant, dem der Finger sogar mit einer roten Geschenkschleife zusammen mit der Fleischlieferung zugeschickt worden war, außerhalb des Ortskerns.

Er fuhr durch das Dorf hindurch und bog hinter dem Trüffelmuseum auf die Straße ab, die direkt am Berg an Ménerbes vorbeiführte.

Ein Museum, das sich nur mit Trüffeln beschäftigt, da muss man erst mal draufkommen, hatte er gedacht, als er vor einigen Wochen das erste Mal davon gehört hatte. Dann hatte er es besucht, hatte staunend die alten Spitzhacken und Werkzeuge betrachtet und sich den Zertifikaten, den Bildern von Schweinen und Hunden und den alten Schwarz-Weiß-Aufnahmen der Bauern und Förster, die es durch den Handel zu einem gewissen Reichtum gebracht hatten, gewidmet.

Finanziell ruiniert hatte sich Pascal schließlich in dem Shop am Ausgang. Hier hatte es alles gegeben, was man mit Trüffeln herstellen konnte. Den Griff zum Balsamicoessig mit Trüffelaroma bereute er bis heute. Nicht zu allem passten Trüffel, hatte er feststellen müssen. Lieber hätte er sein Geld in ein gutes Mittagessen in dem zugehörigen Restaurant investiert – es gehörte zu den besten in der gesamten Provence.

Er parkte seinen Wagen hinter dem Dorf und ging die kleine Anhöhe zum »Bistro le 6« hinauf. Er war überrascht, als er es offen vorfand. Einige Tische waren besetzt, es war Mittagszeit. Gekühlter Rosé stand auf den Tischen, die Gäste waren in die Speisekarten vertieft.

Der Mann an der Bar lächelte Pascal freundlich an und wünschte einen schönen Tag. Er dürfe sich einen Platz aussuchen.

»Merci, Monsieur, ich würde nur gern ein Wasser hier an der Bar trinken und mit Ihrem Chef sprechen.«

»Monsieur Tellier ist im Urlaub. Er ist auch nicht erreichbar.«

Pascal hatte mit dieser Antwort gerechnet.

Der Mann hinter der Bar hielt eines der Weingläser gegen das Sonnenlicht, das durch die große Scheibe in das Restaurant fiel, um die Sauberkeit zu überprüfen.

Pascal setzte sich auf einen der freien Barhocker.

»Kann *ich* Ihnen weiterhelfen?«, fragte der Mann erwartungsvoll.

»Oui, une carafe d'eau.« Ein Getränk mit einer Geschmacksnote, egal, welche es auch sein würde, konnte er sich an diesem Tag beim besten Willen nicht vorstellen. Nein, heute gierte sein Körper nach Wasser.

Der Kellner griff zu einer dickglasigen gelblichen Flasche und füllte Leitungswasser hinein, dann stellte er ein Glas auf den Tresen, schenkte Pascal ein bisschen ein, stellte die Flasche daneben und sah ihn an.

»Also, Monsieur, wie kann ich Ihnen helfen?« Er wirkte unbedarft, fast unschuldig. Obwohl er es immerhin mit einem Gendarmen zu tun hatte, schien er nicht das geringste Misstrauen zu hegen.

»Haben Sie eine Ahnung, wo sich Monsieur Tellier aufhalten könnte?«

Erst jetzt wurde der Mann argwöhnisch. Ein Polizist, der seinen Chef auch an seinem freien Tag aufsuchen wollte, verhieß nicht unbedingt etwas Positives. Er sah zu Boden. »Darüber spricht er nicht. Er ist jedes Jahr zu dieser Zeit weg, niemand weiß, wo er ist.« Er nahm ein weiteres nasses Glas in die Hand und polierte es mit schnellen, gekonnten Handgriffen. »Man hat eben seine kleinen Geheimnisse«, fügte er lächelnd hinzu.

»Die gönne ich ihm gern«, entgegnete Pascal, »aber es ist wichtig. Ich muss darauf bestehen, dass Sie mir sagen, wo er sich aufhalten könnte.«

»Ich weiß es wirklich nicht. Es ist irgendein Treffen, mehr weiß ich nicht.«

»Ein Treffen? Was für ein Treffen? Mit wem?«

»Irgend so ein Treffen mit Kollegen, wie immer, aber ich weiß nicht, wo. Die machen ein Riesengeheimnis daraus.«

Pascal nickte und war erfreut, dass der Mann offenkundig etwas mehr wusste, als er zunächst erwartet hatte. »Wer macht ein Geheimnis daraus?«

»Alle.«

»Alle?«

»Ja, all diese Köche, die da eingeladen sind. Aber mehr weiß ich wirklich nicht.«

Pascal zog das Kuvert mit dem Brief aus seiner Tasche, nahm das dicke Papier vorsichtig heraus und zeigte dem Mann das Wappen auf dem Briefkopf. »Haben Sie das schon einmal gesehen?«

Der Barmann nickte, bedächtig und langsam. »Woher haben Sie das?« Er wirkte überrascht.

»Es ist eine Einladung für ein Treffen. Ich weiß nur nicht, worum es geht.«

Jetzt lächelte der Mann, stellte das Glas zu den anderen geputzten in die verspiegelte Bar hinter sich, nahm das nächste und begann, es ebenfalls zu polieren. »Die ›Confrérie de la Chaîne des Rôtisseurs‹ ist Ihnen ein Begriff, nehme ich an?«

Das erste Mal hatte Pascal von der »Chaîne des Rôtisseurs«

in Paris gehört. Es war eine Gourmet-Bruderschaft, eine Gilde, die älteste der Welt, so erzählte man sich. Er nickte. »Natürlich, Monsieur. Jeder, der sich mit Essen auskennt, kennt diese Gilde. Aber das Logo auf dem Briefkopf habe ich noch nie gesehen. Es ist nicht das der ›Confrérie de la Chaîne des Rôtisseurs‹.«

Pascal hielt die Einladung so, dass der Barmann daraufschauen und er seine Gesichtszüge beobachten konnte. Inzwischen war er sich sicher, dass er mehr wusste, als er zugab. Außerdem war ihm klar, dass er seinen Chef decken würde.

Doch es gab nichts zu decken. Die »Chaîne des Rôtisseurs« war ein seriöser, weltweiter Verbund von Starköchen, Winzern und Restaurantbetreibern. Aber was war mit diesem Logo? Es gab noch mehr Gourmet-Bruderschaften. Käsegilden, Weinzusammenschlüsse, Austerngilden oder Spezialisten wie die Cassoulet-Vereinigungen. In der Regel setzten sie sich für die traditionelle Zubereitung ein, nichts Verwerfliches gab es daran.

Aber warum stand kein Absender auf der Einladung?

»Haben Sie von den Ereignissen gehört, die sich hier in der Küche zugetragen haben sollen?« Pascal hatte ein Gefühl dafür, wann jemand log, wann jemand verunsichert war oder vollkommen unschuldig. Fast immer konnte er sich auf dieses Bauchgefühl verlassen. So war es auch bei dem Mann hinter der Bar.

Der schüttelte den Kopf. Er wusste es tatsächlich nicht. Oder war er einer dieser Menschen, denen am Ende doch noch etwas einfiel? Pascal konnte ihn denken sehen.

»Gibt es hier einen Küchenjungen?«, setzte er nach.

»Ja, das heißt, nein, ich weiß es nicht.«

»Was wollen Sie damit sagen?«

»Damit will ich sagen, dass er heute Morgen nicht gekommen ist, dass er gar nicht mehr kommen wird. Ich soll mich in der Abwesenheit von Bertrand Tellier um Ersatz kümmern.«

Pascal nickte. »Können Sie mir die Adresse Ihres Chefs geben?«

Der Mann stellte wortlos das Glas auf die Bar, nahm einen Stift und einen Zettel und schrieb eine Adresse in Ménerbes auf. »Bitte schön.« Er schob den Zettel über den Tresen.

Pascal bedankte sich.

»Eine Frage noch, Monsieur«, sagte der Mann. »Ist dieser Club nicht legal?« Neugierde stand in seinem Gesicht. Vielleicht dachte er schon weiter. Was, wenn sein Chef in illegale Machenschaften verwickelt war? Immerhin hing sein Job von dem Restaurantbesitzer ab.

»Ich weiß es noch nicht.«

Und das war die Wahrheit. Es war weniger als eine Spur. Nur weil sie in gewisser Weise geheimnisvoll war, hieß das nicht, dass sie illegal war.

»Ich weiß es nicht«, wiederholte Pascal, dann erhob er sich, legte drei Euro für das Wasser auf die Theke und verabschiedete sich.

Als er gerade die Restauranttür von innen öffnen wollte, hörte er, wie dem Mann hinter der Bar das Glas aus der Hand rutschte. Das Geräusch des zerberstenden Glases erfüllte den Raum, hallte kurz nach.

Ein leises Fluchen vom Barmann. »Merde.«

8

Das Haus des Kochs Bertrand Tellier lag am Ende der Durch-
fahrtsstraße, die als solche kaum zu erkennen war. Statt Teer
war eine Art Marmor benutzt worden, sie unterschied sich
nicht von den blank geputzten Steinen der Bürgersteige. Tellier
konnte zu Fuß zur Arbeit gehen. Pascal maß die Strecke auf
nur fünfhundert Meter. Gerade nachts, nach zehn bis zwölf
Stunden hinter dem Herd mit den Düften der unterschiedlichsten Kräuter und Gerichte, würde es guttun, die frische
Luft zu atmen.

Das Grundstück lag ein Stück nach hinten versetzt. Eine
Hecke schützte es vor neugierigen Blicken, das mindestens
zwei Meter hohe Tor mit stacheligen Verzierungen war fest
verschlossen. Auf Pascals Klingeln an der Mauer neben dem
Eingang rührte sich niemand. Vorsichtig lugte er durch die
Tür auf das alte Natursteinhaus mit blau gestrichenen Fensterläden, die verschlossen waren. Nur mit Mühe war die
Eingangstür an der Seite des Hauses zu sehen, auch hier gab
es eine Jalousie.

Ein mit Laternen gesäumter Schotterweg führte bis zur Tür,
doch davor hing ein schweres Schloss. Neben dem Eingang
fiel das Grundstück sanft ab, der Blick von dort hinunter ins
Tal musste atemberaubend sein.

Auf der Rückseite des Hauses vermutete Pascal einen Pool,
doch alles schien unbewohnt, wie so oft in der Provence. Es
waren keine Stimmen zu hören, die schweren Schlösser, die
verschlossenen Fensterläden – das Anwesen sah aus wie eine
Résidence secondaire, die nur in den Sommermonaten be-
wohnt wurde. Ein Türschild gab es nicht, nichts deutete auf
Tellier hin, der hier laut dem Mitarbeiter aus dem Restaurant
wohnen sollte.

Pascal klingelte ein zweites Mal an der Tür, doch nichts war
zu hören, kein Summer, kein Hundegebell. Ihm blieb nichts

anderes übrig, als zurück zu seinem Auto zu gehen, um zum nächsten Koch zu fahren. Er war sich sicher, dass auch dieser eine Einladung mit dem mysteriösen Logo erhalten hatte.

Doch es gab keinen weiteren Koch, fiel Pascal ein, als er in sein Auto stieg, die Handbremse löste und es runter ins Dorf lenkte. Der letzte Finger war nie ausgeliefert worden, er wurde bereits von dem Lammlieferanten in Sisteron gefunden.

Mit einer Hand steuerte Pascal den Wagen, mit der anderen wählte er die Nummer von Audrey. Er brauchte den Namen des Lieferanten und die Zieladresse. Für wen war dieser Finger bestimmt gewesen? An wen hatte die Lieferung gehen sollen?

»Gut, dass du anrufst. Wir haben eine Menge Neuigkeiten.«

»Ich bin ganz bei dir«, sagte Pascal. Dass er sie jetzt noch lieber anschauen würde, verschwieg er ihr. Vorerst musste er sich mit ihrer warmen Stimme begnügen.

»Es war nicht schwer herauszufinden, zu welcher Organisation das Wappen gehört. Es ist eine Gourmet-Bruderschaft, fast so alt wie die ›Confrérie de la Chaîne des Rôtisseurs‹. Die sogenannte ›Confrérie des Cuisiniers du Feu‹, die Feuerköche. Gegründet ebenfalls im dreizehnten Jahrhundert. Es gibt sogar eine Website, die allerdings nicht besonders viel verrät. Nur dass man Wert auf traditionelle Zubereitung lege und sich von der modernen Küche anderer Organisationen wie der ›Chaîne des Rôtisseurs‹ abheben wolle. Keine Adresse, keine Termine, keine E-Mail, keine Telefonnummer. Scheint nicht die seriöseste Gourmet-Gilde zu sein. Eigentlich herrscht Impressumspflicht. Wir haben aber geforscht, der Sitz der Organisation ist in Lourmarin. Ich bin vorhin hingefahren, da gibt es aber nur einen Briefkasten, die Tür hat auch niemand geöffnet.«

Pascal berichtete seinerseits, was er herausgefunden hatte. Von dem Mann an der Bar und dem Restaurant von Bertrand Tellier, der sicher ebenfalls eine Einladung bekommen hatte, jetzt aber weder zu Hause noch in seinem Restaurant aufzufinden war. Der Einladung an Paul Natale aus dem »Le Fournil« in Lucasson hatte er immerhin entnehmen können, dass es ein Treffen geben sollte, das Datum hatte er und den Ort, nur die

Köche schienen untergetaucht zu sein, erzählte er Audrey und bat sie, den Bericht an Monsieur Dubprée weiterzuleiten.

»Ich habe bereits mit ihm gesprochen«, sagte sie mit gesenkter Stimme. Vermutlich war noch jemand im Raum, für dessen Ohren die Unterhaltung nicht bestimmt war. »Dubprée sagte, es gehe jetzt vielmehr darum, *wer* die Finger verschickt hat. Es sei jetzt wichtiger, mit dem Schlachthof in Sisteron zu sprechen, ob ihnen etwas Ungewöhnliches aufgefallen ist. Ob sich jemand hineingeschlichen hat, ob es jemanden gab, der in dem Gebäude war, den man nicht kannte. Das sei zielführender, sagte er.«

»Aber wir müssen herausfinden, warum die Finger an die Köche geschickt wurden. Ich will wissen, was sie verbindet, was es mit diesem Treffen auf sich hat.«

Audrey schwieg zunächst. »Ich weiß«, sagte sie schließlich noch leiser als zuvor, »aber ich glaube, dass Dubprée sich inzwischen von Jean-Paul Betrix unter Druck setzen lässt. Der hat übrigens heute Morgen angerufen, wollte wissen, wie das mit einer Beschwerde bei den Behörden gegen dich funktioniert. Natürlich wissen wir das nur über die Police nationale, und einem Chef einer Gendarmerie können wir da beim besten Willen nicht weiterhelfen.« Pascal spürte, wie sie lächelte, dann aber in ernstem Ton sagte: »Du warst wohl heute nicht im Büro.«

Pascal atmete schwer. »Ja, das stimmt.«

»Du hast dich aus Frust betrunken«, in Audreys Stimme lag Schuldbewusstsein, »und das meinetwegen. Das hat noch nie jemand für mich getan.«

»Gern geschehen«, sagte Pascal.

»Ich glaube, es wird gerade eng für dich. Im Ort fehlt dir der Rückhalt. Wir müssen schnell Ergebnisse liefern, und ich werde alles dafür tun, dir zu helfen.«

»Alors, los geht's. Ich brauche den Namen des Lieferanten, der sich bei euch gemeldet hat. Wie heißt er, wie kann ich ihn erreichen?«

»Das bringt dir nichts. Ich gebe dir gern den Namen, aber

alles, was er zu sagen hat, hat er bereits gesagt. Dubprée hat ihn schon ein zweites Mal verhört.«

»Gut«, sagte Pascal resigniert, »dann fahre ich jetzt zum Schlachthof und versuche herauszufinden, ob irgendetwas Ungewöhnliches in der Nacht vorgefallen ist. Es wird Wachpersonal oder einen Pförtner geben. Auch wenn ich keine Ahnung habe, warum jemand in einen Schlachthof einbrechen sollte.«

»Du bist schon wieder ganz der Alte«, bemerkte Audrey amüsiert, bevor sie das Gespräch beendeten.

Die gut eineinhalbstündige Fahrt über die D 900 und die D 4100 um die Haute-Provence herum nutzte Pascal, um seinen Gedanken nachzuhängen, um für sich zu sein und die Landschaft zu genießen. Je nördlicher er kam, je mehr Berge er überquerte, desto größer und eindrucksvoller erschienen ihm die Lavendelfelder, die bald zu blühen beginnen würden. Er hatte einst gelesen, dass oberhalb von siebenhundert Metern der Echte Lavendel, der wertvolle Lavendel blühte. Wenn man anhielt, konnte man die Bienen summen hören, die unermüdlich die Blüten bestäubten und die lokale Köstlichkeit, den Lavendelhonig, erschufen. Schon ein kleines Glas wurde auf den Märkten in Nobelorten wie Gordes für zwölf Euro angeboten. Aus dieser Gegend kamen die feinsten Lebensmittel, ein Mekka für Gourmets.

Der Schlachthof in Sisteron hatte sich auf Lammfleisch spezialisiert. Der Ruf der Lämmer aus dem Umland war in ganz Frankreich und über seine Grenzen hinaus legendär. Keine anderen Schafe waren mit einem eigenen Qualitätslabel versehen. Die Lämmer verbrachten ihr kurzes Leben draußen, wurden von der Mutter aufgezogen und ernährten sich außerdem nur von den Gräsern und vor allem den Kräutern der Provence. Pascal hatte sich schon mehrmals den Luxus gegönnt und Lammfleisch mit den zwei Siegeln zubereitet. Das letzte Mal, als seine Tochter Lillie ihn besucht hatte. Durch ihre Verlobung mit Claude, dem Sternekoch aus Lyon, hatte sie ihr Wissen über die edle Küche so weit verfeinert, dass sie ihm in kulinarischer Hinsicht überlegen war.

Er dachte an Lillie und an die anstehende Hochzeit, für die es noch immer keinen Termin gab. Er trat dem Ereignis mit gemischten Gefühlen entgegen. Seine kleine Lillie verheiratet? War nicht erst gestern ihr achtzehnter Geburtstag gewesen? Hatte sie nicht erst gestern zusammen mit ihm und seiner Ex-Frau Catherine am Abendbrottisch gesessen und über doofe Lehrer geschimpft? Hatten sie nicht erst gestern noch zusammen Hausaufgaben gemacht? Dann war sie ausgezogen, hatte ihr eigenes Leben begonnen, und jetzt war sie erwachsen.

Nach eineinhalb Stunden erreichte er Sisteron. Er hing noch immer seinen Gedanken nach, als er das flache Gebäude an der großen Straße sah und auf den Parkplatz einbog. Ein Viehtransporter mit blökenden Lämmern, die den südfranzösischen Gourmets und ihrer wahren Bestimmung zugeführt werden sollten, fuhr ihm entgegen.

Als Pascal über den Parkplatz zum Pförtnerhäuschen ging, kam ihm plötzlich eine Idee, wie er mehr über die »Confrérie des Cuisiniers du Feu« erfahren und vielleicht sogar einen Weg finden könnte, an dem mysteriösen Treffen teilzunehmen.

Zum ersten Mal an diesem Tag war er guter Dinge, hatte das Gefühl, etwas erreicht zu haben, auch wenn es bislang nur Visionen waren.

Der Pförtner grüßte ihn mit einem einstudierten professionellen Gesichtsausdruck, irgendetwas zwischen Freundlichkeit und Strenge.

Pascal hielt ihm seinen Ausweis unter die Nase, obwohl er mit seiner Uniform deutlich als Gendarm der Police municipale zu erkennen war. »Darf ich Ihnen ein paar Fragen stellen, wenn es Ihre Zeit erlaubt?«

Synchron schauten sie sich um, blickten über den Parkplatz, über die Straße, sie war leer. Der Pförtner nickte.

»Haben Sie in der Nacht zu Mittwoch irgendetwas Ungewöhnliches bemerkt?«, fragte Pascal.

»Meine Frau glaubt mir niemals, dass mir ein Mann in Uniform diese Frage gestellt hat«, erwiderte der Pförtner.

»Ihre Antwort ist wichtig, Monsieur. Wir ermitteln in einem Mordfall. Alles, was Sie mir sagen können, kann von großer Bedeutung sein.«

»Wird ja immer besser«, sagte der Pförtner, schien sich aber plötzlich an den Grund, warum er hier saß, und an seine eigentliche Aufgabe zu erinnern. »Sie haben Glück«, sagte er schließlich und machte dazu ein ziemlich wichtiges Gesicht. »Ich hatte in der Nacht zu Mittwoch Nachtschicht. Hatte erst heute Schichtwechsel.«

Pascal beobachtete ihn aufmerksam. Ihm entging nicht, wie sehr der Mann in seinem Pförtnerhäuschen schwitzte.

»Aber ich muss Sie enttäuschen, mir ist nichts aufgefallen. Sie müssen wissen, die Nächte können hier draußen ziemlich einsam sein. Nicht mal das Vieh macht noch Geräusche.« Er grinste und nickte Pascal zu, als würde er eine Einladung zum Lachen aussprechen. Als Pascal keine Miene verzog, wischte er den Anflug von Fröhlichkeit aus seinem Gesicht, als wäre sie nie da gewesen. »Nein, Monsieur, im Ernst. Ich habe nichts bemerkt. Obwohl wir gewarnt sind, denn seitdem die Grünen in der Umgebung so zulegen, fühlen sich Tierschützer berufen, Protest einzulegen. Sie kommen in letzter Zeit ständig mit ihren Plakaten, sprechen von Babymord und so und bestellen sich abends im Restaurant selbst das Lamm in Thymian-Jus.« Der Pförtner lachte in sich hinein, dabei drückte sich sein Bauch nach vorn. Pascal befürchtete, dass es in wenigen Sekunden so weit sein könnte – dann würde ihm einer der Knöpfe das Augenlicht nehmen.

In der engen Kabine, die zu allen Seiten verglast war, musste es unerträglich heiß sein. Der still stehende Ventilator machte nicht den Eindruck, als wolle er sich selbst bei gutem Zureden auch nur eine Runde drehen.

Pascal musterte den Mann, der angespannt auf seinem Schreibtischstuhl saß. Er hatte mindestens zehn Zentimeter zu wenig Sitzfläche. »Und am Dienstag war niemand hier? Bitte denken Sie nach. Gab es wirklich nichts?«, insistierte er.

Der Mann schüttelte den Kopf. Er war unrasiert, schwitzte

und pustete vor sich hin, um klarzumachen, dass er genau nachgedacht hatte – nur leider ohne Ergebnis.

»Danke für Ihre Zeit, Monsieur.« Pascal hatte nicht mehr erwartet. Er verabschiedete sich, entfernte sich vom Pförtnerhäuschen und sah noch einmal zurück zu dem Glashaus, das in der Nachmittagssonne bereit war, seinen Inhalt zu grillen.

Zurück in seinem Wagen, schaltete er, dem technischen Fortschritt dankbar, die Klimaanlage ein und wählte Lillies Nummer in Lyon.

»Papa!«, rief sie. Sie hatte sich diese unbändige Freude erhalten; wenn ihr Vater sie anrief, war sie jedes Mal aus dem Häuschen. So als würde er nach dem Dienst die Wohnungstür aufschließen und sie sich mit seinem Erscheinen auf die Gute-Nacht-Geschichte freuen. »Wie geht es dir?«

»Gut, mein Mädchen. Viel zu tun, aber das in schöner Landschaft.«

Sie lachte. »Er ist angekommen, mein Vater. Ich freue mich für dich.«

»Lillie, ich brauche deine Hilfe.«

Sie atmete hörbar aus.

»Rauchst du etwa?« Pascal klang streng.

»Nein, Papa. Ich freue mich nur, dass du mich um Hilfe bittest. Schieß los.«

»Ich brauche eine Einladung zu einem Gourmet-Treffen im Luberon.«

»Das dürfte kein Problem sein, Claude wird derzeit zugeschüttet mit solchen Einladungen. Jede Gourmet-Bruderschaft würde sich freuen, wenn er eintreten würde. Er ist aber skeptisch, will sich keiner Organisation anschließen.«

»Er liebt also die Unabhängigkeit?« Wieder spürte Pascal im tiefsten Inneren, dass seine Tochter das große Glück gefunden hatte. Schließlich war Unabhängigkeit immer eines ihrer großen Ziele gewesen. Vor allem seit dem Zeitpunkt, an dem sie realisiert hatte, dass die verlässliche Mauer ihrer Eltern, ihr Schutzschild, Risse bekommen hatte, bis sie schließlich ganz zerbrach. Pascal war sich inzwischen sicher, dass sie ihre

Trennung viel eher geahnt hatte als er selbst. »Das kann ich verstehen, mon amour«, sagte er und hatte plötzlich Sehnsucht nach Lillie.

»Was für eine Veranstaltung ist das? Wer richtet sie aus?«, fragte sie.

»Wenn ich das so genau wüsste. Ich habe lediglich einen Tag und eine Uhrzeit.«

»Besser als nichts. Wie heißt die Gilde? Ist es die ›Confrérie de la Chaîne des Rôtisseurs‹? Dann ist es kein Problem.«

»Leider nicht. Schätze, das wäre zu einfach. Ich habe nur ein Wappen, ein Emblem. Sie nennen sich ›Confrérie des Cuisiniers du Feu‹. Ich schicke dir ein Foto und einen Link aus dem Internet. Vielleicht weiß Claude etwas, vielleicht kennt er diesen Zusammenschluss.«

»Papa, ist es gefährlich?«

Wie er diese Frage kannte, wie er deren Bedeutung seit Jahren in allen Interpretationsformen zu begegnen versuchte. Immer mit demselben Ziel: seiner Tochter das Gefühl von Sicherheit zu geben.

»Nein, Lillie, wir stehen ganz am Anfang. Es ist vollkommen harmlos. Ich brauche nur eine Einladung, so als würde ich Karten für ein ausverkauftes Konzert bekommen wollen.« Noch während er das sagte, wurde ihm bewusst, wie sehr dieser Vergleich hinkte.

9

Die Mairie wirkte an diesem Freitagabend wie ausgestorben. Selbst die Reinigungskräfte hatten ihr Tagewerk vollbracht und sich ins Wochenende verabschiedet. Pascal hatte sich entschieden, von Sisteron nicht direkt nach Hause zu fahren, sondern noch einmal in der Mairie vorbeizuschauen. Er wollte nicht den Eindruck vermitteln, Jean-Paul Betrix aus dem Weg zu gehen. Er war bereit, sich zu stellen, auch wenn ihm die Sinnlosigkeit eines Gesprächs mit seinem Vorgesetzten vollkommen bewusst war. Aber niemand sollte sagen, er hätte es nicht versucht.

Mit den Ergebnissen des heutigen Tages war er zufrieden. Er hatte eine Menge in Erfahrung gebracht und instinktiv das Gefühl, dass jedes Restaurant, dem ein Finger zugeschickt worden waren, etwas mit der »Confrérie des Cuisiniers du Feu« zu tun hatte. Was also war das für eine Bruderschaft, und was hatte es zu bedeuten, dass einige der Mitglieder diese makabre Lieferung erhalten hatten?

Die Tür des Bürgermeisters war bereits verschlossen, das Licht in den Fluren gelöscht. Pascal ging über den dunklen Gang zu seinem Büro und schloss die Tür auf, nur um nachzusehen, ob es Nachrichten gab – per Post, per Anrufbeantworter oder auch wütend heruntergekritzelte Notizen des Bürgermeisters.

Und tatsächlich, als er seinen Computer hochfuhr und die Mails des Tages abrief – das tat er lieber mit dem Computer als mit dem Smartphone –, fand er eine von Frédéric Dubprée. Er habe sich noch einmal mit dem Koch aus L'Isle-sur-la-Sorgue getroffen und über eine Stunde mit ihm gesprochen, schrieb er, alle Einzelheiten könne Pascal dem angehängten Bericht entnehmen, der auch an Jean-Paul Betrix gegangen sei.

Pascal öffnete das Dokument und entnahm dem in Amtssprache verklausulierten Text – eine Sprache, die ihm schon immer missfallen hatte, die Dinge verkomplizierte, sie teils ins Absurde abdriften ließ – alle nötigen Fakten.

Frédéric Dubprée schrieb, dass der Koch sich an kein einziges Vorkommnis erinnere, welches dazu geführt haben konnte, dass er einen Feind habe. Interessant wurde der Bericht erst am Ende. Dubprée hatte eine Art Lebenslauf des Kochs verfasst. Demnach gehörte er einer Gourmet-Gilde mit dem Namen »Confrérie des Cuisiniers du Feu« an, einer Bruderschaft, die sich gegen jede Art der modernen Küche einsetzte. In letzter Zeit habe es Ärger gegeben, weil die Zubereitung von Gänsebraten Tierschutzgesetze missachtete, was die Grünen und einige Tierschützer auf den Plan gerufen hatte.

Angehängt war ein nicht besonders aussagekräftiger Artikel, der die Bruderschaft zu einer extremen Splittergruppe erklärte. Es war offensichtlich, dass der Verfasser dieses Artikels kein Insider war und nur sehr wenig wusste.

Pascal erkannte das Logo sofort wieder, es war das gleiche, das er auch auf der Einladung gefunden hatte. Die Gans über dem Feuer, im Hintergrund die goldene Gabel.

Am Ende hieß es in Dubprées Text noch, der Koch habe aber die Gilde verlassen wollen und dies auch öffentlich geäußert. Es habe immer wieder Gourmet-Abende gegeben, an denen sich reiche Pariser eingefunden hätten, um ungewöhnliche Speisen zu sich zu nehmen. Der Koch sprach von Afrika-Importen und Raubkatzen, die teilweise unter Naturschutz stünden. Jetzt solle Pascal herausfinden, ob auch die anderen Köche dieser Vereinigung angehörten und wie sie zu der Bruderschaft standen.

»Also doch«, flüsterte Pascal zu sich selbst. Er war auf dem richtigen Weg. Es musste einen Zusammenhang geben.

Die nächste Stunde verbrachte er damit, seinen Bericht ebenfalls in gestelzter Behördensprache zu verfassen, ließ es sich aber nicht nehmen, ein paar persönliche Anmerkungen hinzuzufügen, so wie es Frédéric Dubprée auch getan hatte. Gerade war er dabei, seinen Bericht noch einmal zu lesen, als der Ton einer eingehenden SMS die Stille der Amtsstube durchbrach.

»Ich liebe Bouillabaisse!« Audrey hatte ein neues Profilfoto hochgeladen. Sie mit einem Rennrad auf dem Mont Ventoux.

Pascal betrachtete das Foto. Wie glücklich sie in die Kamera lächelte, die Nase, vom Kampf gegen den Berg gerötet, in die Höhe gerichtet. Hat diese Strapaze überhaupt noch etwas mit Fahrradfahren zu tun?, fragte er sich.

»Zwanzig Uhr bei mir. Ich muss noch meinen Bericht zu Ende schreiben«, tippte er und verschwieg, dass der Bericht im Grunde fertig war, da er Zeit gewinnen wollte. Er hatte keine Ahnung, wie sein Haus aussah, wie er es heute Morgen verlassen hatte, alles lag in einer Nebelwolke, der Morgen schien ewig her. Und er wollte sich frisch machen. Der Tag im Auto war lang gewesen, die Hitze hatte auf seiner Haut und auf seiner Kleidung Spuren hinterlassen.

»Bon«, schrieb Audrey. »Ich bringe Wein und Baguette mit.«

Pascal versendete seinen Tagesbericht an Frédéric Dubprée und an Jean-Paul Betrix, dann schloss er sein Büro ab, ging zu seinem Auto und fuhr mit einem Lächeln auf den Lippen voller Verheißung und Vorfreude auf das Abendessen mit Audrey der Abendsonne entgegen, das Fenster weit geöffnet. Die warme, nach Lavendel duftende Luft kitzelte auf seiner Haut. Im Radio lief »The Mystery of Love« von Prefab Sprout.

Gerade noch rechtzeitig gelang es Pascal, dem Chaos in seinem Haus mit einigen wenigen Handgriffen eine gewisse Würde zu verleihen, als es schon an der Tür klingelte.

Er hatte Audrey noch nie geschminkt gesehen. Leichtes Rouge auf den Wangen, die dunklen Augen betont, ihr Haar trug sie offen. Mit ihr zog der Duft eines verführerischen Parfüms ein. Ihr weißes Sommerkleid mit kleinen roten Rosen endete kurz über den Knien. Dazu trug sie weiße Turnschuhe, die das Bild der eleganten Frau bewusst brachen.

Gegensätze wie diese hatten Pascal schon immer gefallen. Schon immer fühlte er sich von Kunst, Musik, Mode und

Menschen angezogen, die sich einem festen Stil widersetzten, ihren eigenen Weg suchten und ihn auf unkonventionelle Weise herausforderten. Sein ganzes Leben, sein Denken und Fühlen, war auf diese Weise geprägt, und ganz nebenbei half es ihm, immer um die Ecke zu denken, keinem vorgefertigten Weg zu folgen, auf die kleinen Abzweigungen zu achten, die holprigen Nebenstraßen, die ungemütlichen Pfade.

Er gab Audrey drei Küsse. »Du siehst phantastisch aus«, sagte er.

Sie lächelte. »Wo ist die Küche?«, fragte sie höflichkeitshalber, zwei Flaschen kalten Rosé, an denen bereits Kondenswasser perlte, auf dem Arm haltend. Unter den anderen hatte sie ein frisches Baguette geklemmt.

Pascal ging vor. Seine Küche war zweckmäßig eingerichtet. Ein paar Unter- und Oberschränke aus schlichtem Holz, ein Gasherd, eine große Spüle, über der sich ein nach oben hin abgerundetes Fenster befand. Es stand offen, die Frühsommerluft vermischte sich mit dem Duft der bereits wieder aufgesetzten Fischsuppe.

Das Herzstück der Küche war ein altes weißes Büfett auf der anderen Seite der Anrichte, das der Vorbesitzer ihm für einen kleinen Aufpreis gelassen hatte. Pascal hatte sich sofort in den Schrank verliebt, als er ihn bei der Hausbesichtigung gesehen hatte. Das Büfett war so herrlich unperfekt, und er mochte die Spuren des Lebens darauf, die Kratzer, das gesprungene Holz, das es zu einem Unikat hatte werden lassen.

Hinter der Glasscheibe standen seine Kochbücher, ein bisschen Geschirr und seine Gewürze, die von heimischen Traditionsgewürzen bis hin zu indischen und orientalischen Pulvern und getrockneten Wurzeln reichten.

»Gemütlich«, sagte Audrey, stellte die Weinflaschen auf die Anrichte und legte das Baguette daneben. Sie betrachtete den kleinen, einfachen Holztisch, an dem Pascal morgens sein Frühstück einnahm, einen Kaffee trank und die Zeitung las, wenn er nicht gerade einen Zwischenstopp bei Jacques im »Café Tabac« einlegte.

Die Selbstverständlichkeit, mit der Audrey sich durch die Küche bewegte, gefiel Pascal. Er wertete es als Zeichen, dass sie sich wohlfühlte.

»Aperitif?« Ohne eine Antwort abzuwarten, nahm er die Flasche Champagner, die nun vierundzwanzig Stunden länger hatte durchkühlen dürfen als geplant, ließ den Korken knallen und schenkte ihnen beiden ein Glas ein.

Audrey beobachtete den Champagner im Glas, die aufsteigenden Bläschen, dann sah sie Pascal tief in die Augen. Ein Blick, der die wenigen Zehntelsekunden länger andauerte, als es zwischen Kollegen üblich war.

Ein leichter, angenehmer Schauer lief Pascal vom Hinterkopf den Rücken hinunter. Audrey schien es zu spüren und zu genießen. Sie schob sich eine Haarsträhne aus dem Gesicht hinter das Ohr und bemerkte, dass die Vorfreude auf ein gutes Essen zu den wohl schönsten ihr bekannten Seelenzuständen gehöre.

»Kann ich etwas helfen?«, fragte sie plötzlich geschäftig.

Pascal war ihr für den Wechsel dankbar, der ihm die Aufregung nahm. Sie holte ihn zurück in die Realität. »Nein, du bist mein Gast.«

Audrey lächelte, nahm an dem kleinen Küchentisch Platz und stellte ihr Champagnerglas ab.

Froh darüber, sich ganz dem Kochen widmen zu können – er wusste genau, was er dabei zu tun hatte, das gab ihm Sicherheit –, stellte Pascal die Pfanne auf den Gasherd, schaltete ihn ein, ein kurzes Geräusch des Züngelns, der Druck des Gases und dann das gleichmäßige Rauschen der blauen Flamme.

In einem großen gusseisernen Topf erhitzte er Olivenöl, dann tauchte er für eine halbe Minute drei Tomaten in kochendes Wasser, enthäutete sie anschließend und ließ sie zusammen mit den Muscheln in den heißen Topf gleiten. »Voilà.« Er legte den Fisch in die Pfanne und stellte die Rouille auf den kleinen Tisch. Zwei Knoblauchzehen schälte er ab und drapierte sie auf einer Untertasse in der Mitte des Tisches.

Audrey war offensichtlich keine Frau, die herumsitzen

wollte. Längst stand sie wieder neben ihm an der kleinen Anrichte und hatte das Baguette geschnitten. Als Pascal die heiße Suppe in die Mitte des Tisches stellte, den geriebenen Käse in einer zweiten Schale daneben und die Fischfilets in die tiefen Teller legte, bemerkte er, wie hungrig er inzwischen war und wie sehr er sich freute, an diesem Abend nicht allein zu essen. Mehr noch, Audrey vor sich zu sehen, wie sie auf ihren Fisch und die Suppe schaute, lächelte, als sie den Knoblauch auf ihrem Brotstück verrieb, den Käse darüberstreute und alles in die Suppe fallen ließ, machte ihn geradezu euphorisch.

»Bon appétit«, wünschte er, dann widmeten sich beide schweigend der Bouillabaisse.

Und wieder war da das Gefühl der Vertrautheit, kein unangenehmes Schweigen, ein genießerisches, ein zufriedenes.

Als sie die Champagnergläser geleert hatten, stand Audrey erneut auf und öffnete den Rosé, nicht ohne darauf hinzuweisen, dass sie den Winzer seit Jahren kannte. »Er hat seinen Weinberg direkt an der Grenze zu Apt und seit einigen Jahren seine Produktion auf Bioweine umgestellt. Ein Gewinn für die ganze Gegend.«

»Du kennst dich aus«, stellte Pascal begeistert fest.

»Ich lebe hier«, sagte sie lachend, als sie den Wein eingoss. »Ich bin ein Dorfkind.«

»Ach ja, du bist hier aufgewachsen, oder?« Pascal fiel plötzlich auf, dass er so gut wie nichts über Audrey wusste. War es nicht ein verständliches Bedürfnis, mehr über die Person zu erfahren, mit der man in dieser Vertrautheit am Tisch saß? Jemand, mit dem man Bouillabaisse aß und sogar mit Champagner anstieß?

»Zumindest bin ich aus der Gegend«, sagte Audrey. »Aufgewachsen bin ich bei Cadenet, genau genommen zwischen Cadenet und Lourmarin. Meine Eltern wohnen immer noch dort, wenn man es als ›wohnen‹ bezeichnen will.« Sie nahm einen großen Schluck Wein.

Pascal fragte nicht nach, auch wenn es ihn brennend interessierte, was sie gemeint haben mochte.

»Weißt du«, sagte Audrey, als sie das Glas wieder abstellte, »meine Eltern sind anders. Sie sind das, was man vielleicht unter einem Künstlerpaar versteht. Ich würde sogar sagen, sie sind Hippies.«

Pascal musste lachen. »Du kommst aus einem Hippie-Haushalt?« In seiner Vorstellung war das ein spannendes Leben, eines, für das er sich schon immer interessiert hatte, eine Lebensform gegen jede Konvention, eine ohne besondere Vorschriften, eine alternative Lebensweise mit der Verheißung auf Freiheit.

»Ja.« Audrey formte lachend mit beiden Fingern das Om-Zeichen. »Hast du was zu rauchen?«

Beide lachten.

»So witzig ist es eigentlich gar nicht«, sagte sie schließlich. Ihre Miene war wieder ernst geworden – diese zweite Seite an ihr begann Pascal gerade zu entdecken. »Ich bin ohne Struktur aufgewachsen. Ob ich pünktlich zur Schule kam, hat niemanden interessiert. Meistens haben sie noch geschlafen, oder mein Vater war in seinem Atelier.«

»Er malt?«

»Ja. Früher war er mal gut, aber dann fing er an, für die Touristen zu malen. Aus seinen Bildern sind Wanddekorationen geworden. Seitdem er das macht, versuchen ein paar Galerien hier im Luberon, seine Bilder zu verkaufen. Es gelingt, denn die Touristen kaufen alles, was von hier ist. Im Sommer sind sie vollkommen enthemmt und schlagen zu. Das hat mein Vater irgendwann gemerkt, und jetzt produziert er für den Markt. Mit Kunst hat das nichts zu tun. Die Bilder haben keinen Ausdruck mehr, haben nichts mehr von ihm, als wäre das Leben nicht mehr abbildenswert.« Audrey fasste sich an den Bauch. »Suppe macht satt.«

Auch Pascal bekam nichts mehr herunter. Er nahm die Schale vom Tisch, deckte sie ab und stellte sie auf den Herd zum Abkühlen. Dann entkorkte er eine Flasche Rotwein. »Komm, nimm dir ein Glas, wir gehen ins Wohnzimmer.«

Audrey stand auf und wiegte den Kopf. »Jetzt kommt also

der gemütliche Teil des Abends.« Sie sah ihm direkt in die Augen.

Pascal wandte sich nicht ab. Wieder spürte er, wie sich Wärme in ihm ausbreitete, von ihm Besitz ergriff und Glücksgefühle, mit dieser schönen Frau hier sein zu dürfen, in ihm auslöste.

Das Wohnzimmer war nicht fertig renoviert. Der Boden musste abgeschliffen werden, er brauchte unbedingt Öl. Die Möbel hatte der Vorbesitzer zum großen Teil stehen lassen. Ein alter Couchtisch, ein Sofa, das die besten Tage hinter sich hatte und auf das Pascal eine neue Decke gelegt hatte, um ihm einen moderneren Look zu verpassen, ein bisschen mehr Stil.

Ein Kamin bildete das Herzstück des Raums, den Pascal aber unbedingt streichen wollte. An den Wänden fehlten ihm Bilder, irgendetwas Persönliches.

Auf der anderen Seite das Bücherregal. Viele Bücher standen nicht darin. Pascal musste noch einmal nach Paris, zu Alexandre. Dort hatte er seine Kartons mit Sachen untergestellt, die er zu vermissen begann.

Er beobachtete Audrey, die sich prüfend umsah, die wenigen Dinge betrachtete und den Raum musterte. Eine Regung war ihr nicht anzumerken. Pascal entzündete ein paar Kerzen, dimmte die Stehlampe in der Ecke und lud Audrey mit einer Handbewegung ein, sich zu setzen.

Sie ignorierte den Sessel am Kopfende des Tisches und setzte sich aufs Sofa, mit dem Rücken an die Armlehne. Pascal nahm ihr gegenüber ebenfalls an der Armlehne Platz. Ihre Füße begegneten sich wie zufällig, eine minimale Berührung – und eine elektrisierende zugleich.

»Was macht deine Mutter?«, fragte Pascal, um das Gespräch fortzusetzen und sich nicht zu sehr den romantischen Vorstellungen hinzugeben.

Audrey strich sich ihr dunkles Haar aus dem Gesicht. »Gleich bist du aber dran.«

Am liebsten hätte Pascal sie gebeten, das Haar nie wieder

auf diese Weise aus dem Gesicht zu streichen. »Da gibt's nicht viel, aber ich erzähle es dir gern.«

Sie hob lächelnd die Hand. »Jedes Leben ist erzählenswert. Jeder Mensch hat eine Geschichte.« Sie roch an dem Rotwein, nickte zufrieden und nahm einen Schluck. »Meine Mutter malt Fliesen an«, sagte sie schließlich. »Schön farbenfroh und auch immer so, wie die Touristen es wollen. Und sie verkauft bunte Tücher auf den Märkten, manchmal auch Seife und Honig, alles hübsch dekoriert, alles duftet.«

»Das klingt doch nicht schlecht«, sagte Pascal.

»Ja, wenn es nicht so traurig wäre, wie meine Eltern ihr Talent verschwenden. Sie waren mal Menschen mit Ambitionen. Sie haben wild gemalt, wild gelebt, Freiheit und Unabhängigkeit gepredigt. Jetzt machen sie in Souvenirs.« Diesmal lächelte sie nicht. »Dafür führen sie für ihre Verhältnisse ein geradezu spießiges Leben. Als Kind habe ich mir genau das gewünscht.«

»Spießigkeit?«, fragte Pascal ungläubig.

»Ja, Spießigkeit, Regelmäßigkeit. Mittags ein Essen auf dem Tisch, jemanden, der mich zum Cello-Unterricht fährt und nicht fragt: ›Ach, jetzt schon?‹, sondern der von sich aus daran denkt, weil er Vater oder Mutter ist. Eltern, die einem ein Taschengeld geben, Eltern, die für einen da sind, wenn man Liebeskummer hat, und nicht immer nur mit sich selbst beschäftigt sind. Eltern eben.«

Audrey trank hastig ein, zwei, drei Schlucke. Ihr war anzumerken, wie kompliziert ihre Kindheit gewesen war.

»Wie ist dein Verhältnis zu ihnen heute?«

»Man spricht miteinander, ruft mal an, hört sich die Zipperlein an. Besser als in der Zeit, als ich nach Apt gezogen bin. Da haben wir gar nicht mehr gesprochen. Als ich zur Polizeischule gegangen bin, sagte mein Vater: ›Ich habe in der Erziehung alles falsch gemacht.‹ Stell dir das vor, Pascal. Das war ein Schlag, und ich habe den Kontakt für eine Weile abgebrochen.« Audrey machte wieder eine kurze Pause, leerte ihr Glas.

Pascal schenkte ihr nach. Mit ihrer Geschwindigkeit konnte er nicht mithalten.

»Meine Eltern haben nie verstanden, warum ich zur Gendarmerie gegangen bin. Sie haben nicht verstanden, warum ich genau dieses Leben wollte. Dass ich eine Beamtenlaufbahn eingeschlagen habe, das war zu viel für sie. Außerdem merkte ich, dass sie nicht mehr vor mir kifften. Das taten sie sonst jeden Abend. Ich bin mit dem Geruch von Gras aufgewachsen, von brennendem Gras, süßlich, schwer. Als kleines Kind dachte ich, das sei normal. So riecht es eben, wenn geraucht wird.« Bei dieser Bemerkung lächelte sie in sich hinein.

Pascal dachte an das, was dieser Geruch in ihm auslöste, an Paris, die Dealer und Kiffer am Bahnhof, abends im Sommer an der Seine, und daran, wie er als Gendarm damit umzugehen hatte. Er sah Alexandre vor sich, wie er seine Nase in den Wind gehalten hatte, wie sie dann diskutiert und versucht hatten, die Prioritäten richtig zu setzen, immer wieder die Toleranzgrenze ausloteten.

»Ich fand es auch normal, dass mir fremde Männer und manchmal fremde Frauen aus dem Badezimmer entgegenkamen, die Brüste unbedeckt, ein aufgesetztes Kichern, wenn sie mich sahen, die Finger hatten sie oft zum Peace-Zeichen erhoben«, fuhr Audrey fort. »Auf Treue hatten meine Eltern nie etwas gegeben, es waren Werte aus einer anderen Zeit, vollkommen unbedeutend Ende der sechziger Jahren.«

Audreys Eltern hatten sich an diese Jahre geklammert, auch wenn sie längst vergangen waren. Die neunziger mit den Regeln der sechziger Jahre, das Leben wie in einer Zeitkapsel. Alles, was die sogenannte Freiheit einschränkte, war für sie ein rotes Tuch gewesen. Je älter sie wurden, desto zynischer wurden sie, machten sich über jeden arbeitenden Menschen lustig. Niemand war gut genug.

»Und ich hatte das Gefühl, ich war es auch nicht mehr. Ich fühlte mich aus dieser Familie ausgestoßen, zu der ich ohnehin nie gepasst hatte«, erzählte sie mit melancholischem Unterton weiter, die Stimme vertraulich hinabgesetzt. »Glaub mir,

Pascal, diese Erkenntnis schmerzt einen Heranwachsenden. Daher habe ich mir mein eigenes Leben mit eigenen Regeln aufgebaut.«

Sie lächelte wieder und nahm einen Schluck Rotwein, langsamer, genussreicher, als wäre der Frieden in sie zurückgekehrt. »Und jetzt bist du dran, auch weil ich betrunken bin und nicht weitererzählen mag.«

Pascal leerte sein Glas und schenkte sich ebenfalls nach. »Ich noch nicht«, sagte er. »Mein Leben ist schnell erzählt. Ich habe früh geheiratet – Catherine. Wir bekamen eine Tochter, Lillie, und haben sie gemeinsam großgezogen. Ich bin ein Familienmensch, ich hätte alles für meine Familie getan. Nie werde ich den Tag vergessen, an dem Lillie mich das erste Mal angelächelt hat. Wenn ein Kind seine Arme nach dir ausstreckt und dazu irgendein Geräusch macht, das so was wie ›Hallo‹ heißen könnte, dann erschließt sich plötzlich in einer einzigen Geste der Sinn des Lebens, dann fällt alles an seinen Platz. Lillie ist Leben.«

»Was ist dann passiert?«

»Dann kam der Moment, in dem ich begriff, dass nicht jeder Mensch in der Lage ist, so eine intensive Liebe für zwei Menschen übrig zu haben. Das Haus sei zu klein für zwei Lieben, hat Catherine, meine Ex-Frau, gesagt, und so musste ich weichen. Sie lernte einen reichen Architekten kennen. Ich muss das ›reich‹ betonen, weil ich inzwischen weiß, dass es ihr in Wahrheit darum ging. Reich sein, das ist ein für sie anbetungswürdiger Zustand eines Menschen. All das habe ich erst später verstanden, als ich vor einem Trümmerhaufen stand, dieser kompletten Zerbrochenheit von dem Leben, das man einst liebte.«

Etwas Rätselhaftes lag in Audreys Gesichtsausdruck, als würde sie den Gedanken weiterverfolgen, die Geschichte für sich zu vervollständigen versuchen, sie mit dem eigenen Leben in Verbindung bringen.

»All unsere Freunde wussten Bescheid, nur ich war der Letzte, der es erfahren hat. ›Always the last to know‹, heißt es in einem schottischen Popsong. Das Leben war abgebogen und nahm einen Weg, den ich nie hatte gehen wollen. Kurz nachdem meine Tochter ausgezogen und nach Lyon zu ihrem zukünftigen Mann – einem Sternekoch – gezogen war, zog auch meine Frau aus. Ich lebte plötzlich allein in der Wohnung. Es gab für mich keinen Inhalt mehr. Nichts mehr, was mich interessierte. Sollte ich ein Leben für einen anderen Menschen in Frage stellen, nur weil es mich in die Sackgasse geführt hatte?«

Audrey antwortete nicht auf die Frage, still saß sie da, das Kreuz durchgedrückt, aufmerksam.

»Nein, dazu war ich nicht bereit, und doch begann ich, alles um mich herum zu hassen. Meinen Job bei der Polizei als Flic, die Enge der Großstadt, die Metro, den Gestank, die Jugendlichen mit ihren Trainingsanzügen, den Totschlägern und Elektroschockern in der Tasche, die Autoknacker und die Brandstifter. Kurz: Ich hasste mein Leben. Bis ich das Kochen für mich entdeckte. Ich habe behutsam angefangen, die einfachsten Rezepte nachgekocht. Eigentlich aus der Not heraus, denn jeden Tag in Paris essen gehen, das ging ins Geld. Mir blieb nichts anderes übrig, ich musste das Kochen lernen.«

»Danke an deine Frau«, sagte Audrey sanft und streckte ihre Beine ein Stück weiter aus, sodass sich ihre Füße nun nicht mehr zufällig berührten, dessen war sich Pascal sicher. Er genoss die Wärme, die er an seinem Bein spürte. Dann glitt Audrey ein Stück hinunter, ihr Fuß an seinem Knie. Ihren Kopf hatte sie auf die Armlehne gelegt. Wie ein Ehepaar lagen sie dort und schwiegen.

»Du weißt, dass ich nicht mehr fahren kann?«, fragte Audrey nach einer Weile.

»Natürlich weiß ich das.« Sie schauten sich einen Moment an. »Du kannst mein Bett haben«, sagte Pascal schließlich.

»Oh nein, ich nehme das Sofa. Bring mir nur eine Decke und etwas zum Überziehen. Ich kann ja schlecht im Sommerkleid oder nackt schlafen.« Ihre Augen flackerten.

Pascal zog seine Beine zu sich heran, um aufzustehen. Er

spürte den Alkohol und die Begierde. Doch er schaffte es, sich zu erheben und ein T-Shirt zu holen.

Im Bad fand er eine verpackte Zahnbürste, die er neben seine in den Zahnputzbecher stellte. Für ein paar Sekunden betrachtete er dieses ungewohnte Bild, die beiden Zahnbürsten nebeneinander, als würden sie da immer so stehen und auf das Ehepaar warten. Dann ging er zurück ins Wohnzimmer.

Audrey hielt liegend das Glas mit dem letzten Schluck Rotwein in der Hand. Ohne ihn anzuschauen, sagte sie: »Setz dich bitte, Pascal.«

Er legte das T-Shirt und die Wolldecke, die für die schon warme Nacht ausreichen sollte, auf das Sofa neben Audrey und setzte sich wieder auf seinen Platz.

Audrey nahm die Decke und schob ihre Füße unter Pascals Beine. Ihr Blick war warm, ruhig und ernsthaft. »Du solltest etwas über mich wissen, Pascal. Etwas, das für dich und uns alles verändern wird.« Als wolle sie sich sammeln, sah sie einen Moment in den Raum, auf irgendeinen unbestimmten Punkt.

Pascal folgte ihrem Blick.

»Ich war auch mit jemandem zusammen, doch es ist vorbei. Es war die wahrscheinlich tiefste Liebe, die ich jemals für einen Menschen empfunden habe. Wir haben die gleichen Dinge geliebt – den Wein, das gute Essen, die Landschaft hier im Luberon und das Fahrradfahren. Unser großer Traum, unser Ziel, unsere Challenge war es, den Mont Ventoux zu ›bezwingen‹, wie wir es nannten. Dafür haben wir jeden Tag trainiert. Wir kauften uns eine Ausrüstung, teure Fahrräder, die richtige Kleidung. Erst haben wir auf gerader Strecke trainiert, stundenlang, bei brütender Hitze, und dann haben wir begonnen, die Berge hinaufzufahren. Erst langsam, dann immer schneller. Die Anstrengung war so intensiv, dass sie alles aus uns heraussog. Oben angekommen, war es uns nicht mehr möglich, zu sprechen, nur noch ein Hecheln in unseren schmerzverzerrten Gesichtern. Es war ein Gefühl der höchsten Ekstase, wenn wir es geschafft hatten. Wir haben begonnen, die Zeit zu nehmen, und sie langsam gesteigert. Wir wurden immer schneller. Die Schmerzen in unseren Gliedern hatten Muskeln erschaffen. Wir haben uns wie Hochleistungssportler ernährt. Nichts anderes zählte mehr, nur noch das Ziel – der Mont Ventoux.«

Pascal musste an das Profilbild auf Audreys Handy denken, das sie glücklich auf dem Fahrrad zeigte.

»In dem Jahr führte die Strecke der Tour de France auf den Berg. Wir haben unten gestanden und die Fahrer angefeuert. Hand in Hand, unsere Wangen glühend vor Aufregung. Und haben beide das Gleiche gedacht: Eines Tages werden wir selbst da rauffahren. Wir hatten den Herbst fest im Blick. Wenn die Sonne nicht mehr horizontal am Himmel stand, wenn sie ein Einsehen mit Menschen wie uns hatte.«

Pascal wusste, dass der Sonnenstand für den ersten Abschnitt des Berges keine große Rolle spielte. Rechts und links der Straße standen Bäume, die wahnsinnige Sportler schützten. Aber das letzte Stück, wenn die Vegetation streikte, wenn da nur noch Stein und Geröll waren, wenn die Lufttemperatur hinabsank, oft bis zu zehn Grad, dann war die Sonne trotzdem noch da.

»Die letzten Tage vor unserem ersten Aufstieg«, erzählte Audrey, »haben wir über nichts anderes mehr gesprochen. Nur noch über dieses eine Ziel, als hinge unser Leben davon ab. Aber dann, an unserem letzten Trainingstag, kam das Auto …« Audreys Gesichtszüge verzerrten sich. »Der Toyota mit dem Kühlergrill, der dem entgegenfahrenden Kastenwagen ausweichen wollte und zu dicht am Berg vorbeifuhr. Ich hörte den Aufprall, die quietschenden Reifen und sah ihr Blut, wie es auf die Straße floss.«

»Ihr Blut?«, fragte Pascal.

»Ja, Lydias Blut. Sie war meine einzige wirkliche Liebe.«

»Ich glaube, ich muss noch eine Flasche Wein öffnen.« Er stand schwankend vom Sofa auf und ging in die Küche. Audrey unterbrach ihn nicht, ließ ihn gehen, mit den Gedanken in seinem Kopf.

In der Küche atmete Pascal tief durch. Es wäre ja auch zu

unkompliziert gewesen. Er nahm eine Flasche aus dem Weinregal und sah aus dem Küchenfenster in die Dunkelheit. Er betrachtete sein Spiegelbild, stand eine Zeit lang regungslos vor der Scheibe. Bis er die Arme hinter sich spürte, die um ihn griffen, die Hände, die sich auf seinen Bauch legten, den Kopf, der sich an seinen Rücken schmiegte.

Die Zeit vergessend standen sie beieinander. Hörten gegenseitig ihren Atem, atmeten zusammen, im völligen Einklang.

Pascal stellte die Flasche vor sich auf die Anrichte und legte seine Hände auf Audreys. Er hörte sie schluchzen, ihr Körper bebte, er spürte, wie sich etwas entlud, das er noch nicht begriff. Sanft drückte er ihre Hand.

Es mussten Minuten vergangen sein, das Beben hatte geendet.

»Liebe ist universell, Pascal. Man liebt kein Geschlecht, sondern einen Menschen. Verstehst du das? Verstehst du, was ich sage? Es ist eines der wenigen Dinge, die ich aus meiner Erziehung mitgenommen habe.«

Er nickte, aber da waren keine Worte mehr.

10

Als die ersten Sonnenstrahlen über den Hügeln der Provence die Lavendelfelder langsam in ein leuchtendes Lila verwandelten und die Vögel ihre Paarungslieder durch das halb geöffnete Fenster schickten, konnte weder Audrey auf dem Sofa im Wohnzimmer noch Pascal im Schlafzimmer hören, wie der Motor eines Autos verstummte, zwei Autotüren geöffnet und wieder geschlossen wurden und schließlich an die marode Holztür des alten Mas geklopft wurde.

Es war Audrey, die schlaftrunken zur Tür wankte und in Lillies überraschtes Gesicht schaute. Claude, der wenige Schritte hinter ihr stand, die Reisetasche geschultert, sah ebenso erstaunt aus.

Offensichtlich hatte Lillie nicht mit dem Anblick einer höchst attraktiven sportlichen Frau im T-Shirt ihres Vaters, das knapp über dem Po endete und den Blick auf braun gebrannte, sehr trainierte Waden und Oberschenkel freigab, gerechnet.

Mit einer schüchternen Bewegung strich sich Audrey das vom Schlaf ramponierte Haar aus der Stirn und führte es mit zwei Fingern hinter ihr Ohr. »Bonjour«, brachte sie heiser hervor.

Claude, der Lillies Verunsicherung zu spüren und die Situation auflockern zu wollen schien, grüßte herzlich zurück und reichte Audrey die Hand. »Bonjour, ich bin Claude, Lillies Verlobter.«

Wie die Worte Audreys Bewusstsein erreichten, wie gerade erst gestern gehörte Geschichten zusammenfanden, kombiniert wurden und schließlich den einzigen Schluss zuließen, wer vor ihr stand, und wie sie sich blitzschnell in die Gefühlswelt von Pascals Tochter versetzte und ihr Unbehagen nachempfinden konnte, all das hätte bestenfalls jemand in ihren Augen erkennen können, der Audrey sehr gut kannte.

Sie reichte auch Lillie die Hand. »Ich bin Audrey, eine Kollegin von Pascal Chevrier.« Man sah ihr die Unsicherheit an, als sie auch noch Pascals Nachnamen nannte, als würde es eine Distanz zwischen ihr und ihm schaffen, die ohnehin in diesen Sekunden nicht zu erklären war.

Lillie ergriff Audreys Hand. »Ich bin Lillie. Pascals Tochter.«

Audrey trat einen Schritt zur Seite und nickte den beiden Besuchern zu, die an ihr vorbei durch den Flur direkt in das Wohnzimmer gingen. Im fahlen Licht beobachtete sie Lillie, die vor dem Sofa stehen blieb, das am Abend hektisch zu einer Schlafstätte umgewandelt worden war, die Decke an den Sofaenden hineingestopft.

So fand Pascal die Szenerie vor. Erst viel später erfuhr er, wie das erste Zusammentreffen der Frauen verlaufen war. In diesem Moment aber stand er noch in der Schlafzimmertür und sah in den von Vorhängen verdunkelten Raum.

»Lillie«, entfuhr es ihm schließlich freudig. Wie immer, wenn er seine Tochter sah, machte sein Herz einen Sprung bis in den Hals und löste dort plötzliche Euphorie und Sentimentalität zugleich aus, einen Gefühlsausbruch, den er sich niemals würde erklären können und den er nur bei dem Anblick seiner Tochter durchlebte.

Als sie sich in den Armen lagen, vergaßen sie für ein paar Sekunden Claude und Audrey, die die beiden wie ein Publikum, unsichtbar für die Akteure in einem Theater, beobachteten.

»Ihr seid früher gekommen als erwartet«, sagte Pascal schließlich, als er Lillie zwar aus der festen Umarmung entließ, sie aber weiter an den Oberarmen festhielt und betrachtete.

»Wir sind heute Nacht losgefahren. Ich habe gestern vorgeschlafen. Claude hat im Auto ein paar Stunden Schlaf nachgeholt.«

Pascal reichte Claude freundlich die Hand. Er mochte ihn, und das nicht nur, weil er ein sehr begabter Sternekoch war und sicher gut für Lillie sorgen konnte, sondern vor allem wegen seines empathischen, freundlichen und souveränen Wesens. Ein Mann, der auch in Krisensituationen ruhig blieb, eine gute

Voraussetzung im Umgang mit seiner impulsiven, emotional nicht immer stabilen Tochter.

»Das ist Audrey. Sie ist meine Kollegin aus Apt. Von der Police nationale«, setzte er noch hinzu, um die Wichtigkeit seines Gastes zu betonen. »Wir haben gestern Abend zusammen gegessen«, Pascal machte eine Pause, »und getrunken. Ich habe sie nicht mehr fahren lassen.«

Es war, als würde ihm erst jetzt die Situation bewusst, als würde er erst jetzt für einen Moment die Szenerie mit Lillies Augen betrachten, die ihn bisher nur mit Catherine unter einem Dach kannte, nie aber mit einer anderen Frau.

Ihm fiel ein, wie schwer es für Lillie gewesen war, Catherines neuem Mann mit einer zumindest oberflächlichen Herzlichkeit entgegenzutreten. Er erinnerte sich an die vielen Gespräche über die Liebe, die Ehe, die Versprechen und Enttäuschungen. Kurz: über das Leben, das sie geführt hatten.

Er beschloss, souverän zu bleiben. War es nicht Lillie gewesen, die ihm mal gesagt hatte, er sei zu jung, um allein zu bleiben? Dass ihm das Leben eine zweite Chance geben würde? Was ihr jetzt durch den Kopf ging, konnte er nur erahnen. Am liebsten hätte er ihr gesagt, dass mit Audrey nichts gelaufen war und durch ihre Vorlieben auch niemals etwas laufen würde, aber wie überflüssig wäre das in dieser Situation der gegenseitigen Unsicherheit gewesen?

Er zog die Vorhänge zur Seite. »Jetzt gibt es ein Petit-déjeuner für uns alle.«

Erleichterung zeichnete sich in den durch die Sonne aufgehellten Gesichtern ab.

»Pardon, ich bitte um Entschuldigung«, sagte Audrey und zupfte nervös an dem viel zu kurzen T-Shirt. Dann nahm sie ihr Sommerkleid, das halb auf der Sofalehne, halb auf dem Boden lag, als wäre es in Eile vom Körper gerissen worden, knüllte es vor sich zusammen wie ein Handtuch und ging mit schnellem Schritt ins Badezimmer. Das Geräusch des sich im Schloss umdrehenden Schlüssels hing für eine Sekunde im Raum.

Sie wird sich an früher erinnern, dachte Pascal, an das ständige Eindringen fremder Personen in ihren Lebensraum, an das Gefühl, nirgendwo für sich sein zu können.

»Kommt«, sagte er heiter und schob seine beiden Gäste in Richtung Küche. Dort machte er sich sofort daran, Kaffee zu kochen und notdürftig schmutzige Schalen, Teller und Töpfe zu einem Stapel zusammenzuräumen.

Claude und Lillie setzten sich an den kleinen Küchentisch. Mit der Handkante schob Lillie die Brotkrümel des Vorabends zusammen, ließ sie in ihre Hand fallen, stand auf, ging zur Spüle und sagte wie beiläufig: »Audrey also.« Ihr Gesichtsausdruck war verschlossen.

»Ach, Lillie, wenn es so einfach wäre.«

Schon immer hatte sie alles sofort wissen wollen. Jene kindliche Ungeduld, alles direkt erfahren zu müssen, war ihr geblieben, oder sie hatte sie sich erhalten, je nachdem, von welcher Seite aus man es betrachten wollte.

»Sie ist einfach eine Kollegin, eine, die ich mag, und wir haben zusammen gegessen.«

»Du hast für sie gekocht?«

»Bouillabaisse«, fügte Claude vom Tisch aus lächelnd hinzu. »Das muss man können.«

Pascal war ihm dankbar für den Einwurf, es lockerte die Situation auf.

»Was heißt ›wenn es so einfach wäre‹?«, fragte Lillie forschend.

Froh darüber, etwas zu tun zu haben, sich nicht erklären zu müssen, nahm Pascal schweigend das Baguette aus dem Brotkorb, drückte darauf, war aber unzufrieden und drehte sich zum Backofen, um es wieder in einen knusprigen Zustand zu verwandeln.

»Ich kenne Audrey bereits seit einigen Monaten. Ohne sie hätte ich den Fall des ermordeten Immobilienmoguls im vergangenen Winter nicht lösen können. Sie ist klug, sie ist scharfsinnig, und sie kann kombinieren.«

»Genau, das interessiert mich«, sagte Lillie spöttisch.

»Ach, Lillie, lass deinen Vater doch«, sagte Claude. Er spielte mit einer Pfeffermühle, die noch auf dem Tisch stand, und überprüfte ihre Funktion. Die Krankheit eines Kochs, der sich ständig von der Qualität der Küchengeräte überzeugen musste.

»Vor allem ist sie hübsch«, fügte Lillie schnippisch hinzu.

»Merci«, tönte es unerwartet von der Küchentür. Audrey stand dort in ihrem Sommerkleid, ihr zerzaustes Haar notdürftig zu einem Zopf zusammengebunden. »Ich werde dann mal. Ich wünsche euch einen schönen Tag –«

»Non, non, non«, unterbrach Lillie sie, »erst gibt es einen Kaffee.« Sie rückte einen Stuhl zurecht und bedeutete Audrey, sich hinzusetzen.

Die hob abwehrend die Hände. »Ich muss zur Arbeit.«

»Heute ist Samstag«, stellte Claude trocken fest.

»Komm schon«, bat auch Pascal sie. »Nur einen Kaffee und ein bisschen Baguette. Croissants habe ich leider nicht.«

Zögernd ging Audrey auf den Tisch zu und setzte sich. Ihr war anzusehen, dass sie sich unwohl fühlte.

»Was Claude und meine Tochter mitgebracht haben, dürfte dich interessieren.« Pascal klang wieder pflichtbewusst wie ein Gendarm, als er die Kaffeekanne auf den Tisch stellte und jedem einen Becher reichte. Er schob das Baguette in den Ofen, während sich alle Kaffee eingossen und kurz schwiegen. Pascal setzte sich zu ihnen.

»Ich habe Claude erst gestern darum gebeten, mir bei unserer Recherche zu helfen. Ich glaube, wir kommen weiter, wenn es uns gelingt, an eine Einladung zu dieser Veranstaltung zu kommen. Was also lag näher, als einen Sternekoch zu fragen, ob er auch eingeladen ist? Und, Audrey, er ist es.«

Claude griff in seine Hemdtasche, zog ein Kuvert daraus hervor und legte es auf den Tisch.

Pascal versuchte, Audreys Gesichtsausdruck zu deuten, während sie den Brief entfaltete und las. Vollkommen in sich versunken, dann wieder ihre große Kaffeetasse mit beiden Händen umklammernd, als würde sie sich daran festhalten, um das Gelesene zu verarbeiten.

»Ich glaube, dem Club geht die Puste aus«, sagte Claude. »Ich habe mich umgehört, habe mit ein paar Kollegen gesprochen. Wer einen Michelin-Stern hat, hat auch eine Einladung bekommen. Mir scheint, die brauchen dringend neue Mitglieder. Ich habe auch gehört, dass gerade viele die Gilde verlassen wollen. Es soll die konservativste und verschwiegenste Gourmet-Bruderschaft der Welt sein, so sagt man.«

»Wie viele Einladungen sind es?«, fragte Pascal.

»Ich habe zwei bekommen, wollte eigentlich mit Lillie hingehen, aber sie hat ohnehin keine Lust.«

Lillie nickte bestätigend. »Es riecht nach Brot«, sagte sie dann, stand auf, holte das knusprige Baguette aus dem Ofen, öffnete die Tür des Büfetts und nahm zwei Marmeladengläser heraus. Sie stellte alles auf den Tisch, nahm aus der Schublade ein paar Messer, die sie in die Tischmitte legte, nickte Audrey ermunternd zu, sich ein Messer und ein Stück Baguette zu nehmen, jetzt ganz die Gastgeberin, die Frau im Haus, die das Regiment übernommen hatte.

Lillie kannte Audreys Rolle nicht, wusste nicht, wie tief sie bereits in das Leben ihres Vaters vorgedrungen war, wie gut sie sich auskannte, ob sie vielleicht viel Zeit miteinander verbracht hatten, das Frühstück bereits zur Gewohnheit der beiden geworden war. Pascal wusste, wie sehr sie sich mit diesen Vorstellungen herumschlug, konnte es aber jetzt und hier nicht ändern.

Claude brach sich ein Stück Baguette ab und bestrich es mit Erdbeermarmelade. Nach einem kurzen Blick in das Glas und einem kurzen Geruchstest, eben ganz der Sternekoch, schob er es sich in den Mund.

»Interessanter als die Einladung selbst ist das Begleitschreiben«, sagte er, während er sich die Krümel von den Händen rieb und einen weiteren eierschalenfarbenen Zettel aus dem Kuvert zog. »Wer möchte zuerst?« Er sah in die Runde, blieb an Audrey hängen.

Pascal gefiel seine Achtsamkeit, wie er auch sie als Polizistin mit einbezog.

Audrey nickte Claude zu, nahm den Zettel und deutete auf das Wappen, das den Briefkopf bildete. Es war das gleiche wie das auf den anderen Einladungen der Köche, die Pascal gesehen hatte. Die Gans, das Feuer und die goldene Gabel. Dann las sie vor. Langsam, denn die gotische Schrift war ungewohnt.

»*Sehr geehrter Monsieur Bertrand,*
erlauben Sie uns, uns Ihnen vorzustellen. Wir sind die ›*Confrérie des Cuisiniers du Feu*‹*, eine Gourmet-Bruderschaft, die sich kompromisslos der traditionellen Zubereitung von Speisen verschrieben hat. Schon unsere Gründerväter, die sich zeitgleich mit der* ›*Chaîne de Rôtisseurs*‹ *zusammengeschlossen haben, haben die Regeln für die Zubereitung im Jahr 1248 festgelegt. Damit sind wir die älteste Bruderschaft der Welt. König Ludwig IX. verlieh unseren Köchen das damals einmalige Privileg, eine Bruderschaft zu gründen. Für eine Weile gehörten wir wie gut sechzig Verbände der* ›*Chaîne de Rôtisseurs*‹ *an, doch wir haben uns bereits vor zweihundert Jahren wieder unabhängig gemacht, da die ständigen neuen Küchentrends nicht unseren Satzungen entsprechen. Unserer Vereinigung gehören gut hundert französische Köche an, die ebenso wie wir die Werte der traditionellen Zubereitungsformen aufrechterhalten. Wir würden Sie gern zu unserem nächsten Zusammentreffen einladen und Sie vielleicht schon bald als neues Mitglied in unserer Bruderschaft aufnehmen.*
Unser nächstes Treffen findet am 12. Juni in der Rotonde in Simiane-la-Rotonde statt. Bitte melden Sie sich rechtzeitig an, da unser Kreis sehr erlesen und die Plätze begrenzt sind.
Wir freuen uns darauf, Sie kennenzulernen.
Veuillez agréer
Arthur de Polastrone
Attaché le ›*Confrérie des Cuisiniers du Feu*‹*«*

Audrey ließ den Brief sinken.

»1248 gegründet«, sagte Pascal. »1248!« Er nahm einen letzten Schluck Kaffee. »Claude, wie hat man 1248 gegessen?«

Claude lächelte. »Barbarisch, würde mir zuerst einfallen. Barbaren, die ihre Gänsekeulen an die Wand geschmissen und sich rülpsend zugeprostet haben. Das ist übrigens der Grund dafür, dass ich schon vor zwei Wochen zugesagt hatte. So was lässt man sich schließlich nicht entgehen.« Er schaute vergnügt in die Runde.

»Gab es da eigentlich schon Besteck?«, wandte Lillie ein.

»Ich denke nicht«, sagte Claude, aber dieser Frage würde es sich ebenfalls lohnen, nachzugehen.

Viel Zeit hatten sie nicht, das Treffen in Simiane-la-Rotonde war bereits morgen.

11

Das erste Wort, das Pascal in den Sinn kam, als er auf dem Beifahrersitz neben Claude vor der Rotonde vorfuhr, war »Maskenball«. Ihm boten sich Bilder, wie er sie sonst nur im Fernsehen aus Rio de Janeiro, Venedig oder Köln gesehen hatte. Er war sich nicht sicher, ob es an diesen Mönchskutten mit den tief hängenden Kapuzen lag, die die Männer trugen, die sich durch die Aufnäher mit dem Logo der Bruderschaft auf der Brust als Mitglieder der Gilde zu erkennen gaben und die ankommenden Gäste zunächst auf die Parkplätze an der Rotonde einwiesen und dann die Autotüren öffneten, oder einzig und allein an dieser gespielten Unterwürfigkeit im Blick. Alles war eine Inszenierung, eine Art Umzug von verkleideten Menschen.

»Was für eine Show«, sagte Claude beim Aussteigen und blinzelte Pascal gespannt entgegen. Ihm war die Neugier ins Gesicht geschrieben, zum Abenteuer bereit.

Pascal blieb kurz vor der Rotonde stehen. Das Gebäude erhob sich wie ein gigantischer Bienenkorb, der die Krönung eines provenzalischen Dorfes bildete, in dem sich die Natursteinhäuser wie Orgelpfeifen an den Berg drängten.

Das gesamte Dorf war umgeben von Lavendelfeldern, die sich wie ein lilafarbenes Tuch in noch junger Blüte über die Hügel der Provence gelegt hatten. Schon bei der Anfahrt auf den Berg von Simiane-la-Rotonde waren die Gespräche zwischen Pascal und Claude verstummt. Es war immer einsamer geworden, je länger sie der Bundesstraße gefolgt waren. Dörfer tauchten immer weniger auf, Autos begegneten ihnen immer seltener.

Pascal hatte von der Gegend gehört, von der Stille, der Natur und den wenigen Menschen, die sich hierher verliefen. Dieser Landschaft waren Worte nicht gewachsen, sie hatte Pascal und Claude demütig gemacht.

In den Mauern der Rotonde befanden sich so gut wie keine Fenster, bestenfalls Schießscharten am oberen Ende der gigantischen Natursteinwand.

Pascal hatte recherchiert, dass der sechzehn Meter hohe Bau, der ursprünglich für eine Grabstätte eines mächtigen Herrschers gehalten worden war, in Wahrheit ein Wohnsitz, ein aristokratischer Wohnturm für einen mächtigen Einwohner des Ortes Simiane-la-Rotonde, gewesen war. Das genaue Erbauungsdatum ließ sich heute kaum zurückverfolgen, doch der Turm wurde bereits im 12. Jahrhundert das erste Mal erwähnt und stand schon dort, als die »Confrérie des Cuisiniers du Feu« sich gründete. Pascal wusste nur, dass der Bau der älteste Rundturm in Südfrankreich war und somit bestens zu Menschen passte, die sich der Tradition verhaftet fühlten und deren Liebe zu dieser längst vergangenen Zeit weit über das normale Maß hinausging.

Eine gewisse Unruhe stieg in ihm auf, als er an den im Spalier stehenden Männern in Mönchskutten vorbeischritt. Die Blicke meist zu Boden gerichtet, die Gesichter im Schatten der Kapuzen jetzt nicht zu erkennen.

Der Bereich vor dem Gebäude war großräumig abgesperrt worden, die Mitglieder des Gourmet-Clubs hatten offensichtlich für ihre Zusammenkunft den ganzen Berg gemietet. Während sich Claude begeistert der Inszenierung hingab, bemerkte Pascal einen kleinen Waldabschnitt, durch den sich eine Gruppe von Demonstranten gekämpft hatte. Sie riefen in ihre Megafone Worte wie »Mörder«, »Fleisch ist Mord« oder »Barbaren« und »Antichristen«. Dazu lief Musik aus einem großen tragbaren CD-Player. Pascal erkannte von den Smiths »Meat is Murder«.

Auf ihren großen Plakaten, die sie zu zweit oder zu dritt aufrollten, waren Fotos von verstümmelten Tieren gedruckt. Gänse, die schwarze Masken über dem Kopf trugen. Geflügel, das kopfüber, den Schnabel vor Entsetzen weit geöffnet, an Haken hing, während unter ihm die Glut des Feuers loderte. Vielleicht ein Hinweis auf den Ursprung der Feuerköche.

Die Männer in ihren Mönchsanzügen schritten schnell auf die Tierschützer zu und begannen, wild gestikulierend mit ihnen zu reden. Für einen Augenblick dachte Pascal daran, seine Kollegen zu benachrichtigen, für den Fall, dass diese Situation eskalierte, doch dann besann er sich eines Besseren. Er wusste inzwischen um die Demonstrationsfreude der Südfranzosen. Auch war die Veranstaltung eine gute Gelegenheit, die Gilde besser kennen- und verstehen zu lernen, er wollte hier als Zivilist durchgehen und unerkannt bleiben.

Vor dem gigantischen rostbraunen Eingangstor der Rotonde hatte sich eine kurze Schlange der geladenen Gäste gebildet, der sich Pascal und Claude anschlossen. Hinter dem Eisentor führte eine alte Steintreppe ein Stück den Berg hinauf. Die Stufen heruntergetreten, von Rittern in schweren Rüstungen in den Boden gedrückt, die Stufenabstände ungleichmäßig. Ein kleiner Weg schlängelte sich bis in den Empfangsbereich.

Pascal sah zunächst nur Frauen in ihrer mittelalterlichen Kleidung, mit breiten Gürteln, die buschige Röcke zusammenhielten. Sie standen an einem klobigen Holztisch, in den Händen hatten sie Federn, vor ihnen ausgelegt auf dem schweren Eichenholz dicke Bücher, in denen sie blätterten, um die Gästeliste mit den tatsächlich geladenen Köchen abzugleichen.

Als ihn eine Frau mit den Worten »Es ist mir eine Freude, Euch zu erblicken« begrüßte – und offensichtlich nur ihn meinte, denn Claude wurde bereits von einer zweiten, als Magd verkleideten Frau mit den Worten »Ich freue mich, dass ich Euch mit meinen bescheidenen Fähigkeiten zu Diensten sein kann« empfangen –, fühlte sich Pascal in einen Kostümfilm versetzt. Er tauschte einen amüsierten Blick mit Claude aus.

Die überschaubare Schlange der Gäste drängte weiter, bis sie schließlich den kleinen Raum hinter dem Eingang betraten.

Die Köche waren ausnahmslos in Begleitung gekommen, niemand stand allein in der kleinen Eingangshalle. Sie alle hatten wohl Familienmitglieder oder Vertraute des Restaurants, einige sicher auch ihren Souschef mitgebracht. Eine gewisse Unruhe lag über den Gästen. Sie bewegten sich immer weiter in Richtung der kleinen Treppe, die hinauf in den Festsaal führte.

Es war früher Abend, die Sonne stand zu dieser Jahreszeit noch hoch, doch die wenigen Fenster in der Rotonde ließen kaum Licht in den Treppenbereich. Dicke weiße Kerzen beleuchteten die Stufen. Die mittelalterlichen Klänge, das Summen der Männer, das sie zu der Musik aus dem Inneren anstimmten, all das tauchte die Rotonde in eine mystische Stimmung.

Am oberen Ende der Treppe wurde jeder Gast ein zweites Mal begrüßt und zu seinem Platz geführt. Nichts war hier dem Zufall überlassen. In dem runden Saal, der ebenfalls nur von Fackeln an den Wänden und von einem schwachen Sonnenstrahl, der über ein kreisrundes Fenster in der gewölbten Decke hineinschien und auf den Boden traf, beleuchtet wurde, war es dämmrig.

Pascal betrachtete die prunkvoll verzierte Decke und das kleine Fenster in deren Mitte.

»Das ist das Auge«, brummte ein Mann in Mönchskutte neben ihm mit bewegungsloser Miene. »Es sieht alles.« Er bekreuzigte sich. »Wenn Sie mir folgen wollen, ich bringe Sie an Ihren Tisch.«

In den meterdicken, hellen Wänden waren Nischen eingelassen, in denen jeweils ein Tisch und zwei Stühle standen. Eine rote Samtdecke lag auf jedem der Tische, eine Kerze exakt in der Mitte war darauf platziert. Neben jedem Teller lag Besteck, außerdem stand ein Weinglas bereit.

Der Mann in der Mönchskutte machte eine ausladende Bewegung mit dem Arm und deutete Claude und Pascal, Platz zu nehmen.

Pascal empfand es als Wohltat, durch den Schutz der Nische die Musik der mittelalterlichen Musikinstrumente eine Spur schwächer wahrzunehmen. Die Musiker hatten sich auf einem kleinen Podest neben einer aufgebauten Holzbühne postiert und holten die maximale Virtuosität aus ihren Flöten, Lauten, Drehleiern und einer Schalmei heraus. Ein für Pascal quälendes Geräusch. Seine Ohren waren an Klassik, Jazz und Chansons gewöhnt, manchmal auch Pop. Mit Weltmusik, experimentellen Ethnoklängen, Dudelsäcken oder Cembalos konnte er nichts anfangen. Er beschloss, jedem noch so angesagten Mittelaltermarkt, von denen einige zuletzt sogar die Grenzen von Avignon ignorierten und ihre Waren feilboten, auch in den nächsten Jahren fernzubleiben.

Aber er musste sich eingestehen, dass er sich in der Rotonde, die jetzt von innen mit einer schweren Holztür verschlossen und dann von einem der Wärter in einer theatralischen Bewegung mit einem schweren Schlüssel verriegelt wurde, in eine andere Zeit zurückversetzt fühlte. Das perfekt aufgeführte Schauspiel erzielte seine Wirkung. Keiner der geladenen Köche sprach ein Wort. Es waren nur die Musiker zu hören, die sich in einer Melodie verloren, die sie im Sekundentakt wieder und wieder spielten.

Pascal versuchte, sich das Szenario mit seinem fotografischen Gedächtnis einzuprägen. Zwölf Tische standen in zwölf Nischen in dem dicken Mauerwerk, vierundzwanzig Gäste und mindestens ebenso viele Mönche befanden sich in der runden Halle. Über jede Nische wachte ein gemeißelter Steinkopf, der mal böse, mal belustigt, zornig oder irre aussah, ein Symbol der Vielfalt einer düsteren Epoche.

Plötzlich verstummte die Musik. Dankbarkeit machte sich nicht nur bei Claude und Pascal breit. Einer der Mönche initiierte einen Applaus, der die Rotonde erfüllte.

Zwei Männer mit Fackeln bestiegen die Bühne. In ihrer Mitte ein Mann mit einem langen roten Mantel, der tosenden Applaus bei den Wärtern und verhaltenes, abwartendes Klatschen bei den geladenen Gästen hervorrief.

»Der Weihnachtsmann«, raunte Pascal, doch Claude war von dem Anblick so gebannt, dass er nicht reagieren konnte oder wollte.

Dafür erhob der Mann auf der Bühne die Hände, als wolle er sein Volk beruhigen, bevor er seine kräftige tiefe Stimme durch den Raum hallen ließ. Er sprach langsam, wie ein Pfarrer. Seine Augen schweiften von einer Nische zur anderen, jedem einzelnen Gast schenkte er für einige Sekunden einen tiefen, kalten Blick aus seinen blauen Augen, als würde er die geladenen Köche durchbohren wollen.

»Willkommen in der Rotonde, meine verehrten Künstler am Herd. Ein Ort, den wir alle fünf Jahre aufsuchen, weil er mit unserer Geschichte verwachsen ist, weil diese Mauern die gleiche Beständigkeit haben wie unsere Gilde ›Confrérie des Cuisiniers du Feu‹. Weil diese Mauern unruhige Zeiten überlebt haben, weil die Rotonde den Privilegierten unter uns Schutz und einen Raum geboten haben, in dem sie sie selbst sein konnten. Mit all ihren Vorlieben, ihren Zeremonien und vor allem mit ihren Überzeugungen, für die einzustehen nie leicht war. Mein Name ist Arthur de Polastrone, ich heiße Sie willkommen.«

Er wartete den aufflammenden Applaus seiner Mönche ab, dann erzählte er von dem Erbauer des Gebäudes, einem Aristokraten und Gourmet zugleich.

»Ein Genussmensch, der die Gaumenfreuden mit wenigen Eingeweihten teilte«, fügte Arthur de Polastrone hinzu. »Offensichtlich haben sich in diesem über vier Meter dicken Gemäuer, aus dem kein Laut heraus- und keiner hineindringt, Ritter und andere Adlige getroffen, die wie wir heute einer Gesellschaft angehörten, die die Menschen dort draußen nicht verstehen können. Die in eine Welt eingetaucht sind, die wenigen Wissenden vorbehalten ist. Künstler am Herd wie Sie sind heute geladen, um mehr zu erfahren. Vielleicht sind Sie bereit, unsere Traditionen und Bräuche den Fortgeschrittenen unter den Franzosen im Namen der gebildeten Gourmets weiterzubringen.«

Arthur de Polastrone nutzte eine Redepause, um den Sitz seines roten Samtmantels zu überprüfen, aber auch, um seine Worte wirken zu lassen, ihrem Hall nachzuhorchen. Dann griff er unter das Stehpult in der Mitte der Bühne, zog weiße Handschuhe an und entfaltete eine Papierrolle. Das verblichene Papier wurde nur von den Kerzen rechts und links der Bühne beschienen.

»Dies, meine gebildeten Köche und Gourmet-Kenner, ist die erste Speisekarte der Welt. In alten Schriften ist sie das erste Mal im Jahr 1541 erwähnt worden.«

Er machte eine erneute Pause, sammelte sich, schwankte vor Ergriffenheit hin und her.

»Es soll sich auf dem Reichstag zu Regensburg ereignet haben, als der deutsche Herzog Heinrich von Braunschweig einen langen Zettel entfaltete, um seinem Gast, dem Grafen Hugo von Montfort, zu eröffnen, auf welche Gerichte er sich freuen dürfe. Der angeblich erste *Speisezettel* der Welt war geboren. So erzählte man es sich.«

Das Wort »Speisezettel« sprach er langsam und bedächtig aus, in dem Wissen, eine vergessene Vokabel zu nutzen, die seine Gourmet-Bruderschaft über die anderen stellte und die die Tradition unterstrich.

»Nun, meine verehrten Damen und Herren, diese überlieferte Geschichte ist falsch. Nicht in Deutschland hat es den ersten Speisezettel gegeben, sondern natürlich im Land der Haute Cuisine, in Frankreich. Die Speisekarte ist eine Idee unserer ehrwürdigen Gourmet-Gilde ›Confrérie des Cuisiniers du Feu‹.«

Er machte eine herrische Bewegung, sodass sein roter Mantel Falten schlug und durch die ruckartige Bewegung den Blick auf einen Frack, den er unter dem Mantel trug, freigab.

»Lassen Sie uns zurückschauen. Wir haben heute zwölf sorgfältig ausgewählte Köche zu uns eingeladen, in deren Restaurants wir über Jahre verdeckt Probe gegessen und nicht nur die Zutaten, sondern vor allem die Zubereitungsweisen studiert haben. Wir können heute sicher von ihnen sagen, dass sie zu den unentdeckten, aber auch zu den besten des Landes gehören. Weil jeder Einzelne von Ihnen das Gute erhalten will, weil Sie sich fernab von Modetrends ganz den Zutaten hingeben, und weil Sie wissen, dass Moden kommen und gehen und dass Ihnen das egal sein kann, denn Sie können kochen und werden noch immer da sein, wenn die Molekularküche zu einer Randnotiz der kulinarischen Fehlgriffe ernannt wird.«

Ein zufriedenes Nicken breitete sich unter den Gästen aus, einige unter ihnen nahmen Haltung an, Polastrone sprach mit Hochachtung zu ihnen, das gefiel den versammelten Köchen.

»Die Zubereitung von Speisen, und das wissen Sie, muss nicht neu erfunden werden. Sie ist schon vor Jahrhunderten in Schriften und Aufzeichnungen niedergelegt worden. Das eigentliche Drama der Küchenkunst ist für die meisten Köche im Lande die Tatsache, dass ihnen der Zugriff zu diesen uralten Weisheiten fehlt. Das Wissen, dass in einer hektischen Zeit wie unserer die Geschwindigkeit der Zubereitung über den Genuss gestellt wird. Die moderne Küche befindet sich in einer Sackgasse, in der man nicht wenden kann, wenn alles Wissen verloren ist.«

Arthur de Polastrone nahm einen Schluck Wasser und stellte das Glas mit einer langsamen Geste wieder zurück auf das Pult. Er wartete ab, bis das Wasser wieder ganz still im Glas geworden war. So still, wie es in diesem Moment in der Rotonde wurde.

»Das, meine Herren, ist Wasser. Wasser hat einen immer gleichen Geschmack? Nein, Sie wissen es. In modernen Restaurants gibt es sogar Wasser-Sommeliers, die das richtige Wasser zum richtigen Gericht auswählen. Eine interessante Entwicklung, bei der am Ende immer das gleiche Ergebnis herauskommt. Das Wasser aus den ältesten und reinsten Quellen ist immer das beste.«

Arthur de Polastrone nahm einen weiteren Schluck, wieder das gleiche Szenario, das Abstellen, das Abwarten, bis sich die Schwankungen im Glas beruhigt hatten.

»Und das soll nur für das Wasser gelten? Warum soll Wasser, das gerade frisch auf den Markt gekommen ist, besser sein als das ursprüngliche Quellwasser aus Gebirgen, das uns Menschen seit Jahrtausenden hat überleben lassen und dem sogar oft noch eine heilende Wirkung nachgesagt wird? Warum also soll ein Gericht, das über Jahrhunderte auf filigrane, künstlerische Art und Weise hergestellt wurde, plötzlich einem Modetrend zum Opfer fallen? Warum sollen wir plötzlich Vanille zur Gans geben? Warum sollen wir plötzlich aus Gurke ein Dessert machen? Wir von der ›Confrérie des Cuisiniers du Feu‹ wollen unser jahrhundertealtes Wissen weitergeben, denn wir haben dieses Wissen gesammelt. Wir sind Feuerköche. Wir haben die einfachste und effizienteste Art der Zubereitung von guten Speisen gelernt, über dem Feuer, daher stammt unser Name.«

Wieder Applaus, jetzt nicht nur von den Mönchen, sondern auch von einigen Köchen, die an den zwölf Tischen saßen und sich offensichtlich geschmeichelt fühlten ob der großen Worte des Mannes auf der Bühne. Allein die Ehre, in diesem Kreis geladen zu sein, schien seine Wirkung nicht mehr zu verfehlen. In ihren Augen lagen Erhabenheit, Glanz und Stolz.

»Ich möchte kurz ein paar Worte zur Geschichte unserer Gilde verlieren«, fuhr Arthur de Polastrone fort. »Sie besteht seit dem Jahr 1248. Das wohl fürchterlichste Jahrhundert in der Geschichte der Provence forderte uns schon bald. Unser Gründungsdorf Lourmarin war in dieser Zeit ausgestorben. Die Pest hatte so gut wie alle Bewohner getötet, der Ort war entvölkert. Lourmarin war eine Geisterstadt geworden, und man ging davon aus, dass niemals wieder jemand dort würde existieren können. Es gab kein frisches Wasser, die wenigen Überlebenden hausten in Fäkalien und ohne jede medizinische Versorgung. Und sie hatten Hunger. Bestialischen Hunger, denn niemand wollte das Risiko eingehen, ihnen Nahrung zu bringen. Niemand traute sich mehr, in Kontakt mit diesen Menschen zu treten, niemand wollte auch nur atmen in ihrem Umfeld. Die meisten im Ort starben, einige von ihnen aber konnten wir retten. Die Mutigsten unserer Gilde holten sie zu uns und versorgten sie mit Essen. Aber es war nicht nur Nahrung, es waren virtuos zubereitete Mahlzeiten. Es war die Gourmetküche in Zeiten des Sterbens.«

Arthur de Polastrones Stimme verlor, überwältigt von der eigenen Geschichte, für wenige Sekunden ihre Festigkeit. Er ruderte mit den Armen und schien sich selbst zurückbringen zu wollen.

»Das mag auf Sie verwirrend wirken und nicht ethisch sein, aber unsere Idee war es, diese Menschen nicht nur überleben zu lassen, sondern ihnen auch die Würde zurückzugeben. Sie waren aus der Hölle der Pest zu uns gekommen. Sie sollten das Überleben feiern. Und wem muss ich sagen, wie man das Überleben am besten feiert?«

Zum ersten Mal huschte ein wissendes Lächeln über Polastrones Gesicht.

»Und dann brachten wir den Geretteten das Kochen bei. Wir schulten ihre Geschmacksnerven, und wir begannen aufzuzeichnen, wie wir die Mahlzeiten zubereiteten. Wir mussten immer damit rechnen, dass auch wir und unsere neuen Gäste dahinscheiden würden, uns war der genaue Verlauf der Krankheit nie bewusst. Wir kannten unsere eigenen Überlebenschancen nie. Wer würde dann erhalten, was wir erschaffen hatten? Wir, die Gründerväter der ›Confrérie des Cuisiniers du Feu‹, sind die wahren Begründer des Kochbuchs. Was wir den Schriften von damals entnommen haben, war die Angst der Köche, dass unser Wissen über die Kochkunst verblassen könnte, sterben würde, und so haben wir begonnen, unsere Rezepte aufzuschreiben, um sie für die Nachwelt zu erhalten. Das ist die Entstehungsgeschichte des Kochbuchs. Stellen Sie sich das vor. Wir haben an der Kunst des Kochens und an der des Überlebens gearbeitet, während um uns herum die Pest wütete, das Ende der Welt sein dunkles Maul aufriss. Niemand lebte mehr in den nächsten einhundert Jahren in Lourmarin. Es glich einem Geisterdorf … einem Geisterdorf, von dem niemand Notiz nahm. So konnten wir in Ruhe arbeiten.«

Pascal hatte von der Pestepidemie im Nachbarort von Lucasson gehört. Auch Albert Camus hatte in Lourmarin gelebt, war dort sogar begraben. Sein unscheinbares Grab hatte Pascal schon einmal besucht. Sicherlich war Camus' Buch »Die Pest« auch von den Ereignissen in Lourmarin beeinflusst worden.

Erst hundert Jahre später waren wieder Menschen nach

Lourmarin gekommen. Es waren die Waldenser, die ursprünglich Katholiken gewesen waren und sich nach einem Geschäftsmann aus Lyon namens Valdo oder Valdès benannt hatten. Valdo hatte sein Hab und Gut verteilt und sich aufgemacht, die Bibel in lokaler Sprache unters Volk zu bringen. Die Waldenser galten für den Klerus und die Mächtigen der Kirche als Ketzer, die es zu verfolgen galt. Unzählige setzten sich in das erst wenig besiedelte Gebiet des Luberon ab. Die meisten von ihnen wurden Protestanten. Lourmarin galt als protestantische Hochburg. Die Kirche, die bis heute in dem Ort stand, war eines der ersten evangelischen Häuser im Luberon. Doch der Friede hielt nur kurz, denn die Kreuzzüge entvölkerten den Ort erneut.

Vor Arthur de Polastrone lag die Speisekarte auf dem Rednerpult, die sich von allein wieder eingerollt hatte. Die anwesenden Gäste hatten eine bewegende, eine spannende Geschichte gehört. Pascal hing seinen Gedanken noch nach, doch dann erhob Arthur de Polastrone erneut seine kräftige Stimme. Seine kalten blauen Augen trafen auf die von Pascal.

»Sie werden sich fragen, meine verehrten Küchenkünstler, woher wir diese Nahrung bekommen haben. Wie es uns gelungen ist, uns nicht anzustecken. Wohin wir die wenigen Überlebenden gebracht haben. Ich bin heute bereit, dieses lang gehütete Geheimnis zu lüften. Denn auch wir werden älter, und diese Geschichte ist nirgendwo niedergeschrieben.« Er räusperte sich bedeutungsvoll. »Die Wahrheit führt uns ein Stück weit heraus aus Lourmarin, unserem Gründungsdorf, an das andere Flussufer der Durance in die Abbaye Silvacane. Unsere Gründerväter lebten in diesem Kloster autark, mit ihren eigenen Feldern und ihrer eigenen Viehzucht.«

Pascal hatte auch das Kloster Silvacane schon einmal besucht. Er interessierte sich für alte geistliche Gemäuer. Der Infobroschüre hatte er damals entnommen, dass das Kloster lange verlassen gewesen war. Über viele Jahre hatte dort nur ein einziger Einsiedler gelebt. Das Kloster wurde sich selbst überlassen. Was Pascal aber dann von Polastrone über diesen

Einsiedler hörte, war ihm vollkommen neu. Er sollte das letzte verbliebene Mitglied der Gourmet-Vereinigung gewesen sein.

»Dank diesem Mann und der Aufnahme der wenigen Überlebenden aus Lourmarin gibt es uns noch immer«, erklärte Polastrone. »Es gab im Umkreis von wenigen Kilometern noch weitere verlassene Höfe, auf denen Landwirtschaft betrieben wurde. Und weil wir unter uns waren und von der Öffentlichkeit vollkommen unbemerkt lebten, konnten wir uns unserer Leidenschaft, dem Kochen, widmen. So kamen noch mehr Menschen zu uns in das Kloster. Einige kamen wegen des Hungers, ihnen war es egal, mit welcher Kunst, in welcher Tradition die Gerichte zubereitet wurden, doch am Ende gehörten auch sie unserer Gilde an. Es hat immer wieder Versuche gegeben, uns mit der ebenfalls 1248 gegründeten und größten Gourmet-Gilde, der ›Chaîne des Rôtisseurs‹, zu vereinigen. Zu Anfang haben wir auch zu ihnen gehört, doch die Gilde hat sich verändert.«

Arthur de Polastrone verzog das Gesicht. Seine tiefe Abneigung gegen Veränderungen jeglicher Art war ihm deutlich anzusehen. Die nächsten Worte schien er auszuspucken.

»Sie haben sich Trends gebeugt. Meine Damen und Herren, wir betrachten sogenannte Erneuerungen in der Lebensmittelzubereitung als gefährlich und können nur davor warnen. Viele von Ihnen mögen sagen, dass man im Mittelalter lediglich gegessen hat, um satt zu werden. So steht es auch in vielen Büchern geschrieben. Aber das galt nicht für uns. Bei uns hat es immer das Besondere gegeben. Wir hatten adlige Unterstützer: Herzoge, Aristokraten, Kardinäle, auch um ihren Gästen und Angebeteten etwas Besonderes zu bieten. Glauben Sie ernsthaft, die feine Küche hielt erst durch Marie-Antoine Carême im 18. Jahrhundert Einzug?«

Die Köche hatten mit großem Interesse Polastrones Vortrag gelauscht, sie fühlten sich privilegiert, spürten die Größe des Moments, und natürlich kannten sie alle Marie-Antoine Carême, den bedeutendsten Koch seiner Zeit, der die klassische französische Küche geprägt hatte wie kein anderer. Seine Kochbücher waren heute im Original kaum erschwinglich. Pascal war stolz auf sein Exemplar, und er kannte die Geschichte dieses extravaganten Mannes.

Carême hatte als der Erfinder der Haute Cuisine gegolten, auch Pascal hatte das immer gedacht. Seine Kunst wurde für Napoleons Hochzeit mit Marie-Louise von Österreich und für King George, den Zar und sogar Kaiser Franz I. von Österreich bemüht. Schon sein Name führte bei vielen anerkannten französischen Köchen zu einem plötzlichen Hungergefühl und zu Demut. Niemals würden sie das Handwerk so beherrschen wie der Großmeister der traditionellen französischen Küche.

Zudem hatte man bislang angenommen, dass Carême zu den Ersten gehörte, die Rezepte weitergegeben hatten, die an Königshäusern kredenzt wurden. Es sollte also noch Generationen vor ihm gegeben haben, die sich der feinen Küche verschrieben hatten? In Zeiten der Hungersnot? In Kriegen? Sogar in Zeiten der Pest? Abgeschieden in einer vollkommen eigenen Welt, in einem Kloster, das heute als Touristenattraktion galt und dessen Geschichte scheinbar nie komplett aufgearbeitet worden war?

Wer, dachte Pascal, will diesem Mann das Gegenteil beweisen?

Am Ende seiner Rede schlug Polastrone den Bogen in die Neuzeit. »Glauben Sie mir, meine Damen und Herren, wer bereit ist, sich unserer Gilde anzuschließen, wird eine Form der Zubereitung erlernen können, die längst vergessen scheint, und ein bedeutender Teil der französischen Küche werden. Lassen Sie den Michelin-Stern ruhig die anderen bekommen. Michelin ist nur ein Reifenhersteller mit Ambitionen, wichtig zu sein. In Wahrheit sind Sie es, die wichtig sind, denn Sie schreiben französische Geschichte.«

Applaus. Claude saß mit durchgedrücktem Rücken auf seinem Sessel. Seine Augen waren während des gesamten Vortrags gebannt auf die Bühne gerichtet gewesen.

»Ich möchte es Ihnen beweisen, meine verehrten Künstler, meine geladenen Meisterköche des Landes«, sagte Polastrone euphorisch. »Zu den Mitgliedern unserer Gilde kommen vor allem die reichen Männer und Frauen aus Paris, die, die sich ein Essen leisten wollen, das sie ihr Leben lang nicht vergessen werden. Auch dieser finanzielle Aspekt könnte eine Rolle einnehmen, wenn auch eine untergeordnete.«

Er klatschte zweimal in die Hände. Die schwere Holztür wurde entriegelt, und weitere Mönche erschienen, sie gingen im Gleichschritt in den Saal. Auch sie trugen das Wappen der Gilde auf der Brust ihrer Kutten.

Tabletts mit Tellern, deren Köstlichkeiten unter einer silbernen Glocke versteckt waren, wurden auf die Tische gestellt. Der Duft der zubereiteten Gerichte war so stark, der Raum so erfüllt von Aromen nach Thymian, Gemüse und Fleisch, dass die anwesenden Gäste, ganz entsprechend ihrer Natur und Neugier, versucht waren, das Geheimnis auf den Tellern zu lüften. Der Mann auf der Bühne hatte sein Ziel erreicht. Doch keiner der Köche traute sich, von sich aus den Anfang zu machen. Es war still im Saal, totenstill.

»Bevor wir uns einem Gericht widmen, das Sie auf diese Weise sicher noch niemals zubereitet bekommen haben, möchte ich mich für Ihre Aufmerksamkeit bedanken. Ich stehe selbstverständlich für Einzelgespräche bereit. Hinter diesem Saal befinden sich die ehemaligen Schlafgemächer des Herzogs. Ich erwarte Sie – und vergessen Sie nicht: Sie können bereits heute Mitglied unserer Gilde werden. Bitte haben Sie Verständnis dafür, dass zu diesem privaten Treffen nur die Köche höchstpersönlich erscheinen dürfen. Bon appétit, Messieurs.«

Und damit war der Zeremonienmeister verschwunden.

In einer einstudierten choreografischen Bewegung traten die Mönche an die Tische und nahmen zeitgleich die silbernen Hauben von den Tellern. Augenblicklich entfaltete sich ein intensiver Duft in der Rotonde.

Claude und Pascal waren überrascht, verschiedene Ge-

richte auf ihren Tellern vorzufinden. Claude durfte sich auf
ein als Geflügel auszumachendes Fleischstück mit Rotkohl
und einem sehr großen Knödel freuen, alles gegart in einer
Fettsoße, während auf Pascals Teller ein kleiner, sorgsam ge-
stapelter Fleischberg, der Gulasch nicht unähnlich war, lag.
Dazu gab es ein Stück Brot mit Schmalz sowie eine kleine
Schale Preiselbeermarmelade und ebenfalls einen Knödel.
Auch wenn die Speisen sorgsam drapiert waren, waren beide
Mahlzeiten recht üppig.

Wir werden zu kämpfen haben, um die Teller zu leeren,
dachte Pascal und nahm das erste Stück Fleisch, nachdem er
es interessiert auf der Gabel betrachtet hatte, in den Mund.
Er kaute langsam und versuchte zu ergründen, von welchem
Tier das Fleisch stammte. Es schmeckte nach Wild, hatte den
erdigen Geschmack von Waldboden. Das nächste Stück zusammen mit der Preiselbeermarmelade erinnerte ihn an die
Weihnachtszeit. An das schwere Aroma von Reh und Wild-
schwein. Pascals geübter Gaumen konnte aber beides ausschließen. Er war sich sicher, so ein Fleisch noch nie gegessen
zu haben.

Das Brot mit dem Schmalz ließ er liegen, es passte nicht in
seinen Ernährungsplan. Er hatte sich gut gehalten, hatte nur
den Ansatz eines Bauches, und er wusste, dass er seine Figur
im Griff behalten würde, wenn er es mit fettigen Speisen nicht
übertrieb.

Claude schnitt das knusprige Geflügelfleisch vorsichtig von
seiner Keule ab und begutachtete es. »Gans, keine Frage.«

Einen Profi wie ihn, der selbst ein äußerst angesagtes Restaurant in Lyon führte, stellte diese Analyse vor keine besonderen Herausforderungen. Er ließ das Fleisch auf der Zunge
zergehen und schloss dabei die Augen, während Rotwein in
ihre Gläser gegossen wurde. Ein tiefes Rot, durch das auch
der direkte Schein der Kerze keine Chance hatte.

Claude öffnete die Augen. »Die Gans schmeckt heraus-
ragend, sie ist auf den Punkt gegart.« Er nahm ein weiteres
Stück in den Mund, schloss erneut die Augen und bewegte

das Fleisch prüfend mit der Zunge hin und her. »Ich muss aber zugeben, es ist nicht die beste Gans, die ich jemals gegessen habe. Ich war einst bei der ›Chaîne des Rôtisseurs‹ eingeladen, und deren Art der Zubereitung war ebenso gut.«

»Die Frage ist also, was hier anders ist«, sagte Pascal. »Und was ist das für ein Gulasch auf meinem Teller? Ich kann das Fleisch nicht zuordnen.« Er schob ihn ein Stück weit in die Mitte, sodass Claude mit seiner Gabel besser herankam.

Für Köche war es eine Selbstverständlichkeit, von anderen zu kosten, meist brauchten sie dazu keine Aufforderung. Üblich war es auch, dass sie sich mit der Hand vom Nachbarteller bedienten.

Claude nahm ein Stück des Gulaschs auf seine Gabel und betrachtete es von allen Seiten. »Es ist ein bisschen heller als Wild«, murmelte er. Dann führte er die Gabel zu seinem Mund, schloss ein weiteres Mal die Augen und machte sie eine ganze Weile nicht mehr auf.

Während Claude ein zweites Stück kostete, sah sich Pascal im Raum um. Sein Blick begegnete dem eines Mannes in brauner Mönchskutte, der gespannt auf eine Reaktion Claudes zu warten schien.

Schließlich öffnete Claude die Augen. »Ich habe keine Ahnung, ich habe das noch nie gegessen.«

Pascal war sich nicht mehr sicher, ob sein Gefühl der Neugier oder der Vorsicht stärker wog. Was mochte er da gerade gegessen haben? Was für ein Tier war das? Machten diese Männer in all ihrer Tradition vor irgendetwas halt?

Entschieden legte er Messer und Gabel parallel ab und schob den Teller noch ein paar Zentimeter weiter von sich weg. Solange er nicht wusste, was er aß, würde er es auch nicht essen.

Claude war bereits dabei, die letzten Fleischstücke gekonnt von seiner Keule zu trennen. Den Kloß ließen beide liegen. Er schmeckte konventionell und überzeugte nicht durch eine besondere Zubereitungsform.

Nach einer Weile des Schweigens sagte Pascal: »Kannst du

bitte zu dem Einzelgespräch gehen? Ich möchte wissen, was von den Mitgliedern der Gilde erwartet wird. Wie die Aufnahmeprüfung aussieht.«

»Glaubst du, das lasse ich mir entgehen?«

Pascal lächelte Claude an, in der Gewissheit, dass er glänzend zu seiner abenteuerlustigen Tochter passte, denn auch sie war von grenzenloser Neugier angetrieben. Wie würde wohl die Ehe der beiden verlaufen?, fragte er sich. Wäre sie eine Art Angestellte in Claudes Restaurant? Würden sie es zusammen betreiben? Wie konnte eine Ehe das Beisammensein auch während der Arbeitszeit ertragen? Vierundzwanzig Stunden gemeinsames Leben? Was hätte man sich abends noch zu erzählen? Wie wäre es mit Kindern? Claude war ein Workaholic, der mit kindlicher Begeisterung alles aufsaugte, was den kulinarischen Genuss steigerte.

War es an der Zeit, mit ihm zu sprechen? Aber was sollte er ihm sagen? Warum sollte er sich einmischen? Würde Claude ihn überhaupt anhören? Immerhin hatte er ihm gegenüber keinen Zweifel daran gelassen, dass er seine Tochter aufrichtig liebte. Und er war sympathisch.

Es war mehr als die Begeisterung für gutes Essen und die Liebe zur Tochter, das sie verband. Es hatte von vornherein eine Art Chemie zwischen ihnen gegeben. Auch jetzt war die Stille zwischen ihnen nicht unangenehm.

Dies war einer der Gradmesser, die Pascal jeder Beziehung zugrunde legte, das hatte ihn das Leben gelehrt. Wenn er mit seiner Ehefrau Catherine oft still am Abendbrottisch gesessen hatte oder in einem Restaurant gewesen war, hatte ihn meist das Gefühl eingeholt, sie unterhalten zu müssen. Witzig und charmant zu sein, so wie der Architekt, der sie ihm ausgespannt hatte. Er aber war schon immer der Meinung gewesen, dass genau dieses Schweigen das Beisammensein stärker machte, dass genau diese Augenblicke des gemeinsamen Schweigens eine tiefere Verbundenheit herstellten als jeder Witz, der in einem oberflächlichen Lachen versickerte und vergessen war, ehe die Rechnung bezahlt war.

Der Kellner in Mönchskutte trat an ihren Tisch und räumte mit geübten Griffen die Teller ab.

»Was ist das für ein Gulasch?«, fragte Pascal.

Doch der Mann brummte nur etwas wie »… der Abend ist noch nicht zu Ende« und schenkte ihnen Wein nach.

Claude sagte, es sei ein Châteauneuf-du-Pape, das sei unverkennbar, dann roch er an dem Bouquet und nahm einen Schluck. In seinen Worten schwang Anerkennung mit.

Nach einer kurzen Pause betrat Arthur de Polastrone erneut die Bühne. Seinen roten Mantel hatte er abgelegt. Er trug den Frack, den Pascal schon vorher darunter erahnt hatte. Er sah elegant aus. Sein langes Haar hatte er zurückgekämmt, seine auffällig großen Manschettenknöpfe blitzten im Kerzenschein.

»Ich hoffe, die Gans und das Bibergulasch haben Ihnen gemundet.«

Pascal sah Claude, dessen Lippen ein zynisches Lächeln umspielte, bestürzt an.

»Vollkommen zu Unrecht sind die Biber von den Speisekarten der modernen Küche verschwunden. Nur dank unserer Bemühungen finden sie ihren Weg zurück in die gehobene Küche.«

Polastrones kalte Augen trafen auf entsetzte, erstaunte und verwirrte Gesichter. Biber?, schienen sie zu fragen. Diese Wassertiere, die an Ratten erinnerten und seit Jahren unter Naturschutz standen, hatten diese Männer zu einem Gulasch verarbeitet?

Arthur de Polastrone klatschte erneut in die Hände. Hinter der improvisierten Bühne wurde ein Tablett in die Mitte des Raumes gefahren. Darauf ein Spanferkel. Die Füllung konnte Pascal nicht erkennen.

Claude starrte fassungslos auf das Schwein. »Das sind lebendige Aale«, sagte er.

»Ja, meine Damen und Herren, so hat man in der Barockzeit Spanferkel serviert. Es war eine Zeit lang angesagt, lebendige Tiere mit in die Speisen einzuarbeiten. Wir haben dazu eine klare Meinung und verzichten auf derartige Experimente, denn sie steigern nicht den Genuss. Das war schon immer unsere Meinung dazu.«

Lautlos wurde das Spanferkel auf dem Tablett wieder aus dem Raum gerollt, wobei sich ein Aal aus dem Schwein herausschlängelte und mit einem leisen Klatschen auf den Boden aufschlug. Mit geübtem Griff nahm einer der Männer in den braunen Mönchskutten den Aal in die Hand und steckte ihn zurück in das Schwein, bevor es ganz aus dem Blickfeld der Köche verschwunden war.

»Und jetzt, meine lieben Gelehrten, meine Meisterköche des Landes, verhaftet in der Tradition der französischen Küche, gebe ich Ihnen noch ein lohnendes Rezept mit auf den Weg, das ebenfalls aus der Barockzeit stammt, der Zeit des Wohlstandes und des Überflusses. Der Adel hat danach nie wieder derartige Bankette gefeiert, nie wieder waren die Essensorgien, die oft Wochen dauerten und der verschwenderischen Vergnügungssucht keinen Einhalt boten, in denen die Menschen jedes Maß verloren und sich dem ungehemmten Genuss hergaben, so ausschweifend.«

Pascal beobachtete, wie Arthur de Polastrone wieder begeistert mit seinen Armen in der Luft ruderte. Er konnte ihn sich vorstellen, wie er sich ungehemmt dem Genuss hingab.

»Diese ungezügelte Lust an gutem Essen hat es schon immer gegeben. Wir sind nur die Dienstleister für die Gesellschaft und wollen diese Tradition für unsere gut betuchten, neugierigen Gäste erhalten. Ein Beispiel: 1476 hat es ein Festgelage gegeben, an dem wir als angesehene Gourmet-Bruderschaft maßgeblich beteiligt waren. Es war ein Essen zu Ehren der Söhne des Königs Ferrante von Neapel, das ein gewisser Benedetto Salutati gegeben hat. In dem von uns überlieferten Text heißt es …« Arthur de Polastrone griff in eine Tasche und zog ein Blatt Papier heraus, das er umständlich ins Licht hielt, um den Text besser lesen zu können. »Ich zitiere: ›Unter Trompetengeschmetter nahmen die Gäste Platz. Als Vorspeise bekam jeder ein Schüsselchen mit vergoldetem Kuchen aus Pinienkernen und einen Majolikanapf mit einer Milchspeise.

Gelatine von Kapaunbrust, mit Wappen und Sinnsprüchen geschmückt, folgte in silbernen Schüsseln. In einer davon befand sich ein Tischbrunnen, der Orangenblütenwasser versprühte. Es folgten zwölf Gänge mit Fleisch von Wild, Kalb, Schwein, Fasan, Rebhuhn, Kapaun und Huhn sowie mit dem beliebten, aus Milch, Mandeln, Reis und Fisch bereiteten Blanc manger. Das sogenannte Schaugericht, das nur zum Ansehen gefertigt war, bestand aus zwei Pfauen, die wie lebendig Rad schlugen und im Schnabel duftende Essenzen trugen.‹«

Pascal wurde klar, dass er diesen Vortrag niemals vergessen würde. Die Gilde bewegte sich am Rande der Legalität. Unabhängig davon, wie tief sie in den Mordfall verwickelt war, durfte er diese Menschen nicht aus den Augen lassen. Sie gehörten einer Art Parallelgesellschaft an.

Polastrone legte den Zettel neben die zusammengerollte Speisekarte auf das Pult. »Und jeder von Ihnen, der heute nicht in den Genuss des Bibergulasches gekommen ist, hat möglicherweise seinen ersten Pfau zu sich genommen.«

Ungläubige, entsetzte Gesichter in dem großen Rund. Einige der Anwesenden schlugen sich die Hand auf den geöffneten Mund.

»Eine Delikatesse im Mittelalter, inzwischen verpönt bei Freunden unserer gefiederten Mitgefährten, aber äußerst schmackhaft«, fuhr Arthur de Polastrone ungerührt fort. »Unsere Pfauen mussten wir aus Indien importieren, da es hierzulande keine Züchter mehr gibt. Das war einmal anders. Wir Franzosen haben einst unser Geschäft mit der Pfauenzucht verstanden. In der Barockzeit wurde das Tier nach dem Garprozess wieder mit seinem Federkleid geschmückt. Die Gewürze im Schnabel, stolz sah das einst aus. Was ich damit sagen möchte: Modewellen in der Küche haben wenig zu bedeuten, sie lassen uns die Köpfe schütteln oder ekeln uns schon wenige Jahre später an. Lassen Sie uns für den Genuss kochen, dafür alles opfern und uns nicht vom Pfad abbringen lassen.« Arthur de Polastrone verneigte sich vor dem Publikum.

Erst applaudierten die Mönche, dann einige Köche und

schließlich auch alle anderen Gäste. Ob aus Begeisterung oder vor Verwunderung angesichts der wohl skurrilsten Vorführung ihres Lebens, war schwer auszumachen.

Für einen kurzen, fast euphorischen Moment glaubte Pascal, die Veranstaltung sei zu Ende. Es war, als würde das Licht nach einem Konzert eingeschaltet, als würde jetzt auch die letzte Zugabe gespielt, der letzte Ton im großen Saal verhallen, und die Besucher glaubten, es gäbe an diesem Abend nichts mehr, was sie noch überraschen konnte. Da hob Arthur de Polastrone ein weiteres Mal die Arme. Wie der Papst beschwichtigte er die Köche, die ihm, so stellte Pascal erschreckt fest, zu Füßen lagen. Sie hingen an seinen Lippen.

»Sind Sie, meine verehrten Meister, bereit für das Dessert?«

Ungläubiges Schweigen, nur von der Geste des Bauchstreichelns in den Nischen unterbrochen, die Münder im Kerzenlicht halb geöffnet. Niemand in dieser Runde vermochte sich eine Vorstellung von dem zu machen, was jetzt noch kommen würde.

Die Mönche trugen Servietten hinein. Jeder Gast bekam eine vor sich auf den Tisch gelegt. Sie waren größer als üblich, erinnerten eher an ein Handtuch.

»Jetzt, meine verehrten Gäste, sollten Sie ganz für sich sein. Machen Sie sich frei von allem. Der Anblick des folgenden Ganges ist eine Offenbarung, ein Gemälde, ein Picasso.«

Lautlos öffneten sich ein letztes Mal die Türen hinter Arthur de Polastrone. Mit fließenden Schritten bewegten sich die Mönche durch den Raum, um die heißen Pfannen auf die Tische vor den Gästen zu stellen, den Pfannenstiel exakt nach rechts ausgerichtet. Tonhauben lagen über den Pfannen.

Pascal beschlich ein unbestimmtes Gefühl der Angst. Zu was war diese Gesellschaft in der Lage?

Gespanntes Schweigen in den Nischen.

»Meine Damen und Herren, meine Gourmets, was ich Ihnen jetzt präsentiere«, sagte Arthur de Polastrone aufgeregt, »ist nur noch in sehr wenigen Küchen zu finden. Berühmte Köche wie Jean Coussau haben die uralte Tradition aufrechterhalten, sie haben unser Wissen in die Neuzeit gerettet. Er beruft sich bei der Zubereitung des Ortolans auf siebenhundert Jahre alte Rezepte. Unsere sind noch älter, wir haben dieses Gericht bereits in unserem Kloster in Silvacane serviert.«

Dem Wort »Ortolan« schob er eine Kunstpause nach. Jeder sollte verstehen, welche Ehre ihm zuteilwerden würde.

»Bevor Sie die Deckel öffnen, ein paar Informationen zum Verzehr. Jetzt muss alles stimmen, dieses Dessert wird in einigen wenigen Küchen, die ihr Handwerk verstehen, für knapp fünfhundert Euro serviert. Das liegt zum einen an den seltenen Singvögeln und zum anderen an einer vollkommen verweichlichten Gesellschaft von Tierschützern und anderen Extremisten, die die Ethik über den Genuss gestellt und sich damit zu unseren Feinden erklärt haben.« In Polastrones Blick lag der Ausdruck von Aufruhr. Seine kalten Augen verengten sich. »Wir haben diese zwölf Ortolane in den letzten Monaten aus dem Himmel in unseren Himmel geholt.«

Ein Lächeln lag auf seinen Lippen, wie eine Erlaubnis, die Krawattenknoten am späten Abend auf einer Hochzeit zu öffnen. Als ginge man jetzt zu dem legeren Teil über. Vielleicht aber auch ein Verziehen der Lippen über den eigenen Witz, über den Vergleich, den Zynismus.

»Der Ortolan ist ein Singvogel, der auf seinem Weg aus dem Norden, vor allem aus Deutschland, dankenswerterweise über unser schönes Land fliegt. Ortolane sitzen hoch oben in den Bäumen. Sie sind misstrauisch. Wir locken sie mit anderen Ortolanen in unsere Käfige, eine langwierige, aufwendige Angelegenheit, die wir für einen Abend wie diesen aber gern in Kauf nehmen. Das hat man schon immer so gemacht. Der Ortolan, von dessen Gesang sich übrigens der alte Beethoven für seine fünfte Symphonie inspiriert haben lassen soll, zieht andere an. Er ist wie eine dieser Sirenen aus dem alten Griechenland. Odysseus.«

Arthur de Polastrone ließ es sich nicht nehmen, die berühmte Melodie anzupfeifen. Es klang entsetzlich, doch niemanden schien das zu stören, die Gesellschaft hing an seinen

Lippen. In der gegenüberliegenden Nische zappelten die Hände eines Kochs hin und her. Immer wieder klopfte er auf die Tonhaube über seinem Dessert.

»Wenn die Ortolane in den Bäumen sitzen und ihre Artgenossen hören, kommen sie zu uns in die Gärten, und dann fangen wir sie mit eigens dafür gebauten Drahtkäfigen. Die nächsten einundzwanzig bis fünfundzwanzig Tage verbringen sie in vollkommener Dunkelheit. Sie stehen auf Draht, sodass der Kot aus dem Käfig kommen kann. Das ist eine sehr saubere Sache«, setzte Polastrone noch hinzu. »Durch die Dunkelheit verlieren die Ortolane die Orientierung und essen eigentlich den ganzen Tag. Von uns bekommen sie bestes Futter und natürlich Wasser. Am Ende sind sie fettig, gelb, wie Sie gleich sehen werden – ein gutes Zeichen –, und die Eingeweide sind sauber. Meine Damen und Herren, noch ein bisschen Biologie, bevor wir zur Tat schreiten: Der Ortolan ist der einzige Vogel der Welt, der sich selbst mästet. Nicht mal die dumme Gans bekommt das hin. Er ist ein Geschenk für uns Gourmets. Nur weil er singen kann, ist er ja nicht besser als andere Vögel, da werden Sie mir sicher recht geben.«

Das aufmerksame Zuhören, das gebannte Schweigen über der Gesellschaft wurde jetzt von leichten Lachatmern unterbrochen. Vor allem aus den Mündern und vollen Mägen der Köche, die Arthur de Polastrone ohnehin längst auf seine Seite gezogen hatte, schnaubte es.

»Jetzt aber genug der Vorrede. Ich bitte Sie, die gereichten Mundtücher komplett über Ihre Köpfe zu legen. Die Ortolane sind sehr heiß, Sie müssen sie komplett genießen, indem Sie sie in den Mund stecken und immer wieder herausziehen. Das wird kein schöner Anblick und auch kein schönes Geräusch, daher verhüllen Sie bitte Ihre Köpfe mit den Mundtüchern, als säßen Sie wie zur Inhalation bei Erkältungen über dem Wasser.«

Wieder fiel Pascal die alte Sprache Polastrones auf, die längst ausgestorbenen Begriffe, die er immer wieder geschickt in seine Rede einbaute.

Arthur de Polastrone nahm eine Serviette, die er offensichtlich unter dem Pult liegen hatte, und legte sie sich über den Kopf. Für einen Moment war er verhüllt, sah aus wie ein Beduine, dann nahm er sie wieder ab, um fortzufahren.

»So ist jeder für sich mit seinem Ortolan, kann ganz im Einklang mit dem Tier sein. Es dauert nicht lange. Leider. Der Moment des Genusses ist manchmal einfach zu kurz. Männer wissen, wovon ich spreche.«

Wieder ein Schniefen der Freude.

»Der Vogel findet seine Erfüllung in einem Bad von Brandy, in dem er ertränkt wird. Gibt es auf der Welt nicht schlimmere Tode? Das dachte sich wohl auch unser ehrwürdiger Präsident François Mitterrand, der keinen Jahreswechsel ohne einen Ortolan gefeiert hat. Sein letztes Abendmahl vor seinem Tod soll ein Ortolan gewesen sein. Dreißig Austern, Gänsestopfleber und Truthahn und dann der krönende Abschluss. Zwei Ammen mit Eingeweiden, Kopf und Stelzen. Der Mann wusste zu leben.«

Arthur de Polastrone hielt abrupt inne. Nur mit einer gönnerhaften Geste wies er die Köche an, zur Tat zu schreiten. »Bon appétit, Messieurs.«

Pascal traute sich kaum, den Deckel seiner Pfanne zu lüften, der Wahrheit ins Auge zu blicken. Als Naturliebhaber mit Interesse an Ornithologie wusste er, dass er diesen Vogel niemals würde essen können.

Ein überraschtes Raunen ging durch die Nischen in der Rotonde. Einzelne Laute des Entsetzens, denn die Vögel waren ganz. Mit Augen, die Körper, gelblich im Fett schimmernd, nicht ausgenommen, wie angekündigt, auch die kleinen Beine lagen auf der Pfanne, die Stelzen.

Schnell legte Pascal seine Serviette über das dampfende Tier und schaute in die Runde, wie die Köche schmatzend unter ihren weißen Tüchern gleichmäßig ihre Köpfe vor- und zurückbewegten, gekonnt wie eine Sportgruppe in einer Turnhalle. Er hörte plötzlich Laute des Verzückens. Das vorangegangene Entsetzen war einer unbändigen Neugier gewichen.

Sie aßen. Auch Claude machte mit. Seine Abenteuerlust spielte ihm in diesen Stunden Streiche und damit jede Ethik an die Wand.

Pascal hörte, wie die Gäste an dem gefiederlosen gelben Vogel lutschten. So ließ er es geschehen, ohne Bereitschaft, die Grenzen jeden Maßes des Genusses zu überschreiten.

Noch eine Weile bewegten sich die weißen Servietten, waren verzückte Laute des Genusses zu hören, Stöhnen vor Glück.

Über ihnen die Steindecke der Rotonde mit dem Fenster, dem Auge. Ein Stern schickte sein mattes Licht bedrohlich in diese Gesellschaft hinein.

12

Das einzige Hotel in der Nähe von Simiane-la-Rotonde lag etwa eineinhalb Kilometer außerhalb. Der kleine Ort mit knapp sechshundert Einwohnern leistete sich den Luxus, keine Übernachtungsmöglichkeit im direkten Ortskern zu haben.

Nachdem sich Claude am Abend von ihm verabschiedet hatte, um eine »Privataudienz« bei Arthur de Polastrone zu haben, hatte sich Pascal in einen vor der Rotonde bereitgestellten Wagen gesetzt und war gegen Mitternacht in sein Zimmer gekommen.

Das Hotel war im typisch provenzalischen Stil eingerichtet. Rustikales Holz, blumige Tagesdecken und als Höhepunkt des Hauses ein riesiger Wintergarten, von dem man vor dem Hintergrund der Berge ein kleines Gestüt sehen konnte. Ein Ort der Ruhe und Entspannung, an dem Pascal aber zunächst keine Ruhe gefunden hatte.

Es waren zu viele Informationen, zu viele skurrile Geschichten, die es zu verarbeiten galt. Er war hin- und hergerissen. Ohne Frage war Arthur de Polastrone ein Besessener und alles andere als sympathisch gewesen. Seine eiskalten Augen würde Pascal nie vergessen. Und doch musste er zugeben, dass viele seiner Thesen auch eine Spur Wahrheit in sich trugen.

In der Tat hatte sich die Zubereitung bestimmter Speisen nicht zum Vorteil entwickelt. Da waren die Geschmacksverstärker, die künstlichen Aromen, die einen Angriff auf das natürliche Geschmacksempfinden bedeuteten. Viele Gemüsesorten wurden nicht mehr durchgegart. Ein gefährlicher Trend, wusste Pascal aus den Artikeln von Constantin Taron, denn auch Pflanzen wollten nicht gegessen werden, auch sie entwickelten Gifte zur Abwehr, die nur durch gründliches Garen unschädlich gemacht werden konnten.

Natürlich hätten die Köche vorgewarnt werden müssen, dass es als Hauptspeise Biber gab, aber der tiefere Sinn der

Veranstaltung, die Aufmerksamkeit auf die jahrhundertealte Küche zu wenden, war äußerst lehrreich gewesen. Auch wenn Pascal als begeisterter Hobbykoch durchaus bereit war, moderne Küchentrends an seinem Herd auszuprobieren, so hatte er auch ein Faible für die schlichte französische Küche.

Pascal atmete tief aus, während er seinen Gedanken nachhing und sich an den Holztisch im Frühstücksraum setzte. Claude war bereits am Büfett und holte sich ein Croissant und einen Pott Milchkaffee. Er sah übernächtigt aus, schenkte Pascal aber ein breites Lächeln.

Der bediente sich im Laufschritt ebenfalls, gespannt auf die Geschichten, die Claude ihm gleich von seinem nächtlichen Treffen mit Arthur de Polastrone erzählen würde.

Obwohl keine weiteren Gäste anwesend waren, sah sich Claude vorsichtig im Frühstücksraum um, ehe er seinen Kopf nach vorn beugte und gedämpft zu erzählen begann.

»Was ich gehört habe und was ich mir heute vor unserer Abreise noch anschauen sollte, ist pervers.«

So aufgebracht hatte Pascal ihn noch nie gesehen. Seine Augen hatten sich zu Schlitzen verengt, er schien emotional aus der Bahn geworfen.

»Zuerst gab es Wein, fast alle Köche hatten sich zu der Audienz angemeldet. Es hat ewig gedauert. Ich habe mich mit anderen Kollegen ausgetauscht, es gab für uns alle viel zu besprechen. Die Ambivalenz zwischen Abschaum und Neugier war groß, das muss ich zugeben. Es wurde immer später, es muss nach null Uhr gewesen sein, als ich den Saal hinter der Rotonde betreten durfte. Im Kamin hat ein Feuer gebrannt, Holzkohle war aufgehäuft, darin lagen zwei Lehmkugeln. Ich war der Letzte.«

Pascal fiel auf, wie zögerlich Claude das Wort »Lehmkugeln« aussprach, wie sich die Szenen erneut in ihm abspielten.

»Arthur de Polastrone hat vor dem Kamin gesessen, darin herumgestochert und immer wieder diese Lehmkugeln gewendet. Dann hat er sich zu mir umgedreht und mich gebeten, Platz zu nehmen, während er mit dem Eisen in der Hand dasaß. Diese kalten Augen. Er schaute immer abwechselnd zu den Kugeln im Feuer und dann zu mir. Es roch nach verbranntem Ton. Arthur de Polastrone war eigentlich freundlich, erst ein bisschen zurückhaltend, als würde er meine Reaktion testen wollen.«

Pascal musste sich über den Tisch beugen, um Claude besser verstehen zu können, so leise sprach er. Als hätte er Angst, jemand könnte ihn belauschen.

»Und dann wollte er alles Mögliche über mich wissen, über meine Einstellung zum Kochen und ob ich wisse, wie man damals Gerichte zubereitet hat. Wir waren uns einig, dass die einfache französische Küche ihre Vorzüge hat, aber er hat immer wieder darauf beharrt, dass wir heute durch zu viele gesetzliche Bestimmungen als Meisterköche, wie er uns nennt, eingeschränkt sind. Köche seien Künstler, es dürfe keine Barrieren geben und solche Dinge. Er hat mir erklärt, dass die Gilde Räume schaffen würde und bereits geschaffen habe, vor der Öffentlichkeit geschickt versteckte Räume, an denen wir Köche frei von allen Gesetzen experimentieren können. Das gesamte Wissen der frühen Küche sei vereinigt und im Besitz der Gilde.«

»Hat er gesagt, wo?«

»Nein, das würde ich dann alles schon noch erfahren, sagte er.«

»Was ist dann passiert?«

»Dann hat er mir einen Mitternachtssnack angeboten. Ich hatte kein gutes Gefühl und auch keinen besonderen Appetit mehr. Selbst für mich als Koch, der viel essen kann, war es genug. Und auch von diesem Künstlergequatsche hatte ich genug.«

»Lillie sagt auch immer, dass du ein Künstler bist«, bemerkte Pascal.

»Ja, schon klar.« Verlegenheit in Claudes Blick. »Es ehrt mich, wenn sie so etwas sagt. Aber ich bin in erster Linie Koch, und ich habe keinerlei Interesse an Gesetzesübertretungen. Das wollte ich Polastrone noch sagen, doch dann habe ich an dich gedacht und daran, dass du aus den Informationen, die ich als Koch exklusiv von ihm bekommen konnte, etwas machen könntest. Also heuchelte ich ihm Interesse vor.«

Pascal hatte Claudes Neugier immer geschätzt, auch seine Hilfsbereitschaft, aber diesmal schien ein Schleier über seinem Gesicht zu liegen. Undurchdringlich.

»Irgendwann hat Polastrone auf seine Uhr gesehen und leise gepfiffen. Mit der Kaminzange hat er die beiden Lehmkugeln aus dem Feuer geholt und sie auf einen kleinen Tisch vor sich gelegt.« Claude bewegte seine Hände, während er sprach, so als würde er imaginäre Kugeln vor sich aufreihen. »Die Dinger dampften ordentlich. Wie ein Chirurg hat sich Polastrone dann feuerfeste Handschuhe übergezogen, mit einer Hand ein Taschenmesser genommen und mit dem Griff die Kugeln aufgeschlagen.«

Claude hatte noch immer nichts von seinem Kaffee getrunken. Inzwischen stieg kein Dampf mehr auf.

»Dann hat er mir das Messer und die Handschuhe hingehalten und mich aufgefordert, es ihm nachzumachen. Da steckte etwas in den Lehmkugeln, es sah aus, als seien es Tannenzweige oder Stacheln. Da war Bratenduft. Polastrone hat mit einem zweiten Messer ein paar Stücke zurechtgeschnitten und mir einen Teller mit dem dampfenden Fleisch gegeben, bevor er die zweite Lehmkugel öffnete und sich bediente. Er hat die ganze Zeit so kleine Nadeln aus dem Fleisch gezogen.«

Claude machte die Bewegung nach. Wie abwesend pulte er an seinem Croissant herum.

»Dann nahm Arthur de Polastrone – allein dieser Name – eine Serviette und steckte sie sich in den Hemdkragen. Das sollte ich auch so machen. Wieder hat er das Wort ›Mundtuch‹ gebraucht. Ich war froh, dass ich Besteck benutzen durfte. Das Besteck sei eine der wenigen Errungenschaften der Moderne, hat er noch bemerkt, eine, die auch von den Feuerköchen abgesegnet worden war. Eigentlich würde man mit den Händen essen. Ein Messer zu benutzen und später damit sogar noch in den Zähnen herumzustochern galt wohl damals als barbarisch. Die Gabel war durch ihre Zacken vor der Reformation als gehörntes Teufelsgerät verrufen. Das fand ich eigentlich interessant.«

Wie nebenbei spielte Claude mit den Zahnstochern auf dem Tisch. Pascal bemerkte, wie er seine Stimme veränderte, wie er Polastrones Tonfall imitierte, diese laute Stimme, die Gestochenheit in der Betonung.

»Ich guckte erst zu, wie er aß. Wie er dabei aussah. Seine kalten blauen Augen, die durch das Feuer so flackerten, der Geruch des Fleisches vor mir. Ich wollte wissen, was das für ein Tier sei, doch Arthur de Polastrone sagte nur, ich solle es einfach probieren, es geschehen lassen, danach würde er mir alles erzählen, denn Vertrauen sei wichtig für unsere künftige Zusammenarbeit. Ich verzichtete darauf, ihm zu sagen, dass ich ganz sicher nicht mit ihm zusammenarbeiten würde.«

Verächtlich rührte Claude in seiner Kaffeetasse, nahm ein bisschen Milchschaum auf seinen Löffel und steckte ihn in den Mund. Zwei weitere Männer betraten den Frühstücksraum, wünschten einen guten Morgen und setzten sich an einen Tisch auf der anderen Seite.

Pascal und Claude musterten die beiden, um herauszufinden, ob sie gestern ebenfalls bei dem Treffen gewesen waren. Auch die Gäste tauschten verstohlene Blicke aus.

Ein Gesicht zuzuordnen fiel Pascal schwer, zumal es in der Rotonde zu dunkel gewesen war. Doch das Verhalten und die Unruhe der Männer deuteten darauf hin, dass auch sie einiges zu besprechen hatten.

Claude schenkte den beiden keine große Aufmerksamkeit. Er tunkte sein Croissant in den Kaffee und nahm einen ersten Bissen. »Weißt du, was ich gestern gegessen habe, Pascal?« Nach einer kleinen Pause fuhr er fort: »Einen Igel, Pascal, einen Igel. Arthur de Polastrone hat ihn lebendig in Lehm gewälzt, bevor er ihn in die Glut des Kamins gelegt hat. Das Tier ist qualvoll in der sich verhärtenden Lehmkugel und der immer stärker werdenden Hitze gestorben.« Er schüttelte sich. Verwirrung, Ekel und Traurigkeit lagen in seinem Blick.

Pascal konnte sich das Schauspiel vorstellen, es dürfte sich nicht besonders von dem in der Rotonde unterschieden haben.

»Polastrone hat mir erklärt, dass die Zigeuner Igel noch immer so zubereiten. Es soll eine Delikatesse zur Weihnachtszeit sein, seit Jahrhunderten sei das so.« Ungläubig starrte Claude auf den Schaum auf seinem Milchkaffee, wie er langsam in sich zusammenfiel. »Weißt du, dass es in meinem Restaurant nicht einmal Hummer gibt? Weil ich die Zubereitungsform nicht toleriere. Arthur de Polastrone ignoriert sämtliche ethischen Gefühle beim Kochen.«

Dass der »Confrérie des Cuisiniers du Feu« jegliche Empathie für Lebewesen fehlte, machte sie zu einer gefährlichen Gruppierung. Pascal verstand jetzt auch die Tierschützer, die er gestern vor der Rotonde gesehen hatte. Was wussten sie? Er hätte mit ihnen sprechen sollen. Es war offensichtlich, dass es sich um tief verfeindete Gruppen, um Gegner handelte. Obwohl er sich schon in frühen Jahren vorgenommen hatte, sich nie auf eine Seite zu schlagen, weil es ihm die Objektivität raubte, weil es verhinderte, sich in einen anderen Menschen zu versetzen, und weil diese Gabe für seine Arbeit die Grundlage für den Erfolg bildete, sympathisierte er in diesem Moment mit den Tierschützern.

»Diese Organisation besteht aus geisteskranken Wahnsinnigen, angeführt von einem Irren«, sagte Claude schließlich und dann, nach einer Pause, in der er aus dem Fenster geschaut hatte: »Ich werde ihn niemals wiedersehen, das ist das Tröstliche.« In seiner Stimme lag eine solche Bestimmtheit, sein Ton war brüchig und zugleich für Pascal von unbekannter Härte, kaum wiederzuerkennen. Seine Augen waren auf Pascal geheftet, als würden sie sagen wollen: Was hast du mir nur angetan? Warum bin ich hier?

Diese Frage stellte sich Pascal auch, und es tat ihm leid. Er hatte den Verlauf nicht voraussehen können, das wusste auch Claude, dessen war Pascal sich sicher.

Sein Kopf war voller Fragen. Warum warb die Bruderschaft so aggressiv? Es musste mit finanziellen Mitteln zusammenhängen, vielleicht war die Gilde pleite? Was hatten sie schon? Ging es nur um die teuren Menüs für reiche Großstädter, die Polastrone gestern erwähnt hatte? Er hatte von viel Geld gesprochen, das es zu verdienen galt. Was, wenn das nicht reichen würde? Was könnte es noch geben?

Pascal erinnerte sich an die Speisekarte, die Polastrone entfaltet hatte. Ein Fundstück, das eigentlich ins Museum gehörte. Ob die Gilde noch mehr derartiger Dokumente besaß?

Pascal wusste nur von einer Buchhandlung, die er bislang nie betreten hatte, deren Ruf aber weit über die Grenzen der Provence hinaus bekannt war. Sie befand sich in dem kleinen Dorf Banon und wurde von einem Besessenen geführt, wie eine Zeitung den Besitzer einmal liebevoll beschrieben hatte. Sie galt als die fünftgrößte Buchhandlung Frankreichs in einem Ort mit knapp eintausend Einwohnern. Wenn man irgendwo etwas über Bücher wusste, dann vielleicht dort. Pascal würde es überprüfen.

Sein Handy vibrierte.

Audrey.

»Pascal, bevor du mir alles erzählst – Frédéric Dubprée und ich sind gespannt, wie der Abend verlaufen ist –, muss ich dir etwas sagen. Seit gestern Nacht wird ein gewisser Arthur de Polastrone vermisst. Er war wohl mit einigen Köchen heute Morgen in der Rotonde verabredet, ist aber nicht erschienen. Das Treffen sollte bereits um acht Uhr morgens stattfinden, jetzt ist es elf. Ich würde der Sache noch keine allzu große Bedeutung beimessen, aber du solltest es wissen.« Als Pascal nichts erwiderte, fuhr Audrey fort. »Wie geht es dir, Pascal?«

Sie hatten sich nach dem Morgen in seinem Haus nicht mehr gesprochen, hatten auch nach dem Abend, den sie zusammen verbracht hatten, nicht mehr allein miteinander sprechen können.

»Mir geht es gut, aber, Audrey, hier gehen merkwürdige Dinge vor sich.«

»Soll ich Unterstützung schicken?«

»Nein, aber was weißt du über Arthur de Polastrone?

Kannst du recherchieren? Ich weiß, dass dir in dieser Beziehung niemand etwas vormacht.« Pascal stellte sich vor, wie sie ihr dunkles Haar aus dem Gesicht strich – so wie sie es immer tat, wenn ihr jemand ein Kompliment machte. »Weißt du, wann er das letzte Mal gesehen wurde?«

»Nein, nur dass er sich noch am späten Abend mit einem Mann getroffen hat, mehr nicht. Vorerst.«

Pascal sah Claude an, der sich offensichtlich nicht sonderlich für das Gespräch interessierte. Seine Aufmerksamkeit galt den Pferden und den Bergen vor dem Hotel.

Lass ihn nicht der Letzte gewesen sein, der Arthur de Polastrone gesehen hat, flehte er innerlich, dann legte er auf. »Arthur de Polastrone wird vermisst.«

Claude vermied jeden Augenkontakt, er schien abwesend zu sein, fast unbeteiligt.

»Wie bist du mit ihm verblieben?«

Claudes Gesicht blieb noch immer unbeweglich, als er wie in Gedanken sprach: »Er wollte mir heute einen so tiefen Einblick in die Tradition der Küchengeschichte geben, wie es angeblich nur wenigen Köchen vor mir erlaubt war. Er hat mir eine Adresse genannt, da sollte ich hinkommen, da wollte er mit mir sprechen, aber das werde ich in keinem Fall tun.« Er wühlte in seiner Hosentasche, zog sein Handy heraus und öffnete Google Maps. Ein roter Punkt inmitten von Bergen.

»Eine richtige Adresse ist das nicht, es sind nur Koordinaten«, stellte Pascal fest.

»Ich fahre da nicht hin. Ich will zurück, weg von diesem Horror. Wie gesagt, ich werde ihn niemals wiedersehen, und das ist gut so.«

»Lass mich das machen. Leite mir die Koordinaten weiter und gib mir zwei Stunden.«

Claude nickte, dann sah er wieder abwesend aus dem Fenster.

13

Das einzige Taxi im Ort sollte in dreißig Minuten am Hotel
sein, hatte man Pascal an der Rezeption verkündet. Stolz, dass
es überhaupt eines gab.

Es waren bereits siebenundzwanzig Grad. Pascal war froh,
einen Platz im Schatten auf einer Bank vor dem Hotel gefunden zu haben. Die Landschaft vor ihm ein Gemälde. Er hörte
das Summen der Bienen, roch den Lavendel, der in diesen
Wochen die Provence veränderte. Die ganze Landschaft lag
unter der lilafarbenen Decke, die sich, so weit das Auge reichte,
über die Hügel erstreckte und sie in dieses eine besondere,
klare Licht tauchte, das es nur hier gab. Als setze man nach
Jahren, in denen man nicht gespürt hatte, wie blind man gewesen war, eine Brille auf und sehe das erste Mal klar.

Pascal atmete tief ein. Was für ein Glück, in diesem Paradies
zu sitzen, dachte er. Gott oder wer auch immer dafür verantwortlich gewesen war, hatte einen verdammt guten Tag gehabt,
als er die Provence erschaffen hatte. Mit Schauer dachte Pascal
an die engen Straßen von Paris zurück, an den Geruch des
nicht abtransportierten Mülls, wenn der öffentliche Dienst
gestreikt hatte. An die ständige Angespanntheit, besonders
nach den Terroranschlägen. Nicht zu vergessen der Druck
der Verantwortung, der auf ihm gelastet hatte.

Das Motorengeräusch des Taxis brachte Pascal zurück
in die Gegenwart, in der sich der Renault den Berg hinauf-
quälte.

Der Taxifahrer war bester Laune. Der Tag nach einem Treffen vom Ausmaß der Veranstaltung in der Rotonde, an dem
er den Bestellungen kaum nachkommen konnte, war wie ein
vorgezogenes Weihnachtsfest.

Pascal zeigte dem Mann die Koordinaten auf seinem Handy.

Der Fahrer zog die Augenbrauen hoch, hielt das Display
dichter unter die Nase, als wolle er sich vergewissern, dass die

Angaben wirklich stimmten, und fragte dann verständnislos: »Da wollen Sie hin? Das war mal Sperrgebiet.«

»Sperrgebiet?«, wiederholte Pascal.

»Oui, Monsieur, in den siebziger und achtziger Jahren.«

»Warum? Wenn ich es richtig sehe, liegt es inmitten der Lavendelfelder. Warum sollte es Sperrgebiet gewesen sein?«

»Ich kann Sie in die Nähe fahren, war da ewig nicht, mal schauen, wie weit wir kommen. Da will sonst niemand hin«, sagte der Taxifahrer, wendete den Wagen und fuhr den Berg wieder hinunter. Eine Staubwolke verschleierte den Blick zurück auf das Hotel. Die tagelange Trockenheit hatte der Natur zugesetzt.

»Wissen Sie, warum es einst ein Sperrgebiet war?«

»Natürlich kann ich Ihnen das sagen, Monsieur. Jeder hier in der Nähe kann Ihnen diese Frage beantworten. Wissen Sie, wie viele Menschen im Département Alpes-de-Haute-Provence leben?«

»Non«, antwortete Pascal. Der Mann machte die Geschichte spannend, das musste er ihm lassen. Vielleicht war er früher einmal ein Film- oder Literaturstudent gewesen, hatte aus Geldsorgen das Taxifahren begonnen und war dann irgendwann hängen geblieben, wie so viele. Geschichten konnte man auch im Taxi genug hören und erzählen.

»Es sind hundertneununddreißigtausend Menschen. Im Sommer, wenn die Touristen kommen, etwa doppelt so viele, aber die kommen nur zum Trinken, Essen und Spazierengehen. Sie interessieren sich nicht für uns Einwohner. Jedenfalls sind wir nicht viele, und wo wenig Menschen leben, gibt es auch wenige Proteste. Und so hatten wir damals zu Zeiten von Charles de Gaulle keine Chance. Er hat auf dem Plateau d'Albion die einzigen Atomraketen errichtet, die nicht auf dem Wasser stationiert wurden. Achtzehn Stück.« Der Taxifahrer gestikulierte wild. Als könnte er es selbst nicht fassen.

Pascal war schon oft aufgefallen, wie die Südfranzosen ihre Hände und Arme einsetzten, um ihren Worten mehr Gewicht zu verleihen.

»Umgeben von Lavendelfeldern waren hier in mehreren Katakomben achtzehn Atomraketen Richtung Moskau stationiert«, erklärte der Taxifahrer, dabei ließ er seine Hände für einen Moment auf dem Lenkrad ruhen. Er machte eine Kunstpause. Während er den Abhang hinunter ins Tal fuhr, drehte er sich zu Pascal um, so lange, dass der ihm am liebsten sofort befohlen hätte, wieder auf die Straße zu sehen. »Und da wollen Sie hin?«

Pascal nickte, ihm blieb nichts anderes übrig.

Als eine Herde Schafe vor ihnen die Straße überquerte, riss er entsetzt die Augen auf. Der Taxifahrer sah wieder nach vorn und brachte mit einer scharfen Bremsung das Taxi zum Stehen. Als er sah, wie viele Schafe es waren, und dazu das Gesicht des kopfschüttelnden Schäfers, der sich mitten auf die Straße gestellt hatte, schaltete er den Motor ab und drehte sich wieder zu seinem Gast um.

»Danke, Chirac, kann man nur sagen. Er hat die Atomraketen 1996 abgebaut. 1999 wurde die letzte verschrottet, und die Schächte stehen seitdem leer. Wenigstens für einige Zeit. Die Soldaten sind aus der Gegend abgezogen, und wir waren wieder unter uns, zumindest bis die Fremdenlegion hier stationiert wurde. Das hat vor allem den Grünen, den ganzen Umweltaktivisten in dieser Gegend, nicht gefallen. Mir ist es egal, auch das sind Kunden.«

Er sah belustigt auf die Schafherde, deren Ende auch von Pascals Sitz aus nicht absehbar war. Pascal registrierte, wie das Taxameter weiterlief.

»Verstehen Sie, Monsieur? Aber was wollen Sie dort? Das Gelände ist, soweit ich weiß, verwaist, umgeben von einem Zaun. Es ist unterirdisch, man sieht nur ein Gebäude überirdisch, sozusagen den Einstieg, aber niemand kommt da so einfach rein. Ich glaube, die Hallen, in denen einst die Raketen standen, sind abgerissen, ich weiß nur von einigen wenigen, die es wohl noch geben soll. Irgendein Labor soll sich da unten befinden, Genaues weiß ich aber auch nicht. Wissenschaftler wollten die Stille erforschen. Ich meine, gucken Sie sich das an.«

Er beobachtete die Schafe, die sich noch immer blökend über die Straße schoben und ins Auto glotzten. Sie hatten alle Zeit der Welt. »Still ist es hier oben auch. Also, wollen Sie dorthin?«

»Ja, leider, Monsieur. Es lässt sich nicht ändern.«

»Geben Sie mir noch einmal Ihr Handy«, bat der Taxifahrer.

»Sie können es auch bei sich behalten.«

Wieder lächelte der Fahrer. »Nicht nötig, es gibt ja nur diese eine Straße dort hinauf. Ich war hier ewig nicht, weiß gar nicht, was die da oben gebaut haben könnten, bin jetzt selbst gespannt, wollte nur noch mal sichergehen. Ja, ja, als Taxifahrer kommt man rum.«

Die Schafe waren inzwischen stehen geblieben. Das Taxi hatte ihr Interesse geweckt. Der Schäfer sprach mit seinem Hund, der von hinten versuchte, die Tiere anzutreiben. Er biss dem langsamsten sanft in das Hinterbein, bis es ein paar unmotivierte Sprünge nach vorn wagte, die Augen vor Schreck aufgerissen, und gegen das Hinterteil des Schafes vor sich prallte.

Durch die Herde ging ein Ruck, endlich Bewegung, und nach endlos erscheinenden Minuten war die Straße wieder frei. Keine Entschuldigung des Schäfers, kein Blick zurück. Hier oben ging die Natur vor.

Kurze Zeit später verließ der Taxifahrer die D 179 in Richtung Saint-Saturnin-lès-Apt. Nach einigen Kilometern nahm er eine kleine Straße. »D 34«, stand auf dem gelben Schild, das wie üblich über dem Richtungsschild angebracht worden war.

Viele Serpentinen lagen vor ihnen, viele Windungen, immer bergauf, vorbei an Eichenhainen. Die Landschaft rechts und links der Straße wurde karger.

Pascal drehte sich auf der Rückbank um. Hinter ihnen lag das Colorado von Rustrel, er sah das Luberon-Gebirge in all seiner Schönheit mit den weißen Kalksteinfelsen und die Ebene des Calavon, überall blühende Lavendelfelder. Die alten Wegsteine am Rand der Straße zeigten, dass sie immer weiter hinaufstiegen.

Außer dem Motorengeräusch war im Wageninneren nichts mehr zu hören, sie sprachen kein Wort, auch das Radio war ausgeschaltet. Hier in den Bergen gab es vermutlich ohnehin keinen Empfang, für wen auch?

Der Wald hatte sich inzwischen fast komplett zurückgezogen, machte Platz für das Licht und gab den Blick frei auf Lagarde-d'Apt, ein scheinbar ausgestorbenes Dörfchen, in dem keine Menschen zu sehen waren. Tausendeinhundert Meter Höhe, hatte auf dem letzten Stein am Straßenrand gestanden, den Pascal registriert hatte. Ein paar Häuser, eine Telefonzelle – wie aus der Zeit gefallen lag der Ort da. Sogar Touristen, meist Deutsche, die in den Sommermonaten in der Provence keine Ecke unerforscht ließen, hätten sich hier gelangweilt.

»Ich will nicht neugierig sein«, sagte der Taxifahrer, während sie weiter der Straße folgten, die jetzt nur noch geradeaus verlief. »Aber was um Herrgotts willen wollen Sie hier oben?«

Pascal schwieg. Ihre Blicke trafen sich im Rückspiegel. Nichts deutete darauf hin, dass er ein Gendarm war, sonst wäre ihm diese Frage sicher nicht gestellt worden. Mit seinem weißen Hemd, den aufgekrempelten Ärmeln, der Sonnenbrille in der Brusttasche und seiner inzwischen gebräunten Haut ging er als Tourist durch. Vielleicht als einer der ganz wenigen, die sich für die Landschaft hier oben interessierten.

Die Straße wurde breiter, absurd breit, denn es war kein weiteres Auto zu sehen. Zäune säumten den Weg, die guten Jahre längst hinter sich gelassen, sich ihres Zwecks nicht mehr sicher. Sie waren Opfer ihrer Zeit geworden, Zeugen der Epoche des Kalten Krieges.

Schon weiter unten am Berg hatte Pascal die Betonsilos bemerkt, auf denen Nummern gestanden hatten. Bislang hatte er ihnen keine besondere Beachtung geschenkt, doch jetzt, da es immer mehr von ihnen gab, waren sie unübersehbar. Neben den Silos führten kleine Feldwege den Hang hinunter. Wie Fremdkörper wirkten die Steinplatten inmitten der Natur. Pascal konnte sich nicht gegen die Vorstellung wehren, dass sich die Luken der Atomraketen aufschoben und die Raketen über das Tal flogen, immer in Richtung Moskau, um die Welt für immer aus ihrer Ordnung zu reißen.

Auf der linken Seite ging der Zaun ein Stück weit ins Gelände hinein, bildete eine Einbuchtung. Pascals Handy machte sie darauf aufmerksam, dass sie ihr Ziel erreicht hatten.

Der Taxifahrer schaute in den Rückspiegel, stoppte schließlich das Auto und sagte: »Hier ist Ihre Verabredung.«

Pascal meinte, eine Spur von Spott in seiner Stimme zu erkennen. Das Taxameter zeigte inzwischen fünfzig Euro an, die Stimmung war gut, zumindest hinter dem Lenkrad.

Der Zaun wurde einige Meter weiter von einem großen weißen Rolltor unterbrochen. Rostflecken waren darauf zu sehen, auch hier hatten die Jahre ihre Narben im Eisen hinterlassen. Als zusätzliche Sicherung war das Gelände mit einem Stacheldraht versehen worden. Ein Schild am Eingang mit der Aufschrift »Observatoire Astronomique Sirene« deutete darauf hin, dass hier oben, scheinbar am Ende der Welt, eine Sternwarte erbaut worden war.

»Würden Sie bitte hier warten?«, bat Pascal den Fahrer, während er die Tür öffnete. Ein leichter Wind wehte, es musste einige Grad kälter sein als unten in Simiane.

Das Tor stand offen, eine extrabreite Steinstraße, über die ohne Probleme auch Panzer hätten rollen können, führte ein kleines Stück auf das letzte Hochplateau hinauf. Die Aussicht über das Tal auf die Gebirgskette auf der anderen Seite, im Dunst nicht komplett erkennbar, ließ Pascal einen Augenblick innehalten.

Auf das, was er sah, war er allerdings nicht gefasst.

Auf dem gesamten Gelände der Sternwarte standen Ledersofas, Sessel und Stühle verteilt. Wie eine Installation waren die Plätze angeordnet. Kleine weiße Container mit runden Kuppeln standen auf Schienen in der Landschaft, über die teilweise Unkraut gewachsen war, sodass sie nicht überall erkennbar waren. Daneben elektronische Geräte, Ferngläser, Observationsgeräte oder kleine Maschinen, die an Bohrer erinnerten.

Der Ort sah aus, als hätte hier vor wenigen Minuten noch das Leben getobt, als hätten hier Menschen gearbeitet, geforscht, irgendetwas hergestellt. Vielleicht hatten sie sich in die Container zurückgezogen.

Steinplattenwege führten durch diese bizarre Landschaft. Überall standen Klappstühle herum, in unterschiedlichen Richtungen aufgestellt, mal mit Blick auf das Tal, mal auf die Anlage.

Das Chaos der Anordnung. Eine Idee war für Pascal dahinter nicht zu erkennen, es gab keine Rückschlüsse zu ziehen.

Er trat einen Schritt zurück, drehte sich inmitten des Panoramas. Dabei stieß er an einen kleinen Tritt, der neben einem bohrerähnlichen Instrument stand und auch auf den zweiten und dritten Blick keinen Sinn ergab.

Am Rande des Geländes stand ein einstöckiges Gebäude, wie man es aus dem ehemaligen Ostblock kannte. Vergitterte Fenster, Glasbausteine, niemand würde herauskommen können, wenn es der Inhaber darauf anlegen würde.

Pascal bemerkte an allen Enden der Wege, die durch die Anlage führten, kleine rote Blinklichter, die am Boden standen, Lichter, wie sie auf Feuerwehrfahrzeugen eingesetzt wurden.

Doch die gesamte Szenerie wäre nicht so unwirklich gewesen, wäre er Menschen begegnet. Er rief in die Landschaft, wartete auf eine Antwort, in dem Gefühl, dass es sinnlos war. Erst allgemein: »Bonjour!« Dann gezielt: »Monsieur de Polastrone? Monsieur de Polastrone, sind Sie hier?«

Er war nicht überrascht, nichts zu hören. Kein Auto stand vor dem lang gezogenen Gebäude. Nur eine auffällig hohe Antenne ragte in den wolkenlosen Himmel. Dahinter stand ein kreisrundes rotes Zelt. Der einzige Farbtupfer in dieser Unwirklichkeit.

Pascal betrachtete zwei Sofas, die über Eck um einen großen Couchtisch gestellt worden waren, auf dem Aschenbecher standen. Ein Wohnzimmer im Freien, als hätte man das Haus in die Höhe gerissen, einfach abgebaut.

Ein kleiner Pfad führte von dem Steinweg zum Eingang des Zeltes, das einladend offen stand. Langsam ging Pascal darauf zu, trat ein und war überrascht, eine junge Frau hinter einer Ladentheke sitzen zu sehen. Sie spielte irgendein Spiel auf ihrem Handy, als Pascal an den kreuz und quer im Zelt aufgestellten Regalen vorbei zu ihr an die Theke trat.

»Was kann ich für Sie tun, Monsieur?«

Pascal hatte das Gefühl, in einem Astronomie-Geschäft zu stehen, einer Art Souvenirladen am Ausgang einer Attraktion, in dem es Andenken zum Mitnehmen gab. Hier wurde die Gunst der Stunde der Euphorie genutzt. Gerade hatten die Besucher etwas Erstaunliches gesehen und erlebt. Jetzt waren sie zum Andenkenkauf bereit, wollten sich ein Denkmal in ihrem Zuhause schaffen.

Das Prinzip ist immer das gleiche und funktioniert auf der ganzen Welt, dachte Pascal.

Große Bilder mit Galaxien, Sonne, Mond und Sternen schmückten die Wände in dem runden Zelt. In den Regalen Tassen, T-Shirts mit dem Logo des Observatoriums, Kartenspiele, kleine Ferngläser und sogar Anspitzer. Kein besonders ungewöhnlicher Anblick, wäre da nicht diese Lage im Nichts gewesen.

»Madame, was ist das hier für ein Observatorium?«

»Wir betreiben das ›Observatoire Astronomique Sirene‹. Sie können bei uns lehrreiche und spannende Abende erleben, an denen wir mit Ihnen gemeinsam durch die Galaxien reisen. Verborgene Welten eben.«

Erst jetzt legte die Frau ihr Handy auf die Ladentheke. Sie begann, sich für Pascal zu interessieren, vielleicht war er der erste Mensch, der hier einfach so herkam, um Fragen wie diese zu stellen. Sie holte eine kleine Faltbroschüre hervor und hielt sie umständlich über die Theke. »Sie können das alles bei uns buchen. Schauen Sie. Touren durch das Universum, fremde Galaxien ganz nahe, es gibt auch kleine Musikfestivals oder unsere Nacht-Picknicke im Freien unter dem Sternenhimmel. Sehr romantisch ist das, und etwas zu kiffen haben wir auch immer.«

Was die fehlende Polizeiuniform doch zwischenmenschlich so anstellen kann, dachte Pascal.

Die Frau strich ihre langen schwarzen Haare aus dem Gesicht, sodass sie über ihre Schultern fielen. Sie trug ein lilafarbenes T-Shirt mit dem Logo des »Observatoire Astronomique«. Am Armgelenk eine riesige Uhr mit schwarzem Display, mehr ein Sportutensil mit Körperüberwachung. »Wollen Sie morgen zu uns kommen? Es gibt noch Plätze. Morgen haben wir das Nacht-Picknick auf dem Programm.«

»Vielleicht spontan«, sagte Pascal. »Was ist heute für eine Veranstaltung?«

»Keine.« Die Frau zog einen Schmollmund.

Pascal schätzte sie auf Mitte zwanzig. Wahrscheinlich war dieser Job am Ende der Welt eine Art Nebenbeschäftigung für Studenten, die es gern ruhig hatten und keine beschwerliche Anreise fürchteten.

»Ich bin nur hier wegen des Feuers.«

Pascal zog die Augenbrauen hoch. »Wegen des Feuers?« Er kannte die Bestimmungen, wusste, wie trocken es war, wie verantwortungslos ein Feuer zu dieser Jahreszeit war. »Feuer?«, setzte er noch einmal mit Nachdruck hinzu.

»Keine Sorge.« Ihre Augen sagten: du Spießer. »Es ist alles unter Kontrolle.« Pascal schien sie zu langweilen. In ihren Augen würde er sicher keine Veranstaltung buchen. Sie griff wieder zu ihrem Handy und ließ es kurz aufleuchten. Könnte ja sein, dass in den letzten sechzig Sekunden neue Nachrichten eingetroffen waren, die sie sofort beantworten musste.

»Warum ein Feuer zu dieser Jahreszeit?« Pascal bemerkte, wie Nervosität in ihm aufstieg. Immerhin waren das genau die Dinge, denen er als Dorfgendarm nachgehen sollte. Ein Feuer, das musste verhindert werden, aber das Schicksal hatte ihm eine neue Aufgabe zugeteilt. Er sollte einen Mord aufklären, schon eine Leiche zu finden wäre ein Schritt nach vorn gewesen. Die Aufgabe der Police nationale an einen Gendarmen der Police municipale zu übergeben, die freundschaftlich verfeindet waren, war ungewöhnlich genug, wenn auch für Pascal spannender, als Menschen zu verbieten, Feuer anzuzünden, oder illegale Trüffelsucher zu stellen.

»Hinter dem Zelt haben wir ein kleines Feuer, vollkommen kontrolliert«, sagte die Frau und zuckte mit den Schultern.

»Sind Sie allein hier?«, fragte Pascal.

»Sehen Sie noch jemanden?«

Pascal schüttelte den Kopf.

»Das Feuer habe ich für diesen Typen angezündet, der sich hier am Tag verabredet hat, aber irgendwie nicht gekommen ist. Er hat echt gut gezahlt. Wir sind doch alle käuflich.« Erneut spielte sie mit ihrem Handy, um es gleich darauf ärgerlich auf den Verkaufstresen zu knallen. Sie war eines dieser Handymädchen, die mit dem Gerät verwachsen schienen. »Männer«, sagte sie. In ihren Augen lag Verachtung.

»Was war das für ein Mann, für den Sie das Feuer angezündet haben?«

»Sind Sie ein Flic oder was?«

Pascal zögerte. »Ja, Madame, das bin ich.« Er griff in seine Tasche und zog seinen Ausweis heraus.

Ob ich das Handymädchen damit wohl beeindrucken kann?, dachte er.

Tatsächlich veränderte sie ihre Körperhaltung, wie es viele Menschen tun, wenn sie zum ersten Mal vor einem Polizisten stehen, der offensichtlich mehr will, als nur ein Falschparker-Ticket zu überreichen. »Hören Sie, ich habe nichts getan!«

»Darum geht es mir nicht. Natürlich haben Sie. Sie dürfen hier kein Feuer machen. Erklären Sie mir also, warum. Was wollte der Mann von Ihnen? Wie sah er aus?«

»Dachte ich mir doch, dass mit Ihnen etwas nicht stimmt. Kommt hier einfach zu uns, mitten am Tag. Was soll das auch? Tagsüber kann man hier keine Sterne angucken.« Das Handymädchen kämpfte sich ihre Fassung zurück.

»Also …?«

»Gestern war der Typ hier. Mittelgroß, irgendwie ein arrogantes Auftreten, ziemlich blaue Augen. Hat sich von einem Chauffeur vorfahren lassen, irgend so ein Rolls-Royce oder so was war das, aus dem er ausstieg. Genau hiervor hat er geparkt. Bloß nicht ein paar Schritte gehen.« Sie sah auf ihre

Sportleruhr mit integriertem Schrittzähler, offenbar ein Reflex. »Ich müsste noch joggen gehen.«

»Wer sagt das?«

»Die Uhr!«

»Verstehe, aber bitte fahren Sie fort.«

»Ich fand, er hatte kalte Augen, irgendwie zu blau. Ich meine, ich bin hier oben allein, da kommt selten jemand und plötzlich jeden Tag einer. Ganz schön was los. Wobei Sie mir nicht so unsympathisch sind wie der Typ gestern.«

»Danke. Was wollte er von Ihnen?«

»Feuer. Er wollte Feuer. Ich meine, nicht für seine Zigarette.« Sie zögerte. »War übrigens nur ein Witz vorhin mit dem Kiffen.«

»Verstehe, schon klar, kein Problem.«

»Ich sollte Feuer anmachen. Um elf Uhr sollte es brennen. Um zwölf Uhr wollte er eigentlich hier sein. Ich sollte ihm einen Stuhl oder eines der Sofas ans Feuer stellen. Von was träumt der nachts? Ich allein und das Sofa? Wahrscheinlich hat er Gäste erwartet.«

»Wofür sind die Sofas denn da?«, fragte Pascal.

»Für die Leute, ist doch klar.«

»Und haben Sie hier immer Feuer an?«

»Manchmal. Ist ja auch romantisch mit den Sternen und so. Aber hören Sie, Gendarm, das Feuer ist klein, und es ist gesichert, wir haben eine Menge Steine drumherum gelegt. Was man hier eben alles so machen muss.« Das Handymädchen kontrollierte wie nebenbei ihre Fingernägel. »Und dann ist er nicht gekommen. Und jetzt glimmt das Feuer da vor sich hin.«

»Wo ganz genau?«

»Hinter dem Zelt.«

Pascal trat ein paar Schritte zurück und bemerkte, dass sich das Handymädchen nicht rührte, ihn einfach gehen ließ. Als er gerade im Begriff war, das Zelt zu verlassen, zurück in die Mittagssonne zu treten, um das Feuer zu begutachten, hörte er ein Auto vorfahren.

Seine Jahre in Paris hatten ihn gelehrt, Autos am Motorengeräusch zu erkennen, zumindest die Größe. Alexandre hatte oft mit ihm gewettet. Manchmal ging es sogar um kleine Geldbeträge oder auch um ein Feierabendbier.

Er rechnete mit Arthur de Polastrone, aber der Motor klang zu klein für eine Rolls-Royce-Limousine. Er blieb noch eine Weile hinter der Zeltwand stehen, während er den Blick des Handymädchens hinter dem Tresen im Nacken spürte. Beschwichtigend hob er die Hand.

»Geht es hier gleich los oder was? Ziehen Sie jetzt gleich Ihre Knarre?«, fragte sie.

»Hier geht gar nichts los«, beruhigte Pascal sie. Dann trat er hinter der roten Zeltwand hervor. Er roch das Plastik, das sich in der Sonne erwärmt hatte.

Draußen kam ein Mann mit eiligem Schritt auf das Zelt zu. Er schien Pascal nicht zu bemerken. Er trug Freizeitkleidung, eine beige Stoffhose, Turnschuhe, Polohemd und darüber ein passendes beiges Sakko. Auf der Nase eine Sonnenbrille.

Pascal ging im Kopf in rasender Geschwindigkeit alle Gäste des Abends durch, die in den dunklen Nischen gehockt und Biber und Singvögel gegessen hatten. Doch es war zu dunkel gewesen. Ganz gegen seine Gewohnheit hatte er es im Verlauf des Abends aufgegeben, sich die Gesichter merken. Er hatte nach anderen Möglichkeiten der Identifizierung gesucht, hatte auf besondere Gesten, Mimik gewartet oder versucht, sich den Gang der Gäste einzuprägen, wenn sie kurz ihren Platz verlassen hatten. Das alles war nicht wirklich ergiebig gewesen, denn kaum einer war aufgestanden. Arthur de Polastrone hatte sie so in seinen fanatischen Bann gezogen, dass sie alles um sich herum vergessen und mit gespannten Gesichtern, gezückten Gabeln und Messern auf das gewartet hatten, was vor ihnen an Gerichten drapiert wurde.

Der Mann schien sich nicht für die ungewöhnliche Anordnung der Möbel auf dem Hochplateau zu interessieren. Als er schließlich am Zelt angekommen war, trat Pascal aus dem Schatten des Eingangs und begrüßte ihn.

»Guten Tag, ich möchte zu Arthur de Polastrone«, sagte der Mann mit tiefer Stimme, die eine gewisse Überlegenheit ausstrahlte. Wie bei jemandem, der wusste, was er wollte, wie einer, der es gewohnt war, Dinge auszusprechen, und darauf zählte, dass sie passierten. Sicher war er einer der Köche, die gestern geladen gewesen waren.

»Er ist nicht hier«, entgegnete Pascal.

»Und wer sind Sie?«

»Pascal Chevrier. Chef de police aus Lucasson.«

»Die Polizei?«, sagte der Mann ungläubig. »Warum?«

»Arthur de Polastrone wird seit heute Morgen vermisst. Wer sind Sie?«

»Bertrand Tellier aus Ménerbes.«

»Ihnen gehört das ›Bistro le 6‹«, stellte Pascal fest.

»Sie kennen es?«

»Ich habe bereits mit Ihrem Barkeeper gesprochen.«

Bertrand Tellier musterte Pascal interessiert, doch seine dunkle Ray-Ban-Sonnenbrille ließ er auf der Nase, er beugte nur seinen Körper ein Stück vor.

»Kommen Sie, Monsieur Tellier, setzen wir uns«, schlug Pascal vor. »Ich habe ein paar Fragen an Sie.«

Halbherzig folgte der Mann ihm.

Wer hätte beim ersten Anblick der Sofaecke im Freien geglaubt, dass sie einen gewissen Nutzen für Pascal haben würde? Als befänden sie sich in seinem eigenen Wohnzimmer, bot er Bertrand Tellier einen Platz an, sich plötzlich klar werdend, dass dies der ungewöhnlichste Ort für eine Vernehmung in seiner Laufbahn sein dürfte.

Bertrand Tellier setzte sich unbeeindruckt auf das Sofa, schlug die Beine übereinander und wartete auf Pascals Fragen, als wäre er nicht zum ersten Mal auf der Sternwarte.

»Monsieur Tellier, wie lange gehören Sie bereits der ›Confrérie des Cuisiniers du Feu‹ an?«

Tellier zögerte. »Seit ein paar Jahren«, sagte er schließlich. »Aber ich habe nichts Verbotenes getan«, fügte er schnell hinzu. Seine Stimme blieb fest. Lediglich sein Körper verriet

Unruhe. Er wechselte die Position, schlug das andere Bein nach oben, dann legte er seine Hände in den Schoß.

»Was bedeutet das, Monsieur? Was wäre denn verboten Ihrer Ansicht nach?«

»Die Grenzen des Tierschutzes zu übertreten. Mit den Tierschützern haben wir auch so schon genug Scherereien.« Tellier rückte seine Brille zurecht, seine Nase begann zu glänzen, ein Schweißfilm legte sich über sein Gesicht. Es gab keinen schattigen Platz auf dem Gelände, nur hinter den weißen Containern.

Pascal vermutete, dass die Sofas ausschließlich abends oder nachts benutzt wurden. Er saß mit dem Rücken zur Sonne und beschloss, den Vorteil der Reflektion zu nutzen, die Unkenntlichkeit des Gesichts.

»Was für Scherereien haben Sie mit den Tierschützern?« Er stellte die Frage wie nebenbei, als wäre sie unbedeutend, versprach sich aber viel von der Antwort.

»Sie machen Stimmung gegen uns. Intolerantes Pack«, sagte Tellier. »Sie können nicht einsehen, dass es unterschiedliche Lebensentwürfe und Interessen gibt.«

»Kennen Sie die Tierschützer persönlich, mit denen Sie zu tun haben?«

»Sie geben sich nicht zu erkennen, tragen oft Masken, halten Plakate vor sich. Ich bin Koch, habe ein Restaurant, zu mir kann jeder kommen, man kann sehen, was ich tue, das unterscheidet uns. Wer mein Essen nicht will, kann wegbleiben. Die Tierschützer aber kommen trotzdem, um mir zu sagen, dass ich einer Organisation angehöre, die ihnen missfällt.«

»Und Sie haben kein Verständnis für die Ethik dieser Leute?« Pascal wollte sich ursprünglich nicht auf einen Meinungsaustausch mit Tellier einlassen, doch sein Interesse für seine Beweggründe war zu groß. Zudem hoffte er auf eine impulsive Antwort.

Er behielt recht. Bertrand Tellier nahm die Brille ab, kniff von der Sonne geblendet die Augen zusammen und blinzelte Pascal an. Schweiß perlte an seinen Schläfen. »Was bitte schön ist denn der Unterschied zwischen einem Biber in freier Wildbahn und einer Henne aus einer Legebatterie? Was ist denn, wenn mir Biber und Igel besser schmecken? Wenn sie mich beflügeln, neue Kreationen zu probieren, und sie mehr Kreativität von mir einfordern?« Er setzte die Brille wieder auf. »Sind diese Tierschützer Gott, die darüber entscheiden, welches Lebewesen über ein anderes gestellt wird?«

»Ich glaube nicht, dass es den Tierschützern um die einzelnen Kreaturen geht.« Pascal erinnerte sich an das Dessert, das er nicht hatte essen können. »Es geht ihnen vielmehr um das Fangen von Ortolanen und anderen Singvögeln, von denen es nicht mehr viele gibt und die dann von Ihrer Organisation gefangen und im Dunkeln gemästet und mit Alkohol getötet werden.«

»Es gibt Schlimmeres, als in Brandy ertränkt zu werden«, bemerkte Tellier trocken.

Pascal ließ die Worte für sich stehen. »Ihnen ist letzte Woche ein abgetrennter Finger geliefert worden.«

»Endlich kommen Sie zum Punkt.« In der dunklen Stimme Telliers lag Überlegenheit. »Wir haben den Vorfall gemeldet, wie Sie sicher mitbekommen haben.«

»Von wem könnte diese Lieferung stammen?«, fragte Pascal.

Bertrand Tellier zuckte mit den Schultern, es lag keine Gleichgültigkeit in der Geste, eher eine Art Ratlosigkeit. »Wenn ich das wüsste, Monsieur Gendarm, dann hätte ich eine Möglichkeit, unseren Ruf wiederherzustellen. Die Zeitung hat über den Fall berichtet, seitdem bleiben sogar Stammgäste weg.«

»Ein Punkt für die Tierschützer?«, fragte Pascal spitz.

»Auf welcher Seite stehen Sie eigentlich? Wollen Sie die Tierschützer decken und ein ehrbares Unternehmen ruinieren?« Jetzt kam Bewegung in Tellier. Er nahm ein Taschentuch und stand auf, während er sich den Schweiß von der Stirn tupfte.

An seiner Aussage war etwas dran, musste Pascal sich eingestehen, seine Provokation stieß auf fruchtbaren Boden. »So war es nicht gemeint, Monsieur Tellier. Ich gehe nur davon aus, dass die Tierschützer genau das erreichen wollten und es als einen Sieg betrachten, wenn weniger Menschen in ein Restaurant gehen, das Ihrer Gilde angehört.«

Er spürte, dass die Ereignisse des Abends in der Rotonde nicht spurlos an ihm vorübergegangen waren. Diese Vereinigung von Hardlinern der Küche, zu denen auch Bertrand Tellier gehörte, ließ ihn die Objektivität verlieren, er konnte seine eigenen Gefühle nicht unterdrücken. Er wusste um die Unprofessionalität, spürte aber, mit Monsieur Tellier einen Mann vor sich zu haben, der klug war.

Er entschied sich, den Vorfall aus einem anderen Blickwinkel zu betrachten, und hoffte, Tellier würde ihm folgen können.

»Haben Sie mal den Gedanken zugelassen, dass die Lieferung auch aus den eigenen Reihen gekommen sein könnte? Als Einschüchterung? Jetzt nur nicht schwach werden?«

In Telliers Augen lag Verunsicherung, aber auch der Wille, sich den Gedanken zu gestatten und ihm zu folgen.

»Ich meine nur, wenn sich der Streit der beiden verfeindeten Gruppen verschärfen würde, wenn es hart auf hart käme, wenn die Tierschützer die Menschen auf ihre Seite ziehen würden, wenn dadurch weniger Gäste kämen, wäre Ihnen dann am Ende des Tages die Gourmet-Gilde *so* wichtig? Könnten Sie sich so einen Imageschaden leisten?« Pascal hatte langsam gesprochen, als wären ihm die Gedanken erst eben gekommen.

Bertrand Tellier tupfte sich schweigend mit dem Taschentuch über die Stirn.

»Wie gut kennen Sie Arthur de Polastrone?«, fragte Pascal.

»Ich habe ihn mehrmals getroffen. Er war mal im Restaurant, wollte sich von meiner Küche überzeugen. Saß mitten im Raum, obwohl überall Tische frei waren, das tut sonst kein Gast. Komisch fand ich das.«

»Worum ging es in dem Gespräch?«

»Um die ›Confrérie des Cuisiniers du Feu‹, um die Zukunft. Wie viele Mitglieder es gibt, wie viele noch gebraucht werden, und dass ich Kollegen akquirieren könne, wenn ich hinter der Organisation stünde. Polastrone hat mich zu dem Treffen gestern eingeladen. Er wollte, dass ich noch ein paar weitere Kollegen mitbringe. Und er hat mich gewarnt, dass ich vorsichtig sein solle, nicht mit den falschen Leuten drüber reden und immer wachsam sein solle.«

»Und, das waren Sie?«

»Bien sûr«, sagte Tellier erstaunt. »Ich fand die Ansätze immer interessant.«

»Gab es einen Kollegen, der gestern zum ersten Mal dort war und den Sie eingeladen hatten?«

»Non, ich bin mit einem befreundeten Koch aus Bonnieux hingegangen.«

»Sie meinen Monsieur Martin?«

»Sie wissen eine Menge. Hat er auch einen Finger bekommen?«

Pascal nickte. »Oui, Monsieur, genau wie Sie. Die Frage ist also: Von wem er auch kam, was wollte der Absender Ihnen und Ihren Kollegen vermitteln? Gab es noch irgendeine Botschaft an Sie? Denken Sie genau nach.«

Langsam schüttelte Bertrand Tellier den Kopf.

»Die Frage, die mich beschäftigt, Monsieur Tellier, ist also: Was wollten Sie mit Monsieur de Polastrone hier oben besprechen?«

»Wollen Sie mich eigentlich kochen?«, fragte Tellier, der in der prallen Sonne vor sich hin schwitzte.

»Sie sind der Koch«, antwortete Pascal lächelnd.

»Lassen Sie uns in den Schatten gehen«, bat Bertrand Tellier, ohne auf die Bemerkung einzugehen, und erhob sich.

Pascal stand auf, auch er spürte, wie das Hemd an seinem Oberkörper klebte, wie sich Schweiß unter seiner Armbanduhr sammelte, ein Gefühl, das ihm zuwider war. Mit einer ruckartigen Bewegung zog er sie Richtung Handgelenk.

Tellier übernahm die Führung und versuchte, einen schattigen Platz hinter dem Zelt zu finden.

Schon aus einiger Entfernung konnte Pascal die verbrannten Äste riechen. Als sie sich der Feuerstelle näherten, goss das Handymädchen vom Tresen gerade einen Eimer Wasser über das Holz. Es zischte, kleine Rauchfahnen stiegen in den Himmel. Erst durch den Rauch wurde das Feuer erkennbar, so hell war es auf dem Hochplateau. In der einen Hand hielt sie den leeren Eimer, in der anderen eine Zigarette, die sie genau in dem Moment an den Mund führte, als die Männer zu ihr traten. Neugierig betrachtete sie ihr Werk.

»Mann«, sagte das Handymädchen, »wie viele Eimer Wasser soll ich denn da noch drübergießen, bis Sie zufrieden sind, Gendarm?«

»Das Feuer muss aus sein«, sagte Pascal bestimmt, während sie den leeren Eimer wie eine Handtasche am Henkel über dem Arm baumeln ließ und in Richtung Gebäude verschwand.

Neben der Feuerstelle standen zwei Klappstühle. Bertrand Tellier hatte sich bereits auf die Kante eines Stuhles gesetzt. Pascal nahm ihm gegenüber Platz.

»Wie lange gehören Sie der Organisation schon an?«, fragte er wieder.

»Seit genau fünf Jahren. Heute sollte ich etwas Besonderes erfahren. Ich sollte in eines der ganz großen Geheimnisse eingeführt werden. Ein Geheimnis, so alt wie die Gilde selbst. Ob wir über diesen Finger gesprochen hätten … Nun, ich weiß es nicht. Möglich. Möglich aber auch, dass Arthur de Polastrone davon gar nichts gewusst hat, denn wenn ich genau darüber nachdenke, würde ich die Lieferung des Fingers der Tierschutzorganisation AHF zurechnen. Sehen Sie, die Confrérie ist eine ehrbare Bruderschaft, der ich angehöre. Schwer vorstellbar, dass sie mir schaden wollen. Die Tierschützer aber sehr wohl.«

»Und Sie haben wirklich keine Ahnung, worüber Arthur de Polastrone mit Ihnen sprechen wollte? Um was es sich handeln könnte? Sie waren doch sicher neugierig, wollten nicht unvorbereitet in das Gespräch gehen.«

»Nur Gerüchte.« Bertrand Tellier atmete schwer aus.

Das Handymädchen kam mit einem vollen Wassereimer zurück. In einer abgehackten, wütenden Bewegung goss sie den Inhalt über die letzten glimmenden Äste. Wieder rauchte und zischte es.

»Das nächste Mal könnt ihr euren Scheiß allein machen«, schimpfte sie in den Rauch hinein und verschwand wieder im Zelt. Das Piepen ihres Handys war das Letzte, das von ihr zu hören war. Pascal vermutete, dass die ersehnte Nachricht eingetroffen, dass ihre Welt wieder in Ordnung war.

Die Unterbrechung hatte die Atmosphäre des Gesprächs aufgelockert. Die Männer lächelten amüsiert.

»Gerüchte?«, fragte Pascal, um den Faden wieder aufzunehmen.

»Ja.« Bertrand Tellier starrte in den Rauch. »Es soll hier in der Nähe etwas geben. Eine Art Schatz, wenn ich es mal wie ein großer Junge ausdrücken darf. Etwas, das nicht für die Öffentlichkeit bestimmt ist.«

Pascal rieb sich Rauch aus den Augen. Er erinnerte sich, dass sich Arthur de Polastrone auch Claude gegenüber so nebulös ausgedrückt hatte. Waren es alte Kochbücher, alte antiquarische Schriften oder Speisekarten? »Denken Sie nach, es könnte sehr wichtig sein. Hat die Gilde einen Besitz? Etwas, das es wert ist, zu verteidigen?«

Bertrand Tellier zuckte mit den Schultern.

»Haben Sie mal etwas von alten Schriften gehört?«

»Ich weiß es wirklich nicht, Monsieur«, sagte Tellier zögernd.

Pascal musste in den Buchladen, möglich, dass es dort eine Sammlung gab, die vielleicht gar nicht so unbekannt war.

»Ich möchte Sie ja unterstützen«, setzte Bertrand Tellier wieder ein, »ich weiß, dass wir im Recht sind, dass wir viele Menschen in den Restaurants glücklich machen können mit unserer traditionellen Art der Zubereitung. Ich weiß, dass es Künstler unter uns gibt, so wie Arthur de Polastrone es gestern ausgedrückt hat. Ich meine, kennen Sie diesen Drang nicht, etwas bis zur Perfektion zu treiben? Wo beginnt die Kunst? Erst wenn Sie die Ware bekommen? Oder schon wenn Sie die Möglichkeit haben, das zu beeinflussen, was Sie in die Küche geliefert bekommen?«

»Mit Ware meinen Sie die geschlachteten Tiere, Monsieur Tellier?«

»Geschlachtet oder nicht, das sei mal dahingestellt. Es geht nicht um Leben oder Tod, wenn am Ende ohnehin der Tod steht. Finden Sie nicht, Monsieur Chevrier? Finden Sie nicht, dass man dem Tod einen Sinn geben kann? Dass der Tod auch etwas Gutes bewirken kann? Warum sprechen die Menschen ständig davon, etwas zu hinterlassen? Tiere überlassen uns ihre Körper, um uns glücklich zu machen. Das ist doch weit mehr, als viele Menschen bereit sind, zu geben. Und dann dient das Tier dazu, uns eine angenehme Mittagsstunde oder einen guten Abend zu bereiten. Und wenn dieses Mahl so außergewöhnlich gut ist, dass man es Monate oder sogar Jahre nicht vergessen kann, dann schenkt uns das Tier doch etwas, das wir als Köche als das höchste Gut betrachten müssen. Was werden *Sie* eigentlich hinterlassen, wenn Sie gehen?«

Pascal schwieg, er wollte Telliers Denkweise begreifen, wollte versuchen zu verstehen, wie er funktionierte. In seiner Sichtweise auf die Dinge konnte man ihm nichts vorwerfen. Lediglich, dass er ethische Gesetze missachtete und genau diese Ethik der Allgemeinheit ignorierte. Wahrscheinlich konnte Tellier an seiner Sicht auf die Welt, auf die Tierhaltung, das Kochen und den Genuss nichts Verwerfliches entdecken. Die Grenzen der Ethik hatten sich bei ihm längst verschoben. Erst der Kontakt zur Polizei und der abgehackte Finger ließen ihn offenbar spüren, dass er sich auf dem engen Terrain der Moral bewegte und somit unterschiedlichen menschlichen Ansichten ausgeliefert war, die er bislang nie hinterfragt hatte.

»Also, Monsieur Chevrier, was wollen Sie hinterlassen? Ihr Körper scheidet aus. Das wäre gegen das Gesetz, es sei denn, Sie möchten Organspender werden, das wäre natürlich ein Dienst am Menschen, der alle Ehren wert ist. Eine Einmaligkeit, die uns von den Tieren unterscheidet, schon weil wir es aus freien Stücken tun, weil wir die Wahl haben.«

»Das Tier kann nicht entscheiden, auf welche Art und Weise es im Kochtopf landet.« Pascal war kein Vegetarier, dafür aß er zu gern und zu leidenschaftlich. Er kochte zu gern, aber er achtete auf die Herkunft der Zutaten. Er achtete darauf, keine Tiere aus Massentierhaltung zu kaufen. Er wollte glückliche Tiere essen, und das sagte er schließlich auch.

»Sie wollen glückliche Tiere essen?«, wiederholte Bertrand Tellier. »Nun, Glück ist relativ, finden Sie nicht? Gerade wenn Sie entscheiden, das Glück des Tieres dann zu beenden, wenn es so glücklich scheint, oder?« Er lehnte sich auf seinem Stuhl zurück, der im weichen Sand ein Stück zur Seite kippte. Schnell stand er auf und versuchte, die dünnen Beine des Klappstuhls auf einen festeren Untergrund zu stellen.

Pascal beobachtete ihn dabei. »Vielleicht ist alles an mir, das es lohnt zu erhalten, in meiner Tochter «, sagte er.

Tellier nickte. »Ja, Monsieur, vielleicht haben Sie recht. Wenn man es so essenziell betrachtet.«

In gewisser Weise genoss Pascal das Gespräch mit dem Koch aus Ménerbes. Seine Gedankengänge, ob er ihnen folgen wollte oder nicht, waren interessant. Er brachte Tellier sogar Sympathie entgegen, wollte aber den Faden nicht verlieren. »Ein Schatz also …«

»Wirklich, Monsieur, ich weiß nicht mehr.«

Pascal hatte das Gefühl, dass Tellier die Wahrheit sagte.

»Glauben Sie, dass Arthur de Polastrone noch kommen wird?«, fragte Tellier.

»Er wird nicht kommen, Monsieur. Vielleicht ist er gewarnt.«

»Wie immer verbreitet die Polizei Angst und Schrecken.« Bertrand Tellier lächelte ihn an. Pascal grinste zurück. »So bleibt mir ein unangenehmes Gespräch erspart.«

Pascal sah Tellier fragend an.

»Ich habe vor einiger Zeit beschlossen, aus der Bruderschaft auszusteigen. Wissen Sie, die Kunden verlangen immer mehr nach einer anderen, eher leichten Küche. Ich möchte die moderne Küche mit der traditionellen vermischen. Ich denke, das hätte Arthur de Polastrone nicht gefallen, also wäre ich ausgestiegen.«

»Und das wollten Sie ihm hier eröffnen?«

»Er wusste es bereits. Ich habe schon vor einigen Wochen einen Brief an ihn geschrieben. Daraufhin habe ich die Einladung hierher bekommen. Der Schatz sollte wohl dazu führen, dass ich meine Entscheidung überdenke.«

»Monsieur Tellier, das ist wichtig zu wissen. Ein wesentliches Detail. Können Sie mir noch mehr dazu sagen?«

»Das ist alles, Monsieur Chevrier. Ein langsamer Ausstieg. Ich weiß schon, dass Gourmet-Bruderschaften das nicht mögen, aber c'est la vie.« Er lachte. »Ist mein Leben, oder?«

Pascal nickte. Das letzte Detail würde ihn ein ganzes Stück weiterbringen, das wurde ihm jetzt klar. »Was wissen Sie über Ihren Freund, über Monsieur Martin? Wollte der auch aussteigen?«

»Ja, aus den gleichen Gründen. Die Bruderschaft ist anstrengend und redet uns Köchen zu viel rein. Martin wollte die Art von Gästen nicht mehr in seinem Restaurant haben, diese gelangweilten Schnösel mit ihrem Hang zur Perversion. Das hat auch die Stammgäste abgeschreckt, die zu diesen bewussten Abenden auch nie eingeladen wurden. Man musste Mitglied sein, um in den Genuss dieser Tiere zu kommen.« Noch während er sprach, erhob sich Tellier von dem viel zu kleinen Stuhl. Er setzte seine Sonnenbrille wieder auf und gab Pascal die Hand. »Ich werde dann mal.«

Die Männer sahen sich ein paar Sekunden an, dann ging Tellier zu seinem Renault Koleos.

Pascal erinnerte sich daran, dass es dort draußen vor dem Gelände einen Menschen gab, der auf ihn wartete. Der Taxifahrer. Er stand noch immer am selben Platz und hatte die Türen seines Wagens geöffnet. Er war eingeschlafen, wachte aber auf, als Pascal einen Schatten auf sein Gesicht warf.

Das Taxameter hatte die Zweihundert-Euro-Marke überschritten. Es würde schwer werden, die Rückzahlung bei Jean-Paul Betrix einzufordern.

»Bevor wir losfahren, Monsieur«, sagte Pascal, »habe ich eine Frage an Sie: Was tun *Sie*, wenn Sie wissen, dass Sie sterben werden? Was ist die Essenz *Ihres* Lebens? Was hinterlassen Sie?«

Der Taxifahrer überlegte, dann sagte er: »Ich glaube, ich lasse einfach mein Taxameter an.«

Nachdem Pascal auf der Rückbank Platz genommen hatte, kurbelte er das Fenster hinunter. Die Hitze im Auto war so drückend, dass er selbst die kurze Zeitspanne bis zum Wirken der Klimaanlage nicht ertragen wollte.

Der Taxifahrer rückte gerade seine Sonnenbrille zurecht und machte Anstalten, den Motor zu starten, als Pascal es roch.

Feuer.

Konnte es sein, dass der Geruch des erloschenen Feuers bei vollkommener Windstille bis zur Straße reichte?

Nein, das war unmöglich.

Hatte die Frau die Unverschämtheit besessen, ein neues Feuer zu entzünden, unmittelbar nachdem Pascal das Gelände verlassen hatte?

»Warten Sie, Monsieur«, wies er den Taxifahrer an, der sofort den Zündschlüssel losließ.

»Mit großem Vergnügen«, sagte er lächelnd.

»Erster Weihnachtstag.«

»Ja, das kann man so sagen.«

Pascal öffnete die Tür, stieg aus und ging um das Auto herum. Den Brandgeruch in der Nase, stieg Unwohlsein in ihm auf. Ein Feuer konnte bei dieser Hitze und Trockenheit schnell außer Kontrolle geraten. Offene Flammen konnten hier oben fatale Auswirkungen haben.

Er beschleunigte seinen Schritt, darauf vorbereitet, hinter dem Zelt brennende Bäume vorzufinden, so stark war inzwischen der Geruch geworden.

Im Laufschritt umrundete er das Zelt. Nichts. Keine Flammen, keine brennenden Bäume. Die Glut, neben der er gerade noch mit Bertrand Tellier gesessen hatte, war vollkommen erloschen. Sogar der Geruch war hier verschwunden.

Langsam wandte sich Pascal um und ging den Weg zurück, fast bis zum Tor. Hatten seine Sinne ihn getäuscht?

Doch der Brandgeruch kehrte zurück. Pascal blieb stehen, hielt seine Nase wie ein Hund in den Wind, drehte sich einmal um die eigene Achse. Der Geruch kam eindeutig von der anderen Seite des Geländes. Ein Weg führte am Zaun entlang, weg von der Sternwarte, ein Stück in den Wald hinein. Abseits der Anlage. Dort musste es einen zweiten Brandherd geben. Hätte der Wind nicht zugenommen, wäre ihm dieses zweite Gelände verborgen geblieben.

Pascal suchte weiter. Er entdeckte einen kleinen Weg, der neben dem Zaun durch ein Waldstück führte und ihm vorher gar nicht aufgefallen war. Unkraut verdeckte die abgetretenen Steine, doch daneben war der Sand aufgewühlt, als wäre etwas darübergezogen worden. Die Spuren waren frisch und führten immer weiter den Berg hinunter.

Der Brandgeruch war intensiver geworden, er erinnerte an Holzkohle, deren Glut weiß geworden war. Er ging durch das Waldstück, über eine Lichtung, hinein in den nächsten Wald, bis zur Feuerstelle über den Sandweg, immer den Spuren folgend, und entdeckte schließlich einen Grillplatz. Viel besser geschützt als der, an dem er eben noch gesessen hatte. Jemand hatte sich die Mühe gemacht, eine kleine Steinmauer zu errichten, sodass das Feuer vollkommen abgeschirmt war. Nur Funkenflug hätte eine Katastrophe verursachen können. Die Sternwarte war von hier aus nicht mehr zu sehen.

Erst als Pascal an die Mauer herangetreten war, konnte er den großen Lehmberg erkennen, der noch auf der vor sich hin glimmenden Glut lag. Es roch nach verbranntem Fleisch, beißend, schneidend.

Das kann nicht der Lehm sein, dachte Pascal und ging langsam um die Steine herum.

Gerade wollte er sich nach einem Stück Holz bücken, um damit den Lehmklumpen zu bewegen, als er zwei Forken entdeckte, die an einen Baum gelehnt standen. Er nahm eine davon und stach damit vorsichtig in den Lehm. Als sich nichts tat, stieß er kräftiger zu.

Die Forke verfing sich in der getrockneten Erde und riss

ein Stück davon heraus. Dampf entwich der geöffneten Stelle, ein strenger Geruch nach verbrannter Haut breitete sich aus, stinkender Bratendampf drang zischend heraus.

Pascal schob die Forke ein zweites Mal in den Lehm, der nach kurzer Zeit aufbrach, jetzt großflächiger. Der Dampf wurde stärker, auch der beißende Dunst nahm zu.

Pascal schob die Forke erneut durch das Loch und spürte einen Widerstand. Nicht besonders hart, sondern weich, nachgebend.

Seine Augen weiteten sich vor Entsetzen. Hektisch schob er die Forke seitlich unter den Lehm, sodass er das Weiche darunter nicht berührte, nicht weiter aufriss, doch das war nicht möglich. Der Lehm und die Haut hatten sich zu einer Masse vereinigt.

Es dauerte, bis Pascal realisierte, was er da gerade gefunden hatte. Sein Gehirn brauchte eine Weile, um die Grausamkeit zu erfassen, sie zu realisieren.

Er versuchte, den Körper mit der Forke aus der Glut zu ziehen, doch die Mauer um den Grillplatz war zu hoch. Er konnte nicht ansetzen, und je näher er dem Lehm kam, desto stärker wurde die Hitze. Er spürte sie in seinem Gesicht, dazu der unverkennbare Geruch nach verbrannter Haut, nach Haaren.

Ein nicht gekannter Schauer überlief Pascals Rücken, das Grauen packte ihn. Er schaffte es, den Lehmklumpen noch einmal zu drehen, sodass er so eng wie möglich an der Mauer lag, raus aus der Glut, weg von der Hitze.

Die Augen starr auf die braune Masse gerichtet, ein Würgen im Hals, die Atemwege blockiert, rief Pascal schließlich Unterstützung herbei, forderte die Spurensicherung an, um den Tatort untersuchen zu lassen, in dem Wissen, das Ergebnis zu kennen.

Arthur de Polastrone war gegrillt worden. Wie ein Igel.

14

»Claude ist zurück in Lucasson«, lautete die kurze Nachricht seiner Tochter Lillie.

Die SMS reichte ihm. Er schaltete das Handy wieder aus und steckte es in die Tasche. Lautlos, still, so wie er es am liebsten mochte, wenn er denken wollte.

Ungeachtet der Scherereien, die ihm seine Handy-Ignoranz schon eingebracht hatte, verfuhr er mit dem Gerät so, wie er es wollte, und nicht so, wie die Welt es von ihm erwartete. Handys waren für ihn ein Fluch und ein Segen zugleich, weil alle Welt davon ausging, dass man immer erreichbar war. Aber manchmal hemmte ihn der Umgang damit, auch wenn er es nicht mehr missen wollte.

Auf der Rückfahrt im Taxi gönnte er sich so eine Handy-Befreiung. Er hing seinen Gedanken nach, kramte in ihnen, erforschte die Hintergründe, holte sie nach vorn, sortierte, kalkulierte Wendungen ein. Jeder noch so absurde Weg wurde von ihm beschritten. Er ließ gern das Chaos in seiner Phantasie zu. Seine Ex-Frau hatte ihm oft vorgeworfen, er sei ein Träumer, manchmal weltfremd, irgendwie abgetaucht. Vielleicht hatte sie am Ende recht gehabt, aber Pascal konnte nichts Verwerfliches daran finden. Mit über vierzig Jahren hatte man sich gefunden, man wusste, wer man war. Man *fand*, man suchte nicht mehr. Pascal zog seine Kraft aus solchen Erkenntnissen.

Dieser Ort dort oben. Die Sternwarte. Was sollte die wirre Anordnung von Sesseln, Objekten, Blinklichtern und Tischen? Was hatte das mit einer Sternbeobachtung zu tun? Unterlagen sie am Ende einem System, das für Außenstehende nicht zu begreifen war? Folgte das Chaos einer Idee? Oder war es in Wahrheit nur eine Begegnungsstätte von Alt-Hippies, von Kiffern, die sich im Alter für Sterne interessierten? Was waren das sonst für Leute, die sich dort oben trafen? Oder gehörten sie alle der Bruderschaft an? Warum wollte sich Arthur de

Polastrone mit Tellier und Claude genau dort treffen? Ein Zufall?

Was würde die Spurensicherung finden, wenn sie das Gelände durchforstete? Vielleicht spielte die Sternwarte gar keine Rolle? Die Leiche von Arthur de Polastrone war viel weiter unten am Berg gefunden worden. Auch wenn Mörder und Opfer das Tor der Sternwarte passiert hatten, könnte der Tatort rein zufällig dort gewesen sein. Der Mörder profitierte möglicherweise nur von dem Zaun zur Straße, der ihn nicht so leicht auffindbar gemacht hatte. Die Sternwarte bot lediglich einen ruhigen, ausgestorbenen Ort, wenn dort keine Veranstaltung stattfand.

Und es gab diese Schleifspuren. War es *ein* Mörder? Oder vielleicht zwei? Eine ganze Gruppe? Eine Gruppierung?

Pascal würde ein zweites Mal dorthin müssen. Vielleicht nachts, wenn er in der Menge der Sternbeobachter untertauchen, sich absetzen, sich ein bisschen umschauen konnte im Schutz der Sterninteressierten. Sobald die Spurensicherung das Gelände wieder freigab. Vielleicht sogar zusammen mit Audrey? Möglich, dass sie sich für Astronomie interessierte. Trotz des überraschenden Outings am Abend in seinem Haus würde ihre Anziehungskraft, die sie auf ihn ausübte, ungebrochen bleiben, das wusste er, so weit kannte er sich. Eine Flucht aus diesem Gefühl, aus dieser eigentümlichen Energie, die Audrey in ihm auslöste, war nicht möglich.

»Es geht nicht um das Geschlecht«, hatte sie gesagt.

Seine Gedanken schweiften ab, und so hörte er den Taxifahrer nur aus dem Hintergrund. Was sagte er?

»Fünfhundertdreiundzwanzig Euro.« In all seiner Freundlichkeit rundete er den Betrag auf fünfhundert Euro ab. »Weil ich ein Teil dieses kleinen Abenteuers sein durfte. Ein Chauffeur wäre heute günstiger gewesen. – Und Sie, Monsieur, was möchten Sie hinterlassen?« Die zentrale Frage des Lebens kam genauso überraschend für Pascal wie vor einer Stunde für den Taxifahrer.

»Fünfhundertdreiundzwanzig Euro, also dreiundzwanzig

Euro Trinkgeld«, konterte Pascal und zog seine Kreditkarte aus dem Portemonnaie.

In der Hotellobby richtete man ihm aus, dass Claude sein Auto von der Rotonde zurück zum Hotel gefahren hatte. Pascal würde mit dem eigenen Wagen die Heimreise antreten können.

Er war also allein. Ein Luxus.

Selbst hier unten begegnete ihm kaum ein Auto. Er sah den Wegweiser nach Banon am Straßenrand. Nur ein paar Kilometer, ein Abstecher zu dem bekanntesten Buchladen in Südfrankreich. Außerdem wäre es ein Umweg, der sich aus rein kulinarischer Sicht lohnen würde. Der Käse aus Banon war in ganz Frankreich berühmt, und Pascal hatte eine alte Tradition, über die er ebenfalls vor wenigen Wochen ausgerechnet in der »Le Luberon« von Constantin Taron gelesen hatte. Er hatte ein Faible für Geschichten rund um Lebensmittel. Ihn interessierte, wie sie zu dem geworden waren, was sie waren.

Der Banon-Käse, erinnerte er sich, war aus einer Not heraus entstanden. Um den Bewohnern der Provence auch im Winter Eiweiß zur Verfügung zu stellen, hatten Hirten ihren Ziegenkäse in Kastanienblätter eingewickelt und ihn auf diese Weise für die kalte Jahreszeit konserviert. So schützten sie ihn gleichzeitig vor der erbarmungslosen Hitze in der Haute-Provence. Das funktionierte in der Geschichte der erfindungsreichen Südfranzosen aber nicht immer. Im Jahr 161 soll der römische Kaiser Antoninus Pius nach einer Überdosis an einer Magenverstimmung gestorben sein.

Pascal parkte seinen Renault Mégane auf dem kleinen Marktplatz mit dem Brunnen, an dem sich einige Touristen niedergelassen hatten, dem Plätschern lauschten und die Sonne genossen.

Direkt am Marktplatz befand sich der wohl bekannteste Laden für Banon-Käse. Die grüne Markise war weit über den Bürgersteig gezogen, kaum Licht fiel in das Geschäft, als Pascal eintrat. Der Geruch von Käse und Wurst stieg ihm in die Nase, sodass er sofort Appetit bekam. Es war eine gute Entscheidung gewesen, vor dem Buchladen das Delikatessengeschäft aufzusuchen.

Das laute Klingeln der Glocke an der Oberkante der Eingangstür weckte den Besitzer aus einem Zustand des Dahindösens. Pascal war versucht, sich zu entschuldigen, so sehr schreckte der Mann hoch, dann kaufte er zwei Banon-Käse. Auch vor den anderen Sorten musste er kapitulieren. Er nahm noch zwei weitere Bergkäse aus den umliegenden Molkereien der Haute-Provence mit. Käse, der nie importiert wurde, den es nur hier gab.

Für Pascal war es gerade nach dem Abend in der Rotonde genau das, was gute Nahrungsmittel ausmachte: die Lokalität und die Liebe der Erzeuger zu ihren Spezialitäten. Eine Wurst ließ er sich direkt in die Hand geben, er hatte Hunger.

Als er wieder in die Sonne zurücktrat, für ein paar Sekunden von dem Licht geblendet, schrieb er seiner Tochter Lillie eine SMS und lud sie und Claude am Abend zu einer typisch provenzalischen Käseplatte ein.

Die »Librairie Payette« lag nur ein paar Schritte um die Ecke. Sicher war er nicht der erste Kunde, der sich fragte, wie ein Buchhändler es in einem Ort mit eintausend Einwohnern schaffte, ein Geschäft von dieser Größe zu betreiben. Natürlich, er verkaufte eine Menge Bücher im Internet, aber ohne Laufkundschaft konnte auch das nicht funktionieren, fand Pascal.

Gespannt passierte er die beiden großen Holzbüchertürme am Eingang und tauchte in eine Welt von rund zweihunderttausend Büchern ein, bewegte sich durch die Nischen und Ecken der Genres, betrat immer neue Räume, erklomm über enge Wendeltreppen neue Bereiche mit Krimis, Comics, Kunstbänden, Kinderbüchern, Literatur und Sachbüchern. Im unteren Bereich des Geschäfts waren an vielen verschlossenen Türen Schilder mit den Worten »en privé« angebracht.

Am Ende eines der unteren Gänge befand sich ein kleiner Raum. »Livres de cuisine«, stand dort geschrieben. Pascal schnalzte, als er das Regal betrachtete. Kochbücher waren seine Leidenschaft. Er hatte sie in Paris schon gesammelt, mit ihnen geübt und interessierte sich vor allem für die Werke, die es wagten, die eingefahrenen Wege zu verlassen und Mut in der Zusammenstellung der Speisen zu beweisen.

Und hier gab nun tatsächlich einen ganzen Raum voller Raritäten. Was waren das für Kochbücher, die sich in den alten Holzregalen drängten, sogar in zwei Reihen standen? Waren sie ein Teil der Sammlung, die der Gilde gehörte?

Pascal entdeckte ein Regal mit sehr alten, teilweise zusammengeklebten Büchern. Ein Antiquariat, das weit zurückreichte. In einem abgeschlossenen Glasschrank daneben waren besonders seltene Exemplare ausgestellt. Bücher, von denen Pascal gar nicht gewusst hatte, dass sie noch in Umlauf waren. In ganz Paris, dessen war er sich sicher, gab es sie seit Jahrzehnten nicht mehr. Zu häufig hatte er vor schulterzuckenden Buchhändlern gestanden, die meisten von ihnen hatten noch nie etwas von dem Verfasser gehört.

Ein Schild wies darauf hin, dass es noch weitere Exemplare auf Anfrage gab.

Eine Ausgabe des legendären Kochbuchs von Marie-Antoine Carême fiel Pascal auf. Eines besaß er schon, dieses zweite große Werk in Carêmes Karriere, »L'art de la cuisine française«, in dem auch die Lebensgeschichte Carêmes aufgeschrieben war, nicht. Der Koch als Künstler. Das waren die Menschen, die Arthur de Polastrone gemeint hatte.

Das Buch war preislich nicht ausgezeichnet. Vielleicht war es sogar unverkäuflich. Der Wert bestand allein schon darin, es einmal aus nächster Nähe betrachten zu können.

Weitere Kochbücher waren ebenfalls ausgestellt. Sogar das Licht in dem kleinen Glasschrank war gedimmt, so wie man es sonst nur von wertvollen Gemälden kannte.

Pascal stand gebannt vor dem Schrank, sodass er den Mann zunächst nicht bemerkte, der sich lautlos neben ihn gestellt hatte. Ein eigentümlicher, leicht süßlicher, antiquarischer Geruch wie von alten Büchern ging von ihm aus. Sein Körper vergilbt, wie jahrhundertealtes Papier, so roch seine Haut.

»Sie interessieren sich für alte Kochbücher?«, fragte er mit leiser, brüchiger Stimme, wie jemand, der lange nicht gesprochen hatte.

Es war für Pascal schwer, auszumachen, ob er einen Angestellten oder einen anderen Bücherjäger vor sich hatte, von denen es hier viele gab. Sammler aus dem ganzen Land kamen in die »Librairie Payette«.

»Ja, Monsieur, ich interessiere mich dafür, ich befürchte nur, sie sind unerschwinglich.«

»Diese Bücher in jedem Fall«, sagte der Mann, »sie sind auch nicht verkäuflich. Sie haben einen Wert, der Ihre Vorstellungen übersteigen dürfte. Das Glas ist übrigens Panzerglas. Sehen Sie die feinen Drähte über der Tür? Das ist eine Alarmanlage. Möglich sogar, dass die Fläche von innen mit Lasertechnik ausgestattet ist. Pffft! – und die Hand ist ab, wenn Sie da hineingreifen, wo Sie nichts zu suchen haben.«

Ein fauliger Geruch stieg in Pascals Nase, als der Mann grinsend ausatmete. Er hatte vergilbte Zähne, die Spitzen schwarz. Etwas hing ihm zwischen seinen Schneidezähnen, etwas Dunkles, Undefinierbares. Inzwischen war sich Pascal sicher, dass er nicht hier arbeitete. Niemand würde als Repräsentanten eines angesehenen Buchgeschäfts einen so ungepflegten Verkäufer einstellen.

»Sie handeln mit Kochbüchern?«, fragte er.

Über die tief liegenden dunklen Augen des Mannes huschte ein kurzer Glanz, dann legte sich wieder ein Schatten über seine Pupillen, der ihnen vorher schon jedes Licht genommen hatte. Mit einem Arm stützte er sich am Bücherregal neben dem Schrank ab. Seinen Körper hatte er ein Stück nach vorn gebeugt, sein Rücken war krumm. Ein Altersfleck auf der rechten Wange, haarlos inmitten der Bartstoppeln, war eine dieser Stellen, zu denen eine Mutter zu ihrem Kind sagte: »Guck da nicht so hin«, und doch musste man es tun.

»Wenn Sie so wollen. Wenn Sie es so betrachten, möchte ich bejahen.« Er lugte verstohlen auf das Buch von Marie-Antoine Carême, das im blassen Licht vor ihnen lag. »Dieses Buch ist nicht so selten, wie man glaubt.« Sein langer gelber Fingernagel stieß mit einem leisen Klopfen an die Scheibe. »Wir sprechen natürlich über das Original, nicht über lieblose Nachdrucke.« Bei dem Wort »Nachdrucke« spuckte er leicht auf die Scheibe und wischte sie mit seinem Sakkoärmel ab.

Pascals Abscheu, aber auch sein Interesse waren geweckt. Hier stand jemand vor ihm, der scheinbar ohne große Mühe an diese seltenen Kochbücher herankommen konnte, die er selbst schon lange gesucht hatte. Es hatte eine Faszination, das musste er sich eingestehen. Vorausgesetzt, der Mann war nicht verwirrt oder steigerte sich in etwas hinein. Beides war möglich.

»Nun, Monsieur, das ist nicht uninteressant. Ich besitze das zweite Buch von Marie-Antoine Carême als Original, dieses hier aber nicht.« Pascals Worte ließen den gebeugten Mann zusammenzucken. »Über welche Summen sprechen wir?«

»Das sollten wir in einem konkreten Fall besprechen. Es geht auch um den Zustand und vor allem um den ideellen Wert, finden Sie nicht? Was ist Ihnen die Reise in die Vergangenheit wert?, ist doch die wahre Frage, die uns bewegen sollte.«

»Wie kann ich Sie erreichen, Monsieur?« Pascal verfügte nicht gerade über die finanziellen Mittel, sich teure historische Kochbücher anschaffen zu können. Das Haus, die Renovierung, die Abmahnung – wie es genau weiterging, wusste er noch nicht.

»Fragen Sie vorn nach Albert Demise.«

»Das werde ich tun, danke, Monsieur.«

»Ich habe zu danken, es gibt nicht viele von uns. Ich sehe so etwas, glauben Sie mir.« Plötzlich blitzte in Albert Demises Augen ein irrer Schimmer auf. »Eine Frage noch: Sind Sie selbst Besitzer einer Sammlung seltener kulinarischer Werke? Außerhalb des genannten Werkes?«

»Nicht der Rede wert.«

»Denken Sie genau nach«, sagte Albert Demise mit Nachdruck, wartete aber keine Antwort ab, sondern drehte sich auf seinen engen italienischen Schuhen um, sodass das Leder auf dem Linoleumboden knirschte. Alles andere passierte lautlos. Mit schnellen Schritten verschwand er aus dem Raum.

Pascal schüttelte den Kopf. Er wunderte sich immer wieder über Menschen wie Albert Demise, Menschen, die ihm in Paris häufiger begegnet waren und stets sein Interesse geweckt hatten. Er hatte das Gefühl, ihn nicht zum letzten Mal getroffen zu haben. Ob er aber darüber froh, beängstigt oder sogar angewidert sein sollte, das konnte er noch nicht für sich entscheiden.

Er wollte die Buchhandlung gerade verlassen, als er hinter sich das Klicken einer Kamera hörte. Er hatte den Mann nicht bemerkt, der schnell sein Handy herunternahm, als Pascal seinen Kopf zu ihm drehte.

Ganz anders als Albert Demise war dieser Mann auffällig gut gekleidet. Er trug einen modischen braunen Anzug, die Hose unten eng zulaufend, und ebenfalls braune, polierte Schuhe. Unter dem Anzug ein schneeweißes Hemd, ein paar Knöpfe waren offen, sein Hals und seine Brust braun gebrannt. Die gestutzten Haare hatten an den Ohren einen leicht gräulichen Ansatz. Er lächelte Pascal an, keine Unsicherheit war ihm anzumerken.

»Darf ich Ihnen helfen, Monsieur?«

Pascal überlegte, ob er ihn fragen sollte, warum er ein Foto von ihm gemacht hatte.

»Ich sehe, Sie begeistern sich für unsere Kochbuchsammlung?«

»Oui, Monsieur, sie ist interessant, besonders diese Exemplare.« Pascal deutete auf die Glasvitrine, vor der eben noch Albert Demise gestanden hatte, sein Geruch lag noch im Raum.

Der Mann im Anzug kam auf ihn zu. Dezenter Parfümduft ging von ihm aus. »Sie kennen sich aus, Monsieur?«

»Oh nein, ich bedaure, aber ich bin überrascht, dass Sie hier ein Buch von Carême haben, das ich nicht besitze.« Pascal war froh, ohne Uniform unterwegs zu sein. So war er in den Augen des Mannes ein Kunde, der Fragen stellen konnte, denn eines war ihm bewusst: Hier stimmte etwas nicht. Zu viele Menschen sprachen ihn an, nur weil er vor diesem Glaskasten stand.

»Oui, der große Carême«, sagte der Mann, der sich Schritt für Schritt genähert hatte.

»Ist das Ihr einziges Exemplar?« Eine Frage ins Blaue hinein, um zu schauen, was passierte. Pascal wollte den Mann im Gespräch halten.

Doch der schwieg und musterte ihn prüfend. Lange lagen seine Augen ruhig auf Pascal, dann atmete er tief ein. »Es gibt nur einige wenige. Bekannt sind mir lediglich fünf.« Er machte eine Pause. »Und die befinden sich in unserem Besitz.«

»Dürfte ich sie mal sehen?« Pascals Neugier war geweckt, aus doppeltem Interesse. Stand in diesen Büchern vielleicht mehr über die Gilde? Und außerdem gab er seiner eigenen Schwäche für antiquarische Werke nach.

Der Mann atmete erneut tief ein, stieß dann den Atem mit einem leicht pfeifenden Geräusch aus. »Welches suchen Sie denn?«

Pascal versuchte sich zu erinnern, erst vor wenigen Tagen waren die Bücher von Carême Thema in der Serie über vergessene Nahrungsmittel in der »Le Luberon« gewesen.

»Wie hieß es noch gleich? Ich glaube, ›Le Maître d'hôtel français‹, und ich denke, es war Band zwei.«

Jetzt hatte er die volle Aufmerksamkeit des Mannes auf seiner Seite, dessen Augen funkelten. Pascal war mit sich zufrieden.

»Sie sind ein Sammler?«, fragte der Mann im Anzug schließlich nach einer Pause des Respekts.

»Das würde ich so nicht sagen, aber das eine oder andere Buch befindet sich bereits in meinem Besitz.«

»Nun, wir bieten auch Tauschgeschäfte an.«

»Wir?«

»›Le Librairie de Payette‹, mein Buchgeschäft, mein Lebenswerk.« Er deutete auf die endlosen Buchreihen. »Mein Name ist Rasmus Payette.« Er reichte Pascal seine Hand.

»Chevrier. Pascal Chevrier.«

»Darf ich fragen, welche Bücher Sie bereits Ihr Eigen nennen? Vielleicht kann ich Sie beraten.«

Von hinten näherte sich ein Kunde, der in einem Abstand von circa zwei Metern stehen blieb und das Gespräch abzuwarten schien.

Rasmus Payette drehte sich zu ihm um. »Das dauert hier noch«, fauchte er. »Suchen Sie sich einen anderen Berater.«

Der verstörte Kunde verschwand hinter der nächsten Regalwand.

Pascal war erschrocken über den plötzlichen Ausbruch Payettes. Irgendetwas ging hier vor, das spürte er deutlich. Er kramte in seinem Gedächtnis. »Sagt Ihnen ›De honesta voluptate‹ etwas?«

Der Titel des Buches war ein Volltreffer, Payette schwankte. Pascal meinte, Schweißperlen auf seiner Stirn zu erkennen.

»Dieses Buch, Monsieur Chevrier«, sagte er schließlich gepresst, »ist das erste uns bekannte gedruckte Kochbuch der Welt. Sein Wert ist unschätzbar. Es wurde von Bartholomäus Platina, einem Bibliothekar aus dem Vatikan, geschrieben.«

Pascal beobachtete Payettes heftige Reaktion, die Unsicherheit, die von seinem Körper Besitz ergriff. Mit zitternden Fingern strich er sich durchs Haar. Mit der linken Hand hielt er sich an der Vitrine fest.

Eine Falle, dachte Pascal, ohne genau zu wissen, warum er sie gestellt hatte. Selbstverständlich besaß er das Buch nicht, er kannte es nur vom Hörensagen, es war das erste, das ihm eingefallen war. Es war 1475 in Venedig erschienen, möglich, dass es in der Bibliothek des Papstes lag, im Vatikan, aber genau wusste das niemand.

Der nächste Satz kam Payette nur flüsternd über die Lippen: »Wollen Sie es verkaufen?«

Pascal schüttelte langsam den Kopf.

»Tauschen? Ich würde Ihnen unsere Carême-Sammlung überlassen.«

Wieder schüttelte Pascal den Kopf. »Was mich aber aufrichtig interessiert –«

»Was? Was?«, unterbrach ihn Payette hektisch, bereit, ihm alles zu geben.

»Ich würde gern Kochbücher der Gourmet-Bruderschaft ›Confrérie des Cuisiniers du Feu‹ erwerben.«

Payettes Gesichtszüge veränderten sich. Argwohn mischte sich in die Gier nach einem Buch, das er wahrscheinlich schon seit Jahrzehnten suchte. »Warum interessiert Sie das?«, fragte er schroff.

»Ich habe viel von der Gesellschaft gehört. Sehr altes kulinarisches Wissen soll in den Büchern stecken. Haben Sie welche?«

»Kommen Sie in ein paar Tagen wieder, dann kann ich Ihnen etwas dazu sagen.«

»Wie wäre es jetzt gleich? Darf ich sie sehen? Ich zahle gut.«

»Ausgeschlossen, Monsieur.« Payettes Augen waren argwöhnisch auf Pascal gerichtet. »Entschuldigen Sie mich bitte, ich habe eine Verabredung.«

Wie war es möglich, dass sich Payette schon bei der Erwähnung der Bruderschaft verschloss, fragte sich Pascal. Was mochte dahinterstecken?

»Selbstverständlich. Ich habe Ihre Zeit schon viel zu lange in Anspruch genommen.«

»Kommen Sie wieder, Monsieur. Nächste Woche, und wenn Sie Ihr Buch doch verkaufen oder tauschen möchten, dann mache ich Ihnen ein Angebot. Ich werde bereit sein.« Daraufhin drehte sich Rasmus Payette mit dem gleichen quietschenden Geräusch wie zuvor Albert Demise um und tauchte hinter einer weiteren Bücherwand ab.

Pascal blieb noch einen Moment vor der Glasvitrine stehen und betrachtete Carêmes Kochbuch. Dann verließ er die »Librairie Payette« in dem Wissen, auf einer Spur zu sein, die vordergründig mit dem Tod von Arthur de Polastrone nichts zu tun hatte.

Er würde aber wiederkommen, mit einem Buch, das Begehrlichkeiten wecken, das Rasmus Payette oder Albert Demise aus der Bahn werfen würde – denn dass die beiden etwas miteinander zu tun hatten, dessen war sich Pascal sicher.

15

Nach einer kurzen Runde durch das verschlafene Banon erreichte Pascal sein Auto auf dem Marktplatz. Die Sonne hatte den Käse in einen gelben Quark verwandelt und damit den gesamten Innenraum mit seinem Geruch erfüllt. Aber genau dieser Duft erinnerte ihn auch an seinen geplanten Abend.

Er wendete den Wagen, um zurück nach Lucasson zu fahren. Dabei dachte er an den korsischen Brocciu, den er noch im Kühlschrank hatte, außerdem ein paar Spezialitäten aus der Epicerie im Ort, dazu der Banon- und der Bergkäse, der schnell wieder in seinen Normalzustand zurückverwandelt werden konnte. Immerhin war der Banon-Käse genau für diese Temperaturen erfunden worden. Einem Abend mit Köstlichkeiten stand also nichts entgegen.

Sein Handy machte ein Geräusch, Lillie antwortete auf seine Einladung zum Käseabend: »Eine gute Idee, um den Magen zu schließen. Den Hauptgang gibt es von Claude.«

Seit dem Frühstück am Morgen im Hotel hatte Pascal nur eine Wurst aus dem Käseladen gegessen, getrunken hatte er nichts. Die Vorstellung eines Abends voller kulinarischer Verheißungen zauberte ihm ein Lächeln auf die Lippen.

Während der langen, einsamen Fahrt durch das Tal in Richtung Lucasson klingelte sein Handy. Pascal aktivierte die Freisprechanlage.

»Alter Mann, mon ami!«, rief Alexandres fröhliche, kräftige Stimme.

Pascal spürte einen angenehmen Schauer, er hatte seinen Freund, vielleicht immer noch seinen einzigen Freund, vermisst. »Comment ça va?«, rief er erfreut.

»Mir geht es gut, ist aber nicht mehr dasselbe hier ohne dich.«

Pascal wusste, was Alexandre meinte, die Arbeit hatte sie zusammengeschweißt. Paris, das war für sie beide einmal das Leben gewesen.

Alexandre erzählte, dass er einen neuen Partner habe. »Vor allem ist er jünger als ich«, sagte er. »Stell dir vor, alter Mann, jetzt bin ich der alte Mann.« Er lachte laut und herzlich, ein Geräusch, das Pascal immer geliebt hatte. Diese hemmungslose Freude, das ausladende Lachen, sodass jeder mitbekam, wenn er etwas witzig fand. »Im nächsten Urlaub komme ich dich besuchen, muss mal etwas für meinen Teint tun.« Wieder lachte er. »Jetzt, wo ich älter bin, wird es nicht leichter mit den Frauen.«

Alexandre war Single, beim besten Willen konnte sich Pascal ihn nicht mit einer festen Partnerin an seiner Seite vorstellen. Es war vorgekommen, dass Alexandre ihm alle paar Wochen eine neue Frau präsentiert hatte. Dann hatte es lange Pausen gegeben, niemand hatte es mit ihm ausgehalten, so jedenfalls drückte Alexandre es immer aus. Doch Pascal hatte seine Zweifel, ob es in Wahrheit nicht andersherum war.

»Pascal, ich habe da gerade etwas erlebt, bin in so einen Fall involviert, bei dem ich an dich denken musste. Kennst du noch den Buchhändler in der Rue Mouffetard, bei dem du oft einen Halt eingelegt und Bücher angeguckt hast, während ich in einem der Cafés auf dich gewartet habe?«

»Natürlich, der alte Monsieur Moutand«, sagte Pascal.

»Er ist tot, Pascal. Wir wurden heute Morgen informiert, der Laden hatte seit Tagen geschlossen. Ein Stammkunde hat sich Sorgen gemacht und uns angerufen. Auch so ein verrückter Typ mit Buchfimmel.« Alexandre lachte.

Pascal sah Monsieur Moutand vor sich, mit seinem schlohweißen Haar, mit seinen krummen Fingern und den Stapeln von Büchern vor den unaufgeräumten Regalen. Schon lange hatte er das Gefühl gehabt, der Buchhändler sei mit seinem Antiquariat überfordert gewesen. Er hatte es nicht mehr geschafft, all die Bücher wegzuräumen, die er angekauft hatte. Seine eigene Liebe zu Büchern war in den Jahren größer geworden als sein Geschäftssinn.

»Ich dachte, das interessiert dich vielleicht«, fügte Alexandre hinzu, »ich glaube, du hast ihn gemocht.«

»Ja, Alexandre, das habe ich. Wie alt ist er geworden?«

»Das wissen wir noch nicht, ich denke, Ende siebzig.«

»Es ist komisch«, sagte Pascal. »Ich habe hier selbst zufällig gerade mit Büchern und Kochbüchern zu tun.«

Pascal brachte Alexandre auf den neuesten Stand der Ereignisse, schweifte aber immer wieder ab und dachte an seine letzte Begegnung mit Monsieur Moutand.

Eines späten Herbstnachmittages, es war in seinem letzten Jahr in Paris gewesen, hatte Pascal beim Stöbern ein altes Kloster-Kochbuch in Monsieur Moutands Antiquariat gefunden. Es war nicht zu schätzen gewesen, aus welcher Zeit es stammte. Möglicherweise sogar aus dem späten Mittelalter, sein Wert konnte nicht ermittelt werden. Die Seiten waren vergilbt, Essensreste und Flecken hatten einige der dünnen, halb zerrissenen Seiten zu einem Papierblock gemacht. Einige Rezepte waren noch lesbar.

Pascal war überrascht gewesen, wie modern die Rezepte angemutet hatten. Winterhenne mit Knoblauch, Koriander und Ingwer, den man mit Honig einreiben sollte. Das Gericht sollte sogar eine heilende Wirkung entfachen. Andere Seiten waren kaum noch zu lesen gewesen. Man hätte es aufwendig restaurieren müssen.

Pascal erinnerte sich an eine kurze, schmerzvolle Verhandlung mit Monsieur Moutand, in der sich bei einem Preis von hundertfünfzig Euro jeder als Verlierer gesehen hatte. Aber das harte Verhandeln hatte sich zu einem Sport zwischen ihnen entwickelt. Am Ende hatten sie sich immer die Hand gereicht, und ein Lächeln, wie nach einem Tennismatch, hatte auf ihren Lippen gelegen.

»Woran ist er gestorben?«

»Genaues wissen wir noch nicht, nur dass er den Laden nicht abgeschlossen hatte. Was wir komisch fanden. Ich meine, in der Gegend.«

Die Rue Mouffetard, von den Parisern liebevoll »la Mouffe« genannt, gehörte zu den ältesten Straßen der Stadt. Einer der frühesten Handelswege zwischen Paris und Rom, auf denen es früher entsetzlich gestunken haben musste. Der Name war von »Stinktier« abgeleitet, doch inzwischen hatten die Pariser mit ihrem sicheren Gespür für Vermarktung den kleinen Fluss an der Straße unter die Erde verlegt. Restaurants, Spezialitätenshops oder kleine Papeterien und Buchgeschäfte wie das von Monsieur Moutand hatten sich angesiedelt. In der Rue Mouffetard war inzwischen eine Menge los.

»Vielleicht ist jemand eingebrochen?«

»Davon müssen wir ausgehen, Pascal. Und das würde vielleicht sogar bedeuten, dass Monsieur Moutand eines unnatürlichen Todes gestorben ist.«

Typisch Alexandre, ein Toter war bei ihm immer ein Ermordeter. »Niemand stirbt einfach so«, pflegte er zu sagen.

»Warum gehst du davon aus?« Auch ein Klassiker zwischen ihnen, auf diese Weise hatten sie sich angenähert. Pascal merkte, wie sehr ihm diese Diskussionen fehlten, das alte Pingpong-Spiel.

»Weil etwas geklaut wurde.«

»Ich bin eben mit meiner Bücherleidenschaft nicht allein«, bemerkte Pascal.

»Das ist ja das Komische, alter Mann.« Er hörte Alexandre tief einatmen. »Es scheint, als hätte sich der Dieb überhaupt nicht für Bücher interessiert, nicht einmal für Geld. Die Kasse war voll. Über dreihundert Euro lagen darin. Bislang fehlt nur die Buchführung, die Inventarliste. Das wissen wir auch nur, weil neben der Kasse ein Stapel leerer Ordner lag. Beschriftet mit ›Inventarliste – Ein- und Ausgänge‹. Sie reichen zurück bis in die neunziger Jahre. Aber wir konnten darin keinen einzigen Zettel finden, alle weg. Wer interessiert sich für so etwas?, frage ich dich. Inventarlisten? Wenn jemand so schräg denken kann, dann du.« Er lachte wieder sein Alexandre-Lachen.

»Das ist in der Tat komisch«, gab Pascal zu. »Es tut mir leid, dass es mit Monsieur Moutand so zu Ende gehen musste.« Ein alter Mann, der sich nichts anderes vorstellen konnte, als in altem Papier, in alten Büchern zu blättern, sie zu pflegen, zu stapeln, zu sortieren, sie aufzuklappen, zu schätzen und dann auf Leute wie Pascal zu hoffen, die diese Leidenschaft teilten und vielleicht eines kauften. Kein Beruf für Geschäftsleute.

»Wenn dir vielleicht etwas einfällt, dann melde dich. Ich kann hier einen scharfen Verstand gebrauchen. Dieser Jungspund hier …« Alexandre stockte. »Oh, er kommt …«

Pascal verabschiedete sich von seinem Freund und damit von den Geräuschen der Großstadt, die das Gespräch wie ein Soundtrack begleitet hatten.

Er hatte schon eine weite Strecke zurückgelegt. Langsam säumten wieder mehrere kleine Ortschaften die Straße. Er sah Touristen, die in Lavendelfeldern posierten und Familienfotos mit dem einzigartigen Provence-Panorama schossen.

Eine letzte Kurve, ein Blick zurück, ein weiterer nach vorn, in der Ferne das Schloss von Lourmarin, daneben das Örtchen Lucasson, die Mairie. Zurück im Alltag.

Mit dem Gefühl, einiges erreicht zu haben, einige wichtige, aber auch verwirrende Ergebnisse gesammelt zu haben, betrat Pascal das Rathaus. Nach seiner Abmahnung vom Bürgermeister war er diesem nicht mehr begegnet. Es bedurfte einer Aussprache, fand er, doch das war in der Situation, in der er Jean-Paul Betrix am Nachmittag vorfand, nicht möglich.

Als Pascal seinen Kopf in das Bürgermeisterbüro steckte, wie er es immer tat, wenn er zurückkehrte, saß ein weiterer Mann dort, der ihm bislang unbekannt gewesen war. Jean-Paul Betrix' ausladende Gesten und das Funkeln in seinen Augen verhießen nichts Gutes.

»Darf ich vorstellen, das ist Pascal Chevrier.« Schon die Erwähnung seines Nachnamens versetzte Pascal in Alarmstellung. Er erwartete von dem Mann vor ihm eine Begrüßung, doch dieser hob nur kurz den Blick.

Pascal schüttelte ihm die Hand, woraufhin sich der Mann als Constantin Taron vorstellte. Er war der Journalist, der sowohl die Serie über die vergessenen Lebensmittel als auch den Artikel über den Banon-Käse geschrieben hatte. Beides hatte Pascal mit großem Interesse gelesen. Zudem hatte Taron den Skandal um die gelieferten Finger öffentlich gemacht und war seit ein paar Tagen durch seine Radioauftritte eine Art lokaler Medienstar geworden.

Taron grinste schief und zog auf eine unnatürliche Weise seine Oberlippe hoch, sodass sein Gesicht etwas Maskenhaftes bekam. Trotz seines Alters, Pascal schätzte ihn auf mindestens fünfzig, hatte er eine glatte Stirn. Er trug ein schlichtes enges T-Shirt, unter dem seine Bauchmuskeln zu erkennen waren, dazu eine helle Leinenhose. Seine Beine, die an den Füßen in Slippern mit Tigermuster endeten, hatte er übereinandergeschlagen. Er liebte sichtlich den Auftritt und genoss das, was Jean-Paul Betrix an Pascal gewandt theatralisch von sich gab:

»Monsieur Taron wird Sie, uns und vor allem die Bevölkerung von Lucasson ab sofort unterstützen. Wenn ich es so sagen darf, sind Sie noch ein Grünschnabel mit den wenigen Monaten, die Sie hier auf dem Buckel haben.«

In Pascal stieg Wut auf. Bislang hatte er versucht, alles hinunterzuschlucken, wusste, dass eine Gegenreaktion im gleichen Ton zu nichts führen würde. Doch hier, vor diesem Journalisten, traf ihn die Bemerkung. »Ach ja? Sie finden es also richtig, dass ein Journalist in die polizeilichen Ermittlungen eingreift?«

Zum ersten Mal erlebte Pascal Jean-Paul Betrix verunsichert. Seine Augen flackerten.

»Das habe ich nicht gesagt. Es geht um Kontakte, die Constantin Taron hier hat. Er kennt die Leute, verstehen Sie? Er kennt das Dorf, die Restaurants, die Köche, die Hintergründe, die Ihnen vollkommen verborgen sind.«

Constantin Taron beobachtete verschlagen die Diskussion der beiden und genoss sichtlich die Ehrungen, die vom stärksten Mann des Ortes auf ihn gemünzt waren.

»Ich hatte mit Monsieur Taron gerade eine sehr interessante Diskussion über die linken Tierschützer in der Region.« Jean-Paul Betrix lächelte süffisant. »Es ist kein Geheimnis, dass ich sie als Jäger nicht gerade zu meinen Freunden zähle.«

Constantin Taron verschob wieder seine Oberlippe zu einem schiefen Grinsen, während sein Gesicht ausdruckslos blieb. »Wussten Sie, Monsieur Chevrier«, er sprach den Namen unsicher aus, so als wolle er Pascal demonstrativ spüren lassen, dass er neu war, ein Unbekannter auf seinem Terrain, »dass die Tierschützer der Gruppe ›Animals Health Farm‹, kurz AHF, sich morgen Abend in Gordes treffen?« Er zuckte entschuldigend mit den Schultern, so als könnte er nichts für sein Wissen, als fiele ihm eben alles zu, so war das eben, wenn man seine Ohren überall hatte. »Ich denke, Sie sind dazu nicht eingeladen, oder haben Sie bereits Freundschaften in der Tierschützerszene geknüpft?« Er lächelte Betrix wissend zu.

Die Vorführung der beiden strapazierte Pascals Nerven. Zuschauer einer so selbstherrlichen Aufführung zu sein und dabei nichts entgegnen zu können, da er von den Tierschützern nichts Genaues wusste, sie nur vor der Rotonde hatte protestieren sehen – vorausgesetzt, es waren überhaupt dieselben Leute gewesen –, ließ ihn sich wehrlos fühlen. Und was hatten sie schon getan? Ja, es waren Finger in Restaurants geliefert worden, aber warum sollten ausgerechnet die Tierschützer dahinterstecken? Weil sie Jean-Paul Betrix nicht passten? Weil er am Ende sogar nach einer Möglichkeit suchte, sie ruhigzustellen? Es gab keine Leiche, nicht einmal einen Vermissten. Mit solch dünnen Fakten sollte er nun diesen selbstherrlichen Typen ausgeliefert sein? Bei den Ermittlungen um den Tod von Arthur de Polastrone war es zu früh, um einen Verdacht auszusprechen.

»Eine Veranstaltung, die Monsieur Taron für uns besuchen wird, da er eine Einladung hat, um darüber zu berichten«, ergänzte Jean-Paul Betrix und lehnte sich auf seinem Stuhl zurück, sodass sein Hemd über seinem Bauch die Knöpfe bedrohlich beanspruchte. »Wissen Sie, Pascal. Ich bin Bürgermeister von Lucasson, die Menschen vertrauen mir, und sie wissen, dass sie in guten Händen sind und ich jederzeit bereit bin, neue Wege zu gehen, um diesen Ort, dem ich mich verschrieben habe, in dem ich geboren bin und den ich liebe, zu verteidigen. Mehr noch, ich bin jederzeit bereit, alles für die

Menschen hier zu tun. Wer am Ende das Problem löst, ist mir egal. Ich hasse Probleme.«

Es war Constantin Taron anzusehen, wie er aus dieser langsam vorgetragenen Aussage des Bürgermeisters im Geiste bereits einen Artikel mit Originalzitaten verfasste. Was für eine Überschrift: »Ich hasse Probleme«.

Auch Jean-Paul Betrix schien das zu wissen, baute bewusst geeignete Zitate ein. »Und wenn ich für meinen Gendarmen, für meinen Chef de police etwas tun kann, dann mache ich das.«

Wieder das Lächeln der beiden, die im Begriff waren, sich abzuklatschen.

»Und Ihnen ist bewusst, dass jeder auch noch so kleine Ermittlungsfortschritt an die Presse geht? Dass alle Beteiligten nur die Zeitung zu lesen brauchen, um zu erfahren, auf welcher Spur wir uns gerade befinden?« Pascal sah zunächst Betrix und dann Taron in die Augen. Keiner der beiden entgegnete etwas. »Oder, Monsieur Taron, werden Sie Ihre Pressefreiheit nicht nutzen? Fangen Sie also jetzt im Büro des Bürgermeisters an?«

Mit einer Grundsatzdiskussion hatte Constantin Taron offensichtlich nicht gerechnet. Er rückte unruhig auf seinem Stuhl hin und her.

Pascal war den Umgang mit der Presse aus Paris gewohnt. Er kannte sie, die Reporter, die Klatschreporter, die Polizeireporter und die schmierigen Journalisten, die nur für die Auflage auch Halbwahrheiten veröffentlichten, um sie am nächsten Tag zu widerrufen.

Noch immer sagte niemand etwas. Schließlich ergriff Jean-Paul Betrix das Wort, bemüht um Schadensbegrenzung, vielleicht sogar seinen Fehler einsehend.

»Pascal, bislang haben wir nur eine sehr wertvolle Information von Monsieur Taron bekommen. Die Treffen der Tierschützer werden nicht immer öffentlich kommuniziert. Man weiß ja nie, was sie im Schilde führen, welchen Jäger sie ins Visier genommen haben. Oder welche Gänsestopflebern sie in ihrem Unwissen versauen wollen.« Er rieb sich den stattlichen

Bauch. »Eine Schande ist das. Wenn ich nur an den guten alten Henry denke, dem sie mit der nächtlichen Befreiungsaktion die gesamte Lebensgrundlage genommen haben, und an diese Gänse, die elendig verendet sind, weil sie gar nicht mehr in der Lage waren, sich selbst zu ernähren. Wozu auch, wenn es immer etwas gibt?« Wieder das Lächeln eines Mannes, der sich in seiner Rolle gefiel. »In jedem Fall wird Constantin Taron den Termin für uns wahrnehmen und uns berichten, bevor«, er hob seine Stimme, »die Allgemeinheit davon erfährt.«

Pascal registrierte, wie unwohl sich Constantin Taron fühlte, nachdem Jean-Paul Betrix seine Worte über seinen Schreibtisch geschmettert hatte.

»Oder meinen Sie, Pascal, Sie würden etwas erfahren, wenn Sie da in Ihrer Uniform hineinspazieren, um ein paar Insiderinformationen zu bekommen?«, fügte Betrix hinzu.

»Sie haben Ihren Beruf verfehlt. Sie sind eine Schande für den Journalismus«, sagte Pascal langsam an Taron gewandt. Dann stand er auf und ließ die Tür ins Schloss fallen.

16

Als Pascal zum ersten Mal in den holprigen Sandweg zu seinem kleinen Haus eingebogen war, der abseits der Landstraße zwischen Lourmarin und Lucasson in die Berge führte, hatte sich in ihm ein Glücksgefühl ausgebreitet, das er nur aus seiner Kindheit gekannt hatte. Warum diese unbändige Freude, diese Glückshormone im Laufe des Lebens abnahmen und im Alter meist ganz starben, war Pascal immer ein Rätsel gewesen.

Auch er stellte da keine Ausnahme dar. Er erinnerte sich an diese Glücksminuten in seinem Leben, meist hatten sie mit seiner Tochter Lillie zu tun. Wie sie sich als kleines Mädchen gefreut hatte, wenn er die Haustür seiner Pariser Wohnung aufgeschlossen hatte. Wie sich ihre Finger um seinen Hals legten, ganz fest, und sie gar nicht wusste, ob sie ihm zuerst die neu erlernten Kunststücke im kleinen Wohnzimmer vorführen sollte oder lieber als Reiterin auf seinem Rücken durch den Flur galoppieren wollte. Und dann war alles so schnell gegangen.

Die Erinnerungen an sein Familienleben, auch an seine Ex-Frau, gruben sich ihren Weg in sein Bewusstsein. Der Kontakt zu Catherine war vollkommen abgerissen. Wahrscheinlich würde er sie das nächste Mal bei Lillies Hochzeit wiedersehen. Ein Ereignis, auf das sie sich einst gemeinsam, in dem Glück, die neugeborene Tochter im Arm zu halten, gefreut hatten.

Träume, die im Laufe des Lebens geplatzt waren, sich immerhin lange gehalten hatten und dann der Realität, dem Alltag, seinem Alltag als Flic in den Straßen von Paris, Platz gemacht hatten. So waren Träume plötzlich in der Lage gewesen, ihm den Boden unter den Füßen wegzuzerren.

Und dann, im freien Fall, hatte er sich entschieden, wieder aufzustehen, die Alpträume wieder zu Träumen werden zu lassen und den Schritt in ein neues Leben zu wagen. Hier im Vaucluse, im Luberon, mit diesem kleinen Haus, das er jetzt aus dem Auto erkennen konnte. Still lag es dort. Nach einem Anstrich bettelnd, nach neuen Fenstern und Läden fragend, aber immer stolz, ihm und vielen Generationen vor ihm eine Heimat geboten zu haben.

Lillie und Claude hätten längst im Haus sein sollen. Wenn ein Sternekoch wie Claude wie angekündigt hätte kochen wollen, hätte er längst anfangen müssen. Doch es stand kein Auto vor der Tür, kein Licht brannte in den kleinen Fenstern. Stille.

Pascal stockte der Atem, er erkannte Gefahr, bevor sie zur wirklichen Gefahr wurde, er konnte sie spüren. Normalerweise. Aber heute nicht.

Seine Finger liefen unkontrolliert über das Lenkrad, den Schlüssel ließ er stecken, sein Atem ging unregelmäßig, auch das kannte er nicht. Menschen in Gefahr waren ihm zuvor in der Regel unbekannt gewesen, aber jetzt betraf es ihn persönlich, seinen Mittelpunkt.

Er versuchte, sich zu beruhigen. Wird schon alles in Ordnung sein, sagte er sich, als er mit schnellen Schritten zu seinem Haus stolperte.

Im Nachhinein konnte er nicht mehr genau sagen, ob er zunächst den Essensgeruch wahrgenommen hatte, der das Haus erfüllte, vom plötzlich eingeschalteten Licht geblendet worden war, als er in den Flur trat, oder den Hund hatte bellen hören.

»Überraschung!«, riefen Lillie und Claude. Sie lachten laut, bekamen sich gar nicht mehr ein.

Der Hund versteckte sich hinter Lillies Beinen, ein Welpe, zu klein für diesen Lärm und Trubel.

Lillie bückte sich und nahm ihn hoch. »Darf ich vorstellen? Bordeaux!«

Neugierig schob der Hund seine Schnauze in Richtung der Hand, die Pascal ihm entgegenstreckte. Die erste Berührung, die feuchte Nase nach oben gestreckt, und dann die raue Zunge, die über seine Hand leckte und eine Beziehung fürs Leben versprach.

»Claude und ich dachten, dir fehlt etwas in diesem Haus.

Du hast immer von einem Hund gesprochen, jetzt hast du einen.«

Pascal nahm den Welpen auf den Arm, streichelte ihn und sah ihm in die gespannten Augen. Es war ein brauner Labrador mit glattem Babyfell, das später zu einer haarigen Fettschicht werden würde, sodass die Haut auch im Wasser so gut wie keine Feuchtigkeit abbekam.

»Er eignet sich zur Trüffelsuche«, bemerkte Claude begeistert und verschwand in der Küche.

Bordeaux hatte inzwischen den Käse in der Tasche seines neuen Herrchens entdeckt und schenkte ihm seine ganze Aufmerksamkeit.

»Ein Gourmet ist er auch noch«, sagte Lillie lachend und sah Pascal erwartungsvoll an.

Er war sichtlich bewegt. Vor einer Minute noch die plötzlich aufsteigende Angst in ihm, dann ein Hund und seine Tochter, die sich darüber genauso freute wie er selbst. Einen Hund hatte er sich ohnehin anschaffen wollen, und jetzt hatte Lillie für ihn den richtigen, der er zweifellos war, ausgesucht. Er kannte sie, sie hatte sich lange Gedanken gemacht, hatte Zeitschriften und Sachbücher gewälzt, so war sie eben, und am Ende hatte sie mit dem Herzen entschieden, wie immer in ihrem Leben. Wie er selbst, der die großen Entscheidungen seines Lebens stets auf diese Weise getroffen hatte. Und ein Hund – das war eine große Entscheidung.

»Und, Papa, was sagst du?«, fragte Lillie ungeduldig.

Pascal setzte Bordeaux auf den Boden. Sofort nutzte der Hund den kleinen Teppich im Esszimmer kurz hinter der Diele, um ihn zu markieren. Dazu ging er in die Hocke. »Ein Weibchen?«, fragte Pascal.

»Mit dem Namen Bordeaux? Klar, Papa.« Lillie kicherte.

»Er kann eben noch nicht auf drei Beinen stehen.«

»Ich hoffe, er lernt es noch.« Pascal nahm Lillie fest in den Arm. »Danke, Lillie«, brachte er nur hervor. »Er ist wunderbar.«

Sie betrachteten Bordeaux, der interessiert an dem nassen Fleck auf dem Teppich schnupperte und zufrieden schien.

»Erziehen musst du ihn selbst. Hast du bei mir ja auch gemacht.« Lillie kniff Pascal in den Arm und verschwand in der Küche, aus der der Duft sich noch weiter intensiviert hatte.

Es gab Ratatouille niçoise, ein vegetarisches Gericht, vielleicht wollte auch Claude an diesem Tag kein Fleisch essen. Seine Unsicherheit vom Morgen war wieder seiner gewohnten Selbstsicherheit gewichen. Er bewegte sich in gewohntem Terrain, er war in seinem Element.

»Einfache französische Küche«, verkündete er, während er bei zwei Töpfen die Hitze reduzierte. »Mehr noch, der Inbegriff der provenzalischen Küche.«

Aber er wäre kein Sternekoch gewesen, wenn er diese einfache Mahlzeit nicht auf besondere Art und Weise zubereitet hätte. Für gewöhnlich briet man Zwiebeln, Aubergine, Zucchini, Paprika und Tomaten zusammen an. Nicht so Claude.

»Das Geheimnis einer guten Ratatouille besteht darin, die Gemüsesorten einzeln zu garen, denn jedes Gemüse hat eine eigene Garzeit, die es zu berücksichtigen gilt.«

Und so nutzte er alle vier Platten des alten Gasherdes und untersuchte in höchster Konzentration den Inhalt der Töpfe.

»Voilà«, sagte er, als er den ersten Topf vom Herd nahm und darum bat, sich hinzusetzen.

Pascal bewunderte ihn für seine Ruhe, für seine Gelassenheit, mit der er die komplizierten Dinge wie nebenbei in der alten Küche erledigte.

»Ein Koch darf sich nicht den modernen Geräten aussetzen«, hatte Claude einst gesagt, als Pascal entschuldigend sein Reservoir an Küchenutensilien und alten Töpfen präsentiert und sich vorgenommen hatte, vieles in den nächsten Monaten und Jahren auszutauschen. Er selbst war kein Fan von Geräten, die Gemüse unkenntlich machten oder die Arbeiten übernahmen, mit denen sie den Koch entmündigten. Ein Thermomix war für ihn ein Graus.

Claude hatte es auch so gesehen, aber die Vorteile in modernen Großküchen eingeräumt. Appgesteuerte Herde, die sich von allein ausschalteten oder nach einer bestimmten Zeit die

Temperatur herunterregelten, hatten in seiner Restaurantküche ihren Platz gefunden.

Als die Ratatouille auf den Tisch gestellt wurde, jetzt als ein Gericht vereinigt, flammte Vorfreude auf. Was vielleicht auch an dem ersten Glas Champagner lag, das Pascal von Claude schon in der Diele in die Hand gedrückt worden war.

»Bordeaux zu Ehren«, hatten sie sich zugeprostet.

»Nichts geht über den Duft einer Ratatouille«, merkte Pascal an.

Dann wünschten sie sich »Bon appétit!«. Andächtiges Schweigen folgte, ein jeder in sich gekehrt. Auch Bordeaux hatte sich hingelegt, die Beine nach hinten weggestreckt, wie es junge Hunde tun. Seinen Platz unter dem Tisch, mit ständigem Kontakt zu Pascals Bein, hatte er sorgsam und klug gewählt.

»Ist die Gabe angeboren, genetisch verankert, dass ein Hund weiß, wo etwas herunterfallen könnte?«, fragte Pascal in die Runde.

»Er ist eben schlau.«

Das Thema Arthur de Polastrone und die Ereignisse in der Rotonde klammerten sie zunächst aus. Ein Abend für die Familie, kostbare Stunden, in denen es um sie ging, um die Hochzeitsplanung, um das Brautkleid und natürlich um das Hochzeitsmahl, das, so konnte Pascal zwischen den Zeilen heraushören, Claude am liebsten selbst zubereitet hätte.

Mit dem Alkohol hielt sich Pascal zurück, nur als Claude eine Flasche Rotwein, einen »Château Constantin« aus Lourmarin, öffnete, ließ er sich ebenfalls einen kleinen Schluck zum erneuten Anstoßen einschenken.

Ein Abend ganz nach seinem Geschmack, bis der Lichtstrahl zweier Autoscheinwerfer erst das eine, dann das andere Fenster streifte und schließlich vor Pascals kleinem Mas zum Stehen kam.

Niemand außer ihm lebte auf dem Berg. Es konnte also kein Zufall sein. Wer auch immer am späten Abend diesen Weg fuhr, wollte zu ihm. Ohne Ankündigung, ohne Vorwarnung.

Das Gespräch am Tisch erstarb. Sie wechselten Blicke der

Unsicherheit. Lillie war mit Ereignissen wie diesen aufgewachsen, trotz aller Bemühungen Pascals, sie zu schützen.

Nur Claude saß gelassen an seinem Platz und aß in aller Ruhe weiter. »Wir bekommen Besuch«, merkte er an, ganz der Gastgeber, ganz in seinem Element, so als müsste jetzt sein Restaurantchef aufstehen und den Mantel des Gastes entgegennehmen. »Ich hole noch ein Glas aus der Küche.«

Es gab Momente, in denen Pascal nicht durch ihn durchstieg, in denen er nicht einordnen konnte, wann seine Coolness gespielt war. Er ging zum Fenster, spähte in die Dunkelheit.

Die Scheinwerfer waren erloschen, es war dunkel. Eine Außenbeleuchtung gab es nicht.

Als die Autotür klappte, wurde die hagere, dünne Person kurz aus dem Inneren des Autos beleuchtet, zu kurz für Pascal, um sie zu erkennen. Er war sich nicht sicher, doch fast sah es so aus, als säße noch eine zweite Person im Fahrzeug. Oder handelte es sich um einen Schatten? Auf diese Entfernung schwer auszumachen.

Bordeaux begann zu bellen. Hoch und fast piepsig.

»Oh, ein Wachhund«, sagte Lillie unsicher lachend. »Es wird Audrey sein.«

»Nein, es ist nicht Audrey«, sagte Pascal schnell. Rasend ging er die wenigen Personen durch, die er in den Monaten in der Provence kennengelernt hatte, aber die Silhouette, die Körperhaltung, das Auto – zu niemandem passte es.

Und doch war da das Gefühl in ihm, dass gleich kein Unbekannter vor der Tür stehen würde.

Dann klingelte es.

17

Die gedrungene Gestalt des Mannes mit der brüchigen Stimme, der sich ganz nach vorn auf die Kante des Küchenstuhls gesetzt hatte und heiser hustete, wirkte wie ein Fremdkörper inmitten des Familienidylls. Vor sich auf den Tisch hatte er eine Plastiktüte gestellt. Es war nicht auszumachen, was sich darin befand. Zur Sicherheit und vielleicht auch, um keinen Argwohn zu wecken, platzierte er sie neben sich auf den Fußboden. Das harte Absetzen war für einen Moment das einzige Geräusch im Raum.

Dann trank der Mann von dem Wein, den Claude ihm hingestellt hatte. Lillie beobachtete ihn, unsicher und skeptisch zugleich.

Schließlich wandte sich der Mann an Pascal. »Monsieur Chevrier, entschuldigen Sie die Störung und dass ich hier einfach so hineinplatze, ich wusste ja nicht, dass Sie heute …« Er hustete in seine Hand, die langen Finger mit den dunkelgelben Nägeln legten sich wie Tentakeln auf seine Wange. Seine Haut war transparent wie bei jemandem, der lange kein Tageslicht gesehen hatte. »Manchmal ist es so, dass Dinge keinen Aufschub dulden und man sie nicht am Telefon bespricht.« Er trank einen Schluck.

Pascal hatte das Gefühl, in eine Theateraufführung geraten zu sein. Er hatte Abstand zu dem Mann mit dem süßlichen Geruch gesucht, und nun saßen sie ihm gegenüber – Albert Demise aus der »Librairie Payette«.

Alle drei betrachteten ihn misstrauisch, die Gesichter angespannt.

»Monsieur, haben Sie darüber nachgedacht, welche Bücher Sie interessieren würden?«, sagte er. Das Heisere war aus seiner Stimme gewichen, zugunsten einer Schärfe, die man aus dem eingefallenen Mund mit den schwarzen Zähnen nicht erwartet hätte. Er musterte mit seinen tief liegenden Augen den Raum, bis sein Blick flackernd an dem kleinen Bücherregal hängen blieb. »Sie sind ja schon im Besitz des einen oder anderen Kochbuchs, wie ich erfreut feststelle und erfahren habe. Wir werden uns verstehen.«

Er gab sich keine Mühe, zu verbergen, diese Information eigentlich nicht haben zu können, denn Pascal hatte sie nur Rasmus Payette erzählt. Nur er wusste, dass Pascal antike Kochbücher besaß.

Rasmus Payette und Albert Demise waren also ein Team, wenn auch ein sehr merkwürdiges. Vielleicht hatten sie nichts zu verbergen, vielleicht waren sie nur zwei Verrückte auf der Suche nach verschollenen Kochbüchern. Zwei Menschen, die sich in ihrem Hobby verloren hatten und jetzt dafür lebten.

»Monsieur …?«, setzte Pascal an.

»Nennen Sie mich Albert! Bitte, Pascal.«

»Woher kennen Sie meinen Namen?«

Albert lachte, ein Lachen, das wieder in ein heiseres Husten überging und von ihm mit einem weiteren Schluck Wein gurgelnd erstickt wurde. »Ich gehe doch nicht am späten Abend zu einem Mann, den ich nicht kenne, oder finden Sie, dass sich das gehört?«

Pascal antwortete scharf: »Ich kenne Sie nicht. Wir sind uns heute zum ersten Mal begegnet. Niemand hat Sie gebeten, hierherzukommen, und ich habe auch kein Interesse an einem Ihrer Bücher.«

Was sollte er tun? Sein am Mittag zur Schau gestelltes Interesse beibehalten? Ohne Frage wäre das der Weg gewesen, aber nicht vor seiner Tochter, nicht an diesem Abend. Es würde eine weitere Möglichkeit geben, das Interesse der Buchhändler zu wecken.

Albert zog einen Schmollmund, machte aber keine Anstalten, zu gehen. »Aber, Monsieur, natürlich haben Sie Interesse.«

»Sie haben es doch gehört, Monsieur …?«, sagte Claude, der dem Gespräch schweigend gefolgt war. Er hatte weiße Abdrücke auf seiner Hand, die Lillie die ganze Zeit verkrampft in ihrer gedrückt hatte.

»Verzeihen Sie, Demise ist mein Name, sofern Sie das wissen möchten. Albert Demise.« Erst jetzt, während seiner umständlichen Vorstellung, schien er die beiden anderen Personen im Raum als Menschen wahrzunehmen. Sein Fokus war vorher ganz bei Pascal gewesen, wie eine Spinne, die ihre Beute im Visier hatte. »Wenn ich es nicht besser wüsste, würde ich Ihnen fast glauben, dass Monsieur Chevrier kein Interesse hat, Claude.«

»Sie kennen auch *meinen* Namen?«

Lillie gab einen angstvollen Seufzer von sich. Pascal rückte näher an sie heran, wusste, dass er diesem Schauspiel eigentlich ein Ende hätte setzen müssen, aber auch, dass er Albert Demise nicht ohne Köder würde gehen lassen können. Er musste einen Mittelweg finden.

Sein Gespür für Menschen, seine Konzentration, sein gesamtes Bewusstsein hatten sich auf ihn fokussiert, wie ein Gegner, ein Schachspieler, der auf einen Fehler wartete und unbedarft einen Bauern opferte.

»Lassen Sie es mich so ausdrücken«, fuhr Albert fort. »Es gibt nur wenige Menschen, die ich kenne, die unsere Interessen teilen. Zumindest kenne ich ihre Namen. Begegnet bin ich den wenigsten.«

»Was meinen Sie mit ›unseren Interessen‹, Monsieur Demise?«, fragte Pascal.

»Muss ich das ausführen? Kochen, die Gourmet-Gesellschaft, seltene Kochbücher, die Geschichte, die uns zu dem gemacht hat, was wir heute sind.«

»Oh Gott«, sagte Claude plötzlich, »so waren die da gestern alle.« Bemüht, die Atmosphäre aufzulockern, klopfte er Lillie auf den Oberschenkel und zwinkerte ihr zu, als wäre er von Verrückten umgeben.

»Ich habe Sie gestern in der Rotonde beobachtet«, flüsterte Albert Demise heiser.

Pascal war dieses Detail entgangen. Er hatte ihn nicht erkannt, konnte ihn mit keinem der Gäste in Verbindung bringen. Albert Demise musste an einem der Tische in den Nischen gesessen haben, sein Gesicht in die Dunkelheit getaucht.

»Wie Sie da saßen und Arthur de Polastrone gelauscht haben.«

Pascal meinte, einen weiteren Bruch in der Stimme zu erkennen. Wusste Albert Demise, dass Polastrones Leiche heute Mittag gefunden worden war?

»Das muss für Sie beide eine neue Erfahrung gewesen sein, aber Sie werden sich daran gewöhnen, denke ich.«

»Oh nein, Albert, ganz sicher nicht. Ich fahre morgen zurück und werde ganz ohne die ›Confrérie des Cuisiniers du Feu‹ kochen und meine Gäste bewirten.«

»Das haben schon viele vor Ihnen gesagt, Claude, aber am Ende … Na, lassen wir das.«

»Nein, das lassen wir nicht.« Pascal war aufgebracht. »Wann haben Sie Arthur de Polastrone das letzte Mal gesehen?«

»Oh, ein Verhör.« Albert Demise lehnte sich amüsiert zurück, Spuckefäden zwischen den halb geöffneten Lippen. »Gestern in der Rotonde. Danach bin ich nach Hause gegangen. Dann kamen die Einzelgespräche.«

Täuschte sich Pascal, oder hatte Albert bei seinen Worten Claude angesehen?

»Mit den Köchen«, setzte Albert hinzu. »Habe ich Ihre Frage damit beantwortet, Monsieur Chevrier?«

»Für den Moment schon.« Pascal ließ ihn nicht aus den Augen.

In einer schnellen Bewegung stellte Albert die Plastiktüte auf den Tisch. Sie war so voll, dass er dahinter fast verschwand. Nur noch seine Augen und sein schütterer, fettiger Haaransatz waren zu sehen. Als er weitersprach, hatte sein Ton etwas Feierliches angenommen. »In dieser Tüte ist etwas, das Sie interessieren dürfte.«

Pascal rührte sich nicht, prägte sich alles ein.

»Gewissermaßen der erste Teil einer möglichen Lieferung. Bekomme ich noch einen Schluck Wein?«

Claude schenkte Albert nach, sichtlich dankbar, nicht einfach nur dazusitzen und sich wehrlos den Ausführungen hingeben zu müssen.

»Merci«, hauchte Albert über den Tisch, sodass die anderen seinen süßlichen Atem riechen konnten.

Angeekelt schreckte Lillie zusammen. »Ich ziehe mich zurück«, sagte sie leise.

»Natürlich, mon amour«, sagte Claude in einem fast dankbaren Tonfall, weil zumindest für sie der Spuk vorbei war.

Vorsichtig schob sie ihren Stuhl zurück, würdigte Albert Demise hinter der Plastiktüte keines weiteren Blickes und verschwand ins Badezimmer.

Pascal wusste, sie würde dort lange bleiben. Sie war zu sensibel für Situationen wie diese, sie zog sich dann zurück, seelisch wie räumlich. Zu sehr verabscheute sie die Abgründe, mit denen sie seit frühester Kindheit im Haus ihrer Eltern konfrontiert worden war. Die Geschichten der dunklen Seite von Paris, vor denen Pascal sie immer zu verschonen versucht hatte. Aber es war unumgänglich gewesen, dass sie manchmal mitbekommen hatte, was er gesehen hatte, in welchen Schluchten der Seele er herumstochern musste, zu was Menschen in der Lage waren, die morgens neben ihr in der Metro saßen.

»Gut, Albert, es reicht jetzt. Was wollen Sie von mir?«, sagte er, als Lillie die Tür geschlossen hatte.

»Ich von Ihnen? Ich denke, Sie verstehen mich falsch. Sehen Sie, ich komme hier zu Ihnen raus und bringe Ihnen etwas mit«, Albert deutete auf die Tüte, »und Sie zeigen keine Dankbarkeit.«

»Kommen Sie zur Sache«, sagte Claude und dann an Pascal gewandt: »Sind diese Typen immer so, mit denen du zu tun hast?«

Er, der Starkoch, konnte mit ungebetenen Gästen sicher besser umgehen, dachte Pascal.

»*Sie* wollen doch das Buch!«

»Welches Buch meinen Sie?«, entgegnete Pascal.

»Enttäuschen Sie mich nicht. Wir beide kennen doch den Wert eines Originalkochbuchs von Marie-Antoine Carême.« Albert berührte mit einer fanatisch-zärtlichen Geste die Plastiktüte, nahm sie vom Tisch auf seinen Schoß, griff hinein und wühlte darin herum. »Wo habe ich es nur?« Schließlich holte er mit langsamen Bewegungen ein schweres Buch heraus.

Wie es dort vor ihnen lag, weit über zweihundert Jahre alt, voll mit Küchengeheimnissen aus der Zeit der frühen französischen Küche, dem Beginn der Haute Cuisine, fanden weder der Sternekoch Claude noch der begeisterte Hobbykoch Pascal Worte. Sie schwiegen, fast andächtig.

»L'art de la cuisine française«, stand auf dem Ledereinband, die goldgeprägten Buchstaben blätterten an vielen Stellen ab, genau wie bei dem Buch aus der Glasvitrine.

Es musste dasselbe Exemplar sein, das verriet Pascal sein fotografisches Gedächtnis.

Albert nickte wissend, gab der Situation Zeit und Ruhe, sich ihrer Wirkung bewusst. Dann ergriff er die Möglichkeit, die sich ihm nur in dieser Sekunde bot. »Sie können es haben, Pascal Chevrier.«

»Ich möchte es aber nicht, denn ich weiß, was Sie dafür haben wollen. ›De honesta voluptate‹ ist nicht zu verkaufen.«

Seine Falle war aufgegangen. Diese verrückten Kochbuchsammler waren aus ihrer Deckung gekommen. Pascal hatte vorgegeben, etwas zu besitzen, das genau genommen niemand auf der Welt besaß, nur der Vatikan – und das war ja eigentlich kein Mensch.

Albert schien mit dieser Antwort nicht glücklich zu sein. Er begann zu zittern, erst nur ganz leicht an den Händen, dabei musterte er nervös den Raum, blieb immer wieder an dem Regal mit den Kochbüchern hängen, starrte auf die Buchrücken.

»Ich habe es natürlich nicht hier, wie Sie sich denken können«, fügte Pascal langsam hinzu.

»Ein Tausch, Monsieur Chevrier, ein Tausch.«

»Warum wollen Sie es unbedingt haben?«, fragte Pascal lauernd.

Albert sah schweigend zu, wie Claude zu Carêmes Buch griff und darin blätterte. »Ja, behalten Sie es ruhig erst einmal hier, wir sehen uns sicher wieder. Betrachten Sie es als Leihgabe, als ein Vertrauensvorschuss.«

Pascal war sich inzwischen sicher, dass Albert eine Menge wusste, das ihm weiterhelfen konnte. Die Möglichkeit, das Buch hierzubehalten, würde sie im Gespräch halten. Ganz ohne polizeiliche Befragungen hätte er so die Chance, Albert wiederzutreffen, unter ganz anderen Voraussetzungen. Als Verhandlungspartner, nicht als Gendarm. So etwas hatte es bislang noch nie in seiner Laufbahn gegeben.

Claude blätterte geistesabwesend durch die verblichenen Seiten. Er schien in dem frühen Küchenwissen zu versinken, während er den Lebenslauf von Marie-Antoine Carême studierte.

Albert Demise beobachtete ihn dabei, dankbar, sich auf sein Terrain zurückziehen, die alten Schriften statt den Handel wieder in den Mittelpunkt rücken zu können. Er befeuchtete mit der Zunge seine spröden Lippen, bis sie glänzten. Seine Stimme war wieder brüchig, ehrfürchtig. »Ja, Monsieur, schauen Sie nur, welche neuen Wege Marie-Antoine Carême damals gegangen ist. Fünfzehn Kinder hat man ihm zugerechnet, das Essen, das große Mahl, soll er bis an die Grenzen ausgeschöpft haben. Er war eines von fünfundzwanzig Kindern. Mit elf Jahren, so heißt es, hat sein Vater ihn mit in eine Taverne am Stadtrand genommen. Nachdem sie gemeinsam Abendbrot gegessen hatten, führte er Carême hinaus auf die Straße und sagte: ›Geh, mein Kleiner, in dieser Welt gibt es viele gute Handwerke. Lass den Rest unserer Familie im Elend verkommen, in dem das Schicksal uns sterben lassen will. In dieser Zeit wird das Glück nur noch von denen gewonnen, die genügend Verstand haben, den du, mein Sohn, hast.‹ Das war eine Art Freifahrtsschein für den ersten Starkoch der Welt.«

Alberts Stimme hatte an Festigkeit zurückgewonnen. Er erzählte die Geschichte, als hätte er sie schon oft zum Besten gegeben. Er war in seinem Element, fühlte sich sicher auf seinem Gebiet.

Pascal wusste, dass Carême zunächst Konditor gelernt, dann aber Architektur studiert hatte. Bedeutende Gebäude baute er später als Koch in Zuckerguss nach.

»Nach der Revolution hat Carême Ordnung und Symmetrie in das Durcheinander der französischen Küche gebracht«, fuhr Albert fort, »und dazu gehörte Mut. Er musste Grenzen überschreiten. ›Ich will Ordnung und Geschmack!‹, war sein Motto. Wussten Sie das nicht, Claude? Ich möchte gern, dass Sie dieses Buch studieren, offen und frei an Zubereitungen und Revolutionen herangehen. Und erst dann, wenn Sie das getan haben, richten Sie über uns. Aber nutzen Sie Ihren Verstand und Ihr Herz. Machen Sie sich frei von dem, was die Allgemeinheit unter ›normal‹ versteht.«

Claude blätterte weiter in dem Buch und blieb immer wieder an Rezepturen hängen.

»Sehen Sie dieses Werk als ein Synonym dafür. Als Inbegriff der Toleranz, als eine Trennung zwischen dem, was die meisten Menschen als Leben begreifen, ihren Alltag, und als das, was Künstler vollbringen, um die Menschen zu faszinieren, um ihren Geist zu bereichern. Liegt die wahre Faszination nicht in Bildern, in der Musik oder in Schriften wie diesen? Schließen Sie sich uns an. Unserer Bruderschaft. Der Bruderschaft der Feuerköche.«

Pascal hatte bereits geahnt, dass auch Albert der »Confrérie des Cuisiniers du Feu« angehörte. Wie mochte sein Verhältnis zu Arthur de Polastrone gewesen sein? War er einer der ergeben klatschenden Jünger? Verfolgten sie dasselbe Ziel? Oder waren sie verfeindet, weil jeder von ihnen eigenen Interessen nachging?

»Warum sind Sie so auf der Suche nach neuen Mitgliedern?«, fragte er.

Albert Demise atmete tief ein und aus. Wieder erfüllte der süßliche Geruch seines Atems die Luft. »Lassen Sie es mich so ausdrücken: Die Bruderschaft und ich – wir profitieren voneinander. Ich bin Bibliothekar. Ich war nie etwas anderes und werde nie etwas anderes sein. Uns verbindet diese Leidenschaft der großen Künste. Kochen und Literatur. Das sollte Ihnen reichen.«

Pascals Gedanken schweiften ab, vieles wurde ihm klar.

Albert Demise besaß offenbar die Bücher und die Gilde das Geld. Wenn ihnen die Mitglieder ausgingen, würde Albert möglicherweise seine Lebensaufgabe genommen. Wie sehr war Albert der Organisation ausgeliefert? War er auf die Geschicke von Arthur de Polastrone angewiesen? Was würde dessen Tod für ihn bedeuten? Auf den ersten Blick sicher nichts Gutes, denn weitere Unruhe bei den Feuerköchen würde er nicht gebrauchen können. Einen Mord in der Gilde noch weniger.

Das Öffnen der Badezimmertür unterbrach Pascals Überlegungen. Lillie stand im Flur. Sie registrierte ungläubig, dass Albert Demise noch immer da war.

Albert nickte ihr zu, während er seine Oberlippe nach oben zog, ihr seine verfärbten Zähne zeigte, die Plastiktüte in die Hand nahm und aufstand. Auf dem Weg zur Tür drehte er sich noch einmal um und ging in Richtung des Bücherregals. Seine tief liegenden Augen sahen gebannt auf Pascals Kochbücher, klebten an dem alten Kloster-Kochbuch aus der Rue Mouffetard. Bei dem Buch, das nach dem Ableben von Monsieur Moutand einen neuen Wert für Pascal erlangt hatte, blieb er stehen. Alles Leben war aus seiner Körperhaltung gewichen. Niemand sprach, alle beobachteten ihn, wie er mit seiner Plastiktüte an sich gedrückt dastand.

»Ein Tauschgeschäft, Pascal, ein Tauschgeschäft. Denken Sie darüber nach. Ich will das Buch«, sagte er unvermittelt. »Ich werde ›De honesta voluptate‹ bekommen. Und Sie bekommen Marie-Antoine Carême.« Er deutete auf das Buch auf dem Tisch, in dem Claude noch immer blätterte. Dann ging er mit schleppendem Schritt – mit einem Fehler im Gang, der Pascal vorher gar nicht aufgefallen war – durch den Raum zur Ausgangstür.

Der Spuk war vorbei. Pascal ließ es einfach geschehen, bis die Tür ins Schloss fiel.

Erst als es dunkel in seiner Auffahrt blieb und der Motor nicht startete, ging er mit ruhigen Schritten zu Lillie, umarmte sie und holte seine Waffe aus der Schublade in der Küche, die er in der Provence bisher noch nicht gebraucht hatte.

Lillie sah ihn an. Angst lag in ihren Augen, dieser Ausdruck auf den Lippen, den sie schon als Kind gehabt hatte, wenn er zur Arbeit gemusst hatte, die Uniform, der schwarze Gürtel mit den Handschellen und die Waffe. Pascal wusste, wie sehr sie das verabscheut hatte.

»Nur zur Vorsicht«, sagte er lächelnd. »Gehört eben dazu.«

»Wo willst du hin?«, fragte Claude. Das Buch hatte er inzwischen zugeklappt.

Pascal löschte schweigend das Licht. Nur noch eine brennende Kerze stand auf dem Tisch. »Geht schlafen«, sagte er schließlich, als er den Motor vor dem Haus starten hörte.

Die Lichtkegel der Scheinwerfer wanderten durch das Fenster über die Wand und wechselten ins Rot, als das Auto langsam die Ausfahrt hinunterrollte.

Pascal spürte die Blicke im Rücken, die Sorge seiner Familie, als er die Tür hinter sich schloss und zu seinem Auto ging, die Tür öffnete, sich hineinsetzte und noch einen Moment wartete, bevor er dem Fahrzeug folgte.

Erst auf der Hauptstraße in Richtung Bonnieux, auf der D 943, beschleunigte Pascal den Mégane und fuhr kurz hinter dem Ortsende von Lourmarin, da, wo die Straße sich in die Berge fraß und es dunkel wurde, dicht auf Alberts Wagen auf. Jetzt erkannte er deutlich eine zweite Person auf dem Beifahrersitz. Um keinen Verdacht der Verfolgung aufkommen zu lassen, überholte er zügig.

Es gab nur diese eine Straße, die Nord-Süd-Passage, die den Luberon vom Petit Luberon trennte. Wer sie nahm, konnte nur ein Ziel haben, Richtung Norden. Albert Demise und sein Beifahrer würden nicht merken, dass sie verfolgt wurden, ein Wagen vor ihnen war unauffällig.

Pascal ließ ihn mal näher herankommen, dann gab er wieder Gas, sodass er ihn hinter sich zu verlieren schien. Er war sich sicher, wohin die Fahrt führte. In die »Librairie Payette« in Banon, in der er Albert Demise zum ersten Mal getroffen hatte. Er musste nur darauf achten, den Wagen nicht aus den Augen zu verlieren.

Die Ortschaften, die er passierte, wurden weniger, die Dunkelheit rechts und links neben der Landstraße undurchdringlicher. Durch das halb geöffnete Fenster roch er nur noch den Lavendel, hörte nur noch den Motor. Die Zikaden waren um diese Uhrzeit verstummt.

Der zweite Mann im Auto konnte nur der Buchladenbesitzer Rasmus Payette sein. Der Chef, der Albert Demise die Arbeit machen ließ, ihn vorschickte, die Lage zu sondieren, um sich am Ende die antiquarischen Schätze bringen zu lassen.

War es vielleicht gar kein Zufall gewesen, dass Albert Demise in der Buchhandlung verschwunden und Rasmus Payette wie aus dem Nichts aufgetaucht war und ihn fotografiert hatte? War er der eigentliche Lenker, der Verwalter des wahren Reichtums der Feuerköche und Albert Demise nur sein Lakai?

Kurz vor der Abbiegung in die Berge, Richtung Lagarded'Apt, vergrößerte Pascal den Abstand so weit, dass er das Auto im Rückspiegel nicht mehr sehen konnte. Ruhig bog er rechts in einen kleinen Feldweg ein, der auf einen Weinberg führte, und schaltete das Licht aus.

An dieser Stelle blieb ihm ein Restzweifel. Würden die beiden tatsächlich nach Banon fahren oder links in Richtung der Berge?

Nach etwa drei Minuten sah er Albert Demises Auto, wie es bremste und fast direkt an der Einfahrt zum Feldweg zum Stehen kam. Ein paar Sekunden glaubte er, seine Verfolgung sei aufgeflogen, er würde ebenfalls in den Feldweg fahren. Hatte der Buchhändler ihn bemerkt? War er ihm überlegen?

Er hatte sich getäuscht. Der Wagen bog in die andere Richtung, nach links in die Berge, ab, der Feldweg lag jetzt hinter ihnen. Sie fuhren nicht nach Banon zur »Librairie Payette«, sondern nach Simiane-la-Rotonde zur Sternwarte.

Diesmal ließ Pascal dem Wagen einen Vorsprung, bis er kaum noch zu sehen war, erst dann folgte er ihm in gebührendem Abstand. Vorbei an dem Dorf mit der Rotonde, die in dieser Nacht still und dunkel dalag. Weiter hinauf in die Berge. Kein weiteres Fahrzeug begegnete ihnen.

Im letzten Dorf vor dem Aufstieg zur Sternwarte waren in den Häusern alle Lichter gelöscht worden, die Fensterläden geschlossen. Selbst die Straßenlaternen waren ausgeschaltet.

Das Auto vor ihm war nicht mehr zu sehen. Doch hier oben gab es nur eine Straße. Pascal glaubte jetzt sicher zu wissen, wo die Fahrt enden würde, und war überrascht, als er mitten im Aufstieg die Bremslichter aufleuchten sah. Die Sternwarte war noch mindestens zehn Kilometer entfernt.

Ohne zu blinken, bog der Wagen vor ihm links ab, nahm einen der kleinen Feldwege den Berg hinunter, vorbei an den Betonsilos.

Um nicht erkannt zu werden, schaltete Pascal das Licht seines Mégane aus. Er würde die Strecke zu Fuß zurücklegen müssen, ohne zu wissen, wie weit er sich den Berg hinabschlängelte.

Er suchte nach seiner Taschenlampe im Handschuhfach, wollte gerade aussteigen. Es war genau ein Uhr dreißig, als sein Handy klingelte, er seinen Motor wieder startete und seinen Wagen wendete.

18

»Monsieur, sind Sie nicht unser neuer Dorfgendarm?«

»Oui, Madame.« Es war das erste Mal, dass er um Hilfe aus dem Ort gerufen wurde. Zugleich war er überrascht, hier in den Bergen der Haute-Provence Empfang zu haben.

»Ich habe gerade etwas Merkwürdiges gesehen.« Die Stimme der Dame klang distanziert, höflich, sie strahlte eine gewisse Arroganz aus. Die Frau wartete keine Zwischenfrage, keine Bemerkung von Pascal ab. »Mein Hund hat gewinselt. Mitten in der Nacht, er wollte raus. Ich konnte ohnehin nicht schlafen. Die ersten warmen Nächte machen mir immer zu schaffen, Monsieur le gendarm.«

Pascal hörte, wie sie sich eine Zigarette anzündete, das Feuerzeug klackte. Aufgeregt schien sie nicht zu sein.

»Ich war also mit Gainsbourg draußen, eine Runde durchs Dorf, und da kam ich an dem Restaurant oben auf der Anhöhe vorbei, am ›Le Fournil‹.« Sie zog an ihrer Zigarette.

»Und was haben Sie gesehen, Madame …?«

»Pardon. Fernet. Louise Fernet.«

Pascals Nerven waren angespannt.

»Kerzenlicht, Monsieur. Aber das Restaurant ist geschlossen. Nicht dass es da brennt oder so.«

»Wo genau haben Sie das Licht gesehen? Konnten Sie Kerzen entdecken?«

»Das ist es ja gerade, Monsieur le gendarm. Ich konnte nur das Flackern erkennen. Gainsbourg wollte da aber unbedingt rein, er hat an der Leine gezogen. Er war ganz aufgeregt, der kleine Chansonnier.« Louise Fernet lachte, wahrscheinlich streichelte sie ihren Hund nebenbei. »Und da habe ich gesehen, dass eine Scheibe zersprungen war. Ich habe sogar reingeschaut. Die Tür zu dem hinteren Saal stand auf. Wissen Sie, da, wo immer die geschlossenen Gesellschaften stattfinden. Und da hat es eben geflackert. Ich wollte erst die Feuerwehr holen, aber es brennt ja nichts. Vielleicht ist da jemand … das mit der zerbrochenen Scheibe und so, da habe ich gedacht, rufe ich lieber mal an.«

»Bleiben Sie bitte in Ihrem Haus, Madame Fernet, ich kümmere mich darum. Und vielen Dank für Ihren Anruf. Ich bin in einer halben bis Dreiviertelstunde da.«

»Sie sind ja von der ganz schnellen Truppe«, bemerkte Louise Fernet trocken.

»Schneller schaffe ich es nicht.«

»Soll ich nicht doch lieber die Feuerwehr rufen, Monsieur le gendarm?«

»Wenn Sie sicher sind, dass es nicht brennt, ist das nicht nötig. Ich bin ja unterwegs.«

»Allez«, sagte sie und legte auf.

Pascal schaffte die Strecke in vierzig Minuten. Das dürfte Rekordzeit gewesen sein, dachte er, als er seinen Mégane auf die Anhöhe in Lucasson steuerte.

Im Haus neben dem »Le Fournil« brannte noch Licht, der Vorhang bewegte sich, eine Silhouette, ein über das Fenster huschender Schatten.

Das Loch in der Scheibe des Restaurants befand sich neben der gläsernen Eingangstür. Man hatte sich nicht die geringste Mühe gegeben, etwas zu vertuschen, etwas unkenntlich zu machen. Das Loch war groß genug, um hindurchgreifen, das Fenster öffnen und in das Restaurant gelangen zu können. Scherben lagen im Eingangsbereich.

Als Pascal den Gastraum betrat, konnte er zunächst im schummerigen Licht nicht viel erkennen. Einige Tische waren gedeckt, rechts eine kleine Bar mit Hockern, dahinter die verspiegelte Auslage der Getränke. Eine umfassende Sammlung der unterschiedlichsten Pastis-Sorten, schwach von einem fahlen Nachtlicht in den Regalen beleuchtet.

Pascals Schritte knirschten, als er auf die halb geöffnete Tür an der Rückseite des Restaurants zusteuerte, aus deren Spalt das flackernde Licht schien. Scherben hatten sich in die Sohlen seiner Lederschuhe gedrückt.

Er maß, wie für ihn üblich, die Schritte bis zur Verbindungstür. Sechs, sieben, acht, neun.

»Nicht groß, das Restaurant«, flüsterte er.

Dann erreichte er die Tür, blieb einen Moment davor stehen, bevor er ihr mit seinem Ellbogen einen leichten Stoß gab. Geräuschlos bewegte sie sich im Scharnier, bis das fahle Licht heller und heller wurde und er die überall aufgestellten Kerzen, die gedeckte Tafel und am Kopfende des Tisches einen toten Mann erblickte. Er war an einem prunkvollen Stuhl festgebunden. Die Armlehnen aus Gold, das Gestell ebenfalls aus Gold, die Lehne aus rotem Samt. Im Widerschein des Kerzenlichts leuchtete dieser Stuhl wie ein Thron.

Der Kopf des toten Mannes war zur Seite gesunken, die kalten Augen starrten in die Mitte des Tisches.

Mit jedem Schritt, den Pascal näher kam, wurde der Geruch stärker. Der süßliche Geruch einer Leiche, der Geruch der Verwesung, der sich so tief in die Sinnesorgane eines Menschen einbrennt, dass niemand ihn jemals wieder vergessen kann. Pascal verriet diese Ausdünstung, dass der Mann schon länger tot sein musste, dass er wahrscheinlich sogar hierhergesetzt worden war, so gefunden werden sollte, in diesem sich bietenden Ensemble des Grauens.

Er ging langsam um den Stuhl herum, die flackernden Kerzen machten aus dem Raum ein Kabinett des Grusels. Wer auch immer es erschaffen hatte, es verfehlte seine Wirkung nicht.

Als sich Pascal hinunterbeugte, sein Knie auf den Boden setzte, versuchte, den Leichengeruch zu ignorieren und nur durch den Mund zu atmen, sah er es … Der Arm des Mannes, der fest an die Lehne geklemmt war, war oberhalb des Handgelenks abgetrennt worden. Auch die andere Hand fehlte. Die Füße waren offensichtlich unversehrt, er trug schwarze, glänzende Schuhe.

Das Opfer war fein gekleidet. Ein schwarzer Anzug, ein schneeweißes Hemd, auf dem keinerlei Blutspuren oder Anzeichen einer Gewalttat erkennbar waren. Das Haar war ordentlich gestutzt und mit Gel fixiert worden, sodass es sich trotz des zur Seite gekippten Kopfes über dem Ohr hielt.

Alles an diesem Bild wirkte inszeniert, nichts deutete auf ein Verbrechen an diesem Ort, auf diesem Stuhl, an diesem Tisch hin. Alles passte zusammen, die abgetrennten Hände, die Finger, die bereits den Köchen zugekommen waren. Aber warum hatte die Leiche noch die Augen geöffnet? Wohin starrten sie?

»Was hast du zuletzt gesehen?«, flüsterte Pascal kaum hörbar. Er hatte sich angewöhnt, die Toten anzusprechen, beim Denken die letzten Bilder des Opfers heraufzubeschwören. Etwas zu sehen, das ihm auf den ersten Blick verborgen geblieben war.

Er war sich sicher, dass das letzte Bild, das sich dem Mann geboten hatte, nicht dieser Tisch gewesen war.

Als er den hinteren Saal betreten hatte, hatte er die Anordnung der Gegenstände auf der Tafel für eine Art Blumenbouquet, für eine aufwendige Dekoration gehalten. Doch jetzt, bei genauerer Betrachtung, erfasste er die gesamte Installation. Sein Gehirn versuchte, die Bilder und die Logik des Anblicks zusammenzubringen, die Perversion zu begreifen.

In der Mitte des Tisches, auf einem grünen Teigsockel errichtet, thronte ein Pfau. Er hatte ein Rad geschlagen. Das fahle Licht beleuchtete ihn schwach. Das Tier hatte den Hals nach oben gestreckt, den Kopf stolz ein Stück weit nach unten angewinkelt. Sogar der Kamm des Pfaus ragte aufrecht in die Höhe. Er sah vollkommen lebendig aus, wie ausgestopft.

Pascal beugte sich über den Tisch. Wie war es möglich, diesen riesigen toten Vogel in diese Stellung zu bekommen?

Ein Geruch nach Nelken und gebratenem Speck stieg von dem Tier auf. Es war offensichtlich zubereitet worden, aber was war mit dem scheinbar unversehrten Federkleid?

Pascal traute seinen Augen nicht. Das prachtvolle, in allen Farben schimmernde Rad hing an einer dünnen, festen Schnur, die den Körper des Tieres an einer Holzleiste auf dem Tisch hielt. Einige durchsichtige Schnüre waren an dem darüber hängenden Kronleuchter befestigt, der so weit heruntergedimmt war, dass sein Lichtschein kaum wahrnehmbar war. Mit Draht hatte man dem Tier zusätzlichen Halt verliehen, sodass es in all seiner Anmut in der Tischmitte drapiert werden konnte, ohne umzukippen.

Pascal ging noch ein Stück näher an den Pfau heran, betrachtete die Brust, aus der ein Holzpflock ragte, der kurz hinter dem Austritt auf der Vorderseite des Vogels abgesägt worden war. Dieses Holzstück ließ das prächtige Tier so lebendig wirken.

Darunter befand sich eine Naht, die bis zum Hals des Vogels hinauflief. Man hatte ihn offensichtlich gegart und ihm nach dem Kochen das Federkleid samt Haut wieder übergezogen, sodass er, nachdem man das Federkleid ablösen würde, zum Verzehr bereit war.

Fassungslos betrachtete Pascal die gesamte Szenerie. Den gedeckten Tisch, die geputzten Silberbestecke, die weißen Servietten, die Weingläser, die im Schein der Kerzen schimmerten, die Geflügelschere und die Gabel neben dem grünen Teigsockel mit dem Vogel – und am Ende des Tisches den einzigen Gast. Seine toten Augen auf den Pfau gerichtet.

Bevor sich Pascal daran machte, alles zu fotografieren und das Wesentliche zu notieren, überprüfte er, wie weit die Kerzen hinuntergebrannt waren. Das würde Aufschluss darüber geben, wann sie angezündet worden waren, um das gesamte Grauen auszuleuchten.

Vertieft in seine Aufgaben, hatte er nicht bemerkt, dass ein Mann und eine Frau durch die Tür in den Saal getreten waren, die Augen vor Entsetzen geweitet. Er hörte auch nicht den fast lautlosen Schrei, der wie das Zischen eines Ballons klang, aus dem die Luft entwich.

»Oh mein Gott«, sagte der Mann, seine Finger suchten zitternd seinen vor Schrecken aufgerissenen Mund.

Erst jetzt fuhr Pascal herum und stellte sich instinktiv dicht vor die beiden, um den grausamen Anblick abzuschirmen. Doch es war zu spät.

»Was um Himmels willen ist hier los?«, schaffte der Mann hervorzubringen.

»Bitte, Madame et Monsieur, gehen wir wieder in die Bar, in den Gastraum.« Behutsam drückte Pascal den Mann vor sich her und hakte die Frau unter, während sie zurückgingen. Mit dem Fuß schob er die Tür hinter ihnen ein Stück weit zu.

»Setzen Sie sich bitte. Möchten Sie ein Glas Wasser?«

Sie nickten und ließen sich wie betäubt auf die Stühle gleich am ersten Tisch sinken.

»Ich bin Pascal Chevrier, Chef de police aus Lucasson.« Pascal füllte zwei Wassergläser, die geputzt neben der Spüle standen. Zurück am Tisch, stellte er die Gläser vor den Mann und die Frau hin und setzte sich ihnen gegenüber. Erwartungsvoll blickte er sie an.

Die kleine, zierliche Dame, die ihren leichten Sommermantel bis obenhin zugeknöpft hatte und einen pinkfarbenen Schal trug, schätzte er auf Mitte sechzig. Ihr graues Haar war kurz, an ihren Händen trug sie viele Ringe. Ihre Haut war faltig.

»Sie haben mich angerufen? Madame Fernet?«

»Oui, Monsieur, ich war das.«

»Das haben Sie richtig gemacht, Madame Fernet.«

»Ich bin der Besitzer dieses Restaurants«, sagte der Mann unaufgefordert. »Natale ist mein Name. Paul Natale. Louise Fernet war so freundlich, auch mich zu informieren, dass hier etwas Merkwürdiges vorgeht. Ich bin sofort gekommen.«

»Sie kennen sich?«

»Wir sind Nachbarn«, erklärte Paul Natale. »Madame Fernet wohnt nebenan, ich ein Stück weiter die Straße hinunter, hier wohnt sonst niemand. Sie ist oft hier.«

Louise Fernet trank das Wasser in kleinen, hektischen Schlucken. »Ja«, sagte sie, als sie runtergeschluckt hatte, dabei verschränkte sie wie zur Abwehr ihre Arme vor der Brust. »Als ich gesehen habe, dass Sie, Monsieur le gendarm, angekommen und nicht mehr weggefahren sind, dachte ich, dass ich auch Paul benachrichtigen sollte. Immerhin ist es sein Restaurant, und wir kennen uns gut.«

Pascal nickte langsam. Dann schob er ihr seine Karte über den Tisch und bat sie, ihn anzurufen, wenn ihr noch etwas einfiele. »Sie können gehen.«

Auch Paul Natale verstand es als Aufforderung und rückte seinen Stuhl zurück. Doch Pascal legte ihm seine Hand auf den Unterarm und bedeutete ihm, sitzen zu bleiben. »Ich habe noch ein paar Fragen an Sie, Monsieur Natale.«

Mit schnellen Schritten verließ Louise Fernet das Restaurant.

»Haben Sie eine Erklärung für das, was Sie gerade sehen mussten?«, fragte Pascal.

Während Paul Natale mit den Schultern zuckte, verriet sein Blick das genaue Gegenteil. Er log.

»Also von vorn«, sagte Pascal. »Es ist Ihr Restaurant, und wie es aussieht, war hier alles für ein … lassen Sie es mich so ausdrücken, sehr opulentes und hoch ungewöhnliches Essen vorbereitet. Ich bitte Sie, erzählen Sie mir nicht, dass Sie von nichts gewusst haben. Dieser Raum, der Braten in der Mitte des Tisches, was haben Sie damit zu tun? Fangen wir mit dem Pfau an.«

Paul Natale war in sich zusammengesunken. Er saß da, seinen Kopf müde nach vorn gekippt, die Hände auf dem Tisch, wie bereit zur Beichte.

»Es sollte das letzte Mal sein«, stieß er schließlich hervor.

»Das letzte *Mahl* im Sinne der ›Confrérie des Cuisiniers du Feu‹?«

»Oui, ich wollte aussteigen. Ich wollte auch dieses Essen nicht mehr zubereiten, aber ich hatte Angst. Die Organisation ist …« Paul Natale stockte, blickte unsicher in den Gastraum.

»… skrupellos?«

Paul Natale nickte stumm.

»Sie haben, wie andere Köche auch, einen Finger geliefert bekommen. Haben Sie eine Erklärung dafür?«

Paul Natale blieb unbeweglich, in seinen Augen aber lagen Angst und Unsicherheit. »Hören Sie, Monsieur Chevrier, ich habe nichts Verbotenes getan. Es ist nicht illegal, einen Pfau zu essen. Er steht nicht unter Naturschutz.«

»Ich weiß, Monsieur. Ethisch habe ich dazu eine andere Meinung, vor allem über die Art der Präsentation ließe sich streiten, aber das ist nicht meine Aufgabe. Ich will einen Mörder finden, und hier in Ihrem Restaurant scheint mir einiges zusammenzulaufen. Daher brauche ich Ihre Unterstützung. Kennen Sie den Toten an Ihrem Tisch?«

Paul Natale schüttelte den Kopf. »Ich meine, so genau habe ich ihn mir nicht angeguckt. Ist ja auch ziemlich dunkel in dem Raum. Und wer will so etwas schon lange ansehen?«

»Ich muss Sie bitten, ein zweites Mal hinzuschauen. Meinen Sie, Sie schaffen das?«

Paul Natale schüttelte wieder den Kopf, jetzt energisch. »Ich will, dass das vorbei ist.«

»Was genau, Monsieur Natale?«

»Alles. Diese Treffen, diese Essen, dieser Druck und vor allem das hier.« Er zeigte in den Raum. Seine Stimme war laut geworden, unkontrollierter. Von Arroganz war nichts übrig geblieben. Vor Pascal saß ein verzweifelter Mann.

»Ich muss meine Kollegen informieren, die Spurensicherung. Bevor sie kommen, müssen Sie ein zweites Mal hinschauen.«

»Muss das sein?« In Paul Natales Ton lag etwas Flehendes.

»Das halten Sie schon aus.« Pascal stand auf und machte eine einladende Geste, um Paul Natale den Vortritt zu lassen. Der erhob sich mühsam und schlurfte mit langsamen Schritten auf die Tür zu. Der Saal hatte nichts von seinem Schrecken verloren. Der Pfau mit den ausgebreiteten Flügeln, dem Rad, dahinter der Tote, auf einem der Stühle festgebunden, als würde er darauf warten, dass der Pfau angeschnitten wurde.

Paul Natale hatte seine Augen geweitet, als er um den Tisch herumging. Dem Pfau schenkte er keine Beachtung, als wäre dieses Riesentier auf seinem Tisch etwas ganz Normales.

Etwa zwei Meter vor der Leiche blieb er stehen, betrachtete sie, drehte sich dann um und sagte im Weggehen: »Nie gesehen.«

Pascal beobachtete ihn genau, versuchte, in seinem Gesicht zu lesen, in seiner Körperhaltung, in seinen schneller werdenden Schritten, als er die rettende Tür erreichte. Log er? Zumindest war das nicht auszuschließen.

Er folgte Paul Natale zurück in den Gastraum mit der Bar. »Setzen Sie sich bitte, ich habe noch weitere Fragen«, sagte er, während er das Handy aus der Tasche zog und Audreys Nummer wählte.

»Audrey, entschuldige die nächtliche Störung.«

»Pascal?«

»Wir haben einen Toten im Restaurant ›Le Fournil‹ in Lucasson.«

»Bei Paul Natale?«

»Ja, Audrey. Der Leichnam wurde an einen Tisch gesetzt, darauf ein drapierter, gebratener Pfau. Sieht gruselig aus, bereite die Spurensicherung darauf vor. Ist kein schöner Anblick.«

Pascal hatte es in seiner Pariser Zeit immer wieder mit grausamen Fundorten wie diesem zu tun gehabt. Er kannte die Kollegen der Spurensicherung, die entweder so abgebrüht waren, dass sie einfach nur ihrem Job nachgingen, oder dem Unmenschlichen mit pechschwarzem Humor begegneten.

Er selbst gehörte zu keinem dieser Charaktere. Er zeigte offen sein Entsetzen vor Menschen, die anderen so etwas antaten, die die Welt manchmal zu einem erbärmlichen Ort machten.

Diese Morgenstunden trugen dazu bei, dass er realisierte, dass es keine Flucht aus der Welt der Gewalt und der Grausamkeit gab. Weder in Paris noch in der beschaulichen Provence.

»Ich leite alles in die Wege, wir sind so gut wie unterwegs. Ich unterrichte auch Frédéric Dubprée«, sagte Audrey.

»Wir?«

»Ja, ich komme mit.« Damit beendete sie das Gespräch.

Paul Natale hatte seinen Kopf in die Hände gestützt. »Kann ich jetzt gehen?«

»Ich fürchte nicht. Bitte erzählen Sie mir, was für eine Veranstaltung Sie hier heute Abend geplant hatten. Und bitte seien Sie ehrlich, lassen Sie mich nicht ständig nachfragen, sonst muss ich Sie mit in die Mairie nehmen.«

Langsam hob Paul Natale den Kopf, während er seine Arme, die Hände noch immer zu Fäusten geballt, auf dem Tisch stehen ließ. In seinen Augen lag ein fragender Ausdruck. »Ein Dîner, ganz im Sinne der Feuerköche.«

»Und heute sollte es Pfau geben?« Pascal konnte seine Abscheu nicht unterdrücken, wusste aber, dass sein Tonfall nicht zielführend war.

»Monsieur le commissaire, wahrscheinlich ist das für einen Außenstehenden schwer nachzuvollziehen. Sie denken, ein Pfau, der ist so hübsch, der gehört doch in den Zoo.« Eine Spur Spott klang in Paul Natales Stimme mit, die Arroganz war für einen kurzen Augenblick zurückgekehrt. Als Pascal nicht reagierte, sprach er weiter. »Die ›Confrérie des Cuisiniers du Feu‹ macht aber keine Unterschiede. Wir richten nicht nach dem Aussehen über die Tiere, die wir essen, und über die, die wir nicht essen. Niedlich sind sie alle, wenn man ihnen in die Augen sieht. Dagegen ist ein Pfau doch noch an der unteren Niedlichkeitsstufe. Oder finden Sie die schwarzen Augen fast ohne Augenbrauen niedlich?«

»Warum ein Pfau?«

Plötzlich kam Bewegung in Paul Natale. »Ich hole etwas, das Sie interessieren dürfte, Monsieur Chevrier.« Er stand auf und ging zur Bar. Sein Kopf verschwand hinter der Theke. Als er wieder auftauchte, schwenkte er ein Buch in der Hand. Ein sehr altes Buch.

Zurück am Tisch, legte er es vor Pascal und zog seinen Stuhl neben ihn, sodass beide hineinschauen konnten. Behutsam blätterte er durch die ersten Seiten, die nur noch mühsam in der Mitte zusammengehalten wurden. Sie waren vergilbt und vom vielen Blättern in Mitleidenschaft gezogen worden. Der Einband war bereits geklebt worden.

»Dieses Buch stammt aus dem Mittelalter. Aus der Zeit

der Waldenser, jener religiösen Gruppe, die sich schon vor der Reformation hier in Südfrankreich niedergelassen hat. Sie waren sozusagen die Vorhut der Protestanten, auch wenn sie selbst sich sicher anders gesehen haben. Hier in Lucasson und im benachbarten Lourmarin wurden sie zunächst aufgenommen und dann wieder erbittert bekämpft. Sie hatten sogar eine eigene Kirche im Ort. So könnte man sagen, wir waren das gallische Dorf in der Zügellosigkeit der Päpste und Katholiken. Aber lassen wir das mit der Religion und schauen wir lieber auf das, was uns die Waldenser hinterlassen haben. Eigentlich hatten sie sich, um sich vom katholischen Glauben abzuspalten, der freiwilligen Armut verschrieben und auf opulente Mahlzeiten verzichtet. Aber, Monsieur Chevrier, sie waren Franzosen. Sie wissen, was das heißt. Da kam die Bruderschaft mit ihrer Geheimniskrämerei genau richtig. Sie konnten essen, und niemand hat es erfahren.«

Für einen Moment war nichts mehr von der Atmosphäre eines beängstigenden Tatorts zu spüren, ein Lächeln huschte sogar über Paul Natales Lippen, so fein, so dünn, dass es ebenso schnell wieder verschwunden war.

»Dieses Buch hier sagt genau das. Wie sie gegessen haben, das steht hier alles drin.«

»Pfau im Drahtkäfig?« Pascal deutete auf das gezeichnete Tier im Rezept.

Neben der Beschreibung der Zubereitung nahm den größten Platz eine bebilderte Anleitung ein, wie das Geflügel nach dem Kochen in einen Zustand der Würde zurückverwandelt werden konnte. Der Leser erfuhr, wie die Bindfäden befestigt werden mussten, wie der Holzpflock durch den Hals des Tieres geschoben werden sollte, wie der Draht um den Körper gewickelt und schließlich das abgetrennte Federkleid wieder um das gebratene Tier gelegt werden konnte, als sei nichts gewesen.

»Und das haben Sie nach der Anleitung aus diesem Buch vorbereitet?«

Paul Natale nickte eifrig, Stolz lag in seinem Blick. »Oui,

ganz allein. Aber wissen Sie was, Monsieur?« Er wartete keine Antwort ab. »Ich koche. Ich bastle nicht, und ich stelle auch keine Statuen her. Ich habe keine Lust mehr dazu, Drähte durch Gefieder zu ziehen, und genau das habe ich Arthur de Polastrone mitgeteilt und auch diesem komischen Bibliothekar, der mir das Buch überreicht hat. Und dann das Datum. Ich durfte mir nicht aussuchen, wann das Essen stattfinden sollte. Die Gilde verfügt über meine Zeit. Sie kümmert sich um die Einladungen, und sie wählt aus, wer der nächste Koch ist.«

»Bibliothekar? Monsieur, Sie meinen den Buchhändler?« Paul Natale nickte abwesend.

»Warum haben Sie sich das angetan? Warum lassen Sie und all die anderen Köche sich das gefallen?«

»Weil sie die Einzigen sind, die uns als das betrachten, was wir sind. Künstler. Weil die Abende sehr gut bezahlt werden. Kommen Sie mit so einem kleinen Restaurant, wie ich es hier betreibe, mal durch die Winterzeit. Auch wenn wir in den Sommermonaten, wenn die Touristenmassen durch Lucasson ziehen, fast vierundzwanzig Stunden geöffnet haben, können wir mit den paar Tischen nicht genug einnehmen, um nicht auch in den kalten Monaten des Jahres arbeiten zu müssen. Die Gilde kümmert sich mit den geladenen elitären Gästen darum, dass wir über den Winter kommen. Sie kommen aus Paris, sie suchen das Abenteuer, auch auf dem Tisch. Sie wollen immer mehr.«

»Was für Gäste sind das?«

»Nun, Monsieur, darüber darf ich nicht sprechen. Sie wollten immer unerkannt bleiben. Es sind Prominente, gelangweilte reiche Pariser, Politiker, Popstars, Schauspieler. Sie glauben nicht, wie neugierig die Leute darauf sind, Tiere zu probieren, die sie noch nie gegessen haben – und wir Feuerköche wissen, wie man sie zubereitet.«

»Dank der alten Kochbücher«, merkte Pascal an.

»Sie wissen von der Bibliothek?«

Pascal zögerte. Eine Bibliothek? Albert Demise ein Bibliothekar, kein Buchhändler? Warum war er nicht auf eine Bibliothek gekommen? Warum hatte er sich nur auf die »Librairie Payette« konzentriert? War Albert Demises Rolle am Ende doch eine größere? War er gar nicht der einfache Gehilfe von Rasmus Payette?

»Waren Sie wirklich dort? Waren Sie bei Albert Demise?« Paul Natale hatte die Augen aufgerissen. »Ich meine nur, wir alle wissen, dass es sie gibt, wir wissen nur nicht, wo sie ist.«

Wie so oft, wenn er wollte, dass sein Gesprächspartner weitersprach, schoss Pascal ins Blaue. »In der Haute-Provence.«

Paul Natale nickte. »Schon klar, Monsieur, das wissen oder ahnen wir alle. Aber wo genau?«

Für ein paar Sekunden schwiegen sie.

»Die Bibliothek ist das Herzstück der Bruderschaft. Sie bedeutet alles, und Albert ist im Grunde genommen der wichtigste Mann für die Organisation.« Paul Natales Stimme war wieder leiser geworden. Als merke er jetzt erst, in welch misslicher Situation er sich befand.

»In der ›Librairie Payette‹?«

Paul Natale lachte. »Den Buchladen könnte man lediglich als Showroom betrachten. Bestenfalls ein Abschreibungsprojekt.«

»Wie meinen Sie das, Monsieur Natale?«

»Die wahre Bibliothek hat bislang kaum jemand gesehen. Hüten Sie sich davor.«

»Sie meinen, es gibt mehr als den Buchladen?«

»Oui, bien sûr«, Paul Natale lächelte wissend, »aber es reicht. Ich will diesen stinkenden Bibliothekar hier nicht mehr sehen. Ich will Arthur de Polastrone hier nicht mehr sehen, und ich will diese dekadenten Gäste nicht mehr erleben, wie sie ihre Messer und Gabeln in das Fleisch eines Emus bohren.«

»Und das haben Sie offiziell zum Ausdruck gebracht?«

»Oui, Monsieur. Arthur de Polastrone ist zu mir ins Restaurant gekommen. Er hat mich nicht verstanden. Er ist besessen von seiner Organisation. Wir haben uns auf ein letztes Mahl geeinigt, ein letztes Dîner im ›Le Fournil‹. Dann hat er mir versprochen, mir die Bibliothek zu zeigen, die wie gesagt nur der engste Kreis zu Gesicht bekommen sollte. Doch das hat mich alles schon nicht mehr interessiert. Ich habe nur zugestimmt, noch einmal mitzumachen, und dann ist Albert gekommen, hat mir das Buch und den Termin gegeben, so wie es immer lief. Das Essen sollte gestern Abend stattfinden, aber es kam niemand. Ich habe versucht, Arthur de Polastrone zu erreichen, und erfahren, dass keiner wusste, wo er ist. Kurze Zeit später hat mich sein Sekretär angerufen und das Essen abgesagt. Er hatte bereits alle Gäste informiert. Man werde für die Kosten aufkommen, hat er gesagt. Dann habe ich es so stehen lassen und das Restaurant verlassen. Ich war zu Hause bei meiner Frau, und ich war so früh im Bett wie seit Jahren nicht mehr. Das ist doch sicher Ihre nächste und letzte Frage. Wo ich wann gestern Abend gewesen bin.« Wieder dieses feine Lächeln, das sich wie ein Bindfaden über seine Lippen spannte.

Pascal nickte. »Und das kann Ihre Frau bezeugen?«

Das Licht eines Scheinwerfers erleuchtete Paul Natales Gesicht.

Zuerst betrat Audrey den Gastraum. Dicht hinter ihr zwei Kollegen der Spurensicherung und Maxime Leblanc, der Gerichtsmediziner.

Pascal mochte den Mann – nicht nur wegen seiner Scharfsinnigkeit. Er hatte ihm vor einigen Monaten geholfen, seinen ersten Mordfall aufzuklären, und er besaß einen Trüffelhund, den er ihm im Februar geliehen hatte, als Pascal mit Lillie auf Trüffelsuche gegangen war und sich damit einen Traum erfüllt hatte. Pascal begrüßte ihn herzlich.

»So eine frühe Störung, ausgerechnet heute«, sagte Leblanc.

Pascal zuckte mit den Schultern. »Was ist heute?«

»Meine neue Freundin ist da. Eine Norwegerin. Ich glaube, es ist Liebe.« Leblanc schnaufte strahlend, dann ging er in den zweiten Saal zu dem Toten und atmete scharf aus. Ob es der Gestank oder der Schreck war, ließ sich nicht genau sagen. Leblanc hatte etwas Undurchschaubares an sich. »Die Leiche ist frisch hier hereingebracht worden, da sind Schleifspuren vor der Eingangstür.«

Pascal gab Paul Natale die Hand. »Das wäre alles«, sagte er.

Als er Audrey immer noch wie erstarrt vor der Szenerie stehen sah, wusste er, dass sie den toten Mann am Tisch erkannte. Sie hielt sich am Tisch fest, Fassungslosigkeit lag auf ihren Gesichtszügen.

»Du kennst ihn, Audrey?« Pascal stellte die Frage ruhig, ließ ihr Luft.

»Ja«, sagte sie mit zitternder Stimme. »Es ist ein Freund meines Vaters. Bruno Martin. Ein Tierschützer. Ich bin mit ihm aufgewachsen.«

19

In seinem ihm ganz eigenen Tempo und mit schlurfendem Schritt brachte Jacques Pascal einen Milchkaffee an den Bistrotisch auf dem Bürgersteig vor dem »Café Tabac«. Dazu ein Croissant in einem kleinen Bastkorb, ein Stück Butter und abgepackte Erdbeermarmelade. Das Petit-déjeuner fiel an Morgen wie diesen süß aus. Zucker gab Energie für einen Tag, der es in sich haben und von Schlafmangel geprägt sein würde.

Da Jacques der wohl schweigsamste Mann in Südfrankreich war und niemals Fragen stellte, wählte Pascal sein Café im Ortskern von Lucasson aus, wenn er nachdenken wollte. Hier konnte er sitzen, sich Notizen machen, das Treiben im Ort betrachten und sich seinen Theorien und Gedanken hingeben.

Musste er Paul Natale als Mörder verdächtigen? Der Tote in seinem Restaurant war ein Tierschützer gewesen. Sicher war Natale kein Freund von Tierschützern, aber warum sollte er einen Mord begehen? Sein Hass richtete sich eher gegen die Organisation, gegen das Diktat von Leuten wie Arthur de Polastrone. Auch der war tot, bei ihm hätte Natale ein deutlicheres Motiv gehabt.

Der Druck der Bruderschaft musste groß sein, schon seit jeher in der langen Geschichte, vom Mittelalter bis heute. Jedes Mitglied wurde zu einem Teil dieser Geschichte und zum Geheimnisträger. Stieg jemand aus, so schlussfolgerte Pascal, brach ein Stück weit das Konstrukt zusammen. Und es fehlte ihnen an Nachwuchs, das hatte Albert Demise zugegeben. Mehr noch, die Gilde musste verzweifelt sein, so sehr, dass sie junge Männer wie Claude ohne die geringste Überprüfung einluden und der Vorsitzende persönlich versuchte, ihn zu überzeugen, sich der Confrérie anzuschließen.

Schlechte Nachrichten konnten sie also nicht gebrauchen. Da kam ein Mann wie Paul Natale sehr ungelegen. Einer, der aussteigen wollte und offen über die Organisation reden würde, passte dem schrumpfenden Verein bestimmt nicht. Paul Natale war ein Geheimnisträger, der jetzt frei, jedem Ehrenkodex enthoben und bereit war, über das zu berichten, wofür die Gilde stand. Niemand konnte ihm verbieten, über die für die Normalbürger nicht nachvollziehbare Zubereitung der Speisen zu sprechen.

Der Ruf der Gilde litt mit jedem Austritt eines Kochs. Leuten wie Albert Demise oder Arthur de Polastrone passte das nicht. Sie waren von ihrer Idee, von ihrer Tradition besessen. Waren sie in der Lage, einen Mord zu begehen? Hatten sie den Tierschützer auf dem Gewissen?

Pascal würde Albert Demise einen Mord zutrauen, ein Mann wie er, empathielos und ohne Gewissen, käme in Frage. Aber hatten die Tierschützer und diese Demonstrationen ihn in seinem Fanatismus so sehr gestört? Hatte er nicht ganz andere Probleme? Nämlich die Rettung seiner Bibliothek, die offensichtlich viel größer war als angenommen?

Nicht der Buchladen, sondern eine Bibliothek, die sich ganz in der Nähe befinden musste. Darum ging es also. Darauf war Pascal bislang nicht gekommen. Er musste sie finden, denn durch die schwindenden Mitgliederzahlen nahm sie eine zentrale Rolle ein. Sie war möglicherweise die finanzielle Absicherung der Bruderschaft. Entweder herrschte Rasmus Payette über den Schatz oder sein Lakai Albert Demise. Er musste diesen Ort finden.

Er hatte Audrey eine SMS geschickt, um sie zum Frühstück einzuladen und mehr über Bruno Martin zu erfahren, doch sie war nicht gekommen.

Die Sonne war schon weit hinaufgestiegen, sie begann, die Straßen zu erhitzen, später würde die Luft flimmern, es würde ein heißer Tag in der Provence werden. Die Besucher des »Café Tabac« hatten sich unter die Markise in den Schatten verzogen. Kein sicherer Platz, wenn man die Verankerung des durch den Mistral stark in Mitleidenschaft gezogenen roten Stoffes betrachtete. Es war eine Frage der Zeit, bis sie sich lösen und hoffentlich auf der engen Straße keinen allzu großen Schaden anrichten würde.

Eigentlich waren es genau diese Dinge, um die sich ein Dorfgendarm kümmerte. Pascal wollte Jacques gerade einen Hinweis geben, als sein Handy klingelte.

Es war Lillie. Pascal nahm das Gespräch an, Freude in seinem Herzen.

»Lillie, mon amour«, scherzte er.

Schweigen schlug ihm entgegen, nur ihren Atemzug konnte er hören. Ein Schauer durchzuckte ihn, Adrenalin schoss durch seinen Körper, ihm wurde übel.

»Lillie, alles in Ordnung?«

»Die Police nationale hat Claude abgeholt«, wimmerte sie leise.

»Wer, Lillie?« Pascals Ohren rauschten, das »Café Tabac« drehte sich vor seinen Augen, sein Nacken schmerzte, war wie eingefroren.

»Er steht unter Mordverdacht. Er soll Arthur de Polastrone, oder wie auch immer der Typ heißt, getötet haben.«

»Was?« Pascal schrie, reagierte so wie nie zuvor bei einer schlechten Nachricht.

»Er soll der Letzte gewesen sein, der ihn gesehen hat. Und man hat seine Fingerabdrücke gefunden. An einem Messer, das das Opfer in der Manteltasche mit sich trug.«

»Das ist doch nicht möglich!« Pascals Stimme überschlug sich. Er kannte Claude nicht so gut, wie er es gern gehabt hätte. Aber die Unterhaltung am Frühstückstisch, das unerhörte Interesse an den Büchern, die Frage nach dem Wert der Bücher, die nicht gekannte Härte in seinem Ausdruck und jetzt die Fingerabdrücke … Doch jetzt galt es, seine Tochter zu beruhigen. Sie aufgebracht und verzweifelt zu erleben war ihm ein unerträglicher Zustand.

»Lillie, ich kümmere mich darum!«

»Damit nicht genug, Papa, das Schlimmste kommt noch.«

»Was?«

»Sie haben irgendein Buch bei ihm gefunden. Ein gesuchtes

Buch, sehr wertvoll. Eines von denen, die bei uns auf dem Tisch lagen. Darauf haben sie Fingerabdrücke von Polastrone entdeckt.«

»Ich glaube nicht, dass …« Pascal versuchte, seine Unsicherheit zu verbergen. Er wusste nicht mehr, was er glauben sollte.

»Papa, kommst du nach Hause?«

Er konnte sich nicht daran erinnern, wann sie so etwas das letzte Mal zu ihm gesagt hatte.

»Ich kann zu Hause nichts für Claude tun. Ich muss in die Mairie. Ich muss telefonieren, Dinge organisieren.«

Er hörte Lillie schwer ausatmen. »Bitte, Papa.«

»Es wird sich schnell aufklären … Ein Missverständnis …«

»Bordeaux hat ins Wohnzimmer gekackt«, sagte Lillie noch, als Pascal schon auflegen wollte. Dass er plötzlich Hundebesitzer war, gehörte noch nicht zu seiner Lebenswirklichkeit.

»Oh.«

»Schon gut, ich habe es schon weggemacht.«

»Lillie, ich habe noch eine wichtige Frage an dich. Was habt ihr gestern getan, während ich Albert Demise gefolgt bin?«

»Ich bin schlafen gegangen.«

»Und Claude?«

»Was meinst du, Papa?«

»Ist er auch schlafen gegangen? Denk nach, Lillie, das ist wichtig.«

»Nein, ist er nicht.«

Pascal hatte diese Antwort befürchtet, ihm lief ein Schauer über den Rücken. »War er zu Hause, oder ist er weggegangen?«

»Ich weiß es nicht.« Lillie schluchzte auf.

Pascal wollte nicht aussprechen, was in ihm vorging. Er musste ihr seine Schlussfolgerung vorenthalten. Claude hatte kein Alibi für die letzte Nacht, in der Bruno Martins Leiche aufgefunden worden war. Er musste mit ihm sprechen, ein Gespräch führen, das in Wahrheit ein Verhör werden würde, vom dem Lillie niemals etwas erfahren durfte. Wenn er die

Liebe seiner Tochter unter Mordverdacht stellte und dieser am Ende unbegründet wäre, würde ein dauerhafter Riss ihre Beziehung zerteilen. Selbst wenn er von Claudes Unschuld überzeugt war – was er nicht mehr war, was er nicht mehr sein durfte –, musste er dem Verdacht der Police nationale nachgehen. Das war seine Pflicht.

»Papa? Bist du noch dran, du sagst nichts?«

»Pardon, mon amour«, sagte Pascal schließlich. »Wir schaffen das schon.«

Er beendete das Telefonat, legte das Geld für sein Frühstück auf den Tisch und verließ das »Café Tabac«.

Als er den Flur der Mairie betrat, war er überrascht, dass die Tür zu seinem Büro offen stand. Zwei Männer saßen auf den Besucherstühlen. Sein Chef, der Bürgermeister Jean-Paul Betrix, und der Gerichtsmediziner Maxime Leblanc.

»Sie sind verpflichtet, mir das Ergebnis mitzuteilen. Ich bin Monsieur Chevriers Vorgesetzter«, sagte Jean-Paul Betrix gerade zu dem wie immer gelassen wirkenden Leblanc.

»Non. Ich habe meine Anweisung von Monsieur Dubprée von der Police nationale«, erwiderte Leblanc. »Es handelt sich um einen Mordfall, und der fällt nicht in Ihren Zuständigkeitsbereich.«

»Aber in den eines Dorfgendarmen?« Die polternde Stimme des Bürgermeisters überschlug sich, seine Stimmlage rutschte ins Unbestimmte ab.

»Sie wissen genauso gut wie ich, dass Monsieur Chevrier für diesen Mordfall abgestellt wurde. Er soll der Police nationale mit seinem scharfen Verstand bei den Ermittlungen zur Seite stehen.«

Jean-Paul Betrix schnaufte verächtlich. Er klang wie eine Dampflok, die in einen Bahnhof einfuhr.

Pascal klopfte an seine eigene Tür. Die Männer hatten ihn bislang nicht bemerkt. Fast synchron fuhren sie herum. Der eine freundlich, der andere, Betrix, feindselig, wie Pascal es inzwischen von ihm gewohnt war.

»Wenn ich dann bitte allein mit Monsieur Chevrier sprechen dürfte«, sagte Leblanc und lächelte Jean-Paul Betrix an.

So weit kannte Pascal diesen inzwischen: Nichts hasste er mehr, als ausgeschlossen zu werden. Er war der Bürgermeister und in seiner Wahrnehmung dem französischen Präsidenten ebenbürtig. Schnaufend erhob er sich aus dem Besucherstuhl.

»Wir müssen dann auch noch über die Abmahnung sprechen, Chevrier«, sagte er und zog den Gürtel unterhalb seines massigen Bauchs enger.

»Naturellement«, erwiderte Pascal, bevor er die Tür hinter Betrix schloss.

Maxime Leblanc hatte sich innerhalb der letzten Monate immer mehr das Aussehen eines Landstreichers angeeignet, sich aber wie von Zauberhand gefangen. Sogar sein Haar war gekämmt.

»Die Liebe?« Pascal gab ihm lächelnd die Hand.

Leblanc errötete.

»Was macht die Trüffelsuche, Monsieur Leblanc?«, fragte Pascal, um ihn aus der peinlichen Situation zu retten.

Leblanc war als Trüffelsucher in der ganzen Gegend bekannt.

»Ich war seit dem Winter nicht mehr unterwegs. In den Wald der Perieuxs gehe ich nicht mehr«, fügte Pascal hinzu.

»Das wäre auch langweilig. Jeder weiß, dass es sich dort um eine Trüffelplantage handelt.« Leblanc war einer der letzten Sucher, die noch in den Wäldern die wilden Trüffel aufspürten.

»Aber man braucht Zeit dazu.«

»Und einen Hund«, sagte Leblanc, während er seine Aktentasche auf seine Knie hob.

»Den habe ich.«

Leblanc ließ die Tasche wieder sinken. »Sie haben sich einen Hund zugelegt?«

»Ich habe einen von meiner Tochter und ihrem Verlobten geschenkt bekommen.«

»Welche Rasse? Eignet er sich zur Suche?«

»Es ist ein brauner Labrador Retriever. Dunkelbraun.«

Unwillig schüttelte Leblanc den Kopf, womit er signalisierte, dass ihn die Farbe nicht interessierte. Hier auf dem Land wurden die Tiere an ihrem Nutzwert und nicht am Niedlichkeitsfaktor gemessen. Pascal musste sich daran gewöhnen, er war nicht mehr in Paris.

»Ich meine, taugt er zur Trüffelsuche?«

»Ich habe keine Ahnung, er müsste ausgebildet werden.«

»Und vor Ihnen sitzt der Mann, der das kann.« Leblanc drückte sein Kreuz durch und strahlte.

»Das würden Sie für mich tun?«

»Nicht umsonst, bien sûr.«

»Bien sûr«, echote Pascal im Tonfall der gespielten Entrüstung.

Leblanc schaute ihn abenteuerlustig an. »Ich komme morgen zu Ihnen, ich bringe Trüffel mit, dann können wir alles in die Wege leiten.«

»Bedaure, Monsieur. Erst mal muss ich meinen Hund kennenlernen.« Pascal beugte sich über seinen Schreibtisch, hinter dem er inzwischen Platz genommen hatte. »Er kackt noch in mein Haus.«

Leblanc sah ihn entsetzt an. »Er ist im Haus? Bei Ihnen im Haus?«

»Oui, er ist ein Haushund.«

»Ein Hund ist niemals ein Haushund. Ein Hund gehört nach draußen. Er stammt vom Wolf ab. Ich sehe schon, da liegt eine Menge Arbeit vor mir.« Die Diskussion war für Leblanc beendet, denn er hob erneut seine Aktentasche hoch und wühlte darin. »Wo ist es nur? Ah, hier …« Er nahm eine kleine, durchsichtige Plastiktüte aus der Tasche und legte sie vor Pascal auf den Schreibtisch. »Das ist gebrannter Lehm.«

»Der Lehm, in dem ich die Leiche gefunden habe?«

Leblanc nickte. »So etwas habe ich noch niemals gesehen.« In seinen Augen lag keine Spur des Entsetzens, eher Neugier, Abenteuerlust. »Das Opfer ist bei lebendigem Leibe gegrillt worden.«

»Das hatte ich mir schon gedacht.«

»Ach ja?« Leblanc machte eine kurze Pause. »Das dachte ich nach meiner ersten Untersuchung auch.«

Jetzt war es Pascal, der neugierig schaute. »Und nach der zweiten?«

Er hatte etwas übrig für die Art und Weise, wie Leblanc ihm seine Obduktionsergebnisse präsentierte, aber manchmal nahm seine Neugier überhand, und er hätte das Ergebnis gern schneller bekommen. Doch die Leblanc-Show ging auch diesmal weiter.

»Nun, Monsieur Chevrier. Wissen Sie, in welchem Aggregatzustand sich Lehm befindet, wenn man ihn formen kann?«

»Flüssig, wie Knete, würde ich sagen. Also kalt.«

Leblanc hob anerkennend die Augenbrauen. »Très bien«, sagte er wie ein Quizmaster. »Sicher ist Ihnen aufgefallen, dass der Körper des Opfers komplett in eine Lehmhülle verpackt war, sozusagen eingeschmiert, wenn ich es mal so ausdrücken darf. Das wirft doch einige Fragen auf, finden Sie nicht auch?«

»Bien sûr.« Pascal hatte sich selbst schon gefragt, wie Polastrone in diese Lehmhülle geraten war – eine von vielen Fragen, die diesen ganzen Fall so ungewöhnlich machten.

»Wir sind uns also einig, dass das Opfer sich sehr ruhig und vollkommen unbeweglich in den Lehm hätte einhüllen lassen müssen, damit das Grillergebnis so war, wie es eben war.« Ein zynisches Lächeln zog bei dem Wort »Grillergebnis« über Leblancs Gesicht. Er hatte eindeutig schon zu viel gesehen in seinem Berufsleben. »Er muss sich also entweder bereit erklärt haben, sich einhüllen zu lassen, oder …«

»… er konnte sich nicht wehren«, ergänzte Pascal.

Wieder zog Leblanc seine Augenbrauen anerkennend hoch. »Er konnte sich nicht nur nicht wehren, Monsieur Chevrier, er konnte sich auch nicht bewegen.« Leblanc ließ Pascal Zeit, die Information zu verarbeiten, seinen Gedanken einen neuen Weg zu ebnen. »Gefesselt war er nicht«, fügte er noch hinzu.

Pascal hatte sich inzwischen weit über den Tisch gebeugt, so gespannt folgte er den Ausführungen.

»Ich war also so frei und habe eine genauere, eine zweite

Obduktion vorgenommen. Es kam mir komisch vor, dass ein Mann sich widerstandslos grillen lässt.«

Pascal nickte, hier gab es keine zwei Meinungen.

»Das Ergebnis, Monsieur Chevrier, hat mich erstaunt. Tatsächlich ist Arthur de Polastrone«, Leblanc nannte erstmals den Namen des Opfers, »den Hitzetod gestorben.«

»Bedeutet das, er hat den kompletten Prozess des Verbrennens bewusst erleben müssen?«

»Wenn Sie in diesem Zusammenhang das Wort ›erleben‹ nutzen möchten, dann bitte schön.«

Keiner der beiden lächelte.

»Zuerst«, fuhr Leblanc fort, »fragte ich mich, wie das möglich gewesen sein soll, einen Menschen so ruhig zu stellen. Gehen wir von *einem* Täter aus, muss ich zu dem Schluss kommen, dass es vollkommen unmöglich ist. Haben ihn also weitere Täter festgehalten, während der Mörder oder wer auch immer ihm den Lehm auf den Körper geschmiert hat?«

Pascal schüttelte den Kopf. Er hatte auch schon an mehrere Täter gedacht. Waren es vielleicht mehrere Tierschützer gewesen, die zwei Fliegen mit einer Klappe hatten schlagen wollen? Sie hätten Rache an dem ermordeten Kollegen genommen, sofern sie das überhaupt schon wussten, und gleichzeitig einen Feind ihrer Bewegung ermordet. Unter diesen Umständen würde es schwierig werden, eine einzelne Person zum Mörder zu erklären.

Es war, als würde Leblanc Pascals Gedanken lesen. »Denken Sie an die Schleifspuren, die Sie gesehen haben, Monsieur. Es waren Schleifspuren, das hat uns die Spurensicherung bestätigt. Aber jetzt wird es interessant, Monsieur Chevrier, denn wir haben zwar keinen Lehm in den Spuren gefunden, aber die DNA seiner Haut, er muss also barfuß gewesen sein. Wir wissen auch, dass das Opfer zu dem Zeitpunkt noch lebte. Allerdings würde ich nicht behaupten, dass er sich bester Gesundheit erfreute.«

Leblanc schien sich ein Lächeln zu verkneifen. Bei aller Freude über seine Formulierungen überwog jedoch die Professionalität, außerdem wusste er sicher, dass Pascal sich bei dieser Art von Schilderungen immer wieder die Frage stellte, wie so eine grausame Tat möglich war. Wie Menschen anderen Menschen so etwas antun konnten. So weit kannte Leblanc Pascal, darauf nahm er Rücksicht.

»Der Lehm wurde dem Opfer also erst am Feuerplatz auf die Haut geschmiert?« Pascals Worte kamen ihm langsam über die Lippen, als würde er laut denken.

Leblanc nickte. »Genau, Monsieur, erst am Feuerplatz. Das Feuer wird noch nicht gebrannt haben. Es wurde erst angezündet, als das Opfer schon dort lag.«

Pascal stellte sich den grausamen Tod vor, den Arthur de Polastrone hatte erleiden müssen.

»Im Mittelalter, Monsieur Chevrier, im finsteren Mittelalter, als verurteilte Mörder, Hexen oder Ketzer verbrannt wurden, hat man feuchtes Holz benutzt, sodass der Todeskampf länger dauerte. So ist man auch mit Reformatoren vorgegangen, die sich vor Luther gewagt hatten, sich gegen die Kirche aufzulehnen – wie Jan Hus in Konstanz oder hier die Waldenser. Das ist wichtig zu wissen, Monsieur Chevrier, denn dieses Wissen hat man heute nicht mehr. Es ist ein altes Wissen, eines von Folterknechten oder Vollstreckern. Diese Methode führt genau in diese Zeit zurück. Eine Zeit, in der die ›Confrérie des Cuisiniers du Feu‹ bereits existiert hat. Der Mörder will uns mit diesem Bild etwas vermitteln, daran habe ich keinen Zweifel, vor allem nicht, wenn ich Ihnen noch das Spektakulärste an dieser Geschichte erzählen werde. Den schlimmsten, aber aus wissenschaftlicher Sicht spannendsten Teil. Sagen Sie, Monsieur, hätten Sie vielleicht vorher ein Glas Wasser für mich? Für einen Rosé ist es wohl zu früh, oder was meinen Sie?«

Pascal hatte überhaupt nicht daran gedacht, Leblanc etwas anzubieten. Zu gespannt war er gewesen, zu sehr auf die Details versessen, zu sehr hatte er an den Lippen dieses klugen Mannes gehangen.

Schnell erhob er sich und ging über den Flur zu der kleinen

Küche, die zwischen seinem Büro und dem des Bürgermeisters lag.

Als er gerade mit dem vollen Glas die Küche verließ, begegnete ihm Jean-Paul Betrix, der ihn mit polternder Stimme darauf aufmerksam machte, dass er ihm nach seinem »Nachmittagsplausch« mit dem Gerichtsmediziner sofort einen genauen Bericht liefern solle.

Pascal, der sich längst an Betrix' cholerische Ausbrüche gewöhnt hatte, nickte gelassen und ging in sein Büro zurück.

Als Leblanc einen großen Schluck Wasser getrunken hatte, machte er eine Kopfbewegung in Richtung des Schreibtisches. Ohne ein Wort zu sagen.

Vor Pascal ausgebreitet lag eine Zeichnung. Zu sehen waren Blätter, kleine Äste und einige weiße Blüten. »Ist sie nicht schön?«, fragte Leblanc. »Es ist eine Zeichnung von Koehler aus dem Jahr 1887.«

Pascal hob fragend die Augenbrauen.

»Eine Lianenart«, fügte Leblanc hinzu. »Aus Lianen wie diesen wird Curare gewonnen. Haben Sie, Monsieur Chevrier, schon einmal etwas von Curare gehört?«

»Nein, ich habe mich noch nicht mit Lianenarten beschäftigt«, sagte Pascal lächelnd.

»Nun, Monsieur. Curare ist im Grunde nur eine Sammelbezeichnung für verschiedene alkaloidhaltige Substanzen, die aus dem Amazonasgebiet stammen.« Leblanc kostete die Sekunden der Verwirrung seines Gegenübers aus, genoss sichtbar die Bewunderung.

Pascal sagte nichts, sondern wartete in Ruhe ab, wie die Geschichte weitergehen würde. Er lehnte sich zurück und beobachtete, wie Leblanc mit einer eleganten Handbewegung sein Wasserglas zum Mund führte, einen Schluck trank und das Glas neben die Zeichnung zurückstellte.

»Die Eingeborenen, die indigene Bevölkerung in Südamerika, benutzen Curare als Pfeilgift. Sie erlegen damit seit Jahrhunderten Tiere. Interessant ist, dass dieses Gift nur bei der Aufnahme über die Blutbahn, nicht aber über den Verdauungstrakt tödlich wirkt. Der Verzehr der mit dem Pfeilgift erlegten Beute ist daher ungefährlich. Die Indios sind klug, auch stellen sie es nach dem immer selben Rezept her. Wahrscheinlich seit Jahrtausenden. Von diesem Gift, Monsieur Chevrier, habe ich Spuren im Blut von Polastrone gefunden.«

»Dann ist er also am Gift gestorben und doch nicht verbrannt?«, fragte Pascal.

Leblanc guckte geheimnisvoll. »Curare ist ein Nervengift, das sich ein österreichischer Hirnforscher in den siebziger Jahren hat spritzen lassen, nur um zu sehen, wie es ist, wenn der Körper gelähmt, der Mensch aber bei vollem Bewusstsein ist. Er wollte auf diese Weise mehr über Locked-in-Patienten erfahren. Die Dosis, die er sich spritzen ließ, ist unter normalen Umständen tödlich, denn irgendwann werden auch die Atemwege gelähmt, man erstickt. Nicht aber, wenn man einen weiteren Giftcocktail spritzt, der das Curare entschärft, aber nicht wirkungslos macht. Der Mörder muss sich also hervorragend mit den Substanzen auskennen. Er muss aus der Medizin kommen, anders ist dieses Fachwissen nicht zu erklären. Oder er muss sich umfassend informiert haben, auch über die Dosis, denn wird sie zu hoch verabreicht, tritt der sofortige Tod ein. Er hat Arthur de Polastrone lange auf der Schwelle gehalten, bis er zum Opfer des Feuers wurde.« Leblanc breitete die Arme aus und tat so, als suchte er nach Gleichgewicht.

»Oder er kannte sich mit Küchenkräutern aus und sein Wissen überstieg bei Weitem das eines normalen Kochs.«

»Möglich. Es sind uralte Weisheiten, die schon in Klöstern angewandt wurden. Es ist nicht einfach, an das Mischverhältnis zu gelangen, wenn man nicht weiß, wo man suchen muss. Aber der Mörder wusste es, kein Zweifel.«

»Er muss Polastrone also das Curare verabreicht haben, ihn, sobald die Lähmung eintrat, zum Feuerplatz geschleift und dort mit einer Lehmhülle überzogen haben, um ihn dann zu grillen?« Pascal schüttelte fassungslos den Kopf.

Leblanc nickte. »Oui, Monsieur, genau so war es.«

»Aber warum macht jemand so etwas? Warum erschießt er sein Opfer nicht einfach? Dort oben in der Haute-Provence hätte niemand den Schuss gehört.« Er dachte kurz an das Handymädchen auf der Sternwarte, aber das war jetzt nicht wichtig. »Und selbst wenn er ein perverses Spielchen mit Polastrone hätte treiben wollen, warum hat er es dann nicht bei dem Nervengift belassen? Wie groß war der Hass auf diesen Mann? Hätte es nicht gereicht, Zeuge seines Todeskampfes mit dem Gift aus dem Amazonas zu sein?« Pascals Gedanken überschlugen sich.

»Nein, Monsieur, es muss dem Mörder um etwas anderes gegangen sein. Er wollte uns etwas damit zeigen. Ist doch möglich, dass er gar nicht auf dem Zettel hatte, dass wir die Spuren des Gifts finden. Was er uns zeigen wollte, war nicht der Tod durch das Nervengift, sondern der Tod durch Verbrennen, bei dem das Opfer allein schon durch die Rauchentwicklung erstickt wäre. Genau lässt es sich also gar nicht mehr sagen, ob es die Hitze oder das Gift war.«

Leblanc nahm den letzten Schluck Wasser und schaute Pascal gespannt über den Schreibtisch hinweg an.

»Igel«, sagte Pascal schließlich.

Jetzt war es Leblanc, der Fragen in den Augen lesen ließ.

»Die Gourmet-Vereinigung hat Igel in einer Lehmhülle über dem offenen Feuer zubereitet. Das wusste der Täter, und genau das wollte er mit einem Menschen machen, um ihm zu zeigen, wie qualvoll das ist.«

»Nun, das dürfte die Suche ein wenig einschränken«, sagte Leblanc langsam, »denn ich gehe nicht davon aus, dass dieses Wissen, selbst unter Gourmets, besonders verbreitet ist. Oder kennen Sie jemanden, der derartige Garmethoden kennt, geschweige denn Igel isst?«

Pascal wurde es heiß unter der Haut, er schob seine Uhr ein Stückchen vom Arm in Richtung Handgelenk, so wie er es immer tat, wenn er angespannt war.

»Ja«, sagte er schließlich und konnte sich schon Minuten später nicht mehr daran erinnern, ob er die folgenden Worte wirklich ausgesprochen oder nur gedacht hatte. »Mein zukünftiger Schwiegersohn.«

»Da ist noch etwas, das mir Sorgen bereitet«, sagte Maxime Leblanc. »Die Spurensicherung hat inzwischen auch den zweiten Tatort im Restaurant ›Le Fournil‹ untersucht. Ich muss zugeben, dass mich diese bizarre Szenerie noch lange beschäftigen wird. So etwas habe ich noch nie gesehen. Noch wissen wir nicht, wie das Opfer zu Tode gekommen ist. Wir können zu diesem Zeitpunkt nur mit Gewissheit sagen, dass es sich um einen bekannten Tierschützer handelt. Sein Name ist Bruno Martin. Er ist bereits seit mindestens einer Woche tot. Daher auch der strenge Leichengeruch.«

»Und? Was bereitet Ihnen dabei Sorge, Monsieur Leblanc?«

»Es ist wahrscheinlich unwichtig, nur ein Zufall.« Leblanc druckste herum, murmelte etwas Unverständliches vor sich hin, dann sprach er wieder deutlich. »Wir haben bei ihm eine Einladung zu einem Treffen der Gourmet-Bruderschaft gefunden.«

»Von dem Treffen weiß ich«, sagte Pascal und wurde unruhig, seine Worte klangen gehetzt. »Nichts also, was uns Sorge bereiten muss.«

»Ja, natürlich. Von dem Treffen wissen wir, das ist es auch nicht. Aber wir haben die Fingerabdrücke auf der Einladung untersucht. Zuerst konnten wir sie nicht zuordnen. Sie waren nirgendwo registriert. Doch dann hat Frédéric Dubprée die Fingerabdrücke Ihres zukünftigen Schwiegersohns Claude Bertrand genommen. Er hält sich ja derzeit in Apt auf …«

Pascal starrte ihn ungläubig an.

Leblanc nickte mit ernster Miene.

20

Constantin Taron wirkte in seiner auffälligen Kleidung, seinem karierten Sakko und den roten Schuhen vor der traditionellen Bar »Cercle Républicain« in Gordes wie ein Fremdkörper, wie ein Bruch im Stil der feinen Südfranzosen. Statt der nötigen Diskretion, die einem Journalisten während seiner Recherchen zu eigen sein sollte, trug Taron sein Äußeres demonstrativ zur Schau. Statt seine klugen Gedanken mit seinen Lesern zu teilen, erhob er sich zum allwissenden Dozenten. Möglich, dass ihm der lokale Ruhm der letzten, turbulenten Woche im Luberon zu Kopfe gestiegen war, ihn zu einem Gockel hatte werden lassen.

Ausufernd, gespickt mit spitzen Bemerkungen und zynischen Kommentaren, hatte er die Geschichte um die abgetrennten Finger ausgekostet. Unter den Artikeln des Lokalteils von »Le Luberon« war seit Tagen nur der Name Constantin Taron zu lesen gewesen. In der lokalen Radio-Morning-Show war er zu einem gern gehörten Interviewpartner geworden. Seine Ausführungen waren ohne Frage für Unbeteiligte unterhaltsam gewesen, doch für Pascals Arbeit reines Gift.

Mit eiligen Schritten und auf dem gefliesten Boden klackernden Absätzen kam Taron direkt auf Pascal zu und schüttelte ihm die Hand.

Pascal blieb nichts anderes übrig, als seinen Handschlag anzunehmen, ihn sogar widerwillig zu erwidern.

Die beiden Männer standen sich inmitten des großzügigen Raums in der Bar gegenüber. Ein echtes Traditionshaus: 1912 gegründet, mit der Idee, die Prinzipien der Republik zu wahren. Ein Relikt aus einer vergangenen Zeit. Ein Ort des Widerstands, gerade zur Zeit des Zweiten Weltkriegs.

An der Wand neben der Eingangstür, durch die jetzt eine Gruppe von langhaarigen, ungepflegt aussehenden jungen Männern strömte, hingen noch immer die Charta der Bar und der Hinweis darauf, dass die jährliche Mitgliedschaft fünf Euro betrug und der Präsident mit neunundachtzig Jahren traditionell das älteste Mitglied war. Die niedrigen Preise der »Cercle Républicain« – Bars, die es in mehreren Städten in Frankreich gegeben hatte –, wurden von diesem geringen Jahresbeitrag kompensiert.

Im Laufe der Jahre waren immer mehr derartige Bars aus dem Stadtbild verschwunden. Die in Gordes war eine der letzten in Frankreich – und das ausgerechnet in einem der teuersten und herausgeputztesten Orte des Luberon. Wie ein Mahnmal stand sie am Marktplatz, unbeachtet von stilbewussten Touristen, weil die karge Einrichtung sich nicht mit ihrem Geschmack deckte. Man wollte sehen, was man sehen wollte. Die Bar repräsentierte ein paar Quadratmeter des Widerstands, war ein Raum des Protests, der hier zu neuem Leben erweckt wurde, denn den Gästen, die sich bei Rosé und Kaffee an den weißen Bistrotischen einrichteten, war anzusehen, dass sie einer Idee, einer Ideologie folgten.

Ohne Hehl steckten die Tierschützer ihre Köpfe zusammen, zeigten sich Fotos auf ihren Handys und sahen verstohlen zu den beiden Unbekannten im Raum, zu Constantin Taron und Pascal Chevrier, herüber.

Genau diese Szenerie hatte Pascal vermeiden wollen. Um sich unter die Leute zu mischen, war er in Zivil gekommen, wollte seine Unbekanntheit in Gordes ausnutzen, doch dank Constantin Taron war er innerhalb weniger Minuten zum ungewollten Blickfang geworden.

»Was höre ich denn da aus Apt?«, fragte Taron mit dem ihm eigenen ironischen Unterton.

Claudes Verhaftung hatte sich also schon herumgesprochen. Es würde morgen in der »Le Luberon« stehen, dessen konnte sich Pascal sicher sein, und alles, was er jetzt antworten würde, würde er morgen als Zitat sauber in kursiven Buchstaben gedruckt in der Zeitung nachlesen können.

»Monsieur Taron, Sie sollten dafür Verständnis haben, dass ich mich nicht zu laufenden Ermittlungen äußern kann.«

»Sie ermitteln also gegen Ihren eigenen Schwiegersohn?«
Tarons Worte trieften nur so vor Zynismus und Freude.

»Bitte, Monsieur, machen wir doch beide unsere Arbeit.«
Pascal wollte sich gerade abwenden, wollte sich einen unge-
störten Platz suchen, als Constantin Taron ihn an der Schulter
festhielt.

»Es tut mir leid«, sagte er in lauerndem Ton. »Das Missverständnis mit ihrem Schwiegersohn wird sich sicher schnell
aufklären.«

Gern hätte Pascal gefragt, woher er davon wisse, doch die
Frage war unnötig, kannte er doch die Freundschaft zwischen
Jean-Paul Betrix und Constantin Taron.

Wortlos löste er sich aus Tarons Griff und setzte sich allein an einen Tisch in der hinteren Ecke der Bar. Von hier aus
konnte er den gesamten Gastraum überblicken.

In den letzten Minuten waren immer mehr Tierschützer
hereingeströmt. Viele von ihnen waren schwarz gekleidet,
standen flüsternd in kleinen Gruppen zusammen.

Während Pascal das Geschehen noch eine Weile beobachtete, forderte etwas anderes seine volle Aufmerksamkeit. Es
war nicht der groß gewachsene ältere Mann mit dem orange-
farbenen Hemd und dem Stirnband, das die langen grauen
Haare im Zaum hielt, sondern die Frau an seiner Seite.

Audrey.

Sie ging neben ihm her und nickte freundlich in die Runde,
als seien ihr all die Leute im Raum bekannt. Noch hatte sie Pascal nicht gesehen, bewegte sich frei unter den Tierschützern,
verteilte Küsschen und lächelte auf ihre unnachahmliche Art
und Weise und mit dem Charme, dem Pascal schon bei ihrer
ersten Begegnung in Montpellier erlegen war. Damals war sie
der erste Mensch gewesen, den er gesehen hatte, nachdem er in
einem Kühlhaus eingesperrt gewesen war und um sein Leben
gekämpft hatte.

»Ich bin Audrey«, hatte sie gesagt, und Pascal hatte sich
schlagartig wieder lebendig gefühlt.

Der Mann neben ihr musste deutlich älter sein als sie. Auf

Mitte sechzig schätzte Pascal ihn. Er stand mitten im Raum, dort, wo eben noch Constantin Taron gestanden hatte, der sich inzwischen einen Platz auf der anderen Seite der Bar gesucht hatte.

Einige Tierschützer hatten sich um das Paar versammelt und hörten dem groß gewachsenen Mann zu. Das orangefarbene Leinenhemd war selbst ihm zu groß. Er hatte die Ärmel aufgekrempelt. An seinen behaarten Armen trug er eine Vielzahl von Armbändern. Einige waren geflochten, andere aus Silber. Die braune Leinenhose war zu kurz und endete weit über den Knöcheln. Seine braun gebrannten Füße steckten in Flip-Flops, die lange aus der Form geraten waren.

Audrey und ein paar Männer um sie herum suchten sich einen der letzten freien Plätze in der Bar. Der grauhaarige Mann blieb mitten im Saal stehen und hob die Hände, um die Gespräche an den Tischen zu beenden und schließlich selbst das Wort zu erheben.

»Liebe Freunde«, sagte er nach einem kurzen Applaus. »Unser Gegner dünnt unsere Reihen aus. Wir können nicht mehr zuschauen, wir werden uns wehren müssen.« Wieder Applaus, die Männer nickten einander zu.

Audrey hatte Pascal offensichtlich noch immer nicht gesehen, zu vertieft war sie in die Diskussionen, zu gebannt von der aufgeheizten Stimmung. Sie saß mit zwei Personen zusammen, die eben noch in der Mitte des Raums gestanden hatten. Auch sie applaudierten.

»Erst haben sie uns Jonathan genommen, von dem noch immer niemand weiß, wo er ist. Ich mache mir Sorgen. Er hat unsere Treffen noch nie verpasst. Und jetzt Bruno. Seine Leiche wurde in einem dieser sogenannten Gourmet-Restaurants der ›Confrérie des Cuisiniers du Feu‹ gefunden.«

Entsetztes Raunen erfüllte die Bar, ein paar der Gäste schienen die Neuigkeit erst in dieser Sekunde zu erfahren.

Die Stimme des Redners wurde brüchig. »Lasst uns schweigen für eine Minute.«

Drückende Stille trat ein, die Atmosphäre zum Zerreißen

gespannt. Einigen der Tierschützer standen Tränen in den Augen.

»Wir werden ihn rächen«, beendete der groß gewachsene Mann die Trauerminute. »Bruno war einer der Mutigsten von uns. Einer, der immer Flagge gezeigt hat, einer, der für das Wohl der Tiere einstand. Die Feuerteufel waren seine Hauptgegner, seine erklärten Feinde. Jetzt denken sie, sie könnten uns einschüchtern. Sie glauben, sie haben gewonnen. Sie glauben, wir werden schweigen, das werden wir aber nicht. Wir machen weiter, bis diese barbarischen Männer aufhören, sich wie wilde Tiere zu benehmen.«

»Das werden wir aber nicht länger mit anschauen!«, rief einer der Tierschützer. Seinen Stuhl hatte er so in den Raum gezogen, dass man ihn gut sehen konnte. Hass stand in seinen Augen.

»Oui!«, riefen ein paar der Männer.

»Krieg!«, sagte ein anderer.

»Guerre, guerre, guerre!«, dröhnte es aus der Menge.

Der Mann mit dem zu großen Leinenhemd ergriff wieder das Wort. »Wir werden Einzelaktionen planen, und wir werden es den Restaurants weiter schwer machen. Wir werden sie anprangern, sie kenntlich machen. Ihre Gäste wissen gar nicht, was diese Köche für Schweine sind.« Er reckte die Faust nach oben.

»Guerre, guerre, guerre!«

Aggressivität lag in der Luft. Die kleinste Bemerkung würde diese Männer randalierend durch die Dörfer ziehen lassen.

»Beruhigt euch, meine Freunde«, sagte der Mann in der Mitte des Raums. »Ich habe schon mehr getan, als ihr euch zu träumen gewagt habt. Glaubt mir, ich habe alles im Griff.«

Constantin Taron warf Pascal einen vielsagenden Blick von der anderen Seite des Gastraumes zu. »Ein Bekenntnis«, formten seine Lippen.

Pascal war gewarnt, er prägte sich alles genau ein, jede Faser seines Körpers war gespannt. Was mochte der Mann gemeint haben? Hatte er etwas mit dem Tod von Polastrone zu tun? Steckten diese Männer dahinter?

Der Redner griff zu einem Glas Wasser auf der Theke und trank mit hastigen Schlucken, ehe er weitersprach. »Zurück zur Tagesordnung. Lassen wir die Bruderschaft nicht siegen und unsere Tagesordnung durcheinanderbringen. Lasst uns arbeiten. Bevor wir, wie immer in kleinen Gruppen, wirkungsvolle Einzelaktionen planen, ein paar Worte zu unserer nächsten Demo vor der privaten Lammschlachterei von Emile Foyer in Sisteron: Fakt ist, dass nur ein Sechstel aller Schafe seine natürliche Lebensdauer von etwa zwanzig Jahren erreicht. Die meisten Lämmer sind auch bei Emile Foyer Milchlämmer, die noch nie in ihrem Leben Gras gefressen haben und auf die Milch der Mutter angewiesen sind. Dieser Schlächter aus Sisteron tötet also Babys. Hunderte im Jahr. Ich zeige euch später in den Organisationsgruppen Fotos, die Bruno heimlich aufgenommen hat. Wir werden so weitermachen, wie er es immer getan hat. Wir werden lernen müssen, mit dem Verlust umzugehen. Wir sind noch da!«

Die Tierschützer applaudierten und ballten ihre Hände kämpferisch zu Fäusten.

»Brunos Fotos beweisen, dass Emile Foyer Tiere schon mit dem Hammer getötet hat, weil sein Bolzenschussgerät kaputt war. Lasst uns diesen Mann stoppen!«

Erneutes Johlen und Klatschen.

»Ja, Quentin, das machen wir!«, rief einer.

Pascal nahm den Namen interessiert zur Kenntnis.

Quentin war in seinem Element, sein dankbares, gleichgesinntes Publikum hing an seinen Lippen. Diese Leute mussten nicht überzeugt, sie mussten nur aufgestachelt werden, und genau das tat er. Er verstand sein Handwerk, und er hatte die nötige Präsenz. Die Tierschützer folgten ihm nur allzu gern, das war nach wenigen Minuten schon erkennbar.

»Schauen wir uns noch die Lebensbedingungen an. Emile und seine Leute kastrieren die Babys bei vollem Bewusstsein, wenn sie gerade mal acht Tage alt sind. Bei der Kastration zerquetschen sie die Samenstränge mit einer Zange, natürlich auch bei vollem Bewusstsein der Tiere. Das Klagen der Lämmer vergisst niemand, der es einmal gehört hat. Die Lämmer weinen und winseln um ihr Leben. Aber das ist nicht das Einzige, was diesen Tieren angetan wird. Wenig später wird ihnen auf brutalste Art und Weise der Schwanz amputiert. Es ist vollkommen sinnlos. Ein Schwanz hat nichts mit dem vermeintlichen Genuss eines Tieres zu tun. Emile zieht ihnen einen Gummiring über, damit die Blutgefäße abgeklemmt werden, und nach einigen Wochen der Qual stirbt der untere Teil des Schwanzes ab, bis er schließlich ganz abfällt. Und das, liebe Freunde, ist in diesem Land auch noch legal! Es ist unsere Pflicht, diese Bilder zu veröffentlichen. Sie sind bereits bei YouTube und auf unserer Website zu sehen. Wer schaut hin, wenn alle Welt wegschaut?«

Wieder Applaus. Als sich Pascal umsah, bemerkte er Audreys Blick, der auf ihn gerichtet war. Sie nickte ihm freundlich zu und stieg demonstrativ in den Applaus ein.

»Jedes Babyschaf kann froh sein, wenn ihm die Elektrozange an den Kopf gesetzt wird. Dann kommen nur noch die epileptischen Anfälle nach dem Schock, der ausgelöst wird, und schließlich die Betäubung. Mit Glück, denn oft überleben die Lämmer den Elektroschock. Und schließlich, ganz am Ende, wird ihnen die Hauptschlagader durchtrennt. Dankbar bluten sie aus, die Begegnung mit dem widerlichsten aller Geschöpfe auf der Welt, dem Menschen, hat dann für sie ein Ende.«

Betretenes Schweigen in der Runde und nach einigen Sekunden wieder Applaus.

»Ich frage euch, liebe Freunde: Ist es nicht die Pflicht eines vernünftig denkenden Menschen, diesem Martyrium ein Ende zu setzen?« Eifer lag jetzt in Quentins Stimme – und Kampfgeist. Er redete sich in Rage. »Aber das, meine Freunde, ist noch nicht alles. Unsere Feinde, seit heute unsere Todfeinde, die Organisation, die all dem Leiden der Tiere noch eins draufsetzt, die ›Confrérie des Cuisiniers du Feu‹, betreibt eine eigene Gänsezucht. Sie züchten mit unvorstellbarer Grausamkeit. Über Kopf werden die Tiere in schwarzen Säcken gehalten.

Es ist vollkommen still in ihrem Stall. Ob es an den Medikamenten liegt, die sie bekommen, oder ob sie ihr Leiden still ertragen, das wissen wir noch nicht. Die Feuerköche missachten alle Regeln des Tierschutzes, alle Regeln des Miteinanders auf unserer Welt. Sie töten noch immer Singvögel, ich weiß, dass das nicht verboten ist, aber ein normal denkender Mensch kann solche Praktiken nicht ignorieren. Wer gibt ihnen das Recht dazu? Sie machen es unter dem Deckmantel des guten Geschmacks? Dass ich nicht lache. Der gute Geschmack ist etwas anderes, etwas Ethisches, etwas mit Stil. Die Tiere haben Stil, nicht aber diese Menschen.«

Quentin war rot angelaufen, zuerst hatten sich nur einzelne Flecken in seinem Gesicht gebildet, jetzt gab es nichts Hautfarbenes mehr, so erhitzt war er. Unbekannte Besucher wie Pascal oder Constantin Taron, der ständig den Pegelausschlag seines Aufnahmegeräts überprüfte, schienen ihn nicht zu stören.

»Aber, meine Freunde, am Ende des Tages werden wir siegen. Wir werden erhört werden. Die Menschen werden uns folgen. Bruno, wo auch immer er jetzt ist, hat uns einen YouTube-Channel gebaut. So können wir auf einen Schlag ein Millionenpublikum erreichen. Wir müssen zeigen, was die Männer dieser angeblichen Gourmet-Vereinigung«, er zeichnete mit den Fingern Anführungszeichen in die Luft, »anrichten, wie krank und pervers sie sind. Wir nutzen die Macht der Bilder.«

Nur wenige Sekunden später explodierte ein Mann an der Bar. »Wir werden sie besiegen!«, schrie er. »Wir werden kämpfen, bis nichts von ihnen übrig bleibt! Die Welt wäre besser dran ohne diese Köche, diese Schlächter, diese Teufel!« Mit blitzenden Augen musterte er die Tierschützer. Hass lag in seinem Blick. »Lasst uns kompromisslos sein. Lasst uns ihr Wimmern überhören, so wie sie das Wimmern der Tiere überhören, so wie sie einen Menschen wie Bruno getötet haben.«

Pascal wusste, für die Tierschützer gab es nicht den geringsten Zweifel daran, dass die Gourmet-Bruderschaft Bruno auf dem Gewissen hatte. Das heizte die Atmosphäre an, sie glaubten nicht an Gesetze, an ein faires Verfahren. Auge um Auge galt bei ihnen. Die Aggressivität dieser Männer bereitete ihm Sorgen.

In einer hitzigen Sekunde, einem Moment des puren Rachegefühls, war vielen der Anwesenden zuzutrauen, Arthur de Polastrone getötet zu haben. Die Art und Weise – ein Tod durch verbrennen, in eine Lehmhülle gehüllt –, das musste von langer Hand geplant worden sein. Pascal war sich sicher, dass damit ein Zeichen gesetzt werden sollte. Eine Organisation, die für ihre Aussage auf Symbolkraft setzte, wäre dazu in der Lage. Daran gab es keinen Zweifel.

»Wie können sie sich über die Regeln der Natur erheben?«, rief Quentin in die Menge. »Wie können sie es wagen, anderen Lebewesen ein solches Leid anzutun? Wie können diese Teufel Tiere in Lastwagen zusammenpferchen und sie ohne Wasser durch ganz Europa fahren? Wie können sie es wagen, Kühe mit gebrochenen Beinen mit Hilfe eines Krans in die Schlachthöfe zu hieven? Es gibt Bilder, die beweisen, dass sie die Tiere manchmal aus einigen Metern auf den Betonboden fallen lassen. Diese Bilder wird es auf unserer Seite geben. Teilt sie, lasst uns die, die sonst wegschauen, zwingen hinzuschauen. Lasst sie uns den Gästen der Restaurants zeigen, wenn sie vor den Speisekarten sitzen und sich ihre Menüfolge zusammenstellen. Wir leben in einem Zeitalter, in dem wir nicht mehr auf die Güte der Medien warten müssen, dass sie über uns berichten. Wir nutzen unsere eigenen Kanäle. Wir entscheiden, wann, wo und wie wir berichten. Wir brauchen die Journalisten, diese gekauften Schreiberlinge, nicht mehr, die nur berichten, wie es ihre Verlagshäuser von ihnen verlangen. ›Die Artikel müssen zu den Anzeigenkunden passen.‹ Na klar, eine Anzeige der Fleischangebote vom Carrefour passt nicht zu einem Artikel über Massentierhaltung.«

Unter tosendem Applaus beschloss Quentin seine Rede. Pascal war sich nicht sicher, ob er seinen Blick bei seinen letzten Worten eine Spur länger auf ihm hatte ruhen lassen. Wusste

Quentin, dass er ein Gendarm war? Vielleicht von Audrey? In welchem Verhältnis standen die beiden zueinander? Wusste er, dass mindestens eine Polizistin im Raum war?

Die Tierschützer rotteten sich in kleinen Gruppen an den Tischen zusammen. Die Ersten bestellten Wein und Bier, zückten ihre Handys und zeigten sich Fotos und Videos. Ihre Augen weiteten sich vor Entsetzen, einige schlugen sich die Hand vor den Mund, andere schüttelten nur stumm den Kopf.

Kein Zweifel, die Videos waren bei Aktionen entstanden, beim Einbrechen in Ställe und Schlachthöfe. Immer wieder landeten diese Vergehen auf Pascals Schreibtisch oder standen in der Zeitung. Bei genauerer Überprüfung hätte er sicher festgestellt, dass sich ein jeder bei den Aktionen bereits mindestens einmal schuldig gemacht hatte.

Er kannte diese Art von Organisationen. Sie fühlten sich nie schuldig für das, was sie taten. Sie fühlten sich im Recht, sie handelten aus Überzeugung. Und war es nicht so in der Geschichte der Menschheit, dass die Mahner am Ende recht behielten? Die Menschen, die für Gleichberechtigung eintraten? Hatten Tiere nicht auch Rechte? Warum wollte man den Tierschützern durch Einsperren oder andere Strafen einen pädagogischen Denkzettel verpassen? Warum sollte man sie in ihrer Überzeugung brechen?

Pascal sah keinen Sinn darin. Mehr noch, er konnte den Überzeugungen dieser Leute folgen. Niemand von ihnen verurteilte den Fleischkonsum, sie wollten nur das Bewusstsein der Konsumenten schärfen. Bis auf die offenen Drohungen gegen die Mitglieder der Bruderschaft entsprach Quentins Rede nicht nur den Tatsachen, sondern sie konnte als Kampfrede auch im Élysée-Palast geführt werden, wenn auch nicht mit der gleichen Radikalität.

Langsam ging Pascal um die Tische herum. Niemand kümmerte sich um ihn, niemand bemerkte seine Neugier, alle sahen auf ihre Handydisplays.

Quentin hatte sich neben Audrey gesetzt. Die Vertrautheit zwischen ihnen fiel Pascal sofort auf. Waren sie vielleicht ein Paar? Hatte die Hippie-Vergangenheit ihres Elternhauses Audrey in die Arme eines radikalen Neo-Hippies getrieben?

Pascal verbat sich derlei Gedanken. Er musste mit Quentin sprechen.

»Darf ich?« Er stellte die Frage erst, als er bereits einen freien Stuhl vom Nachbartisch zwischen Audrey und Quentin gezogen hatte.

Audrey lehnte sich lächelnd zurück, während Quentin ihn neugierig musterte.

»Ich bin Pascal Chevrier, ein Kollege von Audrey.«

»Ein Flic?«

»Oui, Monsieur, auch wenn weder ich noch meine Kollegen und sicher auch nicht Audrey diese Bezeichnung besonders schätzen.«

Audreys Miene hatte sich verfinstert, sie fühlte sich sichtlich unwohl.

»Ich bin Quentin. Quentin, der Fünfte.«

»Ich würde Ihnen gern ein paar Fragen stellen, Quentin, der Fünfte.«

»Gern.« Quentin ignorierte den Zynismus in Pascals Worten. »Aber nicht jetzt, es sei denn, es liegt etwas gegen mich vor.«

»Nein, Monsieur. Wir, Audrey und ich, brauchen aber Ihre Unterstützung in einem Mordfall.«

»Oh«, sagte Quentin. »Ginge es gleich morgen früh?«

Pascal nickte. Heute würde er ohnehin nichts mehr erreichen. Vielleicht wäre es klüger, sich unter die Tierschützer zu mischen, ihnen zuzuhören. Ein Motiv hatten sie alle, nur wer war in der Lage, einen Mord durchzuführen?

Wenn er es genau betrachtete, war die Liste der Verdächtigen nach diesem Abend unüberschaubar lang geworden.

»Kommen Sie doch zu mir.« Quentin schob Pascal eine ehemals weiße, jetzt leicht vergilbte Visitenkarte über den Tisch.

»Da wohnen wir«, sagte Audrey.

21

Die Adresse lag außerhalb der Ortschaften im Luberon. Wieder musste Pascal die Nord-Süd-Passage durch die Berge nehmen, den Radfahrern und Touristen ausweichen, die plötzlich anhielten, um Fotos zu schießen. Die Strecke führte ihn vorbei an Bonnieux, Richtung Ménerbes.

Auf der Landstraße kurz vor Ménerbes gab es eine Abzweigung, die ein Stück den Berg hinaufführte. Ein steiler Berg, bei dessen Anstieg Pascals Mégane ächzte. Das hochtourige Fahren lag ihm in seinem Alter nicht mehr, er wollte nicht mehr ans Limit gehen.

Immer wieder wand sich die kleine Zufahrtsstraße, am Ende noch ein Stück geradeaus, der Weg war inzwischen nur noch eine versandete Piste. In einer Staubwolke kam der Mégane zum Stehen. Erst als der Sand sich wieder setzte, konnte Pascal das Haus und den angelegten Garten erkennen.

Obst- und Olivenbäume umsäumten einen kleinen Parkplatz. In den Bäumen hingen bunte Lampions und Mobiles. In der Sonne spiegelten sie rotes und gelbes Licht auf die Hauswand. Ein kleiner Teich lag kurz vor der Eingangstür. Darin ein buntes Rad, das sich träge im Wind drehte.

Im Eingangsbereich gab es keine Klingel, dafür eine große Kuhglocke mit einem Seil, an dem Pascal zog. Die Glocke bewegte sich, und das kräftige Läuten durchbrach den Gesang der Zikaden, der sich in den letzten Tagen zur akustischen Dauerkulisse entwickelt hatte.

Pascal hörte keine Schritte, und doch ging die Tür auf. Vor ihm stand Quentin. Er trug kein T-Shirt, auf der grau behaarten Brust baumelte eine silberne Kette, die ein undefinierbares Emblem zur Schau stellte. Dazu trug Quentin eine weiße Leinenhose. Er war barfuß und lächelte Pascal freundlich an, als er ihm die Hand schüttelte.

»Bonjour, Monsieur.«

»Nenn mich Quentin. Jeder Mensch, der die Schwelle meines Hauses überschreitet, darf Du zu mir sagen.«

Zögerlich betrat Pascal den engen langen Flur. An den Wänden Plakate. Tiere, die durch Gitterstäbe guckten, ein Affe mit Tränen in den Augen. Dazwischen Poster von Musikern wie Jimi Hendrix und Pink Floyd. Ein Schild mit der Aufschrift »Legalize it« hing über der Tür zum Wohnzimmer. Die Rauchwolke des abgebildeten Joints war mit ungelenken Strichen noch weiter die Wand hochgemalt worden. Das ganze Haus war von süßlichem Cannabis-Geruch erfüllt.

»Tee?«, rief Quentin aus der Küche, die links neben dem Wohnzimmer lag. Alles war eng, stickig, die Fenster unklar, die Hitze unerträglich.

»Gern«, sagte Pascal, als er das Wohnzimmer betrat. Es war über und über mit Papieren, Postern und Plakaten übersät. Auf dem Boden Farbeimer, Gefäße mit Leim, Pinsel und Plakataufsteller, die teilweise abgekratzt waren, bereit, neue Botschaften in Empfang zu nehmen. Eine Werkstatt.

In der Ecke neben einem alten schwarzen Ledersofa ein Plattenspieler. Pascal erkannte Joe Cocker. »Do I Still Figure in Your Life«. Ein Regal mit Vinyl-Schallplatten reichte über die ganze Wand.

Er suchte sich in dem Chaos einen freien Platz, den es nur auf dem Sofa gab. Der mit Zeitschriften und ausgerissenen Zeitungsartikeln volle Couchtisch bot keine Möglichkeit, die Teetasse mit einem Cannabis-Logo darauf abzustellen, die Quentin ihm reichte, wobei er stolz verkündete, er habe Stevia hinzugefügt, »um der Zuckermafia das Handwerk zu legen«.

Bevor er sich auf einen Sessel setzte, der ebenfalls voll von Papieren war, die er aber mit einer Handbewegung auf den Boden wischte, öffnete Quentin die Terrassentür. Der Grasgeruch hatte sich mit dem von Leim verbunden.

Erst jetzt bemerkte Pascal die andere Seite des großräumigen Wohnzimmers, in der ein zweiter Arbeitsplatz untergebracht war. Auf einem Tapeziertisch standen jede Menge Farben und Kleber. Auf improvisierten Regalen, die von Backsteinen gehalten wurden, waren angemalte Fliesen gestapelt. Andere waren in Kartons verpackt.

»Morgen ist Markt in Bonnieux«, erklärte Quentin, der Pascal beobachtet hatte.

Pascal nickte, bevor er an dem Yogi-Tee nippte. Er hatte diese Art von Tee noch nie gemocht.

»Sie wollten mit mir sprechen?«, fragte Quentin schließlich.

Nachdem Pascal seine Teetasse auf eine freie Ecke des Tisches gestellt hatte, räusperte er sich. Der Geruch setzte ihm zu. »Es hat zwei Morde im Luberon gegeben.«

Quentin zeigte keine Regung, trank desinteressiert von seinem Tee. »Wird das hier ein Verhör oder so?«

»Ich dachte, Sie könnten mir vielleicht helfen.«

»Quentin.«

»Pardon, Quentin.«

»Was kann ich für dich tun?« Noch immer lag Desinteresse in seinem Ton.

»Nun, Quentin. Ich bin auf der Veranstaltung der ›Confrérie des Cuisiniers du Feu‹ in der Rotonde gewesen.«

Quentins Augen verengten sich. »So einer bist du also?«

»Ich war dienstlich dort. Ich habe den Präsidenten Arthur de Polastrone kennengelernt, er hat die Rede gehalten. Und am nächsten Morgen war er tot.«

»Polastrone ist tot?« In Quentins Gesicht blitzte Begeisterung auf. »Du machst Scherze!« Seine Stimme überschlug sich. »Das ist die beste Nachricht seit Jahren. Wir haben ihn gehasst, und jetzt haben wir gesiegt. Wie ist er gestorben? Hat man ihn gegrillt?«

Pascal traute seinen Ohren nicht. »Das könnte man so sagen.« Er fixierte den Hippie mit dem nackten Oberkörper vor sich. »Ich habe Mitglieder Ihrer Vereinigung vor der Rotonde gesehen. Sie haben Plakate geschwenkt, Bilder von Gänsen mit schwarzen Hauben über den Köpfen. Was wollten Sie erreichen?«

»Du«, sagte Quentin.

»Gut, Quentin, was wollten du und deine Leute damit erreichen?«

»Es sind nicht meine Leute. Wir sind eine Vereinigung ohne Vorsitzenden. Wir lehnen Strukturen jeglicher Art ab, wir glauben an die Macht von Gleichgesinnten. Keine Machtkämpfe, nur der Kampf um die Sache steht bei uns im Mittelpunkt.«

»Die Sache?«, fragte Pascal.

»Ja, die Sache. Das Ende der ›Confrérie des Cuisiniers du Feu‹, der Feuerköche oder wie sie sich nennen. Menschen, die sich aller Ethik entziehen. Allen voran Arthur de Polastrone. Er ist der Teufel.«

»Er *war* der Teufel«, korrigierte Pascal.

»Und jetzt ist er heimgesucht worden!«

»Heimgesucht worden?«

»Wie in George Orwells ›Animal Farm‹. Die Tiere haben sich erhoben.«

»Nun, Monsieur, äh, Quentin. So würde ich das nicht sagen. Arthur de Polastrone ist ermordet worden.«

»Wie denn?« In Quentins Augen lag noch immer gespannte Begeisterung.

»Ich hatte gehofft, du kannst es mir sagen.«

Eine Pause entstand. »Du meinst, ich …?«

Plötzlich sah Pascal aus dem Augenwinkel einen Schatten am Fenster vorbeihuschen. Der Vorhang bewegte sich wie im Wind, er glaubte an eine Täuschung, denn es wehte kein Wind.

»Papa?«, rief eine Stimme von draußen, die Pascal kannte.

»Ja, Audrey, ich habe gerade Besuch. Von deinem Kollegen.« Quentins Ausdruck hatte sich verhärtet, jede Verbindlichkeit, jede Freundlichkeit war Argwohn gewichen.

Audrey erschien in der Terrassentür. Sie trug eine Jogginghose und ein viel zu großes T-Shirt. Ihr Haar hing unkontrolliert um ihren Kopf. Ihre Erscheinung war ungewohnt, noch auffälliger war aber der für eine Sportlerin, für die Pascal sie gehalten hatte, unübliche schleppende Schritt.

»Bonjour, Pascal. Du verhörst meinen Vater?«, sagte sie abwartend.

»Ja, so könnte man es sagen«, antwortete Quentin. Er fixierte die Szenerie der Begrüßung seiner Tochter mit dem Flic Pascal wie ein Raubtier. »Der Dorfgendarm wollte gerade gehen«, sagte er in eiskaltem Ton.

Pascal aber ging nicht, er setzte sich wieder hin und nahm einen Schluck Tee. Nicht weil er ihn mochte, nur um Zeit zu gewinnen, um seine Gedanken sortieren und in Worte fassen zu können.

Doch Audrey kam ihm zuvor. »Pascal, da gibt es noch etwas.«

Jetzt kann alles kommen, dachte Pascal.

»Der Fall ist aufgelöst. Wir haben den Mörder von Arthur de Polastrone gefasst. Er sitzt bereits seit gestern Morgen in Untersuchungshaft.« Sie wirkte aufrichtig betreten. »Es tut mir so leid, so wahnsinnig leid.«

Aus Quentins Miene war Unverständnis zu lesen. »Du kennst den Mörder?«, fragte er ungläubig.

»Audrey, du glaubst doch nicht wirklich, dass es Claude war?«

Audrey schaute Pascal direkt in die Augen, so wie sie es immer tat, wenn sie ihm etwas zu verkünden hatte. Pascal kannte diesen Blick, wusste, dass er nichts Gutes verhieß.

»Wir haben Fingerabdrücke auf einem Messer in der Tasche von Arthur de Polastrone gefunden. Außerdem war Claude der letzte Mensch, der ihn lebend gesehen hat, und er besaß dieses Buch.«

Für ein paar Sekunden lag Stille im Raum.

»Audrey …«

»Ich bedaure, Pascal. Es gibt keinen Zweifel.«

»Keinen Zweifel? Und was soll das Motiv sein?«

»Wir haben ihn mehrmals verhört. Er hat uns haarklein erzählt, wie der Abend verlaufen ist. Wie er die Igel essen sollte, wie sehr es ihn angeekelt hat. Die Art, wie er über Arthur de Polastrone gesprochen hat, macht die Sache nicht besser.«

Pascal rang um Fassung. »Die Art, wie er über Arthur de Polastrone gesprochen hat? Hast du gehört, wie … wie dein Vater gestern über Arthur de Polastrone gesprochen hat?«

»Das bedeutet nicht«, mischte Quentin sich ein, »dass ich ihn ermorden würde.«

»Eben«, ergänzte Pascal, doch plötzlich musste er an Lillie denken, wie sie zu Hause die Stunden, Minuten, Sekunden zählte, wartete, dass dieser Spuk um ihren Verlobten zu Ende war. Sicher dachte sie dabei auch an ihn, ihren Vater, der diesen Alptraum beenden musste, möglichst sofort. Ihr Vertrauen in ihn war ungebrochen. Gleichzeitig hallten Claudes Worte durch seinen Kopf. *Ich werde ihn niemals wiedersehen.* Warum hatte er das nur gesagt? Es machte die Sache unnötig kompliziert.

»Nicht du, Quentin«, wie sehr er das Geduze mit diesem Alt-Hippie verachtete, »aber vielleicht einer der Leute der Organisation, der du angehörst.«

»Nicht nur ihr von der Behörde vermisst Menschen, wir vermissen auch jemanden«, erwiderte Quentin. »Unseren Bruno – und der wird nie zurückkehren.«

Das stärkste aller Argumente schob sich in Pascals Kopf, er wusste aber auch, dass es nur noch Worte waren in dieser Situation, nur noch Logik, keinerlei Beweise. »Und Claude soll auch den Tierschützer umgebracht und seine Finger an die Restaurants geschickt haben? Audrey?« Er erhob seine Stimme. »Claude ist aus Lyon in die Provence gereist und hat Bruno ermordet, seine Finger abgeschnitten, sie an seine Kollegen verschickt, ist dann zurückgefahren, um sich von der Gilde einladen zu lassen, um dann wiederum den Vorsitzenden auf bestialische Weise zu ermorden? Mit einem Gift aus dem Amazonas, das er ja sicher in seiner Küche stehen hatte, ohne zu vergessen, seine Fingerabdrücke auf einem Messer zu hinterlassen, das bei dem Mord überhaupt keine Rolle gespielt hat? Audrey, bitte, das ist nicht euer Ernst.«

Audrey schwankte unter Pascals Worten, der Zweifel war ihr deutlich anzusehen. »Die genauen Beweggründe, das Motiv wird sich klären«, sagte sie, als würde sie sich selbst beruhigen wollen.

»Angenommen, Bruno ist das Opfer der Gilde, und sie haben seine Finger an die Köche geschickt, um Spuren zu verwischen, um uns auf eine falsche Fährte zu bringen, wäre es nicht ein logischer Rachefeldzug einer extremen Tierschutzorganisation, den Chef der Gilde zu ermorden?« Pascal hatte Probleme damit, Thesen wie diese in den Raum zu werfen, aber er wollte sehen, wie Quentin darauf reagierte.

Der schüttelte den Kopf. Ungläubig. »Brunos Finger sind an Köche verschickt worden?«, fragte er fassungslos. »Warum?«

»Um sie zu warnen. Die Finger sind an Köche verschickt worden, die aus der Gilde aussteigen wollten. Da sich dieser Trend offensichtlich unter den Köchen durchzusetzen begann, hätte das das Ende der ›Confrérie des Cuisiniers du Feu‹ bedeutet. Für diese Fanatiker ein Weltuntergang.«

Quentin wiegte den Kopf von einer Seite auf die andere.

»Ich werde Sie erlösen, Quentin«, sagte Pascal schließlich. »Ich weiß, dass Sie es nicht waren.« Er hatte das Geduze satt. Es war ihm egal, welche Schwelle zu welchem Haus er gerade überschritten hatte. Ruhig stand er auf. »Bevor ich gehe, werde ich mich aber noch für morgen Abend mit Ihrer Tochter verabreden.«

Audrey saß auf dem Sofa, eine stille Zeugin.

»Ich hole dich um neunzehn Uhr in Apt ab, wenn du Feierabend hast. Wir machen einen Ausflug. Einen sehr romantischen Ausflug.« Er wartete keine Reaktion mehr ab. »Wir fahren zu den Sternen.«

22

Die Zunge des Hundes, die zur Begrüßung über seine ausgestreckte Hand glitt, gab Pascal eine Idee davon, wie sich sein zukünftiges Leben in der Provence verändern würde. Er würde mit Bordeaux zusammenleben, ihn zum Trüffelhund ausbilden lassen und als treuen Begleiter auf seinen Runden durch Lucasson mitnehmen. Er würde ein Freund werden, nein, er war schon nach wenigen Tagen zu seinem Freund geworden.

Lillie saß auf dem Sofa im Wohnzimmer, ein Kissen umklammert, die Augen gerötet. Als sie Pascal in der Tür entdeckte, sprang sie auf, schloss ihn in die Arme und begann zu weinen. »Wie geht es Claude?«

»Setz dich, Lillie.« Sanft schob Pascal sie zurück auf das Sofa, setzte sich neben sie, ihre Hand lag in seiner. »Vertraue mir, ich weiß, dass Claude es nicht war, es ist kompliziert.«

»Was ist kompliziert?«, fragte Lillie schluchzend. »Claude ist kein Mörder, das ist unkompliziert, denn das weiß ich.«

»Es gibt zwei Dinge, die gegen ihn sprechen.« Pascal bemühte sich um Sachlichkeit. »Seine Fingerabdrücke sind auf einem Taschenmesser identifiziert worden, das die Leiche bei sich hatte.«

»Wie kann das sein? Das muss ein Irrtum sein.« Lillies Fragen und Ängste entluden sich in jedem ihrer Worte.

»Lillie, das ist kein Fehler. Er muss das Taschenmesser in der Hand gehabt haben, als er sich mit Arthur de Polastrone getroffen hat. Warum auch immer. Nur, das Messer ist nicht als Waffe benutzt worden. Außer Tonspuren ist nichts daran gefunden worden.«

»Und was bitte soll das zweite Problem sein?«

»Du sagtest schon, dass Claude der Letzte gewesen sei, der Polastrone lebend gesehen hat. Das glaube ich aber nicht. Es muss noch eine weitere Person da gewesen sein. Und ich meine auch zu wissen, wer es war. Ich muss es nur beweisen.«

Lillie saugte jedes Wort auf, hungrig nach dem kleinsten Zipfel Trost. Ihr Lachen war fast hysterisch, eine Mischung aus Lachlauten und Tränen. Wieder nahm sie Pascal in den Arm, weinte.

Auch Bordeaux hatte sich auf seine Hinterbeine gestellt, noch war er zu klein, um auf das Sofa zu springen. Er wedelte mit dem Schwanz, wohl eher aus Verunsicherung. Was war los mit seinem Herrchen, mit dem er sein gesamtes Leben verbringen sollte? War das jetzt immer so?

Pascal schob ihn sanft zurück, dann löste er sich aus Lillies Umarmung. »Ich fahre zu Claude nach Apt. Ich muss mit ihm sprechen. Pass du auf Bordeaux auf.«

23

Die Gendarmerie nationale in der Avenue des Bories war ein schmuckloser beiger Bau mit vergitterten Fenstern. Der Himmel hatte sich am Nachmittag zugezogen, der Anblick der Polizeiwache in Apt wirkte dadurch noch trostloser als sonst.

Während Pascal seinen Mégane auf dem großen Parkplatz neben dem Gebäude abstellte und den kurzen Weg über den Bürgersteig zurücklegte, dachte er, was für ein Glück er doch hatte, dass sein Arbeitsplatz in dem alten Rathaus an der Place de la Fontaine in Lucasson lag. Er hätte Schwierigkeiten damit gehabt, an einem Sehnsuchtsort wie der Provence in dem einzig hässlichen Gebäude weit und breit zu sitzen.

Audrey war an diesem Nachmittag nicht in der Gendarmerie. Wahrscheinlich hatte sie sich freigenommen und verbrachte den Nachmittag bei ihrem Vater Quentin.

Nachdem sich Pascal ausgewiesen und es eine Rückversicherung im Büro von Frédéric Dubprée gegeben hatte, der ebenfalls nicht im Haus war, dafür aber seine Kollegin, wurde Pascal durch das Haus in eines der Verhörzimmer geführt, in dem Claude bereits auf ihn wartete.

Er sah schlecht aus. Blass. Seine Augen wirkten, als hätten sie sich in die Höhlen zurückgezogen, um Schutz vor dem zu suchen, was sie sehen mussten, aber nicht wollten.

Nachdem Pascal den Raum betreten hatte, wurde die Tür wieder verriegelt, so als handele es sich bei Claude um einen Schwerverbrecher. Die Kollegin der Police nationale, die Pascal durch die schmucklosen Gänge mit Bildern von gesuchten Personen, Autoknackern und Taschendieben geführt hatte, blieb schweigend in der Ecke stehen.

»Du bist als Polizist hier, Pascal.« Die Worte gingen Claude resigniert über die Lippen.

Pascal nickte auch der Polizistin in der Ecke des Raums zu,

die ihr Handy in die Hand genommen hatte. »Ich bin beides. Polizist und dein zukünftiger Schwiegervater.«

»Wenn es irgendwann dazu kommt«, sagte Claude tonlos.

»Setzen wir uns.« Pascal schob sich einen Stuhl zurecht und nahm am Tisch Platz.

Zögernd setzte sich Claude ihm gegenüber.

»Hast du dir schon einen Anwalt genommen?«, begann Pascal.

Claude, gar nicht mehr der souveräne Koch, den Pascal so schätzte, brauchte etwas, um diese Frage zu verarbeiten. »Brauche ich einen?«

»Zur Sicherheit, bis der Spuk vorbei ist.«

»Wird er das jemals sein?« Claude hatte sein Gesicht auf die Tischplatte gerichtet.

»Nur mit deiner Unterstützung, wenn du mir die Wahrheit sagst, ohne etwas zu verschweigen.«

»Natürlich werde ich das. Ich habe nichts getan. Ich bin deinetwegen überhaupt erst hierhergekommen.«

Jetzt war es Pascal, der den Kopf neigte. »Was genau ist an dem Abend geschehen, nachdem ich aus der Rotonde gegangen bin und du dich mit Arthur de Polastrone getroffen hast?«

»Das habe ich dir doch schon erzählt.«

»Du hast ihn in der Rotonde getroffen, sagtest du. Stimmt das?«

»Bien sûr.«

»War außer dir noch jemand dort? Ist dir irgendetwas aufgefallen?«

Claude schüttelte den Kopf.

»An Arthur de Polastrones Messer sind deine Fingerabdrücke gefunden worden. Kannst du dir das erklären?«

»Ja, natürlich. Er hat es mir gegeben, um den Lehm, der um den Igel war, zu zerschneiden. Ihn aufzuklopfen. Dieser perverse Mann.«

»Wann genau bist du gegangen?«

»Ich weiß es nicht mehr. Ich war um ein Uhr dreißig im

Hotelzimmer, das weiß ich genau, weil ich meine Uhr abgenommen und auf den Nachttisch gelegt habe.«

Der Tod von Arthur de Polastrone war zwischen ein Uhr dreißig und drei Uhr eingetreten. Das würde bedeuten, Claude hätte, wenn er tatsächlich der Täter war, den möglicherweise schon betäubten Polastrone aus der Rotonde bringen und hoch zur Sternwarte fahren müssen. Dann hätte er auf dem Gelände hinter dem Wald bei der Sternwarte das Feuer entzünden, ihn in Ton einhüllen und verbrennen müssen.

Pascal atmete tief ein.

»Ich habe Zeugen«, sagte Claude. »Der Nachtportier wird es bezeugen können. Hast du schon mit ihm gesprochen?«

Pascal schüttelte den Kopf. »Das ist nicht nötig. Du warst es nicht. Du kannst es nicht gewesen sein. Zeitlich wäre das nicht möglich gewesen.« Er stand auf und wollte Claude zum Abschied drücken, ihm Mut machen, aber erwartungsgemäß untersagte dies die Polizistin, die regungslos in der Ecke gestanden hatte. So gab es keine Berührung zwischen ihnen. »Spätestens übermorgen wirst du wieder frei sein«, sagte er stattdessen.

»Etwas wird bleiben. Das wissen wir beide.« Claude saß noch immer auf seinem Stuhl. »Es bleibt etwas nach.«

24

Nach einer unruhigen Nacht, in der weder Lillie noch Pascal zur Ruhe gekommen waren, war er von der ersten Morgendämmerung aus dem Bett gerissen worden. Es war also ein Zufall, dass er an diesem Morgen vor der Mairie dem Postboten begegnete, der seine Runde immer so plante, dass die wichtigsten Briefe des Tages möglichst früh im Rathaus eintrafen. Er erkannte Pascal wieder, erinnerte sich an die Begegnung vor dem »Le Fournil«. »Bonne journée, Monsieur Gendarm.« Er drückte Pascal freundlich lächelnd einen Stapel Briefe in die Hand. »Für den Fall, dass Sie sie wieder zuerst lesen möchten.« Ein Mann mit Humor. Dann stieg er zurück auf sein Fahrrad, um seine Runde über die noch verschlafene Place de la Fontaine fortzusetzen.

Pascal wog die Briefe in seiner Hand und prüfte die Absender, während er die wenigen Stufen ins Rathaus hochging.

Plötzlich gerieten seine Schritte ins Stocken. Da waren zwei Briefe von der »Confrérie des Cuisiniers du Feu«, beide an den Bürgermeister, an den »Maire persönlich«, gerichtet. Ein Brief hatte einen schwarzen Trauerrand.

Die Einladung zur Beisetzung von Arthur de Polastrone, dachte Pascal. Er hatte nicht gewusst, dass Jean-Paul Betrix der Bruderschaft angehörte, auch wenn er schon einmal daran gedacht hatte. Eine Gilde wie die »Confrérie des Cuisiniers du Feu« passte zu ihm.

Das größere Interesse aber widmete Pascal dem zweiten Brief. Was konnte in diesem Schreiben stehen? Handelte es sich um eine der geheimnisvollen Einladungen zu einem der sogenannten Festessen der Organisation? Oder verbarg sich etwas anderes dahinter?

In seinem Büro angekommen, legte Pascal die Post auf den Schreibtisch, setzte sich auf seinen Stuhl, faltete die Hände und wippte hin und her, die Briefe fixierend.

Wann kam Jean-Paul Betrix in der Regel? In einer Stunde, in zwei?

Pascal drehte für gewöhnlich seine Morgenrunde durch das Dorf, bevor er in die Mairie kam und den offiziellen Dienstbeginn antrat. Eine Regel, die bei Betrix ausnahmsweise auf Wohlwollen gestoßen war. Polizeipräsenz in den Straßen seines Ortes schätzte er.

Pascal hatte noch mindestens eine Stunde Zeit. Er hätte den Brief öffnen und wieder verkleben können.

Wieder nahm er ihn in die Hand, wog ihn, hielt ihn gegen das Licht. Doch er konnte beim besten Willen nichts erkennen. Eine Einladung war auszuschließen, diese hätte man vermutlich auf Pappe gedruckt, in dem Brief befand sich aber zweifelsfrei Papier.

Was, wenn dieser Brief ein Beweisstück war, wenn er durch den Brief einen Schritt weiter bei seinen Ermittlungen kommen könnte? Was, wenn Jean-Paul Betrix eine vielleicht tragende Rolle in der Gilde spielte? War es nicht die Pflicht eines Ermittlers, allen Spuren, die in dieser bewegten Zeit rund um die Gilde passierten, nachzugehen? Auch wenn sie auf den ersten Blick unbedeutend waren? Immerhin war es nicht verboten, ihr anzugehören. Es war vielmehr eine Frage des Gewissens. Doch der Vorsitzende dieser Gilde war ermordet worden, jede noch so kleine Spur musste verfolgt werden, musste zu Ende gedacht werden.

Was passierte, passierte automatisch. Pascal nahm seinen Brieföffner und schob ihn behutsam unter den Kleberand der Umschlaglasche. Er riss den Brief nicht wie sonst oben auf, sondern öffnete ihn so, wie er ursprünglich verklebt worden war. In dem Vorhaben, ihn wieder zu verschließen.

Nach der ersten groben Arbeit des Brieföffners liefen seine Finger unter der Lasche entlang. Zur Vorsicht trug er Plastikhandschuhe, er wollte keine Spuren hinterlassen.

Langsam faltete er das Papier auseinander.

Wie schon auf den Einladungen waren die Zeilen in gotischer Schrift gehalten. Pascal fiel sofort auf, dass der Absender nicht den Bürgermeister persönlich ansprach, sondern sich an alle Mitglieder richtete. Ein Rundschreiben.

Hochgeschätztes Mitglied der »Confrérie des Cuisiniers du Feu«,
sicherlich konnten Sie in den letzten Wochen der Presse entnehmen, wie der Ruf unserer altehrwürdigen Gilde beschmutzt wurde. Sicher haben Sie auch davon erfahren, dass der Vorsitzende Arthur de Polastrone tot aufgefunden wurde, offenkundig hat sein Leben ein tragisches Ende genommen.
Für die Beisetzung in der nächsten Woche auf dem Friedhof von Lucasson wird Ihnen als langjährigem Mitglied und als Unterstützer unserer Bruderschaft eine Einladung separat zugestellt.
Arthur de Polastrone hat in den letzten fünfunddreißig Jahren die Gilde mit Leben, unermüdlichem Kampfgeist, Innovation und viel Würde belebt. Der Verlust, den sein unerwarteter Tod in unsere Reihen gerissen hat, ist so unermesslich groß, so tragisch, dass wir gezwungen sind, Konsequenzen zu ziehen.
Wir sehen es als unsere erste Pflicht an, unsere altehrwürdige Bruderschaft nicht in Misskredit zu bringen. Der Ruf war unter den Köchen, unseren geliebten Feuerköchen, immer der wichtigste Bestandteil unserer Vereinigung. In den letzten Wochen sind viele Unwahrheiten über uns verbreitet worden. Die Polizei hat uns verdächtigt, die Tierschützer haben Lügen über uns verbreitet, sogar die Zeitungen haben mit Negativschlagzeilen über uns berichtet.
Eine Bruderschaft, die viele Jahrhunderte überdauert hat, die immer wieder aufgestanden ist, die im Laufe ihrer langen Geschichte so viele Menschen mit Glück erfüllt hat, muss in anderen Zeiträumen denken. Sie muss sich von der Schnelllebigkeit der Medien freimachen und sich zurückhalten, wenn Stille geboten ist.

Denken wir doch, ehrwürdiges Mitglied, nicht nur in unserem Wesen entsprechenden Kategorien, sondern auch in anderen, historischen Zeiträumen. Wir können es uns nicht leisten, unseren Ruf zu riskieren. Wir können laut unserer Satzung auch unsere Traditionen nicht ändern. Sie ist festgeschrieben, sie ist das, was uns im Inneren zusammenhält. Wir dürfen uns nicht beugen, wenn das Fahrwasser unruhig wird, wenn wir Turbulenzen ausgesetzt sind. Wir müssen uns treu bleiben und unsere Traditionen wahren. Was bedeutet es schon, wenn wir uns für ein paar Jahre aus der Gesellschaft zurückziehen? Vielleicht nur für eine gewisse Zeit, vielleicht für eine Dekade, vielleicht für die kurze Dauer eines Menschenlebens.

Wir hoffen, Sie haben Verständnis für die Entscheidung, unsere Bruderschaft ruhen zu lassen. Wir hoffen auf Ihr Verständnis, dass wir in den nächsten Jahren keine Versammlungen oder Feuerkoch-Dîners mehr abhalten werden. Ziehen wir uns zurück, bis der Sturm vorbei ist, bis die Gourmet-Gesellschaft sich selbst wieder dem Traditionellen, dem einzig Wahren zuwendet.

Unsere Satzung, unser Regelwerk und nicht zuletzt unsere Werte werden bewahrt, fest verschnürt an unserem geheimsten Ort. Einige müssen wir veräußern, die letzten Jahre haben uns unsere letzten Rücklagen gekostet. Selbst Arthur de Polastrone war nicht in der Lage, eine genügend große Anzahl neuer Mitglieder zu werben. Spenden auf das Ihnen wohlbekannte Konto sind für die Abwicklung willkommen. Ein Investment für die Zukunft. Denken Sie an die »Chaîne des Rôtisseurs«, sie ist während der Französischen Revolution verboten worden und erst hundertfünfzig Jahre später wieder aufgetaucht. Wir sterben nicht, wir ruhen nur unsere Flügel aus.

Hochachtungsvoll Victor Tatti
Stellvertretender Vorsitzender der »Confrérie des Cuisiniers du Feu«

Langsam ließ Pascal den Brief auf den Schreibtisch sinken, strich ihn mit den Fingern glatt und machte mit seinem Handy ein Foto vom Inhalt. Dann faltete er ihn zusammen und ließ ihn vorsichtig wieder in das Kuvert gleiten. Die Ränder verklebte er mit einem Klebestift. Wahrscheinlich unsichtbar für Jean-Paul Betrix.

Die Meldung über das Ende der Verbindung würde nicht geheim bleiben. Spätestens morgen früh konnten die Zeitungen darüber berichten, sie würden einige dieser Briefe in die Hand bekommen. Es war ein Paukenschlag in der Gourmet-Szene. Die Tierschützer würden das Ende bejubeln. Dachte Pascal an die Versammlung in Gordes, so war die »Confrérie des Cuisiniers du Feu« der ärgste Feind der Tierschützer.

Pascal stand von seinem Schreibtisch auf und ging über den Gang zurück zu dem kleinen Tisch im Eingangsbereich, auf dem üblicherweise die Briefe und Zeitungen abgelegt wurden. Auf dem Titelbild der »Le Luberon« erkannte er den Innenraum der Bar »Cercle Républicain« in Gordes, die Anordnung der Tische, die Tierschützer. Es war ein Schnappschuss, aus der Situation heraus. Quentin stand in der Mitte und sprach zu den Anwesenden, er hatte die Arme ausgebreitet.

»Wer ist der Mörder?«, stand unter dem Bild.

An Constantin Tarons eigenen Sprachduktus würde sich Pascal nie gewöhnen. Er schüttelte ungläubig den Kopf, flog eilig über den Artikel, in dem es immer wieder Zitate aus der Rede gab. Die Kampfansagen waren fett gedruckt: »Wir werden kämpfen, bis nichts von ihnen übrig bleibt!«, »Krieg, Krieg, Krieg!« und »Die Welt wäre besser dran ohne diese Köche, diese Schlächter, diese Teufel!«.

Am Ende des Berichts gab es einen Verweis auf Seite drei, auf der die Zeitung sich der Gilde widmete.

Pascal blieb im Gang stehen, las den kompletten Artikel und bemerkte nicht, wie Jean-Paul Betrix das Rathaus betrat.

»Auf der Veranstaltung war *doch* der Mörder, sogar die Zeitung weiß das, nur Sie nicht, Monsieur Chevrier.«

»Bonjour«, entgegnete Pascal, ohne die Zeitung aus der

Hand zu legen, als wäre Betrix für ihn nur eine flüchtige Bekanntschaft, ein Niemand.

»Ah, der feine Herr Chevrier ist jetzt etwas Besseres, weil er für die Police nationale arbeitet. Vergessen Sie nicht, dass ich zustimmen musste, dass Sie ohne mich gar nicht dieses Privileg hätten, dass Sie ohne mich Fahrraddiebe jagen würden.«

»Merci, Monsieur.« Noch immer war Pascal in den Zeitungsartikel vertieft.

Jean-Paul Betrix griff nach seiner Post und ging, bedingt durch seine Leibesfülle, langsam den Flur zu seinem Büro entlang. Pascal hörte, wie die Tür ins Schloss fiel.

Es stand nicht viel Neues in dem Artikel, kaum etwas, das Pascal nicht in der Rotonde schon gehört hatte. Nur die jüngsten Entwicklungen, die letzten Jahre, die offensichtlich schwer für die Gilde gewesen waren. Man klagte über Mitgliederschwund und die fehlende Begeisterung bei Restaurantgästen. Die neue Bewegung der vegetarischen und veganen Küche, das Bewusstsein für eine zeitgemäße Ernährung mit Nahrungsmitteln aus der Gegend, die leichte Küche, all das machte das Leben für die Feuerköche schwer.

Auch von einem Skandal war die Rede, der Pascal neu war. In Paris waren in den späten siebziger Jahren bei einem Festessen für geladene Gäste der »Confrérie des Cuisiniers du Feu« Raubkatzen gereicht worden. Ein Skandal, der wochenlang die Presse beherrscht und fast das Ende der Bruderschaft bedeutet hatte. Seitdem hatte man sich skeptisch und vorsichtig in der Öffentlichkeit gezeigt. Das Logo wurde so gut wie transparent, die Öffentlichkeitsarbeit auf die Mitglieder beschränkt. In den folgenden Jahren fehlte es ihnen dadurch an Nachwuchs, man drehte sich im Kreis, immer um die eigene Achse, da die Gilde in der Öffentlichkeit nicht mehr stattfand.

Erst unter Arthur de Polastrone hatte sich die Bruderschaft wieder geöffnet. Um nicht auszusterben, begannen die Mitglieder vor einigen Jahren, frankreichweit Köche zu rekrutieren, die sich vor allem durch die traditionelle Küche einen Namen gemacht hatten.

In einem letzten Satz wurde bereits über das Ende der Bruderschaft spekuliert. Diesmal wusste Constantin Taron offensichtlich nicht mehr als Pascal, oder er hielt es für den nächsten Tag zurück.

Pascal war sich gar nicht sicher, ob dieser Artikel die breite Bevölkerung, die Leser von »Le Luberon«, überhaupt interessierte. Erst durch den Mord an ihrem Präsidenten bekam die Bruderschaft eine gewisse Bekanntheit. Auch die versendeten Finger wurden erwähnt. Inzwischen war von Ritualmorden die Rede. »Wem gehören diese Finger? Fünf sind verschickt worden, was aber ist mit der anderen Hand?«, fragte sich der Verfasser des Artikels.

Zeit, dass dieser Spuk ein Ende hat, dachte Pascal, als er die Zeitung sinken ließ.

25

»Du gehst mit mir zu einem romantischen Abend und nimmst eine Waffe mit?«, fragte Pascal verblüfft, als Audrey sich auf dem Beifahrersitz anschnallte und ihre Bewegung für einen Moment den Blick auf das Halfter unter ihrer schwarzen Jacke freigab.

»Vielleicht liegt das an dir«, sagte sie lachend.

Sie roch gut, bemerkte Pascal, während er den Mégane aus Apt heraussteuerte und die D 22 in Richtung Simiane-la-Rotonde nahm. So gut wie bei den vergangenen Treffen. Ihre Augen strahlten wieder so wach, wie er sie kannte.

Die Fahrt würde gut fünfundvierzig Minuten dauern, genug Zeit also, Fragen zu klären, die Pascal beschäftigten. Doch zunächst fragte Audrey, warum er noch einmal zu der Sternwarte fahren wolle.

Pascal berichtete ihr von Albert Demise und der nächtlichen Verfolgung, von dem zweiten Mann im Auto, bei dem es sich wahrscheinlich um Rasmus Payette gehandelt hatte, dessen Interesse an den Büchern er zunächst ausschließlich seiner Besessenheit für antiquarische Werke zugerechnet hatte. Inzwischen aber glaubte er, dass beide Männer viel mehr mit der Bruderschaft zu tun hatten. Sie waren Bibliothekare, Verwalter einer wertvollen Sammlung.

Auch von seinem Verdacht, von seinem vagen Verdacht, dass sich dort oben bei der Sternwarte irgendwo die Bibliothek befinden könnte, erzählte er Audrey.

»Ich muss wissen, was es mit diesem Ort auf sich hat, ich muss auch noch einmal zu dem Tatort, an dem ich Arthur de Polastrone gefunden habe. Vielleicht habe ich etwas übersehen. Für eine offizielle Durchsuchung fehlen mir die Beweise, und eine Genehmigung, die Atomschächte betreten zu können, dauert Monate und geht über das Innenministerium. Immerhin handelt es sich um ehemalige militärische Anlagen. Wir mischen uns einfach unter die Leute …«

»… als wären wir ein frisch verliebtes Paar?« Audrey schenkte ihm ein geheimnisvolles Lächeln.

»Genau, als wären wir ein frisch verliebtes Paar.« Auch Pascal lächelte. Die Hoffnung würde er nie aufgeben. »Liebe ist universell, Pascal. Man liebt kein Geschlecht, sondern einen Menschen«, hatte sie gesagt, und dieser Satz ließ ihn nicht mehr los, hallte noch täglich in seinem Kopf nach. Laut und deutlich.

»Was ist das heute für eine Veranstaltung?«

Pascal reichte ihr einen Prospekt, den er aus seiner Jackentasche gezogen hatte und in dem alle Events des Jahres aufgelistet waren. Inzwischen hatte die Spurensicherung die Sternwarte wieder freigegeben. Weder an den Gerätschaften noch an den Sofas oder Blechhütten hatten Spuren sichergestellt werden können. Nur das Waldstück neben der Sternwarte war weiter zum Sperrgebiet erklärt worden.

»›Das ›Observatoire Astronomique Sirene‹ lädt zu einer Sternschnuppen-Nacht ein‹«, las Audrey vor. »›Wir haben bereits mit Teleskopen Venus, Jupiter, Saturn und Mars beobachtet. In dieser Nacht werden wir im Himmelsgewölbe die Sternschnuppen des Perseidenschwarms zählen. Wir werden auch die Geschichte der Sternbilder erzählen und die vielen künstlichen Satelliten beobachten, die unseren Himmel durchziehen. Auf dem Gelände dürfen Sie sich frei bewegen, unsere vielen Teleskope nutzen und es sich unter dem Sternenhimmel bequem machen.‹ In der Tat, du hast nicht übertrieben, das hört sich romantisch an.«

»Wenn es mal so romantisch wird«, sagte Pascal und wünschte sich im Herzen genau das.

Insbesondere die Aussicht, dass sich die Besucher frei bewegen konnten, beflügelte ihn. Er würde die Chance nutzen, das Gelände zu erkunden. Die Sonne ging jetzt im Juni erst um halb zehn unter. Sie würden um neunzehn Uhr fünfundvierzig dort sein, hatten also genug Zeit, sich zunächst im Hellen zu orientieren.

Die Fahrt wollte er dazu nutzen, gemeinsam mit Audrey

die Ermittlungsergebnisse durchzugehen. Es würde sie weiterbringen. Audrey war scharfsinnig, und er wusste, dass auch sie nicht restlos von Claudes Schuld überzeugt war, diese Meinung nur nach außen hin vertrat, da es die Version der Police nationale war, allen voran Frédéric Dubprées Ansicht. Außerdem wollte er mehr über den getöteten Tierschützer erfahren.

»Ich habe heute das Obduktionsergebnis von Bruno Martin bekommen.«

Der gleiche Schmerz, den er schon an jenem Morgen im »Le Fournil« beobachtet hatte, als sie die Leiche am Tisch sitzen gesehen hatte, stand in Audreys Augen.

»Du kanntest Bruno Martin«, fügte er vorsichtig hinzu.

»Ja, ich kannte ihn. Er war radikal, hat vieles getan, was mein Vater nicht getan hätte. Er hat Nerze befreit, Lämmer vor der Schlachtung bewahrt, sich nachts in Ställen aufgehalten. Er hat deshalb oft im Gefängnis gesessen, meist nur ein paar Tage, zu einer langjährigen Haftstrafe hat es nie gereicht. Die letzten Jahre hatte er sich verändert, war immer radikaler geworden.« Sie wiegte den Kopf. »Dass die Tierschutzorganisation so wenig erreicht hat, hat ihn frustriert. Er war der Meinung, wir müssten spektakulärere Dinge tun, Taten, die es in die Zeitungen schafften. Dann hat er begonnen, Bilder und Filme aus den letzten Jahren zu sammeln und Videos für unseren YouTube-Channel zu schneiden. Er wollte für das, was wir taten, die maximale Aufmerksamkeit. In den neuen Medien hat er eine Riesenchance für uns als Organisation gesehen. Doch als der Channel nicht direkt einschlug, hat sich Bruno immer weiter zurückgezogen. In einem der letzten Gespräche hat er meinem Vater eröffnet, dass er etwas Großes plane. Er ließ sich nicht in die Karten schauen, und dann haben sie nichts mehr von ihm gehört. Viele in der Organisation haben schon das Schlimmste befürchtet. Am Ende war ich es, die meinem Vater und seinen Freunden die Nachricht überbringen musste.«

»Wie gut kanntest du Bruno?«

»Besser, als es mir lieb war.«

»Erzähle es mir.« Pascal befiel ein ungutes Gefühl.

Audrey atmete tief durch, drehte ihren Kopf zur Seite, Richtung Landschaft, die an ihnen vorbeizog. Die Straße wand sich immer höher den Berg hinauf. Rechts und links die Betonsilos, die alten Atomschächte, verrostete Stacheldrahtzäune, die ein Gebiet hüteten, in dem es nichts mehr zu hüten gab. Man hatte sie einfach stehen lassen.

»Ich war noch ein Kind, vielleicht zehn oder elf Jahre alt. An genaue Details kann ich mich nicht mehr erinnern, es ist zu lange her. Ich weiß nur, wie ich an diesem Morgen zur Schule musste und spät dran war, eigentlich wie immer. Niemand hat mich geweckt, auch wie immer. Meine Eltern schliefen meist bis zum Mittag. Wie fast jeden Tag haben Freunde bei uns übernachtet. Jedes Zimmer war belegt. Ich wollte gerade ins Badezimmer gehen, da hat sich die Schlafzimmertür meiner Eltern geöffnet. Ich war es gewohnt, dass bei uns zu Hause alle nackt herumliefen. Sie waren eben Hippies. Nicht aber war ich den Anblick eines fremden nackten Mannes gewohnt, der aus dem Schlafzimmer meiner Eltern kam. Ich werde seinen Blick nie vergessen. Irgendwie provozierend, aber auch mitleidig, dass ich das erleben musste. Und dann weiß ich noch, wie meine Mutter aus dem Schlafzimmer seinen Namen gerufen hat. ›Bruno, beeil dich, Audrey steht gleich auf‹, hat sie gesagt. Ich stand regungslos auf dem Flur. Bruno hat mir in diesem Moment meine kindliche Naivität genommen. Er hat meine Sichtweise auf meine Eltern für immer verändert. In all dem Chaos in meinem Elternhaus waren sie doch mein Anker, denn wenn ich ein Problem hatte, haben sie sich mir immer zugewandt. Ich hatte nie das Gefühl, allein zu sein. Auch wenn ihre Meinung sich nur selten mit der anderer Eltern und schon gar nicht mit der Meinung meiner Lehrer gedeckt hat. Aber sie waren meine Eltern, und ich dachte, nichts würde zwischen sie passen. Bis zu jenem Morgen.«

Pascal betrachtete den Verlauf des Zauns entlang der Straße, die kleinen Wege, die den Berg hinunterführten, einen von ihnen hatten Albert Demise und Rasmus Payette genommen.

»Brunos Tod hat meinen Vater sehr getroffen«, fuhr Audrey fort. »Ich hatte es ihm an dem Tag gesagt, an dem wir zu der Versammlung nach Gordes gingen. Bruno war einer der engsten Freunde der Familie. Es war ein Schlag. Für uns alle. Auch für meine Mutter. Der Auftritt in Gordes wird für lange Zeit der letzte meines Vaters gewesen sein. Er plant irgendetwas, und ich habe Angst davor. Ich habe mich heute Morgen richtig gefreut, als ich ihn mit meiner Mutter zusammen im Wohnzimmer sitzen sah. Sie kiffen jetzt unaufhörlich. Solange sie das tun, wird ihm die Kraft für seinen Racheakt fehlen, von dem er immer spricht.«

»Wir müssen den Fall schnell klären, dann wird ihm das Motiv fehlen«, sagte Pascal, als sie durch das verrostete Eisentor der Sternwarte fuhren.

Es waren noch keine weiteren Gäste zu sehen. Schon von Weitem erkannte Pascal das Handymädchen wieder. Sie drückte gerade eine Fackel in den trockenen Boden und bewegte sie hin und her. Als sie sich von dem Ergebnis überzeugt hatte, ließ sie die Fackel los und sah auf ihr Handy. Die Ermittler bemerkte sie erst, als sie den Kopf hob. »Der Flic ist zurück.«

»Heute bin ich in Zivil hier und würde es auch gern bleiben.« Pascal musste auf sie zählen, er war darauf angewiesen, dass sie ihn vor anderen Leuten nicht als Gendarm oder, noch viel schlimmer, als Flic outete.

»Und das ist Ihre Freundin? Oder eher eine Kollegin?« Audrey stellte sich vor.

»Ein ganzes Aufgebot also. Nach seinem letzten Besuch hatte ich ein paar Tage frei. Er hat hier alles zum Sperrgebiet erklärt. Krass war das.« Wie selbstverständlich kontrollierte sie wieder ihr Handy, als wären tausend Dinge in den letzten Sekunden passiert. »Krass war das mit der Leiche und so.« Sie stöhnte auf und wischte sich mit dem Handrücken den Schweiß von der Stirn. »Heute haben wir den ersten Tag wieder geöffnet. Und jetzt kommen Sie gleich zu zweit. Das verheißt nichts Gutes.«

»Machen Sie sich keine Sorgen«, sagte Pascal beschwichtigend.

»Wir sind heute privat hier«, fügte Audrey hinzu. »Und wie mein Kollege schon sagte, möchten wir gern als Privatpersonen behandelt werden. Als Besucher, schließlich bezahlen wir auch unseren Eintritt.«

»Also Kollegen.« Sie musterte die beiden. »Ein schönes Paar würdet ihr abgeben. Na, dann kommen Sie mal mit zur Kasse.«

26

»Es sieht aus wie die Installation eines verrückten Künstlers«, sagte Audrey, als sie an den roten Lampen auf dem Boden vorbei auf die weißen Container zugingen.

Wieder standen Sofas auf dem Gelände, auf den Tischen waren Kerzen aufgestellt worden, Aschenbecher und Broschüren der Sternwarte lagen auf den Plätzen, dazu kleine Tafeln, auf denen zu erkennen war, wo welche Sterne gesehen werden konnten und wo die Sternzeichen angeordnet waren. Alles war für eine romantische Nacht in Lagarde-d'Apt in der Haute-Provence vorbereitet worden, »tausend Meter dichter an den Sternen als unten im Tal, fernab jeder Lichtquelle«, hieß es im Werbetext.

»Ich zeige dir, wo ich Arthur de Polastrone gefunden habe.« Pascal ging Audrey voraus um das rote Zelt herum, in dem das Handymädchen saß. Sie verließen die eigentliche Sternwarte, hoben das Absperrband zum Tatort an, gingen durch das Waldstück, über die Lichtung, hinein in den nächsten Wald, bis zur Feuerstelle über den Sandweg, auf dem Pascal die Schleifspuren gefunden hatte.

Alles war aufgeräumt, sogar die Asche war von der Spurensicherung sichergestellt worden. Bis auf die kleine Anhäufung von Steinen war nichts übrig geblieben.

»Ein komischer Ort für ein Feuer«, bemerkte Audrey. »Wo hat die Leiche gelegen?« Sie ging langsam um die Steine herum, bückte sich und ließ ihre Finger über die errichtete Mauer laufen.

Pascal überstieg die Barriere und malte mit dem Fuß Umrisse in den Sand. »Etwa hier«, sagte er und kontrollierte die Position noch einmal mit Hilfe eines Handybildes, das Maxime Leblanc ihm zur Verfügung gestellt hatte.

Audrey trat neben ihn. »Und hier hat es Lehmspuren gegeben, stand in dem Bericht.« Sie betrachtete die Steinmauer, den Weg zurück zum roten Zelt. »Ich frage mich, wie ein

Mann allein das Opfer über das Gelände bis zu dieser Feuerstelle gebracht haben soll. Wenn Arthur de Polastrone nachts noch mit Claude in der Rotonde gesessen hat, direkt nach dem Gespräch hierhergekommen ist, erst hier das Gift verabreicht bekommen hat und dann hierhergetragen wurde, wie schafft ein einzelner Mann das? Und wer hat ihn hierhergefahren? War in deinem Bericht nicht von einem Rolls-Royce die Rede? Hat er ihn selbst gefahren, oder gab es einen Chauffeur? Dann wäre noch eine zweite Person da gewesen, die Arthur de Polastrone mitgetragen haben könnte.«

»Daran habe ich auch schon gedacht«, sagte Pascal.

»Aber du hast es nicht zu Ende gedacht, denn du hast Angst vor der Wahrheit, dass tatsächlich Claude Arthur de Polastrone hier hochgefahren haben könnte. Richtig?«

Bei allem Zweifel an der Täterschaft seines zukünftigen Schwiegersohnes hatte Pascal es geschafft, seine Objektivität zu bewahren. Es gab in seinen Augen zu viele unlogische Details hinsichtlich des Verdachts gegen Claude, über die er mit Audrey schon bei ihrem Vater gesprochen hatte.

»Es könnte sich lediglich um eine Affekthandlung gehandelt haben, und dagegen spricht zu vieles«, sagte er schließlich. »Beiden Opfern wurde das Gift verabreicht. Bruno ist daran gestorben, Polastrone wurde damit betäubt, bevor er verbrannt wurde. Das kann nicht im Affekt passiert sein, es wäre zu aufwendig gewesen. Diese Morde waren präzise geplant.«

»Was aber, wenn Claude vor dem Treffen mit Polastrone und vor der Versammlung der Gourmet-Gilde viel mehr gewusst hat, als er zugegeben hat?« Audrey hatte sich auf die Steine an der Feuerstelle gesetzt, Pascal stand noch immer neben seiner Zeichnung.

»Es wäre nicht ungewöhnlich gewesen, die Gilde ist keine völlig unbekannte Bruderschaft. Immerhin ist Claude zu dem Treffen eingeladen worden, er wird sich informiert haben. Hinzu kommt, dass nur einige wenige Köche eingeladen wurden, die der Gilde noch nicht angehörten. Er wusste, was ihn erwartete.«

Audrey nahm einen Stock und malte kleine Kreise in den Sand.

»Er war nicht allein, er hatte Hilfe«, fuhr Pascal fort.

»Möglich, dass er mit Arthur de Polastrone gar nicht in der Rotonde gesessen hat«, sagte Audrey, ohne den Ast aus dem Sand zu nehmen. »Möglich, dass er direkt mit ihm hier hochgefahren ist, seinen Komplizen getroffen hat und sie gemeinsam die Tat durchgeführt haben. An das Gift Curare zu kommen dürfte für einen Koch, der seine Gewürze aus allen Ländern der Welt besorgt, nicht allzu schwer sein. Und welche Kontakte hat sein Komplize? Es gibt zu vieles, das gegen ihn spricht. Dazu kommen die Abdrücke auf dem Taschenmesser.«

Pascal erinnerte sich an das kurze Gespräch mit Claude in der Gendarmerie und an die Frage, die ihn seitdem beschäftigte. »Warum sollte er das getan haben, Audrey? Warum begeht jemand einen Mord, zerstört möglicherweise sein Leben? Nur weil er die Vorgehensweise der Gilde ablehnt? Das würde bedeuten, er wäre ein Tierschützer, der für seine Überzeugung sogar einen Mord begeht. Glaub mir, das passt nicht zu Claude. Er hatte kein Motiv, selbst wenn er während der Unterredung mit Polastrone begonnen hat, ihn zu hassen, selbst dann ist ein so komplizierter Mord nicht möglich. Aus einem Affekt heraus ersticht oder erschießt man jemanden, man hüllt ihn aber nicht in eine Lehmhülle, um ihn zu grillen. Und der Wert der Bücher? Den konnte er doch gar nicht überschauen, da ist lediglich Interesse an diesen Schriften.«

»Solange wir nicht wissen, wer der mögliche Komplize gewesen sein könnte, können wir seine Beteiligung nicht ausschließen«, sagte Audrey. »Was, wenn der Komplize hier oben alles vorbereitet hat? Vielleicht hat es etwas gegeben, das ihn dazu veranlasst hat, Claude zu überzeugen, die Tat mit auszuführen. Wir müssen ihn noch einmal verhören.«

Pascal starrte auf die Kreise, die Audrey inzwischen auch über seine Zeichnung im Sand gemalt hatte. »Wie oft wollt ihr ihn noch verhören? Aber ich gebe zu, dass an deiner Theorie etwas dran sein könnte. Ein Komplize, der alles vorbereitet hat …«

Lillie kam ihm in den Sinn. Was, wenn Audrey tatsächlich recht hatte und sie die Hochzeit mit einem Mörder plante? Seine Lillie, sein Mädchen, die Tochter eines Gendarmen. Das würde sie nicht verschmerzen, er wusste, dass sie Claude liebte. Der Verlust würde sie aus der Bahn werfen.

Aber das war nur das eine. Sie würde sich obendrein fragen, wie es möglich gewesen sein konnte, dass sie einen Mann liebte, der in der Lage war, ein solches Verbrechen zu begehen. Wie konnte sie einen Mörder lieben? Die Frage würde sie nie wieder aus ihrem Leben radieren können, sie würde sie verfolgen, würde sie an sich zweifeln lassen, sie in ihren Grundfesten erschüttern.

»Bevor wir das Motiv nicht kennen, können wir ihn nicht verurteilen«, sagte Pascal schließlich.

Gemeinsam verließen sie den Feuerplatz. Immer mehr Besucher hatten das Gelände betreten und suchten sich Plätze. Es waren viele Paare, die sich eng beieinander auf die Sofas setzten, andere schlenderten Hand in Hand um die weißen Blechbuden, deren Sinn sich Pascal noch immer nicht erschloss.

Wortlos gingen auch er und Audrey zu den anderen Gästen hinüber. Aus der Bewegung heraus berührten sich ihre Hände, zufällig, unbeabsichtigt. Die Berührung durchzuckte sie gleichzeitig wie ein Blitz. Es war Audrey, die Pascals Hand plötzlich festhielt. Er drückte zurück, sie verstanden sich wortlos.

Langsam gingen sie weiter, Hand in Hand.

»Oh, là, là«, bemerkte das Handymädchen, als sie das Zelt passierten und auf eines der freien Sofas zusteuerten. Sie setzten sich umständlich hin, ohne ihre Hände voneinander zu lösen – das konnten sie nicht, nicht jetzt, nicht in dieser Sekunde. Sie kicherten wie Teenager.

Die Dämmerung hatte längst eingesetzt, inzwischen war aus der Sonne ein roter Ball geworden, der hinter der gegenüberliegenden Bergkette versank. Ein atemberaubender Anblick mit den großen Lavendelfeldern, die zu glühen schienen.

Sie hielten sich weiter schweigend an den Händen, saßen einfach nur da und betrachteten die weißen Container, in die immer mehr Besucher verschwanden.

Sie beobachteten ein Paar, das eine der Türen öffnete, in den Container hineinging und die Tür hinter sich zuzog. Sie warteten, ob sich die Tür wieder öffnete, doch die Minuten verstrichen, die Sonne war inzwischen ganz verschwunden, die Dämmerung nahm das Gelände in seine Macht. Die Tür blieb verschlossen.

Gab es auf der anderen Seite eine zweite Tür?

Sie verständigten sich mit einem Blick, ließen sich nun doch los und näherten sich schnellen Schrittes dem Container. Vor der rostigen Tür blieben sie still stehen, lauschten in das Innere der Bude hinein, hörten jedoch nichts.

Dafür rochen sie etwas. Das junge Paar hatte ohne Frage einen Joint angezündet. Der süßliche Geruch drang aus den Ritzen der Containerwände.

Pascal wusste, dass er hätte eingreifen müssen. Das Rauchen von Joints war immer noch verboten. Auch wenn der französische Präsident Macron eine Lockerung in Aussicht gestellt hatte, wurden Kiffer verfolgt. Sie mussten Strafe zahlen, bei einer Wiederholung sogar ins Gefängnis. Die typische Arbeit eines Dorfgendarmen.

Auch Audrey war sich dessen bewusst, hielt ihn jedoch am Arm fest. »Nicht unsere Idee verlieren«, flüsterte sie.

Und dann setzte sich der Container zu ihrer beider Überraschung in Bewegung. Erst unmerklich, sie glaubten, sich zu täuschen, zu gespenstisch war der Anblick, doch dann war es eindeutig: Zögerlich, nur ein paar Zentimeter, fuhr der Container auf den Schienen vorwärts.

Im nächsten Augenblick hörten Audrey und Pascal das Paar kichern, dann öffnete sich die Schiebetür.

Der junge Mann, der seine langen Haare zu einem Zopf gebunden hatte, eine Zigarette im dichten Haar befestigt, war groß gewachsen, trug einen Vollbart und sah eher nach einem Surfer als nach einem Astronomie-Fan aus, fand Pascal. Seine rothaarige Freundin war ebenfalls groß, noch ein paar Zentimeter größer als Pascal, trug eine Brille, einen ausgeleierten langen Wollpullover und eine grüne Hose, dazu Birkenstock-Sandalen.

»Pardon«, sagte sie, während sie sich an ihnen vorbeischoben.

Audrey und Pascal warteten, bis die beiden in der Dämmerung verschwunden waren. Pascal betrat zuerst den Container. Audrey folgte ihm und zog hinter sich die Schiebetür zu.

Der Geruch des Joints erfüllte den knapp drei Quadratmeter großen Innenraum. Es war dunkel. Zwischen den Schienen lagen Pflastersteine, darauf glomm die Kippe.

Ein weiterer Grund, mit dem Gesetz in ernsthafte Schwierigkeiten zu kommen, bei der Trockenheit der letzten Wochen, dachte Pascal und bückte sich nach dem Rest des Joints. Dabei stieß er jedoch mit dem Rücken gegen die Innenwand des Containers, der sich daraufhin ein Stück weiter auf den Schienen bewegte.

Audrey holte eine kleine Taschenlampe aus ihrer Jackentasche und kam damit Pascal zuvor, der gerade nach seinem Handy greifen wollte.

Sie standen dicht voreinander, nahmen ihren Atem wahr, die Elektrizität zwischen ihnen. Beide waren angespannt, ihr Herz pochte, an der Innenseite ihrer Hände bildete sich Schweiß.

Audrey versuchte, die Kippe aufzuheben, griff jedoch daneben. Sie rollte ein Stück weiter, wieder zurück zu Pascal, und blieb schließlich in einer Ritze der Pflastersteine liegen.

Der Zwischenraum der Steine war so breit, dass Pascal seine Finger hineingleiten lassen konnte. Er spürte einen Widerstand, einen kleinen Eisengriff.

»Da ist etwas«, sagte er.

»Ja, ein Joint«, sagte Audrey und lächelte leise. »Jetzt musst du noch einmal stark bleiben.«

»Das meine ich nicht. Hier ist ein Griff zwischen den Steinen, daher ist der Abstand so groß. Ich ziehe jetzt daran.«

Zuerst bewegte sich nichts. Audrey stand auf dem Stein.

»Wir müssen die Bude ein Stück weiterbewegen, sodass niemand von uns auf dem Pflasterstein steht. Ich möchte ihn gern hochheben. Darunter ist etwas«, flüsterte Pascal.

»Gut«, sagte Audrey.

Zusammen schoben sie den Container an den Wänden ein paar Zentimeter weiter, bis Pascal den Stein, der an der linken Seite ein Scharnier aufwies, am Griff in Richtung Eingangstür nach oben ziehen konnte. Unter dem Stein kam ein Loch zum Vorschein.

Inzwischen war es stockdunkel im Innenraum des Containers, nur der Schein von Audreys Taschenlampe spendete ein wenig Licht. Sie bewegte die Lampe hin und her.

»Da ist eine Leiter«, sagte sie plötzlich. Es war ein lautes Flüstern, ein Zischen.

»Ein Eingang«, bestätigte Pascal, setzte den ersten Schritt auf die Sprossen, stieg ein Stück hinab und tastete mit einem Fuß nach dem Boden. Da war nichts.

Audrey leuchtete nach unten, doch es war, als würde die Dunkelheit das Licht einfach verschlucken. Die Birne in der Taschenlampe war zu schwach, die Dunkelheit allumfassend.

Audrey folgte Pascal, stieg ebenfalls die Sprossen der Leiter hinunter, als sie über sich ein Geräusch vernahmen. Audrey musste beim Hinuntersteigen den Stein berührt haben. Er bewegte sich, hielt sich noch ein paar Sekunden, dann siegte die Schwerkraft. Mit einem lauten Krachen verschloss er die Öffnung.

Audrey hatte den Kopf eingezogen, der Stein war nur Zentimeter über ihr zum Liegen gekommen. Sie schrie unterdrückt auf, auch Pascal atmete scharf ein vor Schreck. Dann stieg er weiter hinunter in die Tiefe.

Audrey blieb am oberen Ende der Leiter stehen, die Taschenlampe nach oben auf den Stein gerichtet. »Von hier aus kann man den Griff nicht sehen.« Sie tastete mit der freien Hand den schmalen Zwischenraum ab. Wie eine saubere Naht hatte der Pflasterstein den Eingang verschlossen. Audrey drückte von unten gegen den Stein, dabei rutschte sie mit einem Fuß ab und verlor fast den Halt. »Merde!«, schrie sie. »Wir kommen hier nicht mehr raus. Wir sind gefangen!« Sie leuchtete zu Pascal, der unter ihr auf der Leiter stand.

»Ich steige noch weiter hinunter«, sagte er und tastete sich Stufe für Stufe hinab. Dabei zählte er automatisch die Sprossen, ohne zu wissen, wofür das noch gut sein würde, es kostete ihn keine zusätzliche Konzentration.

Die Leiter schien kein Ende zu nehmen. Sechsundzwanzig, siebenundzwanzig, er versicherte sich, dass Audrey noch da war.

»Ja«, sagte sie mit bebender Stimme.

Sehen konnte Pascal nichts mehr, Audrey hatte die Taschenlampe irgendwo verstaut, es war stockdunkel. Er konnte nicht erkennen, wie weit sie von ihm entfernt war.

Hätte er nicht begonnen, die Sprossen zu zählen, wäre er vollkommen orientierungslos gewesen. Er war froh, nicht hinabsehen zu können. Wer wusste, wie weit es unter ihm in die Tiefe ging?

Nach der neununddreißigsten Stufe spürte er plötzlich einen harten Widerstand unter seinem Fuß. Festen Boden. Betonboden.

»Du hast es gleich geschafft, Audrey, ich bin unten.« Er ging ein paar Schritte zurück, sodass Audrey genug Platz hatte. Dann nahm er sein Handy aus der Tasche und schaltete die Taschenlampe ein. Er war nicht überrascht, dass es kein Netz gab.

Das Licht tastete über die Steinwände, über Audrey, über das Ende der Leiter und über eine Tür, die sich direkt vor ihnen befand. Eine Stahltür, eine Feuerschutztür.

Pascal drückte auf die Klinke. Die Tür öffnete sich.

Mattes Licht strömte in den kleinen Kellerraum, in dem sie standen. Audrey leuchtete mit ihrer Taschenlampe in den Raum dahinter. Da war ein langer Gang, bestrahlt von lang angeordneten Lichtern an der Decke.

»Das sind die Atomschächte«, flüsterte Pascal.

»Wir dürften hier also nicht sein«, sagte Audrey, doch sie

machte keine Anstalten, wieder nach oben zu steigen. Im Gegenteil, sie verstaute ihre Taschenlampe und drängte Pascal durch die Tür. »Du wusstest das? Richtig?«

Pascal war zu angespannt, um zu antworten. Genau genommen war keine Gefahr zu erwarten – sie waren nur in die verlassenen Schächte geraten, in denen einst, im Kalten Krieg, die Atomraketen stationiert gewesen waren. Die Frage war nur, warum das Licht eingeschaltet war.

In der Mitte des Ganges befanden sich Schienen, solche, wie es sie auch oben in der Sternwarte gegeben hatte.

Hier wurden wahrscheinlich die Loren hin- und hergefahren, dachte Pascal.

Ein Fahrzeug oder etwas Ähnliches war nicht zu erkennen. Nur die Schienen, die geradeaus den Gang entlangführten. Pascal schätzte ihn auf sechs Meter Breite, die Seiten waren konisch geformt wie in einem U-Bahn-Schacht. Das Licht erleuchtete regelmäßig matt den Gang, der auf den ersten Blick kein Ende zu nehmen schien.

Über der Tür, durch die sie hineingelangt waren, befand sich ein leuchtendes Notausgangschild. Der Schacht wirkte klinisch sauber, sogar die Wände. In einigen kleinen Nischen hingen Feuerlöscher.

Audrey und Pascal gingen langsam den Tunnel entlang, bis sie zu einer Gabelung kamen. Auch rechts und links zweigten Gänge ab, die gleiche Beleuchtung und in der Mitte die Schienen.

Doch etwas war anders.

In dem linken Schacht stand eine Lore, die sich über die Schienen durch die Schächte bewegen ließ. Sie war gut fünfzig Meter entfernt, in dem fahlen Licht kaum zu erkennen.

Gab es hier unten doch noch Menschen? Die hier arbeiteten? Aber was war zu tun? Chirac hatte die Raketen vollständig zurückbauen lassen. Alles, was Pascal über diese Anlage wusste, was er sich im Internet angelesen hatte, war, dass es irgendwo eine Abhörstation geben musste. Aber seine Recherchen hatten ergeben, dass sich diese Tunnel auf der gegenüberliegenden Seite des Bergmassivs befanden.

Außer ihren Schritten auf dem Betonboden war nichts zu hören. Die Lore hatte etwas geladen, das konnten Pascal und Audrey mit jedem Schritt, der sie weiter zu dem Gefährt brachte, erkennen.

Kurz vor der Lore gab es eine Vertiefung in der Wand, eine Art Ausweichstelle, in die die Schienen hineinführten, eine Weiche regelte den Weg.

Als sich kurz vor ihnen eine Tür öffnete und ein Mann an die Lore trat, suchten sie in letzter Sekunde Schutz in der Einmündung. Der Mann trug einen Stapel Bücher vor sich her, den er mit dem Kinn fixierte. Er stöhnte vor Anstrengung.

Audrey und Pascal waren nur circa zehn Meter von der Lore entfernt, die schwer beladen war. Der Mann gab der Tür mit dem Fuß einen Stoß, sodass sie hinter ihm wieder ins Schloss fiel, dann schob er die Lore über die Schienen, weg von ihrer Nische zu einem etwas helleren Punkt am Ende des Ganges.

Schweigend beobachteten sie das Schauspiel, bis der Mann nach rechts abbog und aus ihrem Blickfeld verschwand.

»Ich laufe ihm hinterher«, flüsterte Audrey. »Du untersuchst den Raum, aus dem er gekommen ist.« Mit athletischen, lautlosen Schritten lief sie den Gang entlang. Pascal sah, wie sie in der Innentasche ihrer Jacke nach ihrer Waffe tastete.

»Es dürfte niemand hier sein«, flüsterte er sich selbst zu, als wolle er sich beruhigen, griff dennoch zu seiner Waffe, entsicherte sie und öffnete die Tür. Sie war schwerer als erwartet, aus Metall, vermutlich schalldicht.

Auf der Schwelle blieb er stehen, um sich zu sammeln. Man sollte auf alles gefasst sein, wenn man in einen unbekannten Raum eindrang, so hatte er es in Paris gelernt, und so hatte er immer gehandelt.

Doch diesmal erschlug ihn der Anblick, der sich ihm bot, für ein paar Sekunden. Er stand in der Bibliothek, von der alle gesprochen hatten. Hier war das gesamte Wissen der kulinarischen Kunst versammelt.

Es roch nach altem Papier, nach vertrocknetem Kleber, nach Antiquariat. Über drei Regalreihen von geschätzten zwanzig

Metern standen die Kochbücher. Sie lagen in Stapeln neben den Regalen, auf einem kleinen Beistelltisch neben einem Schreibtisch, viele davon in Kartons verpackt, die offenbar auf ihren Abtransport warteten.

Er hatte sie gefunden – die geheime Kochbuchsammlung!

»Bonjour!«, rief Pascal in die Stille.

Niemand reagierte.

Langsam bewegte er sich auf die Regalreihen zu und war sofort in den Bann der Bücher gezogen. Vor dem ersten Regal blieb er stehen. Die Werke darin beschäftigten sich mit der Küche aus der Zeit der Französischen Revolution, auch Marie-Antoine Carême war vertreten. Pascal erkannte das Buch wieder, das auch in seiner Sammlung stand, nur war diese Ausgabe in einem weitaus schlechteren Zustand.

Er wusste, dass er nicht viel Zeit hatte. Audrey würde gleich zurückkommen, vielleicht zusammen mit dem Mann, der die Bücher abtransportiert hatte.

Er sah sich einer Kochbuchsammlung von unschätzbarem Wert gegenüber, die offensichtlich ein neues Zuhause beziehen sollte. Es standen nicht nur französische Kochbücher in den Regalen, sondern auch deutsche, italienische, sogar asiatische.

Auf einem kleinen Tisch lagen Mappen mit der Aufschrift »Inventarlisten« und ein altes Notizbuch mit Karomustern, eng vollgeschrieben. Pascal blätterte durch die Seiten. »Abwesend«, stand in roten Lettern als Vermerk hinter einigen Werken. Es schien, als wären in diesem Heft alle Kochbücher der Welt verzeichnet. Auch die gesamten Unterlagen aus der Rue Mouffetard aus Paris waren in einem der Ordner abgelegt. Das Lebenswerk von Monsieur Moutand, von dessen Tod Alexandre Pascal berichtet hatte.

Beim Ableben des alten Buchhändlers ist vermutlich nachgeholfen worden, dachte er.

Diese Bibliothek war das Werk eines Wahnsinnigen.

Gerade wollte sich Pascal ein Versteck suchen, um nicht gleich entdeckt zu werden, als er eine ihm bekannte Stimme vernahm.

»Was für eine Überraschung, Monsieur Chevrier.«

Es war zu spät. Er verspürte den Einstich im Nacken, fühlte, wie die Nadel ein Feuer unter seiner Haut entfachte. Es brannte.

Pascal drehte sich um. Vor ihm stand Albert Demise, seinen Mund halb geöffnet, die braunen Zähne freigelegt. Der saure Geruch aus seinem Rachen stieg Pascal in die Nase.

Alberts Augen funkelten, als er die Spritze aus Pascals Hals herauszog. Ein kleiner Rest der Flüssigkeit war in der Kanüle geblieben. Er nickte zufrieden.

Pascal war klar, dass es sich um das Gift Curare handeln musste. Dasselbe, mit dem Albert Arthur de Polastrone unbeweglich gemacht, dasselbe, mit dem er Bruno Martin umgebracht haben musste.

Das Erstaunliche an diesem Gift war, dass Pascal alles mitbekam, den gesamten folgenden Monolog. Er verstand alles, konnte kombinieren, sich seine Chancen ausrechnen und darauf hoffen, dass wenigstens Audrey ihren Gegner überwältigt hatte, dass sie klüger gewesen war als er, gerissener.

Albert Demise konnte nicht wissen, dass Pascal nicht allein gekommen war. Er musste davon ausgehen, dass sein Komplize gleich zurückkehren würde.

»Schade«, sagte er, »dass Sie mir mein Buch nicht mitgebracht haben. ›De honesta voluptate‹. Aber dann hätten Sie wohl in den Vatikan einbrechen müssen – und das haben Sie sich nicht getraut.« Enttäuschung und Spott lagen in seiner Stimme. Er griff hinter sich ins Regal und zog blind ein Exemplar von Marie-Antoine Carême heraus. »Dieses schöne Buch hätten Sie dafür von mir bekommen.«

Pascal verlor den Halt, er glitt am Regal hinunter, spürte kaum, wie er mit dem Hintern auf den Boden fiel.

»Oh, là, là«, sagte Albert, als würde er sich um seinen Besuch sorgen.

Pascal versuchte, zu seiner Waffe zu greifen, konzentrierte sich auf seinen Arm, doch es war zwecklos, er ließ sich keinen Millimeter bewegen. Er saß wie festgemauert vor dem Regal.

Albert hielt die Spritze erneut vor seine Augen. »Das dürfte reichen. Es dauert nur leider länger bei Ihnen, da ich das Curare mit einer genau berechneten Menge von Physostigmin gemischt habe. Wir wollten den guten Arthur de Polastrone noch ein bisschen bei uns behalten, er sollte bei unserer kleinen Grillparty anwesend sein, daher musste ich das altbewährte Pfeilgift mischen.« Er lachte. Spuckefäden flogen aus seinem Rachen wie bei einem Menschen, der lange nichts getrunken hatte. »Es ist nur eine Frage der Zeit.« Wieder lachte er. »Wie zum Teufel haben Sie mich eigentlich gefunden?«

Pascal wollte etwas sagen, doch seine Zunge schien gefangen zwischen seinem Gaumen und dem Unterkiefer. Er versuchte, sie zu bewegen, doch es gelang ihm nicht mehr.

Er dachte an Leblanc, erinnerte sich an dessen Geschichte von einem Arzt, der sich die Substanz in einem Selbstversuch hatte spritzen lassen, um das Locked-in-Syndrom zu erforschen, dabei aber künstlich beatmet worden war. Er hatte das Gefühl, sich an jedes einzelne Wort der Erzählung genau zu erinnern. Je mehr die Lähmung eintrat, desto klarer wurden seine Gedanken. Er war zwar bei vollem Bewusstsein, aber gleichzeitig gefangen in sich selbst.

»Oh, Sie können ja gar nicht sprechen«, sagte Albert bedauernd. »Das hatte ich ganz vergessen. Man kann sich das Wissen aus all diesen Büchern eben nicht merken. Über Curare habe ich in einem Buch der alten Klosterküche gelesen. Einige der Rezepte orientierten sich an Indianer-Weisheiten. Und wie sie nun einmal so sind, diese esoterischen Kiffer aus Amerika, haben sie mit dem Zeug so lange herumexperimentiert, bis sie die Mischung gefunden haben, bei der sie nicht gleich draufgingen. Das dürfte beruhigend auf Sie wirken. Wo habe ich dieses Buch nur?« Er schritt bedächtig die Regalwände ab. »Wo habe ich es nur? … Ach, natürlich, es ist schon abtransportiert. Uns blieb nichts anderes übrig.«

Er drehte sich wieder zu Pascal um, der inzwischen zur Seite gekippt war, ging zu ihm, verpasste ihm einen Tritt und forderte ihn auf, sich wieder gerade hinzusetzen, doch Pascal spürte weder den Schmerz noch konnte er reagieren. Ganz im Gegenteil, er erlebte eine maximale Muskelentspannung, sein Geist kämpfte gegen die Verlockung an, nachzugeben, sich fallen zu lassen.

»Na, dann bleib da eben liegen«, sagte Albert und trat ihm auf die Hand, während er zu seinem Schreibtischstuhl ging, um sich vor Pascal zu setzen. »So ist es gemütlicher, finden Sie nicht? Zu dumm, dass ich das Buch nicht mehr hierhabe, da würde jetzt drinstehen, was ich tun müsste, damit Sie doch überleben, aber vielleicht will ich das ja gar nicht. C'est la vie. Das können Sie sich selbst zuschreiben, ohne Sie hätte ich diese Bibliothek an diesem schönen Ort erhalten können.«

Er rückte seinen Stuhl ein Stück näher an Pascal heran, der mit der linken Wange auf dem Boden lag. »Sie haben sich selbst geschadet, Chevrier.« Albert sprach jetzt leiser, konzentrierter. »Nur weil Sie hier herumgeschnüffelt haben, befinden Sie sich in einer Situation, in der nicht einmal ich Ihnen helfen könnte. Aber warum sollte ich das auch tun? Lieber sehe ich Ihnen beim Sterben zu. Immerhin haben Sie mich auch getötet. Oder wie würden Sie es ausdrücken, wenn jemand Ihr Lebenswerk zerstört hat?«

Wo blieb nur Audrey? Hatte sie der Mann ebenfalls in seine Gewalt gebracht? Hier unten würde ihnen niemals jemand zu Hilfe kommen. Sie würde es mit Rasmus Payette zu tun haben, hier war ihr gemeinsames Reich.

»Angefangen hat es eigentlich gar nicht mit Ihnen, Chevrier, sondern mit diesen Köchen, die uns plötzlich den Rücken zugekehrt haben. Was hat sie nur geritten? Als könnte man einfach so aussteigen aus seinem Leben.«

Pascal versuchte einen fragenden Blick. Wie meinte Albert das?

»Wissen Sie, eigentlich interessiere ich mich gar nicht besonders für die ›Confrérie des Cuisiniers du Feu‹, mir ging es immer um die Werke, die Bücher, das Wissen darin. Ich bin Bibliothekar. Ich bin überzeugt davon, dass es nichts auf der Welt gibt, das Wissen besser transportieren kann als

Bücher. So weiß ich, ohne jemals selbst gekocht zu haben, so viel über Lebensmittel, Essen und die Zubereitung, dass mir kaum einer dieser eitlen Feuerköche das Wasser reichen kann. Mir fehlt die Praxis, ohne Frage, aber in der Theorie bin ich nicht zu bezwingen. Wie Sie sehen«, Albert lachte kurz auf, »kenne ich mich sogar mit Substanzen aus, die in einer guten Suppe gar keinen Platz haben. Zwanzig Jahre lebe ich jetzt zum größten Teil hier unten in dem alten Atomschacht. Ein Deal mit den Leuten vom Geheimdienst, die die Abende der Confrérie genossen haben, sie haben etwas auf sich gehalten und kamen regelmäßig zu unseren Festmahlen. Im Gegenzug durften wir diese Schächte nutzen, Rasmus Payette und ich. Dies hier ist nur ein Nebenschacht, der Notausgang aus diesem Tunnelsystem.« Er stand auf und legte die Spritze in eines der leeren Regale. »Gleich wird Rasmus Payette kommen und weitere Bücher abtransportieren. Alles nur wegen Arthur de Polastrone. Er hat durch seine Propaganda Schaden angerichtet. Wir hätten unter uns bleiben sollen. Hätte es ihn nicht gegeben, hätte er nicht all diese Einladungen quer durchs Land verschickt, hätte jeder seinen Aufgaben nachkommen können. Das Schlimmste aber war, dass er diese Bibliothek nicht geheim gehalten hat. Wäre es nach mir gegangen, hätte sie niemals jemand gesehen, aber Arthur de Polastrone hat sie hergebracht, seine Lieblingsköche. Vor einiger Zeit hat er sogar damit begonnen, Köche, die er anwerben wollte, an diesen Ort zu bringen. Er hat gesagt, es seien seine Bücher, es sei seine Bibliothek, aber das sehe ich anders. Es sind *meine* Bücher, es ist *mein* Lebenswerk. Dann ist mir der Kragen geplatzt. Es passierte, was passieren musste: Einige Köche wollten plötzlich aussteigen, sie haben uns das Leben schwer gemacht. Wer weiß, was sie alles erzählt hätten, wenn sie nicht mehr unserer Gilde angehört hätten. Das musste ich verhindern. Ich hätte es schon viel eher tun sollen.«

Albert starrte Pascal an, dann gab er ihm wieder einen Tritt. »Reißen Sie sich zusammen. Sagen Sie mir, wie Sie hier als Gendarm reingekommen sind. Haben die Köche gequatscht? Ach,

Sie können ja gar nicht antworten. Gut, wahrscheinlich sind Sie über die Blechbude der Sternwarte hier runtergekommen. Auch diesen Weg hätte es ohne Arthur de Polastrone nicht gegeben. Er hatte ständig Angst um unsere Bücher. ›Mein ganzer Wert‹, hat er immer gefaselt, doch er hatte gar keine Ahnung, wie wertvoll diese Bücher tatsächlich sind. Aber solange ich hier bin, kann nichts passieren. Das habe ich auch diesem Tierschützer klargemacht, als er hier eingedrungen ist und mich ermorden wollte. Von ihm hatte ich auch das Gift. In seiner Innentasche hatte er noch eine Kanüle, wohl zur Sicherheit. Ich verstehe das Zeichen schon. Dass man mich erledigen wollte wie ein wildes Tier, mit Pfeilgift, das zur Jagd benutzt wird. Nun ist die Curare-Mischung fast aufgebraucht. Es ist halt eine Menge los hier unten. Erst der Tierschützer, dann Polastrone und jetzt Sie.« Er lachte mitleidig und betrachtete den kläglichen Rest in der Spritze, die im Regal lag.

Pascal spürte, wie die Lähmung sich in seinem gesamten Körper ausbreitete. Es war ihm inzwischen nicht mehr möglich, die Augen zu bewegen. Er starrte nur noch in eine Richtung. Außerdem hatte er das Gefühl, schlechter Luft zu bekommen.

»Da haben Sie sich ganz schön gewundert, dass all diese Pfeifen von Köchen plötzlich Finger geliefert bekommen haben. Wie sonst sollte ich ihnen klarmachen, dass sie schweigen sollten? Wenn sie aussteigen, sind sie eine Gefahr. Ich habe ihnen die Bücher gebracht, damit sie mit den Rezepten die Abende ausrichten konnten. Das war mein Deal mit der Bruderschaft. Sonst hatten sie keinen Zugriff auf die Werke. Sie wussten zwar, dass es eine Bibliothek gab, aber die wenigsten wussten, wo sie sich befand. Immerhin sind die Bücher der einzige Wert, den die Gilde hat. Das denken sie, denn wem sie genau gehören, ist ihnen nicht klar. *Mir* gehören sie und Monsieur Payette. Ich habe sie für uns gesammelt. Als es mit der Gourmet-Bruderschaft nicht mehr lief, wollten die Männer um Arthur de Polastrone die Bücher retten und sie zu Geld machen. Aber sie haben keine Chance. Selbst wenn sie hierherkommen, die Leichenfledderer der Bruderschaft, sie werden nur in leere Atomschächte laufen. Nicht ein einziges Buch wird mehr hier sein.« Er lachte zufrieden.

Pascal hatte das dringende Bedürfnis, schneller zu atmen, doch die giftige Mischung hatte vollständig Besitz von ihm ergriffen. Nicht einmal würgen konnte er mehr. Es würde ein leiser Tod werden, unter den Augen dieses Wahnsinnigen, der sein gesamtes Leben einer einzigen Sache verschrieben hatte und dafür bereit war, zu morden.

Als hätte Albert Demise Pascals Gedanken gelesen, sagte er: »Ich habe mich einer großen Idee verschrieben.« Gerührt von seiner eigenen Lebensleistung, traten ihm Tränen in die Augen. »Sind Sie mir eigentlich an jenem Abend gefolgt, als ich bei Ihrer kleinen Familienfeier zugegen war? Ich konnte einfach nicht anders. Ich musste einen Blick in Ihr Bücherregal werfen. Ich suche ›De honesta voluptate‹ schon mein Leben lang. Der Köder war gut, das muss ich Ihnen lassen.«

Gern hätte Pascal sich bestätigen lassen, dass Rasmus Payette der zweite Mann im Auto gewesen war, auch wenn es nicht mehr relevant war. Doch das Gift ließ keine Worte mehr zu.

Albert Demise grinste verächtlich, zeigte die braunen Zähne in seinem schiefen Mund. »Hatte ich mir gedacht, dass Sie uns folgen würden, daher habe ich die Leiche von Bruno Martin, diesem Tierschützer, schon vorher an seinen Platz im Restaurant ›Le Fournil‹ in Ihrem beschissenen Lucasson gesetzt.«

Alles hatte also so aussehen sollen, als hätten die Tierschützer einen Rachefeldzug gegen die Gourmet-Bruderschaft geführt. In Wahrheit war es aber nur ein Insider.

»Hören Sie mir eigentlich noch zu, Dorfgendarm? Ich frage mich gerade, ob Sie lieber hier oder ebenfalls in dem Restaurant, in das ich Bruno gebracht habe, sterben wollen. Vielleicht als sein Tischnachbar? Sie sind doch so ein Gourmet, aber das ist jetzt zu spät, sie sterben ja schon. Da sind Sie mir noch ein letztes Mal zuvorgekommen, Sie Schlingel. Hätte Bruno hier unten nicht so zu stinken angefangen, hätte ich die Finger seiner anderen Hand auch noch verschickt, aber kennen Sie

Leichengeruch? Ekelhaft ist das. Und ich wollte natürlich die Show. Nur wenn man ihn so finden würde, würde man sich voll und ganz auf den Streit zwischen der Gilde und den Tierschützern konzentrieren, und ich könnte in Ruhe den wahren Schatz in Sicherheit bringen. Es sind *meine* Bücher. Ich habe sie mein Leben lang gesammelt. Ich bin durch die ganze Welt gereist. Ich glaube, das Internet ist für mich erfunden worden, das hat mir eine Menge Reisekosten erspart.« Er sprach nur noch zu sich selbst, genoss anscheinend seine Lebensbeichte. »Wo bleibt eigentlich Monsieur Payette?« Umständlich schaute er auf die Uhr, nahm Pascals Waffe in die Hand und richtete sie auf ihn. »Ah, da ist er ja, dann wollen wir das mal mit Ihrem Ende beschleunigen, ist ja kein schöner Anblick, wie Sie da vor sich hin sabbern.«

Pascal hörte, wie sich die Tür öffnete. Sehen konnte er nichts, er konnte den Kopf nicht bewegen. Aber er erkannte Audreys Stimme, die Albert warnte. Sie forderte ihn auf, die Waffe herunterzunehmen. Er nahm wahr, wie Albert sagte, dass er das niemals tun werde, wie es klickte, wie sich jenes aus Paris verhasste Geräusch in sein Bewusstsein drängte, das Entsichern einer Pistole, der Knall, dann der Schrei, das Zu-Boden-Stürzen und der Geruch einer Kugel, wenn sie glühend heiß in den Körper einschlug und dieses Geräusch verursachte.

Seine Atmung hatte sich stark verlangsamt, Pascal hatte das Gefühl, die Luft in seiner Lunge sei abgestanden, sie stank, es kam nichts nach.

Es zischte, dann legte sich etwas über seinen Mund, etwas Weiches, Warmes – und dann die Dunkelheit, weil die abgestandene Luft nicht mehr entweichen konnte.

Ruhe kam über ihn, alles löste sich auf, sein Verstand folgte den Muskeln, gemeinsam traten sie eine Reise an.

27

Der Trauerzug auf dem kleinen Friedhof von Lourmarin bewegte sich mit langsamen Schritten über den schmalen Kiesweg, entlang der Grabstätten. Vorbei an prunkvollen Steingräbern bis zur Ecke des Friedhofs, dort, wo der Weg eine Kurve nahm, dort, wo das karge, ungepflegte Grab von Albert Camus lag. Eine ironische Geste der Nachfahren des Nobelpreisträgers, das Grab offensichtlich bewusst so unbedeutend zu halten.

Normalerweise kamen die Menschen seinetwegen auf den Friedhof, heute nicht. Mit kleinen steinernen Tafeln in den Händen hielt die Trauergemeinde schließlich an. Es waren Grußbotschaften zu lesen, Bibelzitate oder Widmungen. Als wäre ganz Lucasson auf den Beinen und in den Nachbarort Lourmarin zur Trauerfeier gefahren.

Auch Jean-Paul Betrix war dort. Er hatte eine Tafel mit einem Goethe-Zitat in der Hand: »Kein Genuss ist vorübergehend; denn der Eindruck, den er zurücklässt, ist bleibend.« Der Spruch dafür, dass der Reporter Constantin Taron ein Foto von ihm machte, wie er mit gesenktem Kopf seine Kachel niederlegte.

Auch der Besitzer des »Le Fournil«, Paul Natale, stand am Grab. Er hatte sich für ein Zitat von Oscar Wilde entschieden. »Ich schwärme für einfache Genüsse. Sie sind die letzte Zuflucht der Komplizierten«, stand auf der kleinen blauen Kachel, die er neben die des Bürgermeisters legte.

Es war still auf dem Friedhof am Rande des Dorfes. Die Menschen im Trauerzug hingen ihren Gedanken nach. Immer mehr Freunde und Angehörige drängten sich an den Ort der letzten Ruhe. Es waren vor allem Köche, die aus ganz Frankreich angereist waren. Sie hatten die günstigste Übernachtungsgelegenheit in den umliegenden Dörfern genutzt, um ihrem Idol die letzte Ehre zu erweisen.

Ganz am Ende des Zuges, eher aus Neugierde, standen

Audrey und Pascal. Sie hielten sich an den Händen, so wie an dem verhängnisvollen Abend auf der Sternwarte.

In jener Nacht hatte Audrey zum ersten Mal in ihrem Leben einen Menschen erschossen. »Notwehr«, hieß es im Polizeibericht. Es war ein schwacher Trost für sie gewesen, denn vielleicht hätte sie unter anderen Umständen den Mann mit der Pistole, der auf dem Stuhl neben Pascal gesessen hatte, überzeugen können aufzugeben. Hätte sie nur etwas mehr Zeit gehabt, hatte sie immer wieder betont. Der Mann, der im Begriff gewesen war, ihr Leben zu verändern, hatte bewegungslos am Boden gelegen. Sie hatte keine Zeit verlieren dürfen, um ihm zu helfen. Wertvolle Minuten waren schon im Schacht dahingegangen, während sie Rasmus Payette beobachtet hatte, wie er die Bücher aus der Lore in den Lieferwagen verfrachtet hatte und dann damit weggefahren war.

Geistesgegenwärtig hatte sie Frédéric Dubprée angerufen und ihm ihren Standort durchgegeben. Es war ihre einzige Möglichkeit gewesen – ganz am Ausgang des Schachtes, der zur Bibliothek führte und den Albert Demise und Rasmus Payette all die Jahre genutzt hatten, hatte es ein stabiles Funknetz gegeben. An jenem Zugang, den die beiden auch in der Nacht genommen hatten, als Pascal ihnen gefolgt war.

Audrey hatte keinen Zweifel gehegt, dass Rasmus Payette zurückkommen würde. Doch wie mochte es Pascal gehen?, hatte sie sich gefragt.

Als sie endlich die Bibliothek betreten hatte, hatte sie das Gefühl gehabt, zum zweiten Mal in ihrem Leben einen Menschen zu verlieren, der ihr etwas bedeutete, erzählte sie später Pascal im Krankenhaus von Apt.

»Wir wollen uns heute von unserem geliebten Arthur de Polastrone verabschieden«, sagte ein schwarz gekleideter Mann in ein Mikrofon, das jemand am Grab aufgestellt hatte, damit auch die letzten Köche, die, die keinen Platz mehr auf dem kleinen Friedhof gefunden hatten, ihn hören konnten.

Der Mann zählte Polastrones Vorgänger auf und würdigte seine Leistung für die »Confrérie des Cuisiniers du Feu«. Er

sagte, das Feuer werde im Herzen der Feuerköche weiter-
brennen.

Zustimmendes Raunen ging durch die Trauergemeinde.

Pascal drückte Audreys schmale, kalte Hand. Der Tag hatte
ihr bevorgestanden. Ihre letzte Beisetzung hatte sie am Grab
ihrer großen Liebe Lydia erleben müssen. Seitdem mied sie
Friedhöfe.

Wie tapfer sie war, wie sie dort stand, jetzt sicher an ihren
Verlust denkend, das alles ertragend. Frédéric Dubprée hatte
es sich zur Angewohnheit gemacht, bei öffentlichen Beerdi-
gungen von gewaltsamen Todesfällen aus seinem Gebiet bei
der Beisetzung zugegen zu sein. Eine noch junge Tradition,
die Audrey aufnehmen wollte.

Audrey, die Starke, nannte Pascal sie. Ohne sie hätte er jene
Nacht nicht überlebt. Woher sie gewusst hatte, dass er nur
durch eine Beatmung das Nervengift Curare hatte überleben
können, war ihm ein Rätsel gewesen. Sie hatte das getan, was
man an einem Unfallort eben tat: Man leistete erste Hilfe und
Mund-zu-Mund-Beatmung.

Im Nachhinein war sich Pascal sicher, dass genau diese Beatmung, die sich in seinem Unterbewusstsein wie ein Kuss
angefühlt hatte, seine Lebenskräfte gestärkt hatte. »Eine nicht
gekannte Liebe im Moment des Stillstandes« hatte er diese
Sekunden genannt, die sich in Wahrheit, in dem Leben da
draußen, außerhalb seines gelähmten Körpers, zu dreißig Minuten addiert hatten.

Hätte Audrey Frédéric Dubprée ihren Standort nicht geschickt, hätte sie irgendwann diesen Ort verlassen müssen, ihre
Lippen, ihren Mund von Pascal lösen müssen, um Payette zu
verhaften.

»Das hätte ich nicht getan«, hatte sie Pascal eröffnet. »Niemals.« Dabei hatte sie ihm über den immer noch fast tauben
Arm gestrichen und ihn auf eine besondere Art und Weise
angeschaut.

Es war reines Glück gewesen, dass Frédéric Dubprée vor
Payette an dem Ausgang des Atomschachts angekommen war

und ihn verhaften konnte. Er habe keinen Widerstand geleistet, hieß es später. Er habe alles gestanden, aber auch geschworen, dass Albert Demise allein für die Morde verantwortlich gewesen sei.

»Was nicht stimmt«, hatte Audrey bemerkt, »was wir dank deines Scharfsinns wussten, denn allein hätte Albert den betäubten Arthur de Polastrone nicht zum Feuerplatz schaffen können. Er wollte alles auf Albert Demise schieben, hätte seinen Freund geopfert.« Schließlich wusste er zu dem Zeitpunkt noch nicht, dass er tot war, von Audrey erschossen. In Notwehr.

Der schönste Moment für Pascal aber war der gewesen, in dem der vollkommen unschuldige Claude Lillie in die Arme genommen, sie angesehen, ihr Gesicht in seine Hände genommen und seine Finger über ihre Wangen laufen lassen hatte. Sein Blick war voller Liebe gewesen, all die Tränen in seinen Augen, die sich mit ihren vermischten in dieser niemals enden wollenden Umarmung. In jenem Moment hatte Pascal gewusst, dass seiner Tochter das größte Glück widerfahren war, diesen Mann in ihr Leben gelassen zu haben. Ein Gefühl der tiefen Ruhe war über Pascal gekommen.

Am Grab von Arthur de Polastrone hatten jetzt die ältesten Mitglieder der »Confrérie des Cuisiniers du Feu« Aufstellung genommen. Nacheinander hielten sie ihre Reden, wischten sich mit Taschentüchern über die Augen.

Pascal und Audrey ertrugen es geduldig, still, nebeneinander.

»Gehen wir essen?«, fragte Audrey und lächelte zum ersten Mal an diesem Tag.

»Ich werde etwas für uns kochen«, antwortete Pascal. »Leichte französische Küche. Dazu ein ›Château Constantin‹.«

»Du willst mich wieder betrunken machen, und dann muss ich bei dir schlafen«, sagte sie. »Und bei dir weiß man ja nie, wer morgens oder nachts kommt.«

»Diesmal schließe ich ab«, sagte Pascal und zog sie sanft aus der Trauergesellschaft.

Merci

Als Erstes möchte ich mich bei meinen Lesern bedanken. Sie haben den zweiten Teil möglich gemacht. Sie haben meine Bücher gekauft, Sie sind zu meinen Lesungen gekommen, und wir haben in vielen Orten in ganz Deutschland wunderbare Abende miteinander verbracht. Diese Veranstaltungen verdanke ich meiner über alle Maßen geschätzten Agentin Gudrun Todeskino. Danke an deinen Glauben an mich, das ist unbezahlbar.

Ich danke meiner Familie, vor allem Marga und Lucie, dem Mittelpunkt meines Lebens, und meinem Freund Christian Löwendorf, der eigentlich genauso zur Familie gehört. Sein Scharfsinn ist einzigartig. Ebenso der von meiner Lektorin Susann Säuberlich, die sicher im fertigen Buch noch Stolpersteine finden wird. Danke!

Dann möchte ich mich bei Michael Tsokos bedanken, der mir mit einer einfachen Erklärung den gesamten Fall gerettet hat.

Außerdem danke ich Tobias Engelsing, der mich vor zwei Jahren bei einer Filmreihe über die Reformation in Konstanz, ohne es zu wissen, auf die Idee zu diesem Kriminalroman gebracht hat.

Natürlich danke ich auch meiner Literaturagentin Lianne Kolf und dem Emons Verlag. Es ist mir eine Freude, mit euch zusammenzuarbeiten. Ein Glück für jeden Autor!

Andreas Heineke
TOD À LA PROVENCE
Broschur, 240 Seiten
ISBN 978-3-7408-0059-8

*»Eine kleine Komödie, ein wenig Liebesgeschichte und kulinari-
scher Reiseführer. Man spürt während der Erzählung, wie sehr es
den Autor drängt, die Liebe zu der Gegend zu teilen.«*
Bücher Magazin

www.emons-verlag.de